鄺利安箋注

宋四家詞選箋注

中華書局印行

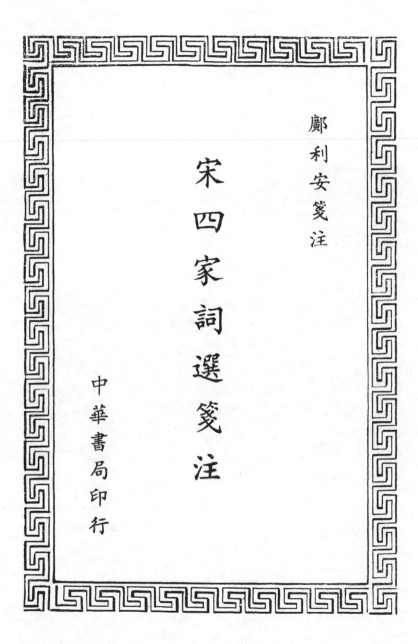

宋四家詞選箋注　目次

例言

一本書所選，以周、辛、王、吳四家爲主，各坿其宗派一卷，詞二三八闋。全據周選，不另增減。原書不分卷，今別爲八卷。

一本箋之所據，以滂喜齋刊宋四家詞選爲定本，句、讀、韻參訂詞律、詞譜，暨各家訂律之詞書。

一本箋之作者敍次，一仍原選排列，內容以小傳、評語、注釋、集評、或間錄拙著帶經樓詞話于後。

一本箋主爲徵擧典實，尋根抉原，至如詞語訓詁亦皆竝重。其版本原流，于四家特重，示尊其位。

一近儒唐圭璋先生有詞話叢編，收宋以來詞話六十餘種，惟本選乃竺守常州派家法之詞書，故歷代各家評語，不合本箋體例者，略加刪削。原選周評刊眉端，今列于集評之後。

一詞中所用標點符號分句、讀、韻三種。注釋符號以『』表外括，「」表內括。書名、篇名、詞牌用﹏﹏，人、地名倂用——號以識之。

一本箋爲便于查閱起見，特編筆畫綜合索引，擧凡作者、詞牌、人、地注釋，一檢卽得，一讀者或以此索引攷他詞書亦可。

一滂喜齋刊宋四家詞選曁坊間之斷句本，其俗字，譌敓或誤句，誤讀，誤韻頗多，本箋除訂正其句讀外，竝依各家詞之最佳版本逐一校正。故本箋迻錄之詞選，卽宋四家詞選之校訂本。

宋四家詞選目錄序論

右宋詞若干首別爲四家以周辛王吳爲之冠序曰清眞集大成者也稼軒斂雄心抗高調變溫婉成悲涼碧山饜心切理言近指遠聲容調度一一可循夢窗奇思壯采騰天潛淵返南宋之清泚爲北宋之穠摯是爲四家領袖一代餘子犖犖以方附庸夫詞非寄託不入專寄託不出一物一事引而伸之觸類多通驅心若游絲之罥飛英含毫如郢斤之斲蠅翼以無厚入有閒既習已意感偶生假類畢達閱載千百謦欬弗違斯入矣賦情獨深逐境必寤醞釀日久冥發妄中雖鋪敍平深摹繢淺近而萬感橫集五中無主讀其篇者臨淵窺魚意爲魴鯉中宵驚電罔識東西赤子隨母笑啼鄉人緣劇喜怒抑可謂能出矣問塗碧山歷夢窗稼軒以還清眞之渾化余所望於世之爲詞人者蓋如此

論曰清眞渾厚正於鉤勒處見他人一鉤便刻削清眞愈鉤勒愈渾厚　耆卿鎔情入景故淡遠方回鎔景入情故穠麗　少游最和婉醇正稍遜清眞者辣耳　少游意在含蓄如花初胎故少重筆然清眞沈痛至極仍能含蓄　子野清出處生脆處味極雋永只是偏才無大起落　晏氏父子仍步溫韋小晏精力尤勝　西麓宗少游徑平思鈍鄉愿之亂德也　蘇辛並稱東坡天趣獨到處殆成絕詣而苦不經意完璧甚少稼軒則沈著痛快有轍可循南宋諸公無不傳其衣盋固未可同年而語也稼軒由北開南夢窗由南追北是詞家轉境　韓范諸鉅公偶一染翰意盛足舉其文雖足樹幟故非專家

若歐公則當行矣　白石脫胎稼軒變雄健爲淸剛變馳驟爲疏宕蓋二公皆極熱中故氣味脗合辛寬姜窄寬故容藏窄故門硬　白石號爲宗工然亦有俗濫處（揚州慢淮左名都竹西佳處）寒酸處（法曲獻仙音象筆鸞箋甚而今不道秀句）補湊處（齊天樂邠詩漫與笑籬落呼鐙世間兒女）敷衍處（淒涼犯追念西湖上半闋）支處（湘月舊家樂事誰省）複處（一萼紅翠藤共閒穿徑竹記曾共西樓雅集）不可不知　白石小序甚可觀苦與詞複若序其緣起不犯詞境斯爲兩美已　竹山有俗骨然思力沈透處可以起懦　碧山胸次恬淡故黍離麥秀之感只以唱歎出之無劍拔弩張習氣　詠物最爭托意隸事處以意貫串渾化無痕碧山勝場也　詞以思筆爲入門階陛碧山思筆可謂雙絕幽折處大勝白石惟圭角太分明反復讀之有水淸無魚之恨　梅溪才思可匹竹山竹山粗俗梅溪纖巧粗俗之病易見纖巧之習難除穎悟子弟尤易受其熏染余選梅溪詞多所割愛蓋愼之又愼云　梅溪好用偸字品格便不高玉田才本不高專恃磨礱雕琢裝頭作腳處處妥當後人翕然宗之然如南浦之賦春水疏影之賦梅影逐韻湊成毫無脈絡而戶誦不已眞耳食也其他宅句安章偶出風致乍見可喜深味索然者悉從沙汰筆以行意也不行須換筆換筆不行便須換意玉田惟換筆不換意　皐文不取夢窗是爲碧山門逕所限耳夢窗立意高取徑遠皆非餘子所及惟過嗜餖飣以此被議若其虛實並到之作雖淸眞不過也　竹屋蒲江並有盛名蒲江窘促等諸自鄶竹屋硜硜亦凡響耳　草窗鏤冰刻楮精妙絕倫但立意不高取韻不遠當與玉田抗行未可方駕王吳也　北宋主樂章故情景但取當前無窮高極深之趣南宋則文人弄筆彼此爭名故變化益多取材益富然　南宋有門逕有門逕故似深而轉淺北

宋無門逕無門逕故似易而實難初學琢得五七字成句便思高揖晏周殆不然也北宋含蓄之妙逼近溫韋非點水成冰時安能脫口卽是　周柳黃晁皆喜爲曲中俚語又不可抹煞矣　雅俗有辨生死有辨眞僞有辨眞僞尤難辨稼軒豪邁是眞竹山便僞碧山恬退是眞姜張皆僞味在酸鹹之外未易爲淺嘗人道也　詩筆不外順逆反正尤妙在複在脫複處無垂不縮故脫處如望海上三山妙發溫韋晏周歐柳推演盡致南渡諸公罕復從事矣　東眞韻寬平支先韻細膩魚歌韻纒綿蕭尤韻感慨各具聲響莫草草亂用　陽聲字多則沈頓陰聲字多則激昂重陽閒一陰則柔而不靡重陰閒一陽則高而不危　韻上一字最要相發或竟相貼相其上下而調之則鏗鏘諧暢矣　紅支極辨上去是已上入亦宜辨入可代去上不可代去入之作平者無論矣其作上者可代平作去者斷不可以代平平去是兩端上由平而之去入由去而之平　上聲韻韻上應用仄字者去爲妙去入韻則上爲妙平聲韻韻上應用仄字者去爲妙入次之疊則聱牙鄰則無力　雙聲疊韻字要著意布置有宜雙不宜疊宜疊不宜雙處重字則既雙且疊尤宜斟酌如李易安之淒淒慘慘戚戚三疊韻六雙聲是鍛鍊出來非偶然拈得也　硬字輭字宜相閒如水龍吟等俳句尤重　領句單字一調數用宜令變化渾成勿相犯　一領四五六字句上二下三上三下二句上三下四上四下三句四字平句五七字渾成句要合調無痕重頭疊腳蜂腰鶴膝大小韻詩中所忌皆宜忌之　積字成句積句成段最是見筋節處如金縷曲中第四韻煞上則妙領下則減色矣　呑吐之妙全在換頭煞尾古人名換頭爲過變或

藕斷絲連或異軍突起皆須令讀者耳目振動方成佳製換頭多偷聲須和婉則句長節短可容攢簇煞尾多減字須陗勁陗勁則字過音留可供搖曳　文人卑塡詞爲小道未有以全力注之者其實專精一二年便可卓然成家若厭難取易雖畢生馳逐費煙楮耳余少嗜此中更三變年逾五十始識康莊自悼冥行之艱遂慮問津之誤不揣輓陋爲察察言退蘇進辛糾彈姜張劉刺陳史芟夷盧高皆足駭世由中之誠豈不或亮其或不亮然余誠矣

道光十有二年冬十一月八日止庵周濟記於春水懷人之舍

宋四家詞選敍

季玉叔父嘗以周止庵宋四家詞選示讀云得於符南樵孝廉南樵蔭舊識嘗師事止庵手錄是選思付剞劂奔走無暇蔭居茫園時以之自隨庚申園燬意成灰燼去年檢書幸得之亟付梓近世論詞張氏詞選稱極善止庵詞辨時俗昌狂雕琢之習與董晉卿輩同期復古意仍張氏言不苟同季玉叔父曾序而刊之此卷晚出抉擇益精止庵負經濟偉略復寄情於藝事進退古人妙具心得忠愛之作尤深流連宜南樵珍護如是今南樵亦歸道山蔭既刊之南樵可無憾獨念蔭昔對此卷時露研風簾萬花如海倏忽之間渺乎莫覯天時人事濤奔電駈固不特故人長逝爲可傷悼此卷孤存固止庵精氣不可磨滅然什伯寶貴於此者何限不得謂此非偶脫於灰燼也止庵復有論調一書以婉澀高平四品分之其選調視紅友所載祇四之一南樵嘗言之今不可復見海內儻有此本蔭固樂受而觀焉同治十二年二月吳縣潘祖蔭

宋四家詞選箋注自敘

清嘉慶間武進張臯文編修以經術古文鳴治倚聲病浙派詞餖飣擬古寄興弗高矯其蔽而論之曰意內言外謂之詞其緣情造端興于微言以相感動極命風謠里巷男女哀樂以道賢人君子幽約怨悱不能自言之情低佪要眇以喻其致蓋詩之比興變風之義騷人之歌則近之矣然以其文小其聲哀放者爲之或婬蕩靡麗雜以昌狂俳優然要其至者莫不惻隱盱愉感物而發觸類條鬯各有所歸非苟爲雕琢曼飾耳㫄倚聲日趨歧鶻觕者景從著籍黃景仁仲則惲敬子居左輔仲甫錢季重黃山李兆洛申耆丁履恆道久陸繼輅祁孫弟琦翰風甥董士錫晉卿門人鄭掄元善長金朗甫式玉扇其風諸子㕘金鄭皆籍常州學者崇之號常州詞派傳授徒友往往不絕稍後有荆溪周濟止菴受法于張甥士錫晉卿得臯文遺緒益廣其術論詞非寄託不入嫥寄託不出乃問涂碧山歷夢窗稼軒還清眞之渾化選宋四家詞羽翼㫄選纂五代迄今擧其要有趙崇祚花閒纂宋黃昇花菴絕妙詞選周密絕妙好詞清朱彝尊詞綜張惠言詞選朱孝臧宋詞三百首趙纂恉在應歌黃周囿于時地詞綜失之寬張選患其嚴朱編較平允獨主渾成不免一偏若夫入門取徑析派別明家法俾初學者猶推止菴玆選纂治經史之餘㫄涉倚聲自五代北宋而南涂抹有年未窺宋賢門徑得滂喜齋刊宋四家詞讀之喜趣入佳況涇渭鬯㫄知學詞必自南游北圭臬清眞清眞纂大成者也後有作者莫出其範圍庶

猶治學攷據入門辭章載道歸諸義理稼軒豪俊忠貞之士發而爲詞吐內雄師百萬夢窗才情竝茂工力過人視碧山恬淡味永各擅勝場後之有志詞道者就性所近攻其一家心誠求之庶免大惑識玆箋是選竟都爲八卷以獻同好旹太歲在柔兆敦牂辜月南海鄺士元識于香江跑馬地山村臺

宋四家詞選箋注 卷一

清 周濟 編
鄭士元 箋注

小傳

周邦彥字美成，宋錢唐人。嘉祐二年丁酉生，宮和三年辛丑卒；（公元一〇五七——一一二一）。疏雋少檢，不爲州里推重，而博涉百家之書，元豐初，遊京師，獻汴都賦萬餘言，神宗異之，命侍臣讀于邇英閣，召赴政事堂，自太學諸生一命爲正。居五歲不遷，益盡力於辭章，出教授廬州，知溧水縣，還爲國子主簿。哲宗召對，使誦前賦，除祕書省正字，歷校書郎，考功員外郎，衛宗正少卿兼議禮局檢討，以直龍圖閣知河中府。徽宗欲使畢禮書，復留之，踰年乃知龍德府，徙明州入拜祕書監，進徽猷閣待制。提舉大晟府，未幾知順昌府，徙處州，卒年六十六，贈宣奉大夫。邦彥好音樂，能自度曲，製樂府長短句，詞韻清蔚。每製一詞，名流輒爲賡和，時方千里，楊澤民全和之，或合爲三英集行世。詳宋史文苑傳四四四。王國維清眞先生遺事。鄭文焯清眞詞校後錄要。陳思清眞居士年譜。

斠周邦彥詞版本考

清眞詞。宋史藝文志載清眞集十一卷，詞或斠其中。

清眞長短句。明焦竑國史經籍志載清眞集二十四卷，又長短句一卷。

清眞集二卷後集一卷。見直齋書錄解題，宋溧水刻本，有強煥序。

清眞詞二卷。宋淳熙庚子刻於溧水，共百八十二首，卷端有強煥序。書今不傳，強序見汲古閣刊本前，此本或前直齋所謂之前二卷也。

清眞詩餘。宋嚴州刻本見景定嚴州續志。

清眞詞註二卷。曹杓注，見直齋書錄解題，不傳。

圈法美成詞，見詞源。

周詞集解，見樂府指迷。

三英集。與方千里楊澤民詞合刻本，不傳。

美成長短句。汲古閣藏本，見毛晉跋，詞不滿百首，毛校本曾據以考原刻。

清眞集。汲古閣藏本，見毛晉跋。

片玉集一卷。見也是園書目。

宋刻片玉集二卷。汲古閣藏本，見毛晉跋。
周美成詞二卷，見世善堂書目。
片玉詞二卷，元刻本，汲古閣藏書，見結一廬書目。
片玉詞二卷，士禮居藏鈔本。
周美成詞，見寶文堂書目。
片玉詞二卷，見佳趣堂書目。
片玉集，北京圖書館藏宋元名家詞抄本。
片玉集十卷拾遺一卷，雙鑑樓藏勞巽卿抄校本。
周美成詞一本。見趙定宇書目。
片玉詞二卷。嘉靖乙未七檜山房陸兆登校本，見蕘圃藏校本。
片玉詞二卷補遺一卷，汲古閣刊本，分上下二卷，共百八十四首。目次與陳注本不同，與西麓繼周集同，補遺十調，毛氏所輯，多不可信。
片玉詞二卷。毛斧季校本，毛氏以元刊本片玉集及一鈔本校，又以美成長短句校皕宋樓藏書，酈衡叔藏書。
詳注周美成片玉集十卷，嘉定刊本，士禮居藏書，原爲汲古閣所藏，後入藝芸書舍。

周美成片玉集三册，見求古屋宋本書目。

詳注周美成片玉集十卷，涉園景印宋本。

陳元龍集注片玉詞十卷，彊村叢書本，卽用宋本，方楊和詞與此本次第同，至滿路花止。

清眞集二卷，明隆慶盟鷗園主人鈔元巾箱本，其編次體例與陳注本同，惟分卷題號不同。

清眞集二卷集外詞一卷，四印齋刊本，用巾箱本，竝以陳錄本校，坿集外詞五十四首，乃王氏從毛刻本補注，又刪去毛本鎖陽臺三首及補遺十首。

片玉集十卷，勞巽卿手抄振綺堂藏本，詞中注多削去，殆從陳本出。

片玉詞二卷補遺一卷，四康全書本，用毛刻本。

片玉詞，戈順卿校本，共五十八首。

清眞集二卷補遺一卷，鄭叔問校本，有單刻本，以毛刻本爲底。

楊易霖周詞訂律十二卷，民國二十四年開明書局版。坊間有翻印。

【評語】

陳郁云：『美成自號清眞，二百年來以樂府獨步，貴人、學子、市儈、妓女皆知美成詞爲可愛。』（藏一話腴）

張炎云：『美成詞渾厚和雅，善於融化詩句。』（詞源）　嚴沆云：『詩降而爲詞，自花間集出而倚聲始盛，其人雖有南唐、楚、蜀之殊，叩其音節，靡有異也。迨至宋同叔、永叔、方回、子野、咸本花間而漸近流暢，耆卿專主溫麗，或失之俚，子瞻專主雄渾，或失之肆；當其時，少游、百直、補之書出其門，而正伯蘇氏中表，獨於詞未嘗師蘇氏，寧蘭入耆卿之調，工者無論，俚者殆有甚焉，故論詞於北宋自當以美成為最醇。』（古今詞選序）　四庫全書提要云：『邦彥妙解聲律，為詞家之冠，所製諸調，非獨音之平仄宜遵，即仄字中，上、去、入三聲亦不容相混。』　沈義父云：『凡作詞當以清眞為主，蓋清眞最為知音，且無一點市井氣，下字運意，皆有法度，往往自唐、宋諸賢詩句中來，而不用經史中生硬字面，此所以為冠絕也。』（樂府指迷）　陳振孫云：『清眞詞多用唐人詩語，檃括入律，渾然天成；長調尤善鋪叙，富豔精工，詞人之甲乙也。』（直齋書錄解題）　劉肅云：『周美成以旁搜遠紹之才，寄情長短句，縝密典麗，流風可仰。其徵辭引類，推古誇今，或借字用意，言言皆有來歷，眞足冠冕詞林，歡筵歌席，卒知崇愛。』（陳元龍集注本片玉集序）　彭孫遹云：『美成詞如十三女子，玉豔珠鮮，政未可以其軟媚而少之也。』（金粟詞話）　先著云：『美成詞乍近之，覺疏樸苦澀，不甚悅口，含咀之久，則舌本生津。』（詞潔）　吳梅云：『詞至美成乃為大宗。前修蘇秦之終，後開姜史之始，自有詞人以來，為萬世不祧之宗祖。』（詞學通論）　劉熙載云：『周美成律最精審，史邦卿句最警鍊，然未得為君子之詞者，周旨蕩而史意貪也。』（藝概）　毛先舒云：『北宋詞之盛也，其妙處不在豪快而在高健，不在豔冶而在幽咽。豪快可以氣取，豔冶可以言工，高健幽咽，則關乎神理，雖可強也。』又曰：『言欲層深，語欲渾成。諸家所論，未嘗專屬一人，而求之兩宋，惟片玉，梅溪，足以備之，周之勝史，則又在渾之一字，詞至於渾而無可復進矣。』（宋六十一家詞選例言）　王國維云：『美成深遠之致，不及歐、秦，唯言情體物，窮極工巧，故不失為第一流之作者。但惟創調之才多，創意之才少耳。』又云：『詞之雅，鄭，在神不在貌。永叔，少游雖作豔語，終有品格，方之美成，便有淑女與倡妓之別。』（人間詞話）　陳洵云：

『清眞格調天成，離合順逆，自然中度；夢窗神力獨運，飛沈起伏，實處皆空；夢窗可謂大，清眞則幾於化矣。由大而幾化，故當由吳以希周。』（海綃說詞） 周之琦云：『宮調精研字字珠。開山妙手詎容誣。後生學語矜南渡，牙慧能知協律無？』（十六家詞選題辭） 周濟云：『美成思力，獨絕千古，如顏平原書，雖未臻兩晉，而唐初之法，至此大備；後有作者，莫能出其範圍矣。』又云：『鉤勒之妙，無如清眞，他人一鉤勒便薄，清眞愈鉤勒愈渾厚。』（介存齋論詞集著） 鄺士元云：『清眞（詞）集大成者也。庶猶治學，考據入門，辭章載道，歸諸義理。』（宋四家詞選箋注自敘）

瑞龍吟(一)

章臺(二)路韻 還見褪粉(三)梅梢句 試花(四)桃樹韻 愔愔(五)坊曲(六)人家句 定巢燕子句 歸來舊處韻

黯凝竚(六)韻 因念箇人(七)癡小句 乍(三)窺門戶韻 侵晨(三)淺約宮黃(八)句 障風映袖句 盈盈(九)笑語韻

前度劉郎重到(一〇)句 訪鄰尋里句 同時歌舞韻 唯有舊家(二)秋娘(三)句 聲價如故韻 吟箋賦筆句 猶記燕臺句(三)韻 知誰伴(九)讀 名園露飲(四)句 東城閒步韻 事與孤鴻去(五)韻 探春盡是句 傷離意緒韻 官柳低金縷(六)韻 歸騎(七)晚讀 纖纖池塘飛雨韻 斷腸院落(一〇)句 一簾風絮韻

【注釋】

(一)瑞龍吟：本調各體比較；詳詞律卷二十、詞譜卷三十七。本調一名章臺路，黃昇云：『此調前兩段雙曳頭，屬正平調，後一段犯大石調。』又片玉集注云：『瑞龍吟，大石。』揮犀云：『盧藏用夜聞龍吟，聽其聲清越，乃眞瑞龍吟也。』又，詞調溯源云：『周邦彥調入黃鍾商，吳文英詞注黃鍾商，俗名大石，犯正平調。』

(二)章臺：喩古時歌妓聚居之處。漢長安有章臺街在章臺下。漢書云：『張敞無威儀，罷朝以後，走馬過章臺街。』唐、韓翃贈柳氏詩云：『章臺柳，章臺柳，昔日青青今在否？縱使長條似舊垂，亦應攀折他人手。』

(三)褪粉：言梅花初謝也。褪、讀如吞之去聲。

(四)試花：初開之花曰試花。張司業新桃行云：『植之三年餘，今夏初試花。』

(五)愔愔：閑逸貌。文選嵇康琴賦云：『愔愔琴德，不可測兮。』又蘇舜欽詩云：『常云癡小失所記，倚柱愔愔更有情。』

(六)凝竚：黯然銷魂有所期待之意。朱熹詩：『高軒坐凝佇。』

(七)箇人：言這人或那人之意。趙聞禮魚遊春水詞云：『愁腸斷也，箇人知未？』義皆作那人解。

(八)宮黃：古時宮人用以塗眉面之黃粉。梁簡文帝詩云：『約黃能效月。』又，張泌詞云：『依約淺眉理舊黃。』

(九)盈盈：美好貌。古詩十九首之二：『盈盈樓上女，皎皎當窗牖。』

(一〇)前度劉郞重到：喩舊日情郞重來也。紹興府志引神仙記云：『劉晨，阮肇，剡人也。永平中，入天台山採藥，經十三日不得返，採山上桃食之，下山以杯取水，見蕪菁葉流下甚鮮，復有胡麻飯一杯流下。二人相謂曰：「去人不遠矣」。乃渡水，又過一山，見二女容顏妙絕，呼晨、肇姓名，問：「郞何來晚也」。因相款待，行酒作樂，被留半年，求歸至家，子孫已七世矣。太康八年，又失二人所在。』至謂劉郞乃指唐劉禹錫自朗州召回，重過玄都觀。因題詩云：『種桃道士知何處？前度劉郞今再來。』者，非是。考其事本末出劉禹錫元和十年自朗州召至京有戲贈看花君子云：『紫陌紅塵拂面來。無人不道看花回。玄都觀裏桃千樹，盡是劉郞去後栽。』

及再遊玄都觀絕句幷序云：『予貞元二十一年爲屯田郎，此觀未有花，是歲出牧連州，貶朗州司馬，居十年召至京師，人人皆言道士手植仙桃，滿觀如紅霞，遂有前篇以志一時之事，旋又出牧，今十四年復爲主客郎中，重遊玄都，蕩然無復一樹，惟兎葵燕麥動搖春風耳，因再提二十八字以俟後遊。時太和二年三月也。』詩云：『百畝庭中半是苔。桃花淨盡菜花開，種桃道士知何處，前度劉郎今再來。』

㈡舊家：猶云從前也。家，爲估量之辭，與作「世家」解之舊家異。李清照南歌子云：『舊時天氣舊時衣，只有情懷不似舊家時。』義皆作從前解。

㈢秋娘：唐，金陵女子，工詩詞，初爲鎮海節度使李錡妾，嘗歌金縷衣以勸錡酒云：『勸君莫惜金縷衣，勸君惜取少年時。花開堪折直須折，莫待無花空折枝。』傳偁於時，後錡謀叛伏誅，秋娘籍入宮，穆宗時，命爲皇子傅姆，後賜歸。杜牧贈杜秋娘詩云：『秋持玉斝醉，與唱金縷衣。』後人亦多借用老去之風塵女子曰秋娘。惟與樂天琵琶行：『妝成每被秋娘妒』之「秋娘」無涉。詳陳寅恪元白詩箋證稿。

㈢燕臺句：唐、李商隱贈柳枝詩云：『長吟遠下燕台句，惟有花香染未消。』

㈣露飲：露天飲讌也。

㈤孤鴻去：唐、杜牧題安州浮雲寺樓寄湖州張郎中詩云：『恨如春草多，事與孤鴻去。』

㈥官柳低金縷：形容柳絲條如金線也。晉書陶侃傳云：『侃嘗課諸營種柳，都尉夏施盜官柳，植之于己門。侃見之，駐車問曰：此是武昌西門前柳，何因盜來此種？』後人乃以柳名官柳。

㈦騎：騎，讀去聲。

㈧坊曲：唐制，妓女所居曰坊曲。北里志有南曲、北曲。乃後之南院北院也。草堂詩餘，改作『坊陌』非是。謝皋羽天地間集載孟鯁南京詩云：『愔愔坊曲傍深春，活活河流過雨渾。花鳥幾時充貢賦，牛羊今日上邱原。猶傳柳七工詞翰，不見朱三有子孫，我亦前生梁楚士，獨持心事過夷門。』

(一九)知誰伴：知誰伴猶管誰伴也。王維桃源行：『坐看紅樹不知遠，行盡青溪忽值人。』蔣捷霜天曉角詞云：『人影窗紗，是誰來折花？折則從他折去，知折去向誰家。』上舉諸例，『知』，皆作『管』也。

(二〇)院落：謂自成體系之庭院也。黃滔詩：『白雲生院落，流水下城池。』宋徽宗宴山亭：『問院落淒涼，幾番春暮。』

(二一)乍：猶始也。孟子公孫丑上：『今人乍見孺子將入於井，皆有怵惕惻隱之心。』作『初』，『纔』亦可。

(二二)侵晨：破曉也。方千採蓮曲：『隔夜相期侵早發。』杜甫詩：『天子朝侵早，寒臺仗數移。』

【集評】

唐宋諸賢絕妙詞選七云：『今按：此詞自「章臺路」至「歸來舊處」是第一段，自「黯凝竚」至「盈盈笑語」是第二段，此謂之「雙拽頭」，屬正平調。自「前度劉郎」以下，即犯大石，後第三段。至「歸騎晚」以下四句。再歸正平。今諸本皆於吟「牋賦筆」處分段者，非也。』　楊愼云：『唐制：妓女所居曰坊曲，北里志有南曲、北曲，如今之南院北院也。宋陳敬叟詞：窈窕青門紫曲。周美成詞：「小曲幽坊月暗。」又：「愔愔坊曲人家」，近刻草堂詩餘改作「坊陌，非也。」』（詞品）　沈義父云：『結句須要放開，含有餘不盡之意，以景結情最好。如清眞之「斷腸院落，一簾風絮。」又：「掩重關，徧城鐘鼓」之類是也。』（樂府指迷）　陳洵云：『第一段地，「還見」逆入，「舊處」平出。「因記」逆入，「重到」平出；作第三段換頭。以下撫今追昔，「訪鄰尋里」，今：「同時歌舞」，昔；「惟有舊家秋娘，聲價如故」，今猶昔；而秋娘已去，却不說出，乃吾所謂留字訣者。於是吟箋，賦筆，露飲，閑步與窺戶、約黃、障袖，笑語皆如在目前矣。又吾所謂能留，則離合順逆皆可隨意指揮也。「事與孤鴻去」，咽住；「探春盡是，傷咽離意諸」，轉出官柳以下，風景依稀，與梅梢桃樹映照，詞境渾融，大而化矣。』（海綃說詞） 夏敬觀云：『詞中對偶句，最忌堆砌板重。如此詞「褪粉」二句，「名園」二句，皆極流動，所以妙也。「愔愔」，「侵晨」挺接。』又云：『末段挺接處尤妙，因「潛氣內轉」之筆行之。』（評清眞集） 周濟云：事與孤鴻去，『只一句化去町畦。』又云：『不過桃花人面，舊曲翻新耳，看其由無情入，結歸無情，層層脫換，筆筆往復處。』（宋四家詞選） 鄭士元云：『周美成瑞龍吟，片玉集壓卷之作也。首言「章臺路」，次敍「褪粉梅梢」，「試花桃樹」。借景傷春也。主題在「傷離意緒」。「燕子」一句，喻燕歸人未歸。「前度劉郎」，「舊家秋娘」，接勢頓挫。純用側筆說情。「知誰伴」猶管誰伴，好色而不淫。「斷腸院落」，怨誹而不亂。』（帶經樓詞話）

蘭陵王(一) 柳

柳陰直韻 煙裏絲絲弄碧韻 隋堤(二)上讀 曾見幾番句 拂水飄綿送行色韻 登臨望故國韻 誰識韻 京華倦客韻 長亭路韻 年去歲來句 應折柔條過千尺韻

閒尋舊蹤迹韻 又酒趁哀絃句 鐙照離席韻 梨花榆火(三)催寒食(四)韻 愁一箭風快句 半篙(五)波暖句 回首迢遞(六)便數驛(七)韻 望人在天北韻

悽惻韻 恨堆積韻 漸別浦縈迴(八)句 津堠(九)岑寂韻 斜陽冉冉(一〇)春無極韻 念月榭攜手句 露橋聞笛韻 沈思前事句 似夢裏句 淚暗滴韻

【注釋】

(一)蘭陵王：本調各體比較，詳詞律卷二十，詞譜卷三十七。又，隋唐嘉話云：『齊文襄長子長恭，封蘭陵王，與周師戰，當著假面對敵，擊周師金墉城下，勇冠三軍，武士共歌謠之曰蘭陵王入陣曲』。詞名本此。

(二)隋堤：隋煬帝開通濟渠，沿渠築堤，世稱隋堤。清一統志謂河南開封之汴河故道有隋堤。

(三)榆火：雲笈七籤云：『清明一日取榆柳作薪煮食，名曰換薪火，以取一年之利。』又，唐會要云：『清明取榆柳之火賜近臣，以順陽氣。』

(四)寒食：荊楚歲時記云：『冬節一百五日，即有疾風甚雨，謂之寒食。』典出晉文公焚林求介之推，之推抱林而死，文公哀之，禁人是日舉火，後世遂有寒食之俗。

(五)篙：刺船竹，以鐵為鏃者，越絕書：『子胥答闔閭曰：「篙工船師，可當君之輕足驃騎。」』

(六)迢遞：遠貌。文選左思吳都賦：『曠瞻迢遞。』

(七)驛：驛車也。古傳驛有亭，行旅送行止息之所。唐杜甫詩：『風帆數驛亭。』

(八)縈迴：旋繞也，詩周南樛木：『葛藟縈之。』

(九)津堠：水邊之土堡。

(十)冉冉：微弱貌。曹植美女篇云：『柔條紛紛冉冉，葉落何翩翩。』

【集評】

賀裳云：『周清真避道君，匿李師師榻下，作少年游以詠其事，吾極喜其「錦幄初溫，獸煙不斷，相對坐調笙」：情事如見。至：「低聲問，向誰行宿？城上已三更，馬滑霜濃，不如休去」等語，幾于魂搖目蕩矣。及被謫後，師師持酒餞別，復作蘭陵王贈之，中云：「愁一箭風快，半篙波暖，回頭迢遞便數驛。」酷盡別離之慘；而題作咏柳，不書自事，則意趣索然，不見其妙矣。』（皺水軒詞筌）　士元按：近人羅忼烈教授著蘭陵王小箋謂李師師約生于宋仁宗嘉祐末年與英宗治平年間至靖康亂後尚在世，徽宗縱有微行，當在向立之年，而師師已屆老去秋娘，使師師見幸于道君，端在其藝，非慕其色，至謂師師入宮爲奴，與清眞道君之風流韻事，乃坿會之談耳。毛开云：『紹興初，都下盛行周清眞蘭陵王慢，西樓南瓦皆歌之，謂之渭城三疊，以周詞凡三換頭，至末段聲尤激越，惟教場老笛師能倚之以節歌者，其譜傳自趙忠簡家，忠簡於建炎丁未九日南渡，泊舟儀眞江口，遇宣和大晟樂府協律郎某，叩獲九重故譜，因令家伎習之，遂流傳於外。』（樵隱筆錄）　譚獻云：『已是磨杵成針手段，用筆欲落不落，「愁一箭風快」等句之噴醒，非玉田所知。「斜陽冉冉春無極」七字，微吟千百遍，當入三昧，出三昧。』（譚評詞辨）　梁啓超云：『「斜陽」七字，綺麗中帶悲壯，全首精神振起。』（藝蘅館詞選）陳洵云：『託柳起興，非詠柳也，「弄碧」一留，却出「隋堤」；「行色」一留，却出「故國」；「長亭路」應「隋堤上」，「年去歲來」應「拂水飄綿」，全爲「京華倦客」四字出力。第二段「舊蹤」，往事，一留；「離席」今情，一留；於是以「梨花榆火催寒食」一句脫開，「愁一箭」至「數驛」三句逆提，然後以「望人在天北」合上「離席」作歇拍。第三段「漸別浦」至「岑寂」，乃證上「愁一箭」至「波暖」二句；蓋有此「漸」，乃有此「愁」也，「愁」是逆提，「漸」是順應，「春無極」正應上「催寒食」。「催寒食」是脫，「春無極」是複，「月榭攜手、露橋聞笛」是離席前事，「似夢裏淚暗滴」，乃用逆挽，周止庵謂複處無脫不縮，故脫處如望海上神山，詞境至此，謂之不神，不可也。』（海綃說詞）　周濟云：『客中送客，一「愁」字代行者設想；以下不辨是情是景，但覺煙靄蒼茫。「望」字，「念」字尤幻。』（宋四家詞選）

瑣窗寒(一) 寒食

暗柳啼鴉句單衣竚立句小簾朱戶韻桐陰半畝句靜鎖一庭愁雨韻灑空階讀更闌未休句故人翦燭西窗語(二)韻似楚江暝宿(三)句風燈零亂(四)句少年羇旅韻遲暮韻嬉遊處韻正店舍無煙句禁城百五(五)韻旗亭(六)喚酒句付與高陽儔侶(七)韻想東園(八)讀桃李自春句小脣秀靨(九)今在否韻到歸時讀定有殘英句待客攜尊俎(10)韻

【注釋】

(一)瑣窗寒：本調各體比較詳詞律卷十六，詞譜卷二十七。按杜牧詠村舍燕詩云：『漢宮一百四十五，多下珠簾閉鎖窗。』故後人多誤作鎖窗寒，考鮑照詩有「玉鉤隔瑣窗」句。獨孤及詩有「中庭桃李映瑣窗」句，證之「鎖」，皆以「瑣」為正。塡詞名解云：『瑣窗寒，越調曲。』

(二)故人翦燭西窗語：唐，李商隱夜雨寄北詩云：『何當共翦西窗燭，却話巴山夜雨時。』

(三)暝宿：夜宿也。徑韻，夜也，見玉篇。

(四)風燈零亂：唐杜甫詩云：『風起春燈亂，江鳴夜雨懸。』

(五)禁城百五：荊楚歲時記云：『去冬一百五日，有疾風甚雨，謂之寒食。』唐，元稹詩云：『初過寒食一百六，店舍無烟宮樹綠。』

(六)旗亭：市樓也，張衡西京賦有『旗亭五重。』注云：『市樓，立旗於上。』類今之茶館。

(七)言陽儔侶：史記載：『漢酈食其以儒冠見沛公劉邦，劉邦以其爲儒生，不見，食其按劍大呼：「我非儒生，乃高陽酒徒也。」劉邦因見之。』李白詩云：『君不見高陽酒徒起草中，長揖山東隆準公。』

(八)東園：陶淵明停雲詩：『東園之樹，枝條再榮。』徐彥伯錢唐永昌詩：『鬥鷄香陌行春倦，爲摘東園桃李花。』李白古風：『桃花開東園，含笑誇白日。』義皆作花園之泛偁。

(九)小脣秀靨：唐，李賀詩云：『濃眉籠小唇，晚奩妝秀靨。』靨，頰輔也；乙接切。

(10)尊俎：盛載酒肉之器。禮樂記：『鋪筵席，陳尊俎。』尊，亦作樽。

【集評】

陳洵云：『由戶而庭，由昏而夜，一步一境，總趨歸故人剪燭一句。「楚江暝宿，少年羇旅」，又換一境，一「似」字極幻，「遲暮」鉤轉，渾化無蹟。以下設景，設情，層層脫換，皆收入「西窗語」三字中。美成藏此金針，不輕與人。』（海綃說詞）　周濟云：『奇橫』。（宋四家詞選）

齊天樂(一)

綠蕪(二)凋盡臺城路句　殊鄉(三)又逢秋晚韻　暮雨生寒句　鳴蛩勸織(四)句　深閣時聞裁翦韻　雲窗靜掩韻　歎重拂羅裀(五)句　頓疏花簟韻　尚有練囊(六)句　露螢清夜照書卷韻

荊江留滯最久句　故人相望處句　離思何限韻　渭水西風句　長安亂葉(七)句　空憶詩情宛轉韻　凭高眺遠韻　正玉液新篘句　蟹螯初薦(八)韻　醉倒山翁句　但愁斜照斂(九)韻

【注釋】

(一)齊天樂：本調各體比較詳詞律卷十七，詞譜卷三十一。又詞譜云：『周密天基節樂次：「樂奏夾鐘宮，第一盞觱篥起聖壽齊天樂慢。」周邦彥詞有「綠蕪彫盡臺城路」句，名臺城路，沈端節詞名五福降天中。張輯詞有：「如此江山」句，名如此江山。』

(二)蕪：言草也，唐，杜甫詩：『整履步青蕪。』又高適田家春望：『春色滿平蕪。』皆言草也。

(三)殊鄉：言異鄉也。

(四)鳴蛩勸織：言秋深蟲鳴也。古詩十九首：『明月皎夜光，促織鳴東壁。』

(五)裀：音因。廣雅釋器：『複襂謂之裀。』

(六)練囊：白囊也，古之貧家，每以螢蟲聚之一囊，取其光而讀書。三字經有：『如囊螢，如映雪。』

(七)長安亂葉：賈島詩云：『秋風吹渭水，落葉滿長安。』

(八)薦：謂餚饌也。周禮：『薦羞之實。』

(九)但愁斜照斂：杜牧九日齊安登高詩云：『但將酩酊酬佳節，不用登臨看落暉。』

【集評】

譚獻云：『起句亦是以掃爲生法。「荊江」句應「殊鄉」。「渭水」二句，點化成句，開後來多少章法。結束出奇，正是哀樂無端。』（譚評詞辨卷一） 周濟云：『此淸眞荊南作也，胸中猶有塊壘。南宋諸公多模倣之。身在荊南，所思在關中，故有「渭水」，「長安」之句，碧山用作故實。』（宋四家詞選）

蘇幕遮(一)

燎(二)沈香(三)句消溽暑(四)韻鳥雀呼晴句侵曉窺簷語韻葉上初陽乾宿雨韻水面淸圓句一一風荷擧韻
故鄉遙句何日去韻家住吳門句久作長安旅韻五月漁郎相憶否韻小楫輕舟句夢入芙蓉浦韻

【注釋】

(一)蘇幕遮：本調各體比較，詳詞律卷九，詞譜卷十四。又古今詞話云：『柳塘詞話曰：「古曲名」張說詩：「摩遮本出海西胡」云云；楊愼曰：「考之卽舞回回也。」宋人作蘇幕遮注云：「胡服，一云高昌女子所戴油帽。」教坊記有醉渾脫之倆；唐呂元濟上書：「比見方邑，相率爲渾脫隊，駿馬胡服，名曰蘇幕遮」。』曲名取此。

(二)燎：廣雅釋言：『潦，燒也。』

(三)沈香：著名之薰香料，名見本草。

(四)溽暑：濕暑也，禮記月令：『土潤溽暑，大雨時行。』

【集評】

王國維云：『美成靑玉案（卽蘇幕遮）詞：「葉上初陽乾宿雨。水面淸圓，一一風荷擧。」此眞能得荷之神理者。覺白石念奴嬌，惜紅衣二詞，猶有隔霧看花之恨。』（人間詞話卷上）

周濟云：『若有意，苦無意，使人神眩。』（宋四家詞選）

六醜(一) 薔薇謝後作

正單衣試酒句悵客裏讀光陰虛擲韻願春暫留句春歸如過翼(二)韻一去無迹韻爲問家何在句夜來風雨句葬楚宮傾國(三)韻釵鈿墮處遺香澤韻亂點桃蹊(四)句輕翻柳陌韻多情更誰追惜韻但蜂媒蝶使句時叩窗槅(五)韻　東園(六)岑寂韻漸蒙籠暗碧(七)韻靜繞珍叢(八)底句成歎息韻長條故惹行客韻似牽衣待話句別情無極韻殘英小讀強簪巾幘(九)韻終不似讀一朵釵頭顫裊句向人攲側韻漂流處讀莫趁潮汐韻恐斷紅(十)讀尚有相思字句何由見得韻

【注釋】

(一)六醜：本調各體比較；詳詞律卷二十，詞譜卷三十八。又，謹子居詞話：「六醜詞周邦彥所作，上問六醜之義，對曰：「此犯六調，皆聲之美者，然極難歌，高陽氏有子六人，才而醜，故以比之。」」

(二)過翼：喻飛鳥也。

(三)葬楚宮傾國：喻落花也。溫庭筠詩云：「夜來風雨落殘花。」漢書李延年傳云：「李延年善歌，侍武帝歌曰：「北方有佳人，絕世而獨立，一顧傾人城，再顧傾人國。寧不知，傾城與傾國，佳人難再得。」」

(四)桃蹊：史記李廣傳引諺語云：「桃李無言，下自成蹊。」

(五)槅：音革。一作隔。

(六)東園：詳瑣窗寒注八。

(七)朦朧暗碧：暗指綠葉叢也。

(八)珍叢：喻花叢也。

(九)巾幘：喻布帽也。

(一〇)斷紅：雲溪友議記唐，盧渥應擧，偶到御溝，見紅葉上題詩云：『流水何太急，深宮竟日閑，殷勤謝紅葉，好去到人間。』

【集評】

周密云：『宣和中，以李師師能歌舞稱；時周邦彥爲太學生，時遊其家，一夕，祐陵（徽宗）臨幸，倉卒避去。既而賦小詞，所謂「并刀如水，吳鹽勝雪」者。蓋紀此夕事也。未幾李被宣喚，遂歌於上前，問：「誰作？」以邦彥對，遂以解褐，自此通顯，既而朝廷賜酺，師師又歌大酺，六醜二解，上顧敎坊使袁綯問，綯曰：「此起居舍人新知潞州周邦彥作也。」問六醜之義，莫能對。召邦彥問之，對曰：「此犯六調，皆聲之美者，然絕難歌。」上喜，意將留行，且以近多祥瑞，將使播之樂章，命蔡元長叩之；邦彥云：「某老矣，頗悔小作。」會起居郎張果廉知邦彥嘗於親王席上作小詞贈舞鬟，云：「歌席上，無賴是橫波。寶髻玲瓏欹玉燕，繡巾柔膩掩香羅；何況會婆娑，無箇事，因甚斂雙蛾？淺淡梳妝疑是畫，惺忪言語勝聞歌；好處是情多。」爲蔡道其事，上知之，由是得罪。』（浩然齋雅談）　陳廷焯云：『「爲問家何在？」上文有「悵客裏光陰虛擲」之句，此處點醒題旨，既突兀，又綿密，妙只五字束住，下文反覆纏綿，更不糾纏一筆，却滿紙是羈愁抑鬱，且有許多不敢說處，言中有物，吞吐盡致。』（白雨齋詞話）　譚獻云：『「願春」二句，逆入平出，亦平入逆出，「爲問」三句，搏兎用全力，「靜遠」三句，處處斷，處處連，「殘英」句卽願春暫留也。「飄流」句卽春歸如過翼也。末二句仍在逆挽，片玉所獨。』（譚評詞辨）　周濟云：『願春暫留，春歸如過翼，一去無迹。十三字千回百折，千錘百鍊，以下如鵬羽自逝。』又云：『不說人惜花，却說花戀人，不從無花惜春，却從有花惜春；不惜已簪之

殘英，偏惜欲去之斷紅。』（宋四家詞選）

大　酺㈠

對宿煙收句　春禽靜讀　飛雨時鳴高屋韻　牆頭青玉旆㈡句　洗鉛霜都盡句　嫩梢相觸韻　潤逼琴絲㈢句　寒侵枕障句　蟲網吹黏簾竹韻　郵亭無人處句　聽簷聲不斷句　困眠初熟韻　奈愁極頻驚句　夢輕難記句　自憐幽獨韻　行人歸意速韻　最先念讀　流潦妨車轂㈣韻　怎奈向㈤讀　蘭成㈥憔悴句　衛玠㈦清羸句　等閑時讀　易傷心目韻　未怪平陽客㈧句　雙淚落讀　笛中哀曲韻　況蕭索讀　青蕪國㈨韻　紅糝(十)鋪地句　門外荊桃(十一)如菽(十二)韻　夜遊共誰秉燭韻

【注釋】

㈠大酺：本調各體比較詳詞律卷二十，詞譜卷三十七。又史記秦始皇紀：『「天下大酺」正義曰：「天下歡樂大飲酒也，秦既平韓、趙、魏、燕、楚、五國，故天下大酺也。」』及唐教坊曲有大酺樂，羯鼓錄亦有太簇商大酺樂，宋詞蓋借此舊名自製新聲也。

㈡青玉旆：言新出之竹。

㈢潤逼琴絲：王充論衡：『天且雨，琴弦緩。』

㈣流潦妨車轂：言旅途中積水，車不能行。

㈤怎奈向：宋人方言也，向即無奈之意。晏殊殢人嬌詞：『羅巾掩淚，任粉痕霑污，爭奈向，千留，萬留不住。』秦觀八六子：『怎奈向，歡娛漸隨流水，素絃聲斷，翠綃香減。』蔣捷祝英台云：『幾回傳語東風，悄愁吹去，怎奈向，東風不管。』義皆作無奈。

(六)蘭成：庾信小字蘭成，哀江南賦作者。

(七)衛玠：世說載衛玠，晉人也，人聞其名，觀者如堵，先有羸疾，成病而死，年二十七，人以為看殺衛玠也。

(八)平陽客：文選載，漢、馬融，性好音樂，能鼓琴吹笛，臥平陽時，聽客舍有人吹笛甚悲，因而作笛賦。

(九)青蕪國：言雜草叢生之地區。溫庭筠有詩云：『花庭忽作青蕪國。』

(一〇)紅糝：言落花也。糝音寢。

(一一)荊桃：爾雅釋木云：『楔，荊桃。』注：『今櫻桃。』

(一二)菽：荳類也。詩小雅小宛云：『中原有菽。』

【集評】

沈義父云：『詞中用事，使人姓名，須委曲得不用出最好。清眞詞多要兩人名對使，亦不可學他。如宴清都云：「庾信愁多，江淹恨極。」西平樂云：「東陵晦迹，彭澤歸來。」大酺云：「蘭成憔悴，衛玠清羸。」過秦樓云：「才減江淹，情傷荀倩」之類是也。』（樂府指迷）　梁啟超云：『流潦妨車轂句，託想奇拙，清眞最善用之。』　夏敬觀云：『一氣貫注，轉折處如「天馬行空」。所用虛字，無一不與文情合。』（夏評）

陳洵云：『自「宿煙收」至「相觸」六句，屋外景。「潤逼」至「簾竹」三句，屋內景。「困眠初熟」四字逆出，「聽簷聲不斷」，是未眠熟前情景。「郵亭」上九句，是驚覺後情事，困眠則聽，驚覺則愁，「郵亭」一句，作中間停頓，「奈愁極」二句，作兩邊照應，曰「煙收」，曰「禽靜」，則不特無人。「蟲網吹黏」，鉛霜洗盡，靜中始見，總趨歸「幽獨」二字。「行人歸意速」陡接，「最先念流潦妨車轂」倒提；復以「怎奈向」三字鉤轉，將上闋所有情事總納入「傷心目」三字中。「未怪平陽客」墊起，「況蕭索青蕪國」跌落，「共誰秉燭」與「自憐幽獨」，顧盼含情，神光離合，乍陰乍陽，美成信天人也。』（海綃說詞）　周濟云：『怎奈向：宋人語，「向」作「一向」二字解，今語向來也。』（宋四家詞選）

法曲獻仙音(一)

蟬咽涼柯句 燕飛塵幕句 漏閣籤聲時度韻 倦脫綸巾(二)句 困便湘竹句 桐陰半侵庭戶韻 向抱影句 凝情處韻 時聞打窗雨韻 耿無語韻　歎文園(三)讀 近來多病句 情緒嬾讀 尊酒易成閒阻韻 縹渺玉京(四)人句 想依然讀 京兆眉嫵(五)韻 翠幕深中句 對徽容(六)讀 空在紈素(七)韻 待花前月下句 見了不教歸去韻

【注釋】

(一)法曲獻仙音：本調各體比較，詳詞律卷十三，詞譜卷二十二。又宋、陳暘樂書云：『法曲興於唐，其聲始出清商部，比正律差四律，有鐃鈸鐘磬之音，獻仙音其一也。』又云：『聖朝法曲樂器，有琵琶、五弦箏、箜篌、笙、笛、觱篥、方響、拍板，其曲所存，不過道調望瀛，小石獻仙音而已，其餘皆不復見矣。』

(二)綸巾：綸，音關。綸巾，一名諸葛巾，以青絲綬為之。晉書謝萬傳：『簡文帝作相，召為撫軍從事中郎，着白綸巾，鶴氅裘。』

(三)文園：漢司馬相如拜爲孝文園令。杜牧詩：『文園終病渴，休詠白頭吟。』

(四)玉京：言天人聚居之處，李白詩：『遙見仙人彩雲裏，手把芙蓉朝玉京。』

(五)嫵：音武。媚也，漢書司馬相如傳：「嫵媚孅弱。」

(六)徽容：美容也。詩小雅角弓：『君子有徽猷。』

(七)紈素：文選，班婕妤怨歌行：『新裂齊紈素，鮮絜如霜雪。』

【集評】

周濟云：『結是本色俊語。』（宋四家詞選）

滿庭芳(一)　夏日溧水無想山作

風老鶯雛(二)句　雨肥梅子(三)句　午陰嘉樹清圓韻　地卑山近句　衣潤費鑪煙韻　人靜烏鳶自樂(四)句　小橋外讀　新綠濺濺韻　凭闌久讀　黃蘆苦竹句　擬泛九江船(五)韻　年年韻　如社燕(六)句　飄流瀚海(七)句　來寄修椽(八)韻　且莫思身外(九)句　長近尊前韻　憔悴江南倦客句　不堪聽讀　急管繁絃韻　歌筵畔句　先安枕簟(一〇)句　容我醉時眠(一一)韻

【注釋】

(一)滿庭芳：本調各體比較，詳詞律卷十三，詞譜卷二十四。唐吳融詩：『滿庭芳草易黃昏。』又，柳宗元詩：『滿庭芳草積。』因此爲名，按詞譜云：『此調有平韻、仄韻兩種，仄韻音，樂府雅詞名轉調滿庭芳。』此調一名滿庭霜、滿庭花、鎖陽臺、瀟湘夜雨、話桐鄉、江南好、轉調滿庭芳。

(二)雛：喻初生之小鳥。

(三)雨肥梅子：唐杜甫詩：『紅綻雨肥梅。』

(四)人靜烏鳶自樂：唐杜甫詩：『人靜烏鳶樂。』烏鳶，烏鵲也。

(五)黃蘆苦竹，擬泛九江船：唐白居易琵琶行：『住近湓江地低濕，黃蘆苦竹繞宅生。』杜詩：『聞道巴山裏，春船正好行，都將百年事，一望九江城。』

(六)社燕：格物總論：『燕，春社來，秋社去，故謂之社燕。』

(七)瀚海：今之蒙古大沙漠，古偁瀚海，又作翰海，名義考：『以飛沙若浪，人馬相失若沈，視猶海然，非眞有水之海也。』

(八)修椽：喻高大之屋簷。

(九)且莫思身外：唐杜甫詩：『莫思身外無窮事，且盡尊前有限杯。』

(10)簟：讀如弟豔切。竹席也，詩小雅斯干：『下莞上簟。』

【集評】

陳廷焯云：『美成詞有前後若不相蒙者，正是頓挫之妙。如「滿庭芳」上半闋云：「人靜烏鳶自樂，小橋外，新綠濺濺；凭闌久，黃蘆苦竹，擬泛九江船。」正擬縱樂矣，下忽接云：「年年。如社燕，飄流瀚海，來寄修椽。且莫思身外，長近尊前。憔悴江南倦客，不堪聽，急管繁絃，歌筵畔，先安枕簟，容我醉時眠。」是烏鳶雖樂，社燕自苦，九江之船，卒未嘗泛。此中有多少說不出處，或是依人之苦，或有患失之心，但說得雖哀怨卻不激烈；沈鬱頓挫中別饒蘊藉。後人爲詞，好作盡頭語，令人一覽無餘，有何趣味？』（白雨齋詞話） 譚獻云：『「地卑」二句，覺離騷廿五，去人不遠，「且莫」二句，杜詩，韓筆。』（譚評詞辨） 梁啓超云：『最頹唐語，却最含蓄。』（藝蘅館詞選） 陳洵云：『方喜嘉樹，旋苦地卑；正羨烏鳶，又懷蘆竹；人生苦樂萬變，年年爲客，何時了乎！且莫思身外，則一齊放下，急管繁絃，徒增煩惱，固不如醉眠之自在耳。詞境靜穆，想見襟度，柳七所不能爲也。』（海綃說詞） 周濟云：『體物入微，夾入上下文中，似褒似貶，神味最遠。』（宋四家詞選）

應天長慢(一)　寒食

條風(二)布煖句 霏霧弄晴句 池臺徧滿春色韻 正是夜堂無月句 沈沈暗寒食(三)韻 梁閒燕句 社前(四)客韻 似笑我讀 閉門愁寂韻 亂花過讀 隔苑芸香(五)句 滿地狼籍韻

長記那回時句 邂逅(六)相逢句 郊外駐油壁(七)韻 又見漢宮傳燭句 飛煙五侯宅(八)韻 青青草句 迷路陌韻 強載酒讀 細尋前迹韻 市橋遠讀 柳下人家句 猶自相識韻

【注釋】

(一)應天長慢：本調各體比較；詳詞譜卷八。一名應天長、應天長令。此調祇有令調，慢調、令開始於韋莊、慢詞開始於柳永，周調屬正體，又片玉集注云：『應天長商調，老子之「天長地久」，白樂天長恨歌：「天長地久有時盡。」』意或本此。待考。

(二)條風：說文：『東北曰融風。』段注云：『調風，條風，融風一也。』又，易緯：『立春條風至。』

(三)寒食：見蘭陵王注四。

(四)社前：社，祭社神之日有春秋二社，立春後五戊為春社，立秋後五戊為秋社。歐陽澥燕詩：『長到春秋社前後，為誰去了為誰來。』

(五)芸香：喻亂花叢中之香氣。

(六)邂逅：不期而會也。詩：『邂逅相遇，適我願兮。』

(七)油壁：謂以油漆飾車壁也，乃古時較華貴之小車，樂府蘇小小詩云：『妾乘油壁車，郎騎青驄馬，何處結同心，西陵松柏下。』

(八)漢宮傳燭，飛煙五侯宅：唐，韓翃寒食詩：『春城無處不飛花，寒食東風御柳斜，日暮漢宮傳蠟燭，輕煙散入五侯家。』漢桓帝封宦官單超，徐璜，貝瑗，左悺，唐衡為五侯，見後漢書宦者傳。

【集評】

李攀龍云：『上半敍景色寥寂，下半與人世睽絕。』又云：『不用介子推典實，但意俱是不求名，不徼功，似有埋光剷影之卓識。』（草堂詩餘雋）陳洵云：『布暖弄晴，已將後闋遊興之神攝起，夜堂無月，從閑門中見。梁燕笑人，亂花過院，一有情，一無情，全為愁寂二字出力，後闋全是閉門中設想。「強載酒，細尋前蹟。」一言意欲如此。人家相識，反應「邂逅相逢」。』（海綃說書）周濟云：『池臺二句生辣，青青草下，反剔所尋不見。』（宋四家詞選）

木蘭花㈠

桃蹊㈡不作從容住韻 秋藕絕來無續處韻 當時相候赤欄橋㈢句 今日獨尋黃葉路㈣韻 煙中列岫青無數韻 雁背夕陽紅欲暮韻 人如風後入江雲句 情似雨餘沾地絮韻

【注釋】

㈠木蘭花：本調各體比較，詳詞律卷七、詞譜卷十二。又、唐教坊曲名。太和正音譜注高平調。按：花間集載木蘭花，玉樓春兩調，其七字八句者爲玉樓春體。

㈡桃蹊：詳六醜注四。

㈢赤欄橋：溫庭筠楊柳枝：『宜春苑外最長條，閑裊春風伴舞腰，正是玉人腸斷處，一渠春水赤欄橋。』又、孫光憲楊柳枝云：『門前風暖落花乾，飛遍江城雪不寒，獨有晚來臨水驛，閑人多凭赤欄干。』詞意取此。

㈣黃葉路：說苑引僧惟鳳詩：『去路正黃葉，別君堪白頭。』

【集評】

陳廷焯云：『美成詞有似拙實工者，如玉樓春結句云：「人如風後入江雲，情似雨餘黏地絮。」上言不能留，下言情不能已，呆作兩譬，別饒姿態，却不病其纖，此中消息難言。』（白雨齋詞話）　周濟云：『祇賦天臺事，態濃意遠。』（宋四家詞選）

少年游(一)

并刀如水(二)句 吳鹽勝雪(三)句 纖指破新橙韻 錦幄(四)初溫句 獸香(五)不斷句 相對坐調笙韻 低聲問讀 向誰行宿(六)句 城上已三更韻 馬滑霜濃句 不如休去句 直(七)是少人行韻

【注釋】

(一)少年游：本調各體比較，詳詞律卷五、詞譜卷八。又本調見珠玉集，因詞有「長似少年時」句，取以爲名，樂章集注林鍾商調，韓淲詞有「明窗玉蠟梅枝好」句，更名玉蠟梅枝。薩都刺詞名小闌干。

(二)并刀如水：山西省出產之刀利如水也。杜甫詩：『安得并州快翦刀。』

(三)吳鹽勝雪：江蘇省出產之鹽白如雪。李白詩：『玉盤楊梅爲君設，吳鹽如花皎如雪。』

(四)幄：釋名、釋牀帳：『幄，屋也。以帛依板施之，形如屋也。』

(五)獸香：燃着沈香之小爐。

(六)行宿：謂向誰處住宿，或那邊住宿之意。周邦彥風流子：『最苦夢魂，今宵不到伊行。』不到「伊行」猶不到那邊也。

(七)直：乃指空間方位而言，可作確係解。

【集評】

張端義云：『道君幸李師師家，偶周邦彥先生焉，知道君至，遂匿牀下。道君自攜新橙一顆，云江南初進來，遂與師師謔語，邦彥悉聞之，括成少年游云：「并刀如水，吳鹽勝雪，纖指破新橙；錦幄初溫，獸香不斷，相對坐調笙。低聲問，向誰行宿？城上正三更，馬滑霜濃，不如休去，直是少人行。」師師因歌此詞，道君問：「誰作？」師師奏云：「周邦彥詞。」道君大怒，宣諭蔡京：「周邦彥職事廢弛，即日下押出國外。」隔一二日，道君復幸李師師家，不見師師，問其家，知送周監稅；坐久，至初更，李始歸，愁眉淚睫，憔悴可掬；道君大怒云：「爾往那裏去？」李奏：「臣妾萬死，知周邦彥得罪，押出國外，累致一杯相別，不知官家來。」道君問：「曾有詞否？」李奏云：「有蘭陵王詞。」道君云：「唱一遍者。」李奏云：「容臣妾奉一杯，歌此詞為官家壽。」曲終，道君大喜，復召為大晟樂正。』（貴耳錄） 詳周邦彥蘭陵王集評。 譚獻云：『麗極而清，清極而婉，然不可忽過「馬滑霜濃」四字。』（譚評詞辨卷一） 周濟云：『此亦本色佳製也。本色至此便足，再過一分，便入山谷惡道矣。』（宋四家詞選）

拜新月慢㈠

夜色催更句 清塵收露句 小曲幽坊月暗韻 竹檻鐙窗句 識秋娘㈡庭院韻 笑相遇句 似覺讀 瓊枝玉樹相倚句 煖日明霞光爛韻 水盼㈢蘭情句 總平生稀見韻 畫圖中讀 舊識春風面㈣韻 誰知道讀 自到瑤臺㈤畔韻 眷戀雨潤雲溫句 苦驚風吹散韻 念荒寒讀 寄宿無人館韻 重門閉讀 敗壁秋蟲歎韻 怎奈向㈥讀 一縷相思句 隔溪山不斷韻

【注釋】

㈠拜新月慢：本調各體比較，詳詞律卷十八；詞譜卷三十三。又、詞譜云：『一名拜星月慢，拜新月，唐，教坊曲名，宋史樂志般涉調，此調始自周美成，吳文英詞照此，陳詞，彭詞之減字皆變格也。』

㈡秋娘：唐，金陵女子，李錡妾。錡滅入宮。穆宗命爲皇子傅姆。漳王廢，賜歸故鄉。見杜牧，杜秋娘詩序。詳周邦彥瑞龍吟注十二。

㈢水盼：喻目如秋水也。

㈣舊識春風面：唐，杜甫明妃村詩：『畫圖省識春風面，環佩空歸月夜魂。』

㈤瑤臺：仙人居所，楚辭：『望瑤臺之偃蹇兮。』

㈥怎奈向：詳周邦彥大酺注五。

【集評】

潘游龍云：『前一晌留情，此一縷相思，無限傷感。』（古今詩餘醉） 李攀龍云：『上相遇間，如瓊玉生光；下相思處，渾如溪山隔斷。』（草堂詩餘雋） 周濟云：『全是追思，却純用實寫。但讀前半闋，幾疑是賦也。換頭再爲加倍跌宕之，他人萬萬無此力量。』（宋四家詞選）

尉遲盃㈠

隋堤㈡路韻 漸日晚讀 密靄㈢生深樹韻 陰陰淡月籠沙㈣句 還宿河橋深處韻 無情畫舸句 都不管讀 煙波隔前浦韻 等行人讀 醉擁重衾句 載將離恨歸去㈤句 因思舊客京華句 長偎傍疏林句

小檻歡聚韻 冶葉倡條(六) 俱相識句 仍慣見讀 珠歌翠舞韻 如今向讀 漁村水驛句 夜如歲讀 焚香獨自語韻 有何人讀 念我無聊句 夢魂凝想鴛侶韻

【注釋】

(一)尉遲盃：本調各體比較；詳詞律卷十八；詞譜卷三十三。又、詞品云：『伯堅丞相樂府，與彥高東山樂府多入選者，即名吳蔡體者也。獨推其「銀屏小語，私分麝月，春心一點」乃伯堅尉遲杯也。』按此調有平韻、仄韻兩體，仄韻見柳永樂章集，平韻者見晁補之琴趣外篇。

(二)隋堤：見周邦彥蘭陵王注二。

(三)密靄：密雲也。

(四)淡月籠沙：杜牧泊秦淮詩云：『煙籠寒水月籠沙，夜泊秦淮近酒家。』

(五)載將離愁歸去：唐、鄭仲賢詩：『亭亭畫舸繫寒潭，直到行人酒半酣。不管烟波與風雨，載將離恨過江南。』揉化而成。

(六)冶葉倡條：謂歌妓也。李商隱詩：『冶葉倡條遍相識。』又、邊之鼎詩：『冶葉倡條不是春。』

【集評】

沈際飛云：『蘇詞「只載一船離恨向西州」；秦詞「載取暮愁歸去。」又是一觸發。』（草堂詩餘正集）陳洵云：『隋堤一境，漁村水驛一境，總入「焚香獨自語」一句中，鴛侶則不獨自矣。祇用實說，樸拙渾厚，尤淸眞之不可及處。「長偎傍」九字，紅友謂於「傍」字豆，正可不必。「偎傍疏林」與「小檻歡聚」是搓挪對。「

治葉倡條」，「珠歌翠舞」；「俱相識」，「仍慣見」；皆如此法。』（海綃說詞）　周濟云：『南宋諸公所斷不能到者，出之平實，故勝。』又云：『一結拙甚。』（宋四家詞選）

菩薩蠻(一)

銀河宛轉三千曲韻　浴鳧(二)飛鷺澄波綠韻　何處望歸舟韻　夕陽江上樓韻　天憎梅浪發韻　故下封枝雪韻　深院卷簾看韻　應憐江上寒韻

【注釋】

(一)菩薩蠻：本詞各體比較，詳詞律卷四，詞譜卷五。又、詞譜云：『唐教坊曲名，宋史樂志云：「女弟子舞隊名」，杜陽雜編云：「大中初，女蠻國入貢，危髻金冠，纓絡被體，號菩薩蠻隊，當時倡優遂製菩薩蠻曲。唐音癸籤南部新書所載略同，又北夢瑣言云：宣宗愛唱菩薩蠻詞，令狐丞相假飛卿所撰密進之，戒以勿洩。此說未可信。』詳辛稼軒菩薩蠻注。

(二)鳧：野鴨也。

【集評】

陳廷焯云：『美成上半闋云：「何處望歸舟，夕陽江上樓。」思慕之極，故哀怨之深。下半闋云：「深院捲簾看，應憐江上寒。」哀怨之深，亦忠愛之至。似此不必學溫韋，已與溫韋一鼻孔出氣。』（白雨齋詞話）　周濟

云：『造語奇險。』（宋四家詞選）

關河令(一)

秋陰時晴漸向暝(二)韻 變一庭淒冷韻 竚聽寒聲句 雲深無雁影韻 更深人去寂靜韻 但照壁讀 孤燈相映韻 酒已都醒韻 如何消夜永韻

【注釋】

(一)關河令：本調各體比較；詳詞律卷三，詞譜卷四。此調或本之謝朓詩：『飛艎遡極浦，旌節去關河。』句，待考。此詞一名清商怨。

(二)暝：音命。夜也。

【集評】

周濟云：『淡永。』（宋四家詞選）　鄺士元云：『作詩下字用語莫不貴新，詞尤甚，小令更甚焉。用字新，猶需用意新，用意新，其字必新，未有字不新而意能新者。美成「變一庭淒冷」句，深得此訣之妙。』（帶經樓詞話）

過秦樓(一)

水浴清蟾(二)句 葉喧涼吹句 巷陌雨聲初斷韻 閒依露井(三)句 笑撲流螢(四)句 惹破畫羅輕扇韻 人靜

夜久凭闌句　愁不歸眠句　立殘更箭(五)韻　歎年華一瞬句　人今千里句　夢沈書遠(六)韻　空見說讀
鬢怯瓊梳句　容消金鏡句　漸懶趁時勻染韻　梅風(七)地溽句　虹雨苔滋句　一架舞紅(八)都變韻　誰信無
聊爲伊句　才減江淹(九)句　情傷荀倩(一〇)韻　但明河(一一)影下句　還看稀星數點韻

【注釋】

(一)過秦樓：本調各體比較；詳詞律卷十九；詞譜卷三十五。又、詞譜云：『調見樂府雅詞，李甲作，因詞有「雙燕來時曾過秦樓」句，取此爲名，片玉集以周邦彥選官子詞刻作過秦樓，各譜遂名周詞爲仄韻過秦樓。惟此調似本之于古詩羅敷陌上桑：「日出東南隅，照我秦氏樓」。』

(二)清蟾：明月也。李中詩：『銀蟾飛出海東頭。』

(三)露井：喻無蓋之井。古詩：『桃生露井上，李樹生桃旁。』

(四)笑撲流螢：唐、杜牧秋夕詩云：『銀燭秋光冷畫屛，輕羅小扇撲流螢。』

(五)更箭：古之報時器也，又名更漏。上立銅人持箭指時。周禮：『挈壺氏漏水法，更箭以漆銅爲之。』

(六)夢沈書遠：宋，歐陽修玉樓春詞：『漸行漸遠漸無書，水濶魚沈何處問？』

(七)梅風：風俗通：『五月有落梅風，江淮以爲信風。』

(八)舞紅：喻落花也。

(九)才減江淹：南史云：『江淹少時，宿於江亭，夢人授五色筆，因而有文章。後夢郭璞取其筆，自此爲詩無美句，人稱才盡。』

(10)情傷荀倩：世說云：『荀奉倩妻曹氏有豔色，妻常病熱，奉倩以冷身熨之。妻亡，嘆曰：「佳人難再得。」人弔之，不哭而神傷，未幾，奉倩亦亡。』

(11)明河：喻天河也。古詩：『皎皎河漢女。』

【集評】

陳洵云：『換頭三句承「人今千里」，「梅風」三句承「年華一瞬」，然後以「無聊爲伊」三句結情，以「明河影下」兩句結景，篇法之妙，不可思議。』（海綃說詞）　周濟云：『入「梅風池溽」以下三句，意味深厚。』（宋四家詞選）

氐州第一(一)

波落寒汀(二)句　村渡向晚句　遙看數點帆小韻　亂葉翻鴉句　驚風破雁句　天角孤雲縹緲韻　官柳(三)蕭疏句　甚尙挂讀　微微殘照韻　景物關情句　川塗換目句　頓來催老韻　漸解狂朋歡意少韻　奈猶被讀　思牽情繞韻　座上琴心(四)句　機中錦字(五)句　覺最縈懷抱韻　也知人讀　懸望久句　薔薇謝讀　歸來一笑韻　欲夢高唐(六)句　未成眠讀　霜空已曉韻

【注釋】

(一)氐州第一：本調各體比較：詳詞律卷十七；詞譜卷三十一。氐州第一始自淸眞樂府，此調創自周美成詞，方千里，趙文，邵亨貞詞俱照此塡，惟陳詞句讀少異。又、歷代詩餘云：『唐樂府有氐州第一蓋歌頭也。調名取此，一名熙州摘編。』

㈡汀：小洲也。

㈢官柳：晉書陶侃傳謂『侃嘗課諸營種柳，都尉夏施盜官柳，植之於己門，侃見之，駐車問曰：「此是武昌西門前柳，何因盜來此種？」』後人乃以柳名官柳。

㈣琴心：以琴挑達人心意也。琴集云：『司馬相如客臨邛，富人卓王孫有女文君新寡，相如以琴心挑之，文君果私奔相如。』

㈤錦字：侍兒小名錄：『前秦，竇滔，恨其妻蘇氏，及鎭襄陽，與妻絕音問，蘇因織錦爲廻文詩寄滔，滔覽錦字，感其妙絕，乃具車迎蘇氏。』唐駱賓王詩：『錦字廻文欲贈君。』宋之問詩：『願得佳人錦字書。』

㈥高唐：宋玉高唐賦：『昔者先王嘗遊高唐，怠而晝寢，夢見一婦人曰：「妾巫山之女也，爲高唐之客，聞君遊高唐，願薦枕席。」王因幸之。去而辭曰：「妾在巫山之陽，高丘之阻，旦爲朝雲，暮爲行雨」。』後人言男女幽會者皆借此典。

【集評】

周濟云：『竭力追逼得換頭一句出鉤轉思牽情繞，力挽千鈞，此典瑞鶴一闋，皆絕新機杼，而結體各別，此輕利，彼沈鬱。』（宋四家詞選）

瑞鶴仙㈠

悄郊原帶郭韻　行路永讀　客去車塵漠漠韻　斜陽映山落韻　斂餘紅猶戀句　孤城闌角韻　凌波㈡步弱

韻　過短亭讀　何用素約(三)韻　有流鶯勸我句　重解繡鞍句　緩引春酌韻　不記歸時早暮句　上馬誰扶句　醒眠朱閣韻　驚飇(四)動幕韻　扶殘醉句　繞紅藥韻　歎西園(五)已是句　花深無地句　東風何事又惡韻　任流光過卻句　猶喜洞天(六)自樂韻

【注釋】

(一)瑞鶴仙：本調各體比較詳詞律卷十七；詞譜卷三十一。詞譜云：『此調始自北宋，應以周邦彥詞爲正體，但南宋人塡此詞者，悉同史祖達詞。』又夷堅志云：『乾道中，吳興周權知衢州西安縣，一日令衞士沈延年邀紫姑神賦瑞鶴仙牡丹詞，有覩嬌紅一捻句，因名一捻紅。』

(二)凌波：喩美女步伐輕盈，曹植洛神賦：『凌波微步，羅襪生塵。』

(三)素約：洛神賦：『腰如約素。』

(四)驚飇：暴風也。飇；音標。沈約詩：『隔年未相識，聲論動風飇。』

(五)西園：曹植公宴詩：『淸夜遊西園，飛蓋相追隨。』宋蘇軾、黃庭堅、秦觀等，嘗作集會，時人繪爲西園雅集圖。

(六)洞天：謂神仙所居住之地。茅君內傳：『大天之內有地之洞天三十六所，乃眞仙所居。』李白詩：『道隱不可見，靈書藏洞天。』

【集評】

王明淸云：『美成以待制提擧南京鴻慶宮，自杭徙居睦州，夢中作滿鶴仙一闋，旣覺猶能全記，了不詳其所謂也。未幾遇方臘之亂，欲還杭州舊居，而道路兵戈已滿，僅得脫免。入錢塘門，見杭人倉皇奔避，如蜂屯蟻沸；視落日在鼓角樓檐間，卽詞中所謂「斜陽映山落，斂餘霞猶戀，孤城闌角」者應矣，舊居既不可住，是日無處得食，忽稠人中有呼待制何往者，乃鄉人之侍兒，素所識也；且曰：「月戻必食，能舍車過酒家乎？」美成從之，驚遽間，連引數杯，腹枵頓解，則詞中所謂：「凌波步弱，過短亭，何用素約？有流鶯勸我，重解繡鞍，緩引春酌」之句應矣。飲罷覺微醉，耳目惶惑，不敢少留，乃徑出城北；江漲橋斷，諸寺士女已盈滿，不能駐足，獨一小寺經閣，偶無人，遂宿其上，卽詞中所謂：「不記歸時早暮，上馬誰扶，醒眠朱閣」者應矣。已聞兩浙盡爲賊據，因自計方領南京鴻慶宮，有齋廳可居，乃挈家往焉。則詞中所謂：「念西園已是花深無地，東風何事又惡？任流光過了，歸來洞天自樂」之句又應矣，美成生平好作樂府，末年夢中得句，而字字皆應，豈偶然哉？』（玉照新志）

周濟云：『祇閑閑說起，又云：不「扶殘醉」，不見紅藥之繫情，東風之作惡；因而追溯昨日送客後，薄暮入城，因所攜之妓倦游，訪伴小憩，復成酣飲。換頭三句，反透出一「醒」字；驚飇句倒插「東風」，然後以「扶殘醉」三字點晴，結構精奇，金鍼度盡。』（宋四家詞選）

花犯 梅花(一)

粉牆低句 梅花照眼句 依然舊風味韻 露痕輕綴韻 疑淨洗鉛華(二)句 無限清麗韻 去年勝賞曾孤倚韻 冰盤(三) 共宴喜韻 更可惜讀 雪中高士句 香篝(四) 熏素被韻

今年對花太悤悤句 相逢似有恨讀 依依憔悴韻 吟望久句 靑苔上讀 旋看飛墜韻 相將見讀 脆圓(五) 薦酒句 人正在讀 空江煙浪裏韻

但夢想讀一枝瀟灑句　黃昏斜照水㈥韻

【注釋】

㈠花犯：本調各體比較；詳詞律卷十七，詞譜卷三十。花犯調始自清眞樂府，周密詞名繡鸞鳳花犯。此調以周美成爲正體，若吳文英詞之少押一韻，或多押一韻，與周密詞之減字，皆變格也。

㈡鉛華：喻鉛粉也。曹植賦：『芳澤無加，鉛華弗御。』

㈢冰盤：謂以杯子薦酒。韓愈詩：『冰盤夏薦碧實脆。』

㈣香篝：卽薰籠，『香篝薰素被』喻『梅花如篝雪如被。』

㈤脆圓：喻梅子也。

㈥黃昏斜照水：宋林逋梅花詩：『疏影橫斜水淸淺，暗香浮動月黃昏。』

【集評】

黃蓼園云：『總是見宦蹟無常，情懷落寞耳。忽借梅花以寫，意超而思永，言悔猶是舊風情，而人則離合無常；去年與梅共安冷淡，今年梅正開而人欲遠別，梅似含愁悴之意而飛墜；梅子將圓，而人在空江中，時夢想梅影而已。』（蓼園詞選）　陳洵云：『梅花一句點題，以下却在題前盤旋。換頭一筆鉤轉。「相將」以下，却在題後盤旋。收處復一筆鉤轉。往來順逆，磬控自如，圓美不難，難在拙厚。』又云：『「正在」應「相逢」，「夢想」應「照眼」；結構天然，渾然無迹。』又云：『此詞體備剛柔，手段開闊，後來稼軒有此手段，無此氣韻，若白石則竝不能開闊矣。』（海綃說詞）　周濟云：『淸眞詞之淸婉者如此，故知建章千門，非一匠所營。』

浪淘沙慢(一)

曉陰重讀 霜凋岸草句 霧隱城堞(二)韻 南陌脂車(三)待發韻 東門(四)帳飲乍闋韻 正拂面讀 垂楊堪攬結(五)韻 掩紅淚(六)讀 玉手親折韻 念漢浦讀 離鴻去何許句 經時信音絕韻 情切韻 望中地遠天闊韻 向露冷風清無人處句 耿耿(七)寒漏咽韻 嗟萬事難忘句 唯是輕別韻 翠尊未竭韻 憑斷雲讀 留取西樓殘月(八)韻　羅帶花綃紋衾疊韻 連環解(九)讀 舊香頓歇韻 怨歌永讀 瓊壺敲盡缺(十)韻 恨春去讀 不與人期句 弄夜色韻 空餘滿地梨花雪韻

【注釋】

(一)浪淘沙慢：本調各體比較；詳詞律卷一；詞譜卷三十七。詞譜云：『按唐人浪淘沙本七言斷句，至南唐李煜始製兩段令詞，雖每段尚存七言詩兩句，其實因舊曲名而另創新聲，至柳永，周邦彥別作慢詞。』

(二)堞：音蝶，城上女牆也。

(三)脂車：謂以肥脂塗車轄。左傳：『中車脂轄。』

(四)東門：漢書云：『疏廣辭歸，公卿大夫設祖道，供帳東都門外送行。』

(五)垂楊堪攬結：溫庭筠詩：『楊柳千條拂面絲。』

(六)紅淚：麗情集載：『蜀妓灼灼以軟綃聚紅淚寄裴質。』詳賀鑄柳色黃注三。

(七)耿耿：喻不安也。詩：『耿耿不寐，如有隱憂。』

(八)西樓殘月：唐詩：『雁歸南浦人初靜，月滿西樓酒半醒。』

(九)連環解：國策齊策：『秦昭王嘗遣使者遺君王后以玉連環，曰：「齊多智，而解此環不？」君王后以示羣臣，羣臣不知解，君王后引錐破之，謝秦使曰：「謹以解矣」。』

(一〇)瓊壺敲盡：世說新語：『晉，王敦酒後，詠魏武樂府：「老驥伏櫪，志在千里，烈士暮年，壯心不已。」以如意擊唾壺爲節，壺口盡缺。』

【集評】

陳廷焯云：『美成詞操縱處有出人意表者。如浪淘沙慢一闋，上三疊寫別離之苦，如「掩紅淚，玉手親折」等句，故作瑣碎之筆；至末段蓄勢在後，驟雨飄風，不可遏抑。歌至曲終，覺萬籟哀鳴，天地變色，老杜所謂『意愜關飛動，篇終接混茫」也。』（白雨齋詞話） 陳洵云：『自「曉陰重」至「玉手親折」，全述往事。東門，京師，漢浦，則美成今所在也。「經時信音絕」，逆挽。「念」字益幻。「不與人期」者，不與人以佳期也。梨雪無情，固不如拂面垂楊。』（海綃說詞） 王國維云：『美成浪淘沙慢詞，精壯頓挫，已開北曲之先聲。』（人間詞話） 周濟云：『空際出力，夢窗最得其訣，「翠尊未竭，憑斷雲，留取西樓殘月。」三句一氣趕下，是清眞長技。』又云：『鉤勒勁健陗舉。』（宋四家詞選）

夜飛鵲(一)

河橋送人處句 良夜何其韻 斜月遠墜餘暉韻 銅盤燭淚已流盡句 霏霏涼露沾衣韻 相將散離會處

句探風前津(二)鼓句樹杪參旗(三)韻花驄(四)會意　縱揚鞭讀亦自行遲韻　迢遞路迴清野句人語漸無聞句空帶愁歸韻何意重經前地句遺鈿(五)不見句斜徑都迷韻兎葵燕麥句向斜陽讀影與人齊韻但徘徊班草(六)句欷歔(七)酹酒句極望天西韻

【注釋】

(一)夜飛鵲：本調各體比較；詳詞律卷十九；詞譜卷三十四。一作夜飛鵲慢，調見片玉詞，此詞周美成詞為正格，盧祖臯、吳文英、陳允平、張炎詞皆如此塡，若趙詞之句讀少異，乃變格也。曹孟德短歌行：『月明星稀，烏鵲南飛。』意或本此。待考。

(二)津：濟渡處也。論語：『使子路問津焉。』

(三)參旗：參，星名也，參旗，謂旗上畫有星辰也。

(四)花驄：言馬也。杜甫詩丹青引：『先帝天馬玉花驄，畫工如山貌不同。』

(五)鈿：金花也。白居易長恨歌：『花鈿委地無人收。』

(六)班草：布草而坐也。陳元龍片玉詞注云：『王介甫詩：「班草數行衣上淚」，又：「待追西路聊班草」。或即如班荊之義也。』

(七)欷歔：楊雄方言：『哀而不泣曰欷歔。』

【集評】

梁啓超云：『「兎葵燕麥」二語，與柳屯田之「曉風殘月」，可稱送別詞中雙絕，皆鎔情入景也。』（藝蘅館詞選）陳洵云：『「河橋送人處」逆入，「何意重經前地」平出。換頭三句，將上闋盡化煙雲，然後轉出下句，事過情留，低徊無盡。（海綃說詞） 周濟云：『班草是散會處，酹酒是送人處，二處皆前地也，雙起故須雙結。』（宋四家詞選）

解語花(一)　元宵(二)

風銷燄蠟句 露浥洪鑪(三)句 花市(四)光相射韻 桂華(五)流瓦韻 纖雲散讀 耿耿(六)素娥(七)欲下韻 衣裳淡雅韻 看楚女讀 纖腰一把(八)韻 簫鼓喧讀 人影參差句 滿路飄香麝韻 因念帝城放夜(九)韻 望千門如畫句 嬉笑游冶韻 鈿車羅帕(一〇)韻 相逢處讀 自有暗塵隨馬(一一)韻 年光是也韻 唯祇見讀 舊情衰謝韻 清漏(一二)移讀 飛蓋(一三)歸來句 從舞休歌罷韻

【注釋】

(一)解語花：本調各體比較；詳詞律卷十六，詞譜卷二十八。唐太液池有千葉百蓮，中秋盛開，玄宗宴賞，左右皆歎羨久之，帝指貴妃曰：『爭如我解語花。』調本此。

(二)元宵：東京夢華錄云：『正月十五日元宵，大內前綵縛山棚，游人集御街兩廊下歌舞百戲，鱗鱗相切，樂聲嘈雜十餘里。』按：上元之夜曰元夜，亦偁元宵，舊俗是夜張燈爲戲，亦偁燈節。歐陽修生查子詞云：『去年元夜時，花市燈如晝，月上柳梢頭，人約黃昏後。』蓋見其盛也。

(三)烘鑪：意指花燈。

(四)花市：喻賣花之所，成都古今記：『二月花市。』歐陽修山查子：『去年元夜時，花市燈如晝。』按：後人誤指此詞爲朱淑眞之作，非是。

(五)桂華：喻月光也。唐，韓愈明水賦：『桂華吐耀，兎影流精。』又，李濳華月照方池賦：『月則桂華初滿，水則蘋風不揚。』

(六)耿耿：小明也。謝朓詩：『秋河曙耿耿。』

(七)素娥：月裏嫦娥也。謝莊月賦：『集素娥于後庭。』又、李商隱詩：『青女素娥俱耐冷，月中霜裏鬥嬋娟。』

(八)纖腰一把：唐，杜牧遣懷詩：『落魄江湖載酒行，楚腰纖細掌中輕。』

(九)放夜：陳元龍片玉集注引新記：『京城街衢有金吾曉暝傳呼以禁夜行。』

(一〇)鈿車羅帕：唐，元稹詩：『鈿車迎妓樂。』杜甫詩：『銀案却覆香羅帕。』

(一一)暗塵隨馬：蘇味道詩：『暗塵隨馬去，明月逐人來。』

(一二)清漏：見過秦樓注五。

(一三)飛蓋：車也。曹植公宴詩：『清夜遊西園，飛蓋相追隨。』

【集評】

王國維云：『詞忌用替代字，美成解語花之「桂華流瓦」，境界極妙，惜以「桂華」二字代月耳。「夢窗」以下，則用代字更多。其所以然者，非意不足則語不妙也。蓋意足則不暇代，語妙則不必代。此少游之「小樓連苑，繡轂雕鞍」，所以爲東坡所譏也。』（人間詞話）張炎云：『昔人詠節序，不唯不多，付之歌喉者，類是率俗。如周美成解語花詠之久，史邦卿東風第一枝賦立春，「喜遷鶯」賦燈夕，不獨措辭精粹，又且見時節風物之感，人家宴樂之同。』（詞源卷下）陳廷焯云：『後半闋縱筆揮灑，有水逝雲卷，風馳電掣之感。』（白雨齋詞話）周濟云：『此美成在荊南作，當與齊天樂同時，到處歌舞太平，京師尤爲絕盛。』（宋四家詞選）

垂絲釣(一)

縷金翠羽句 妝成纔見眉嫵韻 倦倚繡簾句 看舞風絮韻 愁幾許韻 寄鳳絲(二)雁柱(三)韻 春將暮韻 向層城苑路韻 鈿車(四)似水句 時時花徑相遇韻 舊游伴侶韻 還到曾來處韻 門掩風和雨韻 梁間燕語韻 問那人在否韻

【注釋】

(一)垂絲釣：本調各體比較；詳詞譜卷十五。又、此調詞律收吳文英一體，雙調六十六字，詞律拾遺又補袁去華一體，雙調六十七字。詞譜四體，雙調除上二體外，又收周美成，楊旡咎二體均六十六字。

(二)鳳絲：喻琴絃也。

(三)雁柱：箏柱也。張子野詩：『雁柱十三弦。一一春鶯語。』

(四)鈿車：見解語花注八。

【集評】

周濟云：『向層句應作前結，詞綜誤作起句，可不用韻，梁間二字可衍。』（宋四家詞選）

夜游宮(一)

葉下斜陽照水句卷輕浪讀沈沈千里(二)韻橋上酸風射眸子(三)韻立多時讀看黃昏句燈火市韻
古屋寒窗底韻聽幾片讀井桐飛墜韻不戀單衾再三起韻有誰知句為蕭娘(四)句書一紙韻

【注釋】

(一)夜游宮：本調各體比較，詳詞律卷八；詞譜見十二。又、拾遺記云：『漢成帝於太液池旁起宵遊宮。』詞名蓋取此。』又、詞譜云：『賀鑄詞有江北江南新念別句，更名新念別。』

(二)沈沈千里：柳永雨霖鈴云：『念去去千里煙波，霧沈沈楚天闊。』

(三)酸風射眸子：李賀詩云：『東關酸風射眸子。』

(四)蕭娘：楊巨源崔娘詩云：『風流才子多春思，腸斷蕭娘一紙書。』蓋唐人泛偁女子曰蕭娘，猶偁男子曰蕭郎也。

【集評】

周濟云：『此亦是層疊加倍寫法，本祇不戀單衾一句耳，加上前闋，方覺精力彌滿。』(宋四家詞選)

感皇恩(一)

小閣倚晴空句數聲鐘定韻斗柄(二)寒垂暮天靜韻朝來殘酒句又被春風吹醒韻眼前猶認得句當

時景韻 往事舊歡句 不堪重省韻 自歎多愁更多病韻 綺窗依舊句 敲徧闌干誰應韻 斷腸明月下句 梅搖影韻

【注釋】

(一)感皇恩：本調各體比較：詳詞律卷九；詞譜卷十五。又、南部新書云：『天寶十七載，改蘇莫遮爲感皇恩。』陳暘樂書云：『祥符中，諸工請增龜茲部如教坊，其曲有雙調感皇恩。』調名蓋出此。

(二)斗柄：北斗星之五至七三星是也。亦曰斗杓。春秋運斗樞云：『北斗有七星，天子有七政也。』北斗七星所謂璇璣，玉衡，以齊七政，第一天樞，第二璇，第三璣，第四權，第五衡，第六開陽，第七搖光。一至四爲魁，五至七爲杓，合而爲斗，居陰布陽，故偁北斗。

【集評】

周濟云：『白描高手。』（宋四家詞選）

小傳

晏殊字同叔，宋淳化二年辛卯生，至和二年乙未卒（公元九九一——一〇五五）。江西臨川人，天才早慧，七歲能文。眞宗景德初，爲張知白薦，以神童召試，賜同進士出身，得盡覽祕閣藏書，學問益博。仁宗時爲宰輔，提拔後進，汲引賢才，號稱賢相。當世知名之士，如范仲淹、孔道輔，皆出其門。後降工部尚書，知潁州、陳州、許州。至戶部尚書，以觀文殿大學士知永興軍，徙河南府。以疾請歸京師，踰年卒。諡元獻。據宋史卷三百十一云：『性剛簡，文章贍麗，應用不窮，尤工詩，閑雅有情思。』殊詞承花間系統，爲北宋初期一大家。著珠玉詞一卷，存詞百餘首，有明毛氏汲古閣刊宋六十家詞本，及晏端書刊本。

【評語】

葉夢得云：『元獻公性喜賓客，未嘗一日不燕飲，每有嘉客必留，亦必以歌樂相佐，談笑雜出，……稍闌，即罷遣歌樂，曰：「汝曹呈藝已遍，吾當呈藝。」乃且筆札，相與賦詩，率以爲常。』（避暑錄）　四庫全書提要云：『殊賦性剛峻，而詞語殊婉妙。』　王灼云：『晏元獻公長短句，風流蘊藉，一時莫及，而溫潤秀潔，亦無其比。』（碧雞漫志）　馮煦云：『晏同叔去五代未遠，馨烈所扇，得之最先，故左宮右徵，和婉而明麗，爲北宋倚聲家初祖。』（六十一家詞選例言）　鄭士元云：『同叔詞有花間餘香。』（帶經樓詞話）

清平樂㈠

金風㈡細細韻　葉葉梧桐墜韻　綠酒初嘗人易醉韻　一枕小窗濃睡韻　紫薇朱槿㈢初殘韻　斜陽恰照闌干韻　雙燕欲歸時節句　銀屏昨夜微寒韻

【注釋】

㈠清平樂：本調各體比較；詳詞律卷四，詞譜卷五。碧雞漫志云：『歐陽炯偁李白有應製清平樂四首，在越調，又有黃鍾宮，黃鍾商兩音。』又，按：花庵詞選名清平樂令：『張輯詞有憶著故山蘿月句，名憶蘿月。張翥詞有明朝來醉東風句，又名醉東風。又，此調與清平調無涉。』

㈡金風：秋風也。張協詩：『金風扇素節。』

㈢朱槿：嵇含草木狀云：『朱槿自二月開花，至中冬卽歇，其花深紅五出，……開數百朵。朝開暮落，插枝卽活。』

【集評】

先著云：『情景相副，宛轉關生，不求工而自合，宋初所以不可及也。』（詞潔）

踏莎行(一) 春思

小徑紅稀句 芳郊綠徧(二)韻 高臺樹色陰陰見(三)韻 春風不解禁楊花句 濛濛亂撲行人面韻 翠葉藏鶯句 朱簾隔燕韻 鑪香靜逐游絲(四)轉韻 一場愁夢酒醒時句 斜陽卻照深深院韻

【注釋】

(一)踏莎行：本調各體比較，詳詞律卷八，詞譜卷十三。韓翃詩云：『踏莎行草過春溪。』詞取此爲名。又，詞譜：『金詞注中呂詞，曹冠詞名喜朝天，趙長卿詞名柳長春，鳴鶴餘音詞名踏雪行、曾覿、陳亮詞，添字者，名轉調踏莎行。』

(二)綠遍：言綠草叢生也。

(三)陰陰見：言暗暗微露也。

(四)游絲：言柳條也。

【集評】

張惠言云：『此詞亦有所興，其歐公「蝶戀花」之流乎。』（張惠言詞選）黃蓼園云：『首三句言花稀葉盛，喻君子少，小人多也。高臺指帝閽。「春風」二句，言小人如楊花輕薄，易動搖君心也。「翠葉」二句，喻事多阻隔。「鑪香」句，喻己心鬱紆也。斜陽照深深院，言不明之日，難照此淵也。』（蓼園詞選）沈際飛云：『結深深妙，着不得實字。』（草堂詩餘正集）譚獻云：『刺詞，高臺樹色陰陰見，正與斜陽相近。』（

（譚評詞辨）

蝶戀花(一)

檻(二)菊愁煙蘭泣露韻 羅幕輕寒句 燕子雙飛去韻 明月不諳離別苦韻 斜光到曉穿朱戶韻 昨夜西風凋碧樹韻 獨上高樓句 望盡天涯路韻 欲寄彩鸞無尺素(三)韻 山長水闊知何處韻

【注釋】

(一)蝶戀花：本調各體比較；詳詞律卷九，詞譜卷十三。詞譜云：『唐教坊曲，本名鵲踏枝，晏殊詞改今名。馮延巳詞有「展盡黃金縷」句，名黃金縷；趙令時詞「有不捲珠簾」句，名捲珠簾……。』又據毛先舒云：『蝶戀花，商調曲也，采梁簡文帝樂府，「翻階蛺蝶戀花情」爲名。』其詞始于宋司馬槱在洛下晝夢美姝牽帷歌「妾本錢塘江上住」五句，詢其曲名黃金縷，槱後赴錢塘幕官，爲秦少章言之，少章續其後段，槱復夢美姝每夜同寢。同寂云：『公廨後有蘇小小墓，得妖乎？不逾歲，槱病死，故此調又名黃金縷。』韓淲詞有「細雨吹池沼」句，名細雨吹池沼，賀鑄詞名鳳棲梧，李石詞名一籮金。

(二)檻：闌檻也。

(三)尺素：書信也。古詩：『客從遠方來，遺我雙鯉魚。呼童烹鯉魚，中有尺素書。』詳秦觀踏莎行注五。

相思兒令(一)

昨日探春消息句湖上綠波平韻無奈繞隄芳草句還向舊痕生　有酒且醉瑤觥(二)韻更何妨
讀檀板(三)新聲韻誰教楊柳千絲句就中牽繫人情韻

【注釋】

(一)相思兒令：本調各體比較；詳詞律卷四，詞譜卷六。又，此調祇晏殊一詞，無別首可校。

(二)觥：古乘酒之器也。

(三)檀板：卽拍板也。太眞外傳：『李龜年以歌擅一時，手捧檀板，押衆樂而前。』

小傳

韓縝字玉汝，宋天禧三年己未生，紹聖四年丁丑卒（公元一〇一九——一〇九七）開封雍丘人。登進士第，累官兩浙、淮南轉運使，後改使陝西，歷知秦州、瀛州。熙寧七年，遼使蕭禧來議代北地界，召縝館客，遂報聘，令持圖牒致遼主，不克見而還，知開封府，禧再至，復館之，詔乘驛詣河東，與禧分畫，以分九嶺爲界。哲宗立，拜尙書右僕射，以太子太保致仕。紹聖四年卒，年七十九，諡莊敏。

鳳簫吟(一)

鎖離愁讀 連綿無際句 來時陌上初熏韻 繡幃人念遠句 暗垂珠露泣句 送征輪韻 長行長在眼句 更重重讀 遠水孤邨韻 但望極讀 樓高盡日句 目斷王孫韻 消魂韻 池塘別後句 曾行處讀 綠妒輕裙韻 恁時攜素手句 亂花飛絮裏句 緩步香茵韻 朱顏空自改句 向年年讀 芳意常新韻 偏綠野讀 嬉游醉眼句 莫負青春韻

【注釋】

(一)鳳簫吟：本調各體比較；詳詞律卷十七，詞譜卷二十八。宋史樂志云：『樂始于律，而成于簫，律準鳳鳴，以一管為一聲，簫集衆律編而為器，參差其管以象鳳翼，簫然淸亮，以象鳳鳴。』劉長卿九日題蔡國公主樓詩：『雲罷鳳簫音。』又，皇甫冉送李源李鳳還奉先華陰詩云：『乍唱離歌和鳳簫。』詞調蓋取此。

【集評】

歷代詩餘引樂府紀聞：『韓縝有愛姬，能詞，韓奉使時，姬作蝶戀花送之云：「香作鳳光濃著露。正恁雙棲，又遣分飛去。密訴東君應不許，淚波一灑奴衷素。」神宗知之，遣使送行。劉貢父贈以詩云：「卷耳幸容留婉孌，皇華何啻有光輝。」莫測中旨何自而出。後乃知姬人別曲傳入內庭也。韓亦有詞云云。此鳳簫吟詠芳草以留別，與蘭陵王咏柳以敍別同意。後人竟以芳草為調名，則失鳳簫吟原唱意矣。』（古今詞話）　葉夢得云：『元豐初，夏人來議地界，韓丞相玉汝出分畫，將行，與愛妾劉氏劇飲通夕，且作詞留別。翌日，忽中批步軍司遣為搬家追送之，初莫測所由，久之方知自樂府發也。』（石林詩話）

小傳

歐陽修字永叔，宋景德四年丁未生，熙寧五年壬子卒（公元一〇〇七——一〇七二）。廬陵人，四歲而孤，家貧，以荻畫地學書，敏悟過人，得韓退之遺稿于廢書簏中，讀之，慕之，至忘寢食，後舉進士，調西京推官，始從尹洙游。文章名於時，以翰林學士修唐書，書成，拜禮部侍郎，兼翰林侍讀學士。遷刑部尚書，知亳州，改兵部尚書，知青州、蔡州。熙寧四年，以太子少師致仕，五年卒，諡文忠。修晚年更號六一居士，有毛氏汲古閣六十家詞本，六一詞。吳氏雙照樓影宋刊本歐陽文忠公近體樂府及醉翁琴趣外篇。

【評語】

馮煦云：『宋初大臣之爲詞者，寇萊公、晏元獻、宋景文、范蜀公與歐陽文忠，竝有聲藝林，然數公或一時興到之作，未爲專詣。獨文忠與元獻，學之旣至，爲之亦勤，翔雙鵠于交衢，馭二龍于天路。且文忠家廬陵而元獻家臨川，詞家遂有江西一派，其詞與元獻同出南唐，而深致則過之，宋至文忠，文始復古，天下翕然師尊之，風尚爲之一變。卽以詞名，亦疏儁開子瞻，深婉開少游。本傳云：「超然獨騖，衆莫能及。」獨其文乎哉？』（宋六十家詞選例言）

周濟云：『永叔詞祇如無意，而沈著在和平中見。』（介存齋論詞雜著）

采桑子（一）

羣芳㈡過後西湖㈢好句　狼籍㈣殘紅韻　飛絮㈤濛濛韻　垂柳闌干盡日風韻　笙歌散盡游人去句　始覺春空韻　垂下簾櫳韻　雙燕歸來細雨中韻

【注釋】

㈠采桑子：本調各體比較；詳詞律卷四，詞譜卷五。詞譜云：『唐教坊曲有楊下采桑，調名本此，尊前集注羽調，又名醜奴兒令、羅敷令、羅敷媚、羅敷豔歌，又有攤破采桑子。詞律作攤破醜奴兒，又，教坊記云：『卽古相和歌中採桑曲。』

㈡羣芳：喻香花也。

㈢西湖：此處西湖指安徽阜陽縣西北，潁河合滙諸水處，宋晏殊、歐陽修、蘇軾嘗宴遊其地。

㈣狼籍：雜亂之意也。

㈤飛絮：喻柳絲也。

【集評】

譚獻云：『羣芳過後句埽處卽生。笙歌散盡遊人去句，悟語是戀語。』（譚評詞辨）　先著云：『始覺春空語拙，宋人每以春字替人與事，用極不妥。』（詞潔）

踏莎行㈠

候館㈡梅殘句　溪橋柳細韻　草熏㈢風暖搖征轡㈣韻　離愁漸遠漸無窮句　迢迢不斷如春水韻

寸寸柔腸句 盈盈粉淚韻 樓高莫近危闌倚韻 平蕪(五)盡處是春山句 行人更在春山外韻

【注釋】

(一)踏莎行：詳晏殊踏莎行注一。

(二)候館：可望遠之樓。周禮云：『市有候館。』

(三)薰：香氣也。江淹別賦：『閨中風暖，陌上草薰。』

(四)征轡：轡音祕，本作馬韁解，今以喻馬。

【集評】

李攀龍云：『春水寫愁，春山騁望，極切極婉。』(草堂詩餘雋) 楊愼云：『佛經云：「奇草芳花，能逆風聞薰。」江淹別賦：「閨中風暖，陌上草薰。」正用佛經語。六一詞云：「草薰風暖搖征轡，」又用江淹語。今草堂詞改「薰」作「芳」，蓋未見文選者也。』又云：『歐陽公詞：「平蕪盡處是春山，行人更在春山外。」石曼卿詩云：「水盡天不盡，人在天盡頭。」歐與石同時，且爲文字友，其偶同乎？抑相取乎？』(詞品)

黃蓼園云：『首闋言時物喧妍，征轡之去，自是得意，其如我之離愁不斷何？次闋言不敢遠望，愈望愈遠也。語語倩麗，情文斐亹。』(蓼園詞選)

蜨戀花(一)

越(二)女采蓮秋水畔韻 窄袖輕羅句 暗露雙金釧(三)韻 照影摘花花似面韻 芳心祇共絲爭亂韻

鸂鶒(四)灘頭風浪晚韻　霧重煙輕句　不見來時伴韻　隱隱歌聲歸棹遠韻　離愁引著江南岸韻

六曲闌干偎碧樹韻　楊柳風輕句　展盡黃金縷韻　誰把鈿箏移玉柱韻　穿簾燕子雙飛去韻

滿眼游絲兼落絮韻　紅杏開時句　一霎清明雨韻　濃睡覺來鶯亂語韻　驚殘好夢無尋處韻

誰道閒情拋棄久韻　每到春來句　惆悵還依舊韻　日日花前常病酒(五)韻　不辭鏡裏朱顏瘦韻

河畔青蕪堤上柳韻　爲問新愁句　何事年年有韻　獨立小橋風滿袖韻　平林新月人歸後韻

幾日行雲何處去韻　忘卻歸來句　不道春將莫(六)韻　百草千花寒食路韻　香車繫在誰家樹韻

淚眼倚樓頻獨語韻　雙燕來時句　陌上相逢否韻　撩亂春愁如柳絮韻　依依夢裏無尋處韻

庭院深深深幾許韻　楊柳堆煙句　簾幕無重數韻　玉勒雕鞍游冶處韻　樓高不見章臺路(七)韻

雨橫風狂三月暮韻　門掩黃昏句　無計留春住韻　淚眼問花花不語韻　亂紅飛過秋千(八)去韻

【注釋】

(一)蝶戀花：詳晏殊蝶戀花注一。

(二)越：古國名，夏少康封其庶子於越，即今浙江杭縣以南，東至海濱之地。

㈢釧：臂環也。庾信賦：『章臺留釧。』

㈣鸂鶒：又名紫鴛鴦。詳本草綱目。

㈤病酒：醉酒也。

㈥莫：日且冥也。詩齊風東方未明：『不夙則莫』。說文鍇注謂：『今俗作暮』。

㈦章臺路：詳周邦彥瑞龍吟注二。

㈧秋千：開元遺事：『天寶宮中至寒食節，競豎秋千，帝呼爲半仙之戲。』秋千亦作鞦韆。許愼說文後序徐注云：『詞人高無際作鞦韆賦，敍謂漢武帝後庭之戲也，本云千秋，祝壽之詞也。語訛傳爲秋千，後人不審本義，乃旁加革爲鞦韆字。』

【集評】

梁啓超云：『稼軒摸魚兒起處從此脫胎，文前有文，如黃河伏流，莫窮其源。』（藝衡館詞選） 譚獻云：『行雲，百草，千花，雙燕，必有所託。』（譚評詞辨） 張惠言云：『「庭院深深」，閨中既以邃遠也；樓高不見，哲王又不悟也。章臺遊冶，小人之徑，雨橫風狂，政令暴急也。亂紅飛去，斥逐者非一人而已。殆爲韓、范作乎？』（張惠言詞選） 孫麟趾云：『如「淚眼問花花不語，亂紅飛過秋千去」，「江上柳如煙，雁飛殘月天」，「西風殘照，漢家陵闕」，皆以渾厚見長者也。詞至渾，功候十分矣。』（詞逕） 譚獻云：『或曰：非歐公不能爲。』或曰：『馮敢爲大言如是，讀者審之。』又云：『宋刻玉翫，雙層浮起，筆墨至此，能事幾盡。』（譚評詞辨） 周濟云：『數詞纏綿忠篤，其文甚明，非歐公不能作，延己小人，縱欲僞爲君子，以惑其主，豈能有此至性語乎？』（宋四家詞選）

少年游(一)　草

闌干十二獨凭春句　晴碧遠年雲韻　千里萬里句　二月三月句　行色苦愁人韻　謝家池上句　江淹(二)浦畔句　吟魄與離魂韻　那堪疏雨滴黃昏韻　更時地讀　憶王孫韻

【注釋】

(一)少年游：詳周邦彥少年游注一。

(二)江淹：字文通，南朝梁考城人，少擅文。詳周邦彥過秦樓注十。

臨江仙(一)

柳外輕雷池上雨句　雨聲滴碎荷聲韻　小樓西角斷虹明韻　闌干倚處句　待得月華生韻　燕子飛來窺華棟句　玉鉤垂下簾旌韻　涼波不動簟(二)紋平韻　水精雙枕句　旁有墮釵橫韻

【注釋】

(一)臨江仙：本調各體比較，詳詞律卷八，詞譜卷十。花庵詞選云：『唐詞多緣題所賦，臨江仙之言水仙，亦其一也，按此調本唐教坊曲。』柳塘詞話謂共有九體，詞譜、詞律均以和凝詞爲正體，又名臨江仙引，一名臨江仙慢。

(二)簟：詳周邦彥滿庭芳注十。

【集評】

蔣一葵云：『歐陽永叔任河南推官，親一妓。時錢文僖爲西京留守，梅聖兪、尹師魯同在幕下。一日，宴於後園，客集而歐與妓俱不至，移時方來，錢責妓云：「未至，何也？」妓云：「中暑，往涼堂睡覺，失金釵，猶未見。」錢曰：「若得歐推官一詞，當爲賞汝。」歐即席云：「柳外輕雷池上雨」云云，坐皆擊節，命妓滿斟送歐，而令公庫賞釵。』（蔣一葵堯山堂外紀）　許昂霄云：『「涼波不動簟紋平，水精雙枕，傍有墮釵橫」，不假雕飾，自成絕唱。按義山偶題云：「水文簟上琥珀枕，傍有墮釵雙翠翹」，結語本此。』（詞綜偶評）

小傳

晏幾道字叔原，宋天聖九年辛未生，崇寧五年丙戌卒（公元一〇三一——一一〇六）。殊第七子也，年未至乞身，退居京城賜第，不踐諸貴之門，卒年未詳。工於小令，有小山詞，傳世有毛氏汲古閣宋六十家詞本，晏端書刻二晏詞鈔本，朱氏彊邨叢書本。

【評語】

黃庭堅云：『叔原樂府寓以詩人句法，清壯頓挫，能動搖人心。合者高唐、洛神之流，下者不減桃葉、團扇。』（小山詞序）　王灼云：『叔原詞如金陵王、謝子弟，秀氣勝韻，得之天然，殆不可學。』（碧鷄漫志）

周之琦云：『宣華宮本少人知，珠玉傳家有此兒。道得紅羅亭上語，後來惟有小山詞。』（十六家詞選題辭）

夏敬觀云：『晏氏父子，嗣響南唐二主，才力相敵，蓋不特詞勝，尤有過人之情。叔原以貴人暮子，落拓一生，華屋山邱，身親經歷，哀絲豪竹，寓其微痛纖悲，宜其造詣又過於父。山谷謂爲「狎邪之大雅，豪士之鼓吹。」未足以盡之也。』（夏評小山詞跋尾）　周濟云：『晏氏父子仍步溫、韋。小晏精力尤勝。』（介存齋論詞雜著）

臨江仙(一)

夢後樓臺高鎖句　酒醒簾幕低垂韻　去年春恨卻來時韻　落花人獨立句　微雨燕雙飛韻　記得小蘋(二)初見句　兩重心字羅衣(三)韻　琵琶絃上說相思韻　當時明月在句　曾照彩雲(四)歸韻

【注釋】

(一)臨江仙：詳歐陽修臨江仙注一。

(二)小蘋：指歌女名。

(三)心字羅衣：沈雄古今詞話云：『衣領屈曲如心字。』

(四)彩雲：暗指小蘋而言。

【集評】

康有爲云：『起三句純是華麗境界。』（藝蘅館詞選）　誠齋詞話引晏叔原云：『落花人獨立，微雨燕雙飛，可謂好色而不淫矣。』　張宗橚云：『按小山詞跋：「始時沈十二廉叔，陳十君寵家有蓮、蘋、鴻、雲、品清謳娛客，每得一解，即以草授諸兒，吾三人持酒聽之，爲一笑樂。已而君寵疾廢臥家，廉叔下世，昔之狂篇醉句，遂與兩家歌兒酒使俱流轉人間」云云。此詞當是追憶蘋、雲而作。』（詞林紀事） 陳廷焯云：『小山詞如：「去年春恨却來時，落花人獨立，微雨燕雙飛。」「當時明月在，曾照彩雲歸。」既閑婉，又沈着，當時更無敵手。』（白雨齋詞話） 譚獻云：『「落花」兩句，名句千古，不能有二。末二句正以見其柔厚。』（譚評詞辨）

點絳唇㈠

裝席相逢句 旋匀紅淚歌金縷㈡韻 意中曾許韻 欲共吹花去韻 長愛荷香句 柳色殷㈢橋路韻
留人住韻 淡煙微雨韻 好箇雙棲處韻

【注釋】

㈠點絳唇：本調各體比較；詳詞律卷三，詞譜卷四。江淹詩云：『明珠點絳唇，詞以此名。又，元太平樂府注仙呂宮，高拭詞注黃鍾宮，正音譜注仙呂調。宋王禹偁詞名點櫻桃、王十朋詞名十八香，張輯詞有「邀月過南浦」句，名南浦月。又有「遙隔沙頭雨」句，名沙頭雨，韓淲詞有「更約尋瑤草」句，名尋瑤草。』

㈡金縷：言金縷曲。唐杜秋娘有金縷衣：『勸君莫惜金縷衣……。』金縷亦作柳葉解。

㈢殷：殷，音班，朱赤色也。

生查子㈠

金鞍美少年句　去躍青驄馬(二)韻　縈繫玉樓人句　繡被春寒夜韻　消息未歸來句　寒食(三)梨花謝韻　無處說相思句　背面秋千(四)下韻

【注釋】

(一)生查子：本調各體比較，詳詞律卷三，詞譜卷三。詞譜云：『本唐教坊曲名，朱希眞詞有「遙望楚雲深」句，名楚雲深。韓淲詞有「山意入春晴」，都是梅和柳句，名梅和柳，又有「暗色入青山」句，名暗色入青山。』又詞律云：『生查子本樝梨之樝，省筆作查。』

(二)青驄馬：言千里馬也。隨書吐谷渾傳：『青海中有小山，其俗至冬輒放牝馬於其上，言得龍種。吐谷渾嘗得波斯草馬，放入海因得驄馬，能日行千里云。』

(三)寒食：詳周邦彥蘭陵王注四。

(四)秋千：見歐陽修蝶戀花注八。

【集評】

曾季貍云：晏叔原小詞云：『無處說相思，背面鞦韆下。』呂東萊極喜誦此詞，以爲有思致。然此語本李義山詩云：「十五泣春風，背面鞦韆下。」』（艇齋詩話）

采桑子(一)

秋千(二)散後朦朧月句　滿院人閒韻　幾處雕闌韻　一夜風吹杏粉殘韻　昭陽殿(三)裏春衣就句　金

縷(四)初乾韻 莫信朝寒韻 明日花前試舞看韻

【注釋】

(一)采桑子：詳歐陽修采桑子注一。
(二)秋千：詳歐陽修蝶戀花注八。
(三)昭陽殿：漢殿名，白居易詩：『昭陽殿裏恩愛絕。』
(四)金縷：言柳葉也。

六么令(一)

雪殘風信(二)句 悠颺春消息韻 天涯倚樓新恨句 楊柳幾絲碧韻 還是南雲雁少句 錦字(三)無端的韻 寶釵瑤席韻 彩絃聲裏句 拚作尊前未歸客韻 遙想疏梅此際句 月底香英坼韻 別後誰繞前溪句 手揀繁枝摘韻 莫道傷高恨遠句 付與臨風笛韻 儘堪愁寂韻 花時往事句 更有多情箇人憶韻

綠陰春盡句 飛絮繞香閣韻 晚來翠眉宮樣句 巧把遠山學(四)韻 一寸狂心未說句 已向橫波(五)覺韻 畫簾遮帀韻 新翻曲妙句 暗許閒人帶偷掐韻 前度書多隱語句 意淺愁難答韻 昨夜詩有迴文(六)句 韻險還慵押韻 都待笙歌散了句 記取來時霎韻 不消紅蠟韻 閒雲歸後句 月在庭花舊闌角韻

【注釋】

(一)六么令：本調各體比較，詳詞律卷十四，詞譜卷二十三。六么令本唐琵琶錄云：『綠腰本錄要，樂工進曲，上令錄其要者，或云此曲拍無過六字者，故曰六么。又，燕樂考原云：唐時新翻六么，屬之七羽者，楚人以小爲么，羽弦最小，故聲之繁急者，則謂之么弦側調，考七羽一韻爲么弦，自高般涉一調不用外，尚有六調，故謂之六么，後遂因之以爲曲名，所謂綠腰、錄要者，皆穿鑿耳。』

(二)風信：謂風之來時及方向皆準期也，如花信風。司空圖詩：『初程風信好。』

(三)錦字：詳周邦彥氏州第一注五。

(四)遠山學：喻學畫眉也。西京雜記：『司馬相如妻文君，眉色如望遠山，時人效畫遠山眉。』

(五)橫波：言自斜視如水之橫流也，傅毅舞賦：『眉連娟以增繞兮，目流睇而橫波。』

(六)迴文：詩詞之循環成誦者謂之迴文。

【集評】

夏敬觀云：『此例押韻之法，甚峭拔。「帀」、「掐」、「押」、「霎」、「蠟」，皆閉口音，係「合」韻與「覺」韻同叶。』（夏評小山詞）

清平樂(一)

留人不住韻　醉解蘭舟去韻　一棹碧濤春水路韻　過盡曉鶯啼處韻　渡頭楊柳青青韻　枝枝葉葉

離情韻　此後錦書(二)休寄句　畫樓雲雨無憑韻

【注釋】

(一)清平樂：詳晏殊清平樂注一。

(二)錦書：詳周邦彥氐州第一注五。

【集評】

周濟云：『結語殊怨，然不忍割。』（宋四家詞選）

木蘭花(一)

秋千院落重簾莫(二)韻　彩筆閑來題繡戶韻　牆頭丹杏雨餘花句　門外綠楊風後絮韻　朝陽信斷知何處韻　應作襄王春夢去(三)韻　紫騮(四)認得舊游蹤句　嘶過畫樓東畔路韻

【注釋】

(一)木蘭花：詳周美成木蘭花注一。

(二)莫：暮也。詳歐陽修蝶戀花注六。

(三)襄王春夢：宋玉高唐賦序謂楚襄王遊高唐，夢神女荐枕，臨去，有「旦爲行雲，暮爲行雨。」句。

(四)紫騮：馬也。

【集評】

黃蓼園云：『首二句別後，想其院子深沈，門闌緊閉。接言牆內之人，如雨餘之花；門外行蹤，如風後之絮。後段起二句言此後杳無音信，末二句言重經其地，馬尚有情，況于人乎？』（蓼園詞選）　沈際飛云：『雨餘花，風後絮，入江雲，黏地絮，如出一手。』（草堂詩餘正集）

碧牡丹㈠

翠袖疏紈扇韻　涼葉催歸燕韻　一夜西風句　幾處傷高懷遠韻　細菊枝頭句　開嫩香還徧韻　月痕依舊庭院韻　事何限韻　悵望秋意晚韻　離人鬢華將換韻　靜憶天涯句　路比此情還短韻　試約㈡　鸞箋㈢句　傳素期良願韻　南雲應有新雁韻

【注釋】

㈠碧牡丹：本調各體比較，詳詞律卷十一，詞譜卷十七。詞律云：『雙調，正晏幾道一體，七十四字，又，程垓一體，七十五字。詞譜二體同上。晏詞于「事何限」換頭起句，子野、正伯各詞皆同，因舊刻誤連前結，圖譜因之，謬矣。』又，詞譜云：『碧牡丹，金詞注中呂調。此晏詞前段第二句五字，惟小山集有此體，宋人皆三字兩句也，故可平可仄詳注程詞之下。』

㈡試約：初約也。

(三)鸞箋：彩箋也。又作蠻牋。通雅器用：『（群）濤本小牋，與今連同四式。』

蜨戀花(一)

醉別西樓醒不記韻 春夢秋雲(二)句 聚散眞容易韻 斜月半窗還少睡韻 畫屏閒展吳山(三)翠韻

衣上酒痕詩裏字韻 點點行行句 總是淒涼意韻 紅燭自憐無好計韻 夜寒空替人垂淚(四)韻

【注釋】

(一)蜨戀花：詳晏殊蜨戀花注一。

(二)春夢秋雲：白居易詩：『來時春夢不多時，去似秋雲無覓處。』詞意本此。

(三)吳山：在浙江杭縣，春秋時爲吳國南界，惟此調之吳山乃指江南一帶而言，蓋江南古之吳地也。

(四)紅燭自憐二句：杜牧之贈別詩：『蠟燭有心還惜別，替人垂淚到天明。』詞意本此。

小傳

張先字子野，宋淳化元年庚寅生，元豐元年戊午卒（公元九九〇——一〇七八）。烏程人，天聖八年舉進士，歷官都官郎中。詩格秀麗，工於長短句。晚年常泛扁舟，垂釣爲樂。卒年八十九。其詞傳世有康熙侯氏亦園刻本。乾隆時葛鳴陽刻本。彊邨叢書本題張子野詞。

【評語】

夏敬觀云：『子野詞，凝重古拙，有唐、五代之遺音，慢詞亦多用小令作法。在北宋諸家中，可云獨樹一幟。比之于書，乃鍾繇之體也。』（夏評小山詞）陳廷焯云：『張子野詞，古今一大轉移也；前此則爲晏、歐、爲溫、韋，體段雖具，聲色未開；後此則爲秦、柳，爲蘇、辛，爲美成、白石，發揚蹈厲，氣局一新，而古意漸失。子野適得其中，有含蓄處，亦有發越處，但含蓄不似溫、韋，發越亦不似豪蘇、膩柳。規模雖隘，氣格却近古。自子野後一千年來，溫、韋之風不作矣。益我思子野不置。』（白雨齋詞話）周濟云：『子野淸出處，生脆處，味極雋永，祇是偏才，無大起落。』（宋四家詞選序論）

卜算子慢(一)

溪山別意句　煙樹去程句　日落采蘋春晚韻　欲上征鞍(二)句　更掩翠簾回面韻　相盼韻　惜彎彎(三)讀　淺黛長長眼韻　奈畫閣讀　歡游也學句　狂花亂絮輕散韻　水影橫池館韻　對靜夜無人句　月高雲遠韻　一晌凝思句　兩眼淚痕還滿韻　難遣韻　恨私書讀　又逐東風斷韻　縱夢澤(四)讀　層樓萬尺句　望湖城那見韻

【注釋】

㈠卜算子慢：本調各體比較，詳詞律卷三，詞譜卷二十一。唐駱賓王詩好數名，人偁為卜算子，此調名蓋用俗語，咸通末，鍾幅有卜算子慢詞，柳永、張先詞人林鍾商，俗乎歇指調。

㈡征鞍：喻馬也。

㈢彎彎：曲貌。張籍詩：『日西待伴同下山，竹擔彎彎向身曲。』

㈣夢澤：詳周邦彥氏州弟一注六。

醉垂鞭㈠

雙蝶繡羅裙韻 東池宴韻 初相見韻 朱粉不深勻韻 閒花淡淡春韻 細看諸處好句 人道是句 柳腰身韻 昨日亂山昏韻 來時衣上雲韻

【注釋】

㈠醉垂鞭：本調各體比較，詳詞律卷三，詞譜卷四。調見張先集，此詞凡用三韻，兩仄韻即間押於平韻之內，以平韻為主，亦花間體也。

山亭燕㈠ 有美堂贈彥猷主人

宴堂永晝喧簫鼓韻 倚青空讀 畫闌紅柱韻 玉瑩紫微人句 藹和氣讀 春融日煦㈡韻 故宮池館更樓臺句 約風月讀 今宵何處韻 湖水動鮮衣句 競拾翠讀 湖邊路韻 落花蕩漾怨空樹韻 曉山靜讀

數聲杜宇(三)韻 天意送芳菲句 正黯淡讀 疏煙短雨韻 新歡寧似舊歡長句 此會散讀 幾時還聚韻 試爲挹(四)飛雲句 問解寄讀 相思否韻

【注釋】

(一)山亭燕：本調各體比較；詳詞律卷十七，詞譜卷三十。本作山亭燕，調見張先集，有美堂贈彥猷主人作，蓋自度曲也，此調祇此一詞，此詞與宴山亭無涉。

(二)煦：煦，音許。暖也。

(三)杜宇：杜鵑也。華陽國志云：『周失綱紀，蜀侯蠶叢始偁王。後有王曰杜宇，偁帝，號曰望帝，更名蒲卑，會水災，其相開明缺玉壘山以除水害，帝遂委以政事，禪位於開明，帝升西山隱焉。時適二月，子規鳥鳴，故蜀人悲子鵑鳥鳴也。』惟按成都記云：『杜宇死，其魂化爲鳥，名杜鵑。』寰宇記云：『蜀王杜宇，號望帝；後因禪位，自亡去，化爲子規。』又按說文云：『蜀王望帝婬其相妻，慙，亡去，爲子巂鳥。故蜀人聞子巂鳴，皆起曰是望帝也。』

(四)挹：音邑。揖也。王念孫曰：『揖與挹通。』

踏莎行(一)

衾鳳猶溫句 籠鸚尚睡韻 宿裝稀淡眉成字韻 映花避月上迴廊句 珠裙摺摺輕垂地韻 翠幕成波句 新荷貼水韻 紛紛煙絮低還起韻 重牆繞院更重門句 春風無路通深意

【注釋】

㈠踏莎行：詳晏殊踏莎行注一。

青門引㈠

乍暖還輕冷韻 風雨晚來方定韻 庭軒寂寞近清明㈡句 殘花中酒㈢句 又是去年病韻 樓頭畫角風吹醒韻 入夜重門靜韻 那堪更被明月句 隔牆送過秋千㈣影韻

【注釋】

㈠青門引：本調各體比較，詳詞律卷七，詞譜卷九。三輔皇圖云：『長安城東，出南頭第一門，門色青。』蕭相國世家云：『召平種瓜長安城東，阮籍詩：「昔聞東陵侯，種瓜青門外。」』詞或取以名。

㈡清明：又名三月節，每年四月五日或六日爲清明，淮南子天文：『春分後十五日，斗指乙，爲清明。』

㈢中酒：醉酒也。杜牧詩：『中酒落花前。』中，讀去聲。

㈣秋千：詳歐陽修蝶戀花注四。

【集評】

黃蓼園云：『落寞情懷，寫來幽雋無匹，不得志于時者，往往借閨情以寫其幽思。角聲而曰風吹醒，「醒」字極尖刻。末句那堪送影，眞是描神之筆，極希微窅渺之致。』（蓼園詞選）

沈際飛云：『懷則自觸，觸則愈懷，未有觸之至此極者。』（草堂詩餘正集）

小傳

柳永字耆卿，宋雍熙四年丁亥生，皇祐五年癸巳卒（公元九八七——一〇五三）。名三變，樂安人，景祐元年進士。後官屯田員外郎，世號柳屯田。善爲歌辭，教坊樂工，每得新腔，必求永爲詞，而永更集以當時鄙語，流俗人頗喜之，時云：『有井水飲處，卽能歌柳詞。』蓋言其詞傳之廣也。按后山詩話載永嘗有鶴沖天詞云：『忍把浮名，換了淺斟低唱。』上曰：『何要浮名？且塡詞去。』永由此自偁「奉旨塡詞」。柳作樂章集，有毛氏汲古閣宋六十家詞本，吳氏石蓮庵刻山左人詞本，朱氏彊邨叢書本。

【評語】

張炎云：『康（與之）柳詞亦自批風抹月中來。風月二字，在我發揮，二公則爲風月所使耳。』（詞源卷下）馮煦云：『耆卿詞，曲處能直，密處能疏，奡處能平，狀難狀之景，達難達之情，而出之以自然，自是北宋巨手。然好爲俳體，詞多媟黷，有不僅如提要所云：「以俗爲病」者。避暑錄謂：「凡有水飲處，卽能歌柳詞。」三變之爲世詬病，亦未嘗不由于此。蓋與其千夫競聲，毋寧白雪之寡和也。』（宋六十一家詞選例言）鄭文焯云：屯田北宋專家，其高渾處不減淸眞，長調尤能以沈雄之魄，消勁之氣，寫奇麗之情，作揮綽之聲。』又云：『冥探其一詞之命意所注，確有層折，如畫龍點睛，其神觀飛越，祇在一二筆，便爾破壁飛去也。』（大鶴山人詞論）周濟云：『柳詞總以平敘見長，或發端，或結尾，或換頭，以一二語句，勒、提、掇有千鈞之力。』

（宋四家詞選）又云：『耆卿爲世訾謷久矣，然其鋪敍委宛，言近意遠，森秀幽淡之趣在骨。』（介存齋論詞雜著）

鬥百花㈠

煦㈡色韶光明媚韻　借叶　輕靄㈢低籠芳樹韻　池塘淺蘸㈣煙蕪句　簾幕閒垂風絮韻　春困懨懨㈤句　拋擲鬥草㈥工夫句　冷落蹋㈦青心緒韻　終日扃㈧朱戶韻　遠恨緜緜句　淑景㈨遲遲難度韻　年少傅粉㈩句　依前醉眠何處韻　深院無人句　黃昏乍拆秋千句　空鎖滿庭花雨韻

【注釋】

㈠鬥百花：本調各體比較，詳詞律卷十二，詞譜卷十九。詞譜云：『鬥百花樂章集注正宮，晁補之詞一名夏州。此調以此（柳永「煦色韶光」）詞爲正體，柳永「滿搦宮腰」詞，晁補之「小小盈盈」詞，又「臉色朝霞」，詞正與此同，若柳詞別首之少押兩韻，晁詞別首之多押一韻，皆變格也。』

㈡煦：暖也。煦音許。玉篇：『以物內水中』。

㈢靄：微雲也。

㈣蘸：沾也。玉篇：『以物內水中。』

㈤懨懨：病態也。韓偓詩：『把酒送春惆悵在，年年三月病懨懨。』

㈥鬥草：荊楚歲時記：『競採百草，謂百草以觸除毒氣，故世有鬥草之戲。』即以草相賽而爲戲也。杜牧詩：『

鬥草憐香蕙，簪花間雪梅。』

(七)蹋：踐踏也。

(八)扃：關鎖也。曲禮：『入戶奉扃。』

(九)淑景：言清景也。

(一〇)傅粉：古男子以粉傅面，猶今之女子以爲美也。

【集評】

周濟云：『柳詞總以平敍見長，或發端，或結尾，或換頭，以一二語句，勒、提、掇有千鈞之力。』（宋四家詞選）

雨霖鈴(一)

寒蟬凄切韻 對長亭晚句 驟雨初歇韻 都門帳飲(二) 無緒句 方留戀處句 蘭舟催發韻 執手相看淚眼句 竟無語凝咽(三)韻 念去去讀 千里煙波句 暮靄沈沈(四) 楚天闊韻

多情自古傷離別韻 更那堪讀 冷落清秋節(五)韻 今宵酒醒何處句 楊柳岸讀 曉風殘月韻 此去經年句 應是良辰讀 好景虛設韻 便縱有讀 千種風情句 更與何人說韻

【注釋】

(一)雨霖鈴：本調各體比較；詳詞律卷十八，詞譜卷三十一。太眞外傳云：『上至斜谷口，屬霖雨彌旬，於棧道中聞鈴聲，隔山相應，上旣悼念貴妃，因采其聲爲雨霖鈴曲，上回顧慘然。張祜詩云：「雨霖鈴夜却歸秦，猶是張徽一曲新」。』詞意本此。

(二)帳飲：在城外設帳作送別飲酒也。

(三)凝咽：哭不成聲也。

(四)暮靄沈沈：言日暮時雲層密罩也。

(五)清秋節：疑卽千秋節。八月五日爲唐玄宗誕日，開元十七年百官表請以是日爲千秋節。

【集評】

歷代詩餘引俞文豹吹劍錄云：『東坡在玉堂日，有幕士善歌，因問：「我詞何如柳七？」對曰：「柳郎中詞，祇合十七八女郎，執紅牙板，歌楊柳岸，曉風殘月。學士詞，須關西大漢，銅琵琶，鐵綽板，唱大江東去，東坡爲之絕倒。」　王世貞云：『今宵酒醒何處？楊柳岸，曉風殘月，與秦少游酒醒處，殘陽亂鴉，同一景事，而柳尤勝。』（藝苑卮言）　劉熙載云：『詞有點有染，柳耆卿雨淋鈴云：「多情自古傷離別，更那堪冷落清秋節，今宵酒醒何處，楊柳岸，曉風殘月。」上二句點出離別，冷落今宵二句，乃就上二句意染之點染之間，不得有他語相隔，隔則警句亦成死灰矣。』（詞概）　周濟云：『淸眞詞多從耆卿奪胎，思力沈摯處，往往出藍。然耆卿秀淡幽豔，實不可及，後人摭其樂章，訾爲俗筆，眞瞽說也。』（宋四家詞選）

傾杯樂(一)

木落霜洲句雁橫煙渚(二)句分明畫出秋色韻莫(三)雨乍歇句小楫(四)夜泊句宿葦村山驛韻何人月下臨風處句起一聲羌笛韻離愁萬緒句聞岸艸讀切切蛩吟如織韻　爲憶芳容別後句水遙山遠句何計憑鱗翼(五)韻想繡閣深沈句爭(六)知憔悴損句天涯行客韻楚峽雲歸句高唐(七)人散句寂寞狂蹤跡韻望京國韻空目斷讀遠峯凝碧韻

【注釋】

(一)傾杯樂：本調各體比較，詳詞律卷七，詞譜卷三十二。本唐教坊曲名，唐太宗詔長孫無忌造傾杯曲，明皇有舞馬傾杯數十疊，宣宗喜吹蘆管，自製傾杯樂，皆唐樂府也。見宋史樂志者二十七宮調，柳永樂章集注宮調七。又名古傾杯，亦名傾杯，別有令詞傾杯令，又有傾杯近。調見袁去華集，與傾杯樂，傾杯令不同。

(二)渚：小洲也。詩：『江有渚。』

(三)莫：暮也。詳歐陽修蝶戀花注六。

(四)小楫：喻小舟也。

(五)鱗翼：鱗翼代表魚雁也。謂古以魚雁傳書。載復古詩：『天邊魚雁幾浮沈。』

(六)爭：作怎解，如白居易燕子樓詩有「爭教紅粉不成灰」。圓圓曲有「爭得蛾眉匹馬還」。義皆作怎解。

(七)高唐：詳周邦彥氐州弟一注六。

【集評】

譚獻云：『耆卿正鋒，以當杜詩。「何人」二句，扶質立幹。「想繡閣深沈」二句，忠厚悱惻，不媿大家。「楚峽雲歸」三句，寬處坦夷，正見家數。』（譚評詞辨）　周濟云：『依調損字當屬下，依詞損字當屬上，此類甚多，後不更舉。』（宋四家詞選）

卜算子慢㈠

江楓漸老句　汀蕙半凋句　滿目敗紅衰翠㈡韻　楚客登臨句　正是莫㈢秋天氣韻　引疏砧讀　斷續殘陽裏韻　對晚景讀　傷懷念遠句　新愁舊恨相繼韻　脈脈人千里韻　念兩處風情句　萬重煙水韻　雨歇天高句　望斷翠峯十二韻　儘無言讀　誰會凭高意韻　縱寫得讀　離腸萬種句　奈歸鴻誰寄韻

【注釋】

㈠卜算子慢：詳張先卜算子慢注一。

㈡敗紅衰翠：喻秋至花草凋零也。

㈢莫：暮也。詳歐陽修蝶戀花注六。

【集評】

周濟云：『後闋一氣轉注聯翩而下，淸眞最得此妙。』（宋四家詞選）

玉　蝴　蝶㈠

望處雨收雲斷句　凭闌悄悄㈡句　目送秋光韻　晚景蕭疏㈢句　堪動宋玉㈣悲涼韻　水風輕讀　蘋花漸

老句 月露冷讀 梧葉飄黃韻 遣情傷韻 故人何在句 煙水茫茫韻　難忘韻 文期酒會句 幾辜風月句 屢變星霜韻 海闊天遙句 未知何處是瀟湘(五)韻 念雙燕讀 難憑遠信句 指暮天讀 空識歸航韻 黯相望韻 斷鴻聲裏句 立盡斜陽韻

【注釋】

(一)玉蝴蝶：本調各體比較；詳詞律卷三，詞譜卷四。塡詞名解云：『玉蝴蝶名始于唐孫光憲咏蝶詞。又此調小令始于溫庭筠，長調始于柳永。樂章集注仙呂調，一名玉蝴蝶慢。按詞律謂此調與蝴蝶兒相近，不知蝴蝶兒第三句俱七字，此則五字。』

(二)悄悄：憂靜貌。曹唐詩：『樹影悠悠花悄悄。』

(三)蕭疏：散落有清致也。杜甫詩：『花萼尙蕭疏。』

(四)宋玉：『戰國楚大夫，作九辯有「悲哉！秋之爲氣也」。』

(五)瀟湘：山海經、中山經云：『澧沅之風，交瀟湘之淵。』注：『瀟當作潚。』說文云：『潚，深情也。』

【集評】

許昂霄云：『與雪梅香、八聲甘州數首，蹊徑彷彿。』（詞綜偶評）

八聲甘州(一)

對瀟瀟暮雨灑(二)江天句 一番洗清秋韻 漸霜風淒緊句 關河冷落句 殘照當樓韻 是處紅衰綠減(三)

句苒苒物華休(四)韻惟有長江水句無語東流韻不忍登高臨遠句望故鄉渺渺句歸思難收韻歎年來踪迹句何事苦淹留韻想佳人讀妝樓長望句誤幾回讀天際識歸舟(五)韻爭(六)知我讀倚闌干處句正恁凝愁韻

【注釋】

(一)八聲甘州：本調各體比較，詳詞律卷一，詞譜卷二十五。碧鷄漫志云：『甘州仙呂調有曲破，有八聲、有慢、有令。』按此調前後段八韻，故名八聲，乃慢詞也，與甘州遍之曲破，甘州子之令詞不同，樂章集亦注仙呂調，周密詞名甘州，張炎詞因柳永詞有對瀟瀟暮雨灑江天句，更名瀟瀟雨，白樸詞名讌瑤池。

(二)灑：為洒之正字，洒也。通俗文、禮內則：『灑掃室堂及庭。』

(三)紅衰綠減：言花草凋落也。

(四)苒苒物華休：言景物漸漸凋殘也。

(五)天際識歸舟：此襲謝脁詩之宣城郡出新林浦向板橋詩：『天際識歸舟，雲中辨江樹。』

(六)爭：詳柳永傾杯樂注六。

【集評】

東坡云：『世言柳耆卿曲俗，非也。如八聲甘州云：「霜風淒緊，關河冷落，殘照當樓。」此語於詩句不減唐人高處。』（宋趙令畤侯鯖錄卷七）　梁啓超云：『飛卿詞：「照花前後鏡，花面交相映。」此詞境頗似之。』（藝衡館詞選）

安公子(一)

遠岸收殘雨韻 雨殘稍覺江天暮韻 拾翠汀洲句 人寂靜讀 立雙雙鷗鷺韻 望幾點讀 漁鐙掩映蒹葭浦(二)韻 停畫橈(三)讀 兩兩舟人語韻 道去程今夜句 遙指前邨煙樹韻 游宦成羈旅韻 短檣吟倚閒凝竚韻 萬水千山句 迷遠近讀 想鄉關何處韻 自別後讀 風亭月榭孤歡聚韻 剛斷腸讀 惹得離情苦韻 聽杜宇(四) 聲聲句 勸人不如歸去韻

【注釋】

(一)安公子：本調各體比較，詳詞律卷十二，詞譜卷十九。詞譜云：『唐教坊曲名。』此調柳永有兩體，增減頗有異同。樂府雜錄云：『煬帝幸江都，樂工命王令言者，妙達音律，其子彈胡琵琶，作安公子曲，令言驚問：「那得此。」對曰：「宮中新翻。」令言流涕曰：「慎句從行，宮，君也宮聲往而不返，大駕不復回矣」。』

(二)蒹葭浦：荻草叢生之水濱也。

(三)畫橈：喻畫船也。

(四)杜宇：詳張先山亭燕注三。

【集評】

周濟云：『後闋音節態度，絕類拜新月慢，清真夜色催更一闋，全從此脫化出來，特較更跌宕耳。』（宋四家詞選）

雪梅香㈠

景蕭索句 危樓獨立面晴空韻 動悲秋情緒句 當時宋玉㈡應同韻 魚市孤煙裊㈢寒碧句 水村殘葉舞愁紅韻 楚天闊讀 浪浸斜陽句 千里溶溶韻

臨風韻 想佳麗句 別後愁顏句 鎮斂眉峯韻 可惜當年句 頓乖雨迹雲蹤韻 雅態妍姿正歡洽句 落花流水忽西東韻 無憀恨讀 相思意盡句 分付征鴻韻

【注釋】

㈠雪梅香：本調各體比較；詳詞律卷十四，詞譜卷二十三。樂章集注正宮，此詞前段第六句，後段第七句例作拗體，填者辨之。可平可仄。參下無名氏詞，此詞乃詠雪梅香之作，因以名調，調或始自無名氏，柳詞令，有悲秋意，與調名原起無涉。

㈡宋玉：詳柳永玉蝴蝶注四。

㈢裊：同褭，嫋也。王昌齡詩：『滄波風裊裊。』

【集評】

周濟云：『本閡結句，似在意字逗。』

西平樂㈠

盡日憑高寓目(二)句　脈脈春情緒韻　嘉景清明(三)漸近句　時節輕寒乍暖句　天氣纔晴又雨韻　煙光澹宕句　裝點平蕪煙樹韻　黯凝竚韻　臺榭好句　鶯燕語韻　正是和風麗日句　幾許繁紅嫩綠句　雅稱嬉游去韻　奈阻隔讀　尋芳伴侶韻　秦樓鳳吹(四)句　楚臺雲約(五)句　空悵望句　在何處韻　寂寞韶光暗度韻　可堪向晚句　村落聲聲杜宇(六)韻

【注釋】

(一)西平樂：本調各體比較：詳詞律卷十七，詞譜卷三十。此調有仄韻平韻兩體，仄韻者，始自柳永，樂章集注小石調，平韻者，始自周邦彥，一名西平樂慢。此調押仄聲韻者，以柳詞爲正體，若朱詞之減字，晁詞之添字，皆變格也，此調押平韻者，以周詞爲正體，若楊、方、陳三詞之攤破句法，或減字，皆變格也。又，後漢書注：『平樂，觀名。』樂府原云：『冶馳情之曲。』調或以此名，待考。

(二)寓目：謂屬目以觀也。左傳：『得臣與寓目焉。』

(三)清明：詳張先青門引注二。

(四)秦樓鳳吹：列仙傳：『簫史者，秦穆公時人，善吹簫；穆公女弄玉好之，公妻焉。乃爲弄玉作鳳台，一旦夫婦隨鳳飛去。』

(五)楚臺雲約：楚臺，觀名，在雲夢澤中。見宋玉高唐賦。

(六)杜宇：詳張先山亭燕注三。

木蘭花慢(一)

拆桐花爛熳句 乍疎雨讀 洗清明韻 正豔杏燒林句 緗桃繡野句 芳景如屏韻 傾城(二)韻 盡尋勝賞句 驟雕鞍讀 紺幰(三) 出郊坰(四)韻 風煖繁絃脆管句 萬家競奏新聲韻 盈盈韻 鬥草踏青(五) 人句 豔冶遞逢迎韻 向路旁往往句 遺簪墮珥句 珠翠縱橫韻 歡情韻 對佳麗地句 任金罍讀 罄竭玉山傾(六)韻 拚卻明朝永日句 畫堂一枕春酲韻

【注釋】

(一)木蘭花慢：本調各體比較，詳詞律卷七，詞譜卷二十九。此調樂章集注高平調，詞押短韻者，以柳詞二首為正體，若李詞之多押一韻，嚴、呂、劉三詞之句讀不同，盧詞及梅苑詞之添減字，皆變格也。

(二)傾城：漢書李延年傳云：『李延年善歌，侍武帝歌曰：「北方有佳人，絕世而獨立，一顧傾人城，再顧傾人國。寧不知，傾城與傾國，佳人難再得。」上嘆息曰：「善，世豈有此人乎？」平陽主因言延年有女弟，上乃召見之，實妙麗善舞，由是得幸。』

(三)紺幰：天青色的車幔。詳晁補之憶少年註六。

(四)坰：野外也。

(五)鬥草踏青：鬥草，詳柳永鬥百花注六。踏青，千金月令：『三月三日踏青，上鞋履。』

(六)玉山傾：世說：『嵇叔夜之為人也，巖巖若孤松之獨立，其醉也，傀俄若玉山之將崩。』

【集評】

沈義父云：『近時詞人，多不詳看古曲下句命意處，但隨俗念過便了。如柳詞木蘭花云：「坼桐花爛漫。」此正是第一句不用空頭字在上，故用坼字，言開了桐花爛漫也。有人不曉此意，乃云：「此花名爲坼桐花。」開了又坼，此何意也？』（樂府指迷）　吳師道云：『木蘭花慢，柳耆卿清明詞得音調之正，蓋傾城。盈盈，歡情於第二字中有韻。』（吳禮部詞話）　周濟云：『一結大勝，忍把浮名換了淺斟低唱。』（宋四家詞選）

小傳

秦觀字少游，一字太虛，宋皇祐元年己丑生，元符三年庚辰卒（公元一〇四九——一一〇〇）。揚州高郵人，舉進士，不中，爲人強志盛氣。見蘇軾於徐，爲賦黃樓，軾譽以有屈宋之才，遂薦其詩于王安石，安石謂其清新似鮑謝。其詞遂顯世。元祐初，蘇軾以賢良方正薦除祕書省正字，兼國史院編修官。紹聖初，坐黨籍削秩，監處州酒稅，徙郴州、編管橫州，又徙雷州，後放還，至藤州卒，及軾聞之，歎曰：『游不幸死道路，哀哉！世豈復有斯人乎？』秦詞今傳者，有毛氏汲古閣，宋六十家詞本淮海詞，朱彊邨叢書本淮海居士長短句，及王敬之刊本，葉遐庵影宋校本。

【評語】

苕溪漁隱叢話引李清照云：『秦詞專主情致，而少故實，譬如貧家美女，雖極妍麗豐逸，而終乏富貴態。』　王灼云：『張子野，秦少游，俊逸精妙，少游屢困京洛，故疏蕩之風不除。』（碧鷄漫志）　馮煦云：『少游以絕塵之才，早與勝流，不可一世，而一謫南荒，遽喪靈寶，故所爲詞，寄慨身世，閑雅有情思，酒邊花下，一往而深，而怨悱不亂，悄乎得小雅之遺，後主而後，一人而已。昔張天如論相如之賦云：「他人之賦，賦才也，長卿，賦心也。」予于少游之詞亦云：「他人之詞，詞才也，少游，詞心也，得之于內，不可以傳。雖子瞻之明儁，耆卿之幽秀，猶若有瞠乎後者，況其下耶？」』（宋六十一家詞選例言）　周之琦云：『淮海風流舊有名，紅梅香韻本天生。癡人不解陳無已，黃九如何得抗衡。』（十六家詞選題辭）　四庫全書提要云：『觀詩格不及蘇、黃，而詞則情韻兼勝，在蘇、黃之上，流傳雖少，要爲倚聲家一作手。』　況周頤云：『有宋熙豐間，詞學稱極盛，蘇長公提倡風雅，爲一代斗山。黃山谷、秦少游、晁天咎，皆長公之客也。山谷、天咎，皆工倚聲，體格於長公爲近，唯少游自闢蹊徑，卓然名家，蓋其天分高，故能抽祕騁妍于尋常濡染之外，而其所以契合長公者獨深。』（蕙風詞話）　周濟云：『少游最和婉醇正，稍遜淸眞者辣耳！』又云：『少游意在含蓄，如花初胎，故少重筆。』（宋四家詞選序論）　又云：『晉卿曰：「少游正以平易近人，故用力者，終不能到」。』（介存齋論詞雜著）

滿庭芳㈠

山抹微雲句 天粘衰草句 畫角㈡聲斷譙門㈢韻 暫停征棹㈣句 聊共引離尊韻 多少蓬萊舊事句 空回首讀 煙靄紛紛韻 斜陽外讀 寒鴉數點句 流水繞孤村韻　消魂韻 當此際句 香囊㈤暗解句 羅

帶輕分韻 漫贏得青樓句 薄倖名傳(六)韻 此去何時見也句 襟袖上讀 空染啼痕韻 傷情處句 高城望斷句 燈火已黃昏韻

【注釋】

(一)滿庭芳：詳周美成滿庭芳注一。

(二)畫角：軍樂也。以竹木，皮革或銅製成。外繪彩圖，因偁畫角。

(三)譙門：謂高樓上設門可遠望者，樓一名譙，又曰麗譙，故又偁之麗譙。

(四)征棹：喻舟也。

(五)香囊：禮內則注：『容臭，香物也，助其形容之飾，以纓繫之。』繁欽詩：『何以致叩叩，香囊繫肘後。』

(六)薄倖名傳：杜牧遣懷詩：『落魄江湖載酒行，楚腰纖細掌中輕，十年一覺揚州夢，贏得青樓薄倖名。』

【集評】

葉夢得云：『秦少游亦善爲樂府，語工而入律，知樂者謂之作家歌，元豐間盛行於淮、楚。「寒鴉萬點，流水繞孤村。」本隋煬帝詩也，少游取以爲滿庭芳辭，而首言：「山抹微雲，天黏衰草。」尤爲當時所傳。蘇子瞻于四學士中，最善少游，故他文未嘗不極口偁賞，豈特樂府？然猶以氣格爲病，故嘗戲云：「山抹微雲秦學士，露花倒影柳屯田。」「露花倒影」，柳永破陣子語也。』（避暑錄話）　蔡絛云：『范內翰祖禹，作唐鑑，名重天下，坐黨錮事久之，其幼子温，字元實，與吾善，温嘗預貴人家會，貴人有侍兒，善歌秦少游長短句，坐間略不顧温，温亦謹不敢吐一語。及酒酣懽洽，侍兒始問：「此郎何人耶？」温遽起，叉手而對曰：「某乃山抹微雲女壻也。」聞者多絕倒。』（鐵圍山叢談） 鈕琇云：『少游詞：「山抹微雲，天黏衰草」，其用意在「抹」字、「黏」字；沈庾闡賦：「浪勢黏天」張祜詩：「草色黏天鶗鴂恨。」俱有來歷；俗以「黏」作「連」，益信其謬。』（詞林紀事引） 王世貞云：『「寒雅千萬點，流水遶孤村」隋煬帝詩也。「寒雅數點，流水遶孤村」少游詞也。語雖蹈襲，然入詞尤是當家。』（藝苑卮言） 沈際飛云：『「黏」字工，且有出處，趙文鼎「玉關芳草黏天碧」，劉叔安「暮烟細草黏天遠」，葉夢得「浪黏天葡桃漲綠」，皆用之。又云：人之情，至少游而極，結句「已」字，情波幾疊。』（草堂詩餘正集） 許昂霄云：『「空回首，煙靄紛紛」，四字引起下文，又，自起至換頭數語，俱是追敘，玩結處自明。』（詞綜偶評） 譚獻云：『淮海在北宋，如唐之劉文房，下闋不假雕琢，水到渠成，非平鈍所能藉口。』（譚評詞辨） 周濟云：『將身世之感，打并入豔情，又是一法。』（宋四家詞選） 鄺士元云：『少游滿庭芳，「山抹微雲，天粘衰草」，淺人改作「連」者，非也。山谷詩：「遠水粘天呑魚舟。」邵博詩：「老灘聲殷地，平浪勢粘天。」是「粘」字皆有來歷也。』（帶經樓詞話）

滿庭芳㈠

晚色雲開句 春隨人意句 驟雨方過還晴韻 高臺芳樹句 飛燕蹴㈡紅英韻 舞困榆錢㈢自落句 秋千㈣外讀 綠水橋平韻 東風裏讀 朱門映柳句 低按小秦箏韻 多情韻 行樂處句 珠鈿翠蓋句 玉轡紅纓韻 漸酒空金榼㈤句 花困蓬瀛㈥韻 豆蔻㈦梢頭舊恨句 十年夢㈧讀 屈指堪驚韻 凭闌久讀 疏煙淡月句 寂寞下蕪城㈨韻

【注釋】

㈠滿庭芳：詳周美成滿庭芳注一。

㈡蹴：以足踢物也。孟子：『蹴爾而與之。』讀如促。

㈢榆錢：本草綱目：『榆未生葉時，枝條間先生榆莢，形似錢，色白，俗呼榆錢。』孔平仲詩：『春盡榆錢堆狹路。』

㈣秋千：詳歐陽修蝶戀花注八。

㈤金榼：酒器也。左傳：『使行人執榼承飲。』

㈥蓬瀛：指蓬萊與瀛洲二地也。

㈦豆蔻：杜牧贈別詩云：『娉娉嫋嫋十三餘，豆蔻梢頭二月初，春風十里楊州路，捲上珠簾總不如。』

㈧十年夢：杜牧遣懷詩：『十年一覺楊州夢。』

㈨蕪城：喻楊州也。蓋南朝宋竟陵王亂後，城邑荒蕪，鮑照作蕪城賦弔之，因以爲名。

【集評】

許昂霄云：『曉色雲開三句，天氣；古臺芳榭四句，景物；東風裏三句，漸說到人事；珠鈿翠蓋二句，會合；漸酒空四句，離別；疎煙淡月二句，與起處反照作收。』（詞綜偶評）

陳廷焯云：『少游滿庭芳諸闋，大半被放後作，戀戀故國，不勝熱中，其用心不逮東坡之忠厚，而寄情之遠，措語之工，則各有千古。』（白雨齋詞話）

周濟云：『一筆挽轉，應首句不忘君也。』（宋四家詞選）

望海潮㈠　洛陽懷古㈡

梅英疏淡句　冰澌㈢溶洩句　東風暗換年華韻　金谷俊游句　銅駝㈣巷陌句　新晴細履平沙韻　長記誤隨車韻　正絮翻蝶舞句　芳思交加韻　柳下桃蹊㈤句　亂分春色到人家韻　西園㈥夜飲鳴笳韻　有華燈礙月句　飛蓋妨花韻　蘭苑未空句　行人漸老句　重來事事堪嗟韻　煙暝酒旗斜韻　但倚樓極目句　時見棲鴉韻　無奈歸心句　暗隨流水到天涯韻

【注釋】

㈠望海潮：本調各體比較：詳詞律卷十九，詞譜卷三十四。據白香詞譜題解云：「望潮，本爲海中蟹屬，小如蟛蜞，殼白，朝欲來，擧螯如望，不失常期，俗名招潮，見山堂肆考及臨海異物志。」又，蟹譜云：『蟹之類，隨潮解甲，更生新者，故字從解，又蟹名有望潮者，解甲之徵也，故知本調初爲咏望潮而得名。此調柳永樂章集注仙呂調。』青泥蓮花記云：『柳耆卿與孫何爲布衣交，孫知杭，門禁甚嚴，耆卿欲見之不得，作望海潮詞，使妓楚楚歌於孫前，孫即日迎耆卿預坐。』又，錢塘遺事云：『孫何帥錢塘，柳耆卿作望海潮詞贈之，有「三秋荷香」之句，此詞流播，金主亮聞之，欣然起投鞭渡江之志。謝處厚詩云：「那知卉木無情物，牽動長江萬里桂子，十里愁。」』按此詞雖牽動長江之愁，然湖山之清麗，使士大夫流連於歌舞嬉游之樂，遂忘中原，是則深可恨耳。

㈡洛陽：今河南省偃師縣西。以在洛水之陽故名。

(三)澌：盡也，音斯。

(四)金谷，銅駝：金谷位海南洛陽縣西，晉石崇有金谷園於此。銅駝乃洛陽街名，駱賓王詩：『金谷園中花幾色，銅駝路上柳千條。』

(五)桃蹊：史記李廣傳引諺語：『桃李無言，下自成蹊。』

(六)西園：詳蘇軾水龍吟注七。

【集評】

陳廷焯云：『少游詞最深厚，最沈着，如「柳下桃蹊，亂分春色到人家，思路幽絕」，其妙令人不能思議。』（白雨齋詞話）

譚獻云：『「長記誤隨車去」句，頓宕。「柳下桃谿」二句，旋斷仍連。後半闋苦陳、隋小賦縮本，塡詞家不以唐人爲止境也。』（譚評詞辨）

周濟云：『兩兩相形，以整見動，以兩字到作眼，點出換字精神。』（宋四家詞選）

浣溪紗(一)

漠漠輕寒上小樓韻　曉陰無賴似窮秋韻　淡煙流水畫屏幽韻

自在飛花輕似夢句　無邊絲雨細如愁韻　寶簾閒挂小銀鉤韻

【注釋】

(一)浣溪紗：本調各體比較，詳詞律卷三，詞譜卷四。按紗或作沙，詞譜云：『唐教坊曲名，張泌詞有露濃香泛小庭花句，名小庭花，賀鑄詞名減字浣溪紗，韓淲詞有芍藥酴醾滿院春句，名滿院春，有「東風拂檻露猶寒」句，名東風寒；有「一曲西風醉木犀」句，名醉木犀，有「霜後黃花菊自開」句，名霜菊黃，有「廣寒曾折最高枝」句，名廣寒枝，有「春風初試薄羅衫」句，名試香羅，有「清和風裏綠陰初」句，名淸和風，有「一番春事怨啼鵑」句，名怨啼鵑。

【集評】

梁啓超云：『奇語。』（藝蘅館詞選）　王國維云：『境界有大小，不以是而分優劣，「細雨魚兒出，微風燕子斜」。何遽不若「落日照大旗，馬鳴風蕭蕭」。「寶簾閒挂小銀鉤」。何遽不若「霧失樓臺，月迷津渡」也。』（人間詞話）

阮郎歸㈠

滿天風雨破寒初韻 燈殘庭院虛韻 麗譙㈡吹徹小單于㈢韻 迢迢淸夜徂韻　鄉夢斷句 旅情孤韻 崢嶸歲又除韻 衡陽㈣猶有雁傳書㈤韻 郴陽㈥和雁無韻

【注釋】

㈠阮郎歸：本調各體比較，詳詞律卷四，詞譜卷六。紹興府志云：『劉晨阮肇永平中，天台山採藥，經十三日不得返，採山上桃食之，下山以杯取水，見蕪菁葉流下，甚鮮，復有胡麻飯一杯流下，二人相謂曰：「去人不遠矣。」乃渡水，又過一山，見二女，容顏妙絕，呼晨肇姓名，問郎何來晚也。因相款待，行酒作樂，彼留半年，求歸至家，子孫已七世矣。太康八年，又失二人所在。』又，古今詞譜云：『大石調曲也。』詞譜云：『宋丁持正詞有碧桃春晝長句，名碧桃春，李祁詞名醉桃源。』

(二)麗譙：詳秦少游滿庭芳注三。

(三)單于：匈奴偁其君主作單于。此處疑是曲調名。李益聽曉角詩：『無數寒鴻飛不渡，秋風卷入小單于。』

(四)衡陽：湖南衡州府治，今湖南湘潭縣南。

(五)雁傳書：漢書蘇武傳……知武終不可脅，白單于，單于愈益欲降之，迺幽武置大窖中，絕不飲食，天雨雪，武臥齧雪與旃毛竝咽之……杖漢節牧羊，臥起操持，節旄盡落……昭帝即位數年，匈奴與漢和親，漢求武等，匈奴詭言武死，後漢使復至匈奴，常惠請其守者，俱得夜見漢使，具自陳過，教使者謂單于，言天子射上林中得雁足有係帛書，言武等在某澤中。使者大喜，如惠語以讓單于，單于視左右而驚，謝漢使曰：武等實在……單于召會武官屬前以降及物故，凡隨武還者九人。

(六)郴陽：今湖南郴陽縣。

好事近(一)　夢中作

春路雨添花句　花動一山春色韻　行到小溪深處句　有黃鸝千百韻　飛雲當面化龍蛇句　夭矯(二)
轉空碧韻　醉臥古藤陰下句　了不知南北韻

【注釋】

㈠好事近：本調各體比較；詳詞律卷四，詞譜卷五。錄異記云：『嘉陵江側，有婦人，自偁十八姨，往來民家，不飲不食，每教諭於人，但作好事，莫違負神明。』詞牌或本於此，張輯詞有「誰謂百年心事，恰釣船橫笛」句，名釣船笛，韓流詞有「吟到翠圓枝上」句，名翠圓枝。又冷齋夜話云：『少游旣謫歸，常於夢中作好事近，詞云：「醉臥古藤花下，杳不知南北。」果知藤州，方醉起，以玉盂汲泉，笑逝而化。』

㈡夭矯：飛騰貌也。郭璞賦：『吸翠霞而夭矯。』

【集評】

周濟云：『概括一生，結語遂作藤州之讖。』又云：『造語奇警，不似少游尋常手筆。』（宋四家詞選）

踏莎行㈠　郴州旅舍㈡

霧失樓臺句　月迷津渡㈢韻　桃源㈣望斷無尋處韻　可堪孤館閉春寒句　杜鵑聲裏斜陽暮韻

驛寄梅花句　魚傳尺素㈤韻　砌成此恨無重數韻　郴江㈥幸自遶郴山句　爲誰留下瀟湘去韻

【注釋】

㈠踏莎行：詳晏殊踏莎行注一。

㈡郴州：南朝梁於桂陽郡置郴州，唐改曰桂陽郡，尋復曰郴州，元爲郴州路，明改爲州，清仍之，直隸湖南省，轄永興、宜章、興寧、桂陽、桂東五縣，民國改州爲縣。

㈢津渡：謂津梁濟渡之處也。宋史天文志：『天潢五星，在五車中，主河梁津渡，星不見則津渡不通。』

(四)桃源：晉，陶潛有桃花源記；言武陵漁人入桃林，遇秦時避亂者，後迷其處，今通俑可避亂之地曰世外桃源。

(五)尺素：文心雕龍：『古書翰書於縑素。故謂之尺素。』古詩：『客從遠方來，遺我雙鯉魚。呼童烹鯉魚，中有尺素書。』

(六)郴江：亦云郴水，一名黃水，源出湖南省郴縣東，黃岑山，北流至郴口入耒水。

【集評】

王國維云：『有有我之境，有無我之境，「淚眼問花花不語，亂紅飛過千秋去」。「可堪孤館閉春寒，杜鵑聲裏斜陽暮」。有我之境也。「采菊東籬下，悠然見南山」。「寒波澹澹起，白鳥悠悠下」。無我之境也。有我之境，以我觀物，故物皆着我之色彩。無我之境，以物觀物，故不知何者爲我，何者爲物，少游詞境，最爲淒惋。至「可堪孤館閉春寒，杜鵑聲裏斜陽暮」。則變而淒厲矣。東坡賞其後二語，猶爲皮相。「風雨如晦，鷄鳴不已」。「山峻高以蔽日兮，下幽晦以多雨。霰雪紛其無垠兮，雲霏霏而承宇」。「樹樹皆秋色，山山盡落暉」。「可堪孤館閉春寒，杜鵑聲裏斜陽暮」。氣象皆相似。』（人間詞話）

八六子(一)

倚危亭韻　恨如芳草句　萋萋剗(二)盡還生韻　念柳外青驄(三)別後句　水邊紅袂分時句　愴然暗驚韻

無端天與娉婷(四)韻　夜月一簾幽夢句　春風十里柔情(五)韻　怎奈向讀　歡娛漸隨流水句　素絃聲斷句

翠綃香減句　那堪片片飛花弄晚句　濛濛殘雨籠晴韻　正銷凝(六)韻　黃鸝又啼數聲(七)韻

【注釋】

㈠八六子：本調各體比較，詳詞律卷十三，詞譜卷二十二。詞譜云：『此調，宋人中以晁補之喜秋晴詞爲正體，秦觀詞有「黃鸝又啼數聲」句，又名感黃鸝。又，八六子屬中呂羽，俗呼正平調，唐杜牧之製，宋柳永詞入本調。』

㈡剗：剗音鏟。削也。平也。李後主詞：『剗襪下香階，手提金縷鞋。』

㈢青驄：喻馬也。南齊蘇小小詩：『妾乘油壁車，郎騎青驄馬。何高結同心，西陵松柏下。』

㈣娉婷：言美貌也，今多以女子喻之。杜甫詩：『不嫁惜娉婷。』

㈤春風十里柔情：杜牧贈別詩：『娉娉嫋嫋十三餘，豆蔻梢頭二月初，春風十里揚州路，捲上珠簾總不如。』

㈥銷凝：含愁也。

㈦黃鸝又啼數聲：杜牧八六子有：『正銷魂，梧桐又移翠陰。』詞意取此。

【集評】

沈際飛云：『恨如剗草還生，愁如春絮相接，言愁，愁不可斷；言恨，恨不可已。』又云：『長短句偏入四六，何滿子之外，復見此。』（草堂詩餘正集）　先著云：『周美成詞「愁如春後絮來相接」與「恨如芳草，剗盡還生」，可謂極善形容。』（詞潔）　陳霆云：『少游八六子尾闋云：「正銷凝，黃鸝又啼數聲。」唐杜牧之一詞，其末云：「正銷魂，梧桐又移翠陰。」秦詞全用杜格，然秦首句云：「倚危亭恨如芳草，萋萋剗盡還生。」二語甚妙，故非杜可及也。』（渚山堂詞話）　黃蓼園云：『寄託耶？懷人耶？詞旨纏綿，音調淒婉如此。』（蓼園詞選）　周濟云：『起處神來之筆。』（宋四家詞選）

金明池㈠

瓊苑金池句 青門紫陌句 似雪楊花滿路韻 雲日淡讀 天低晝永句 過三點兩點細雨韻 好花枝讀 半出牆頭句 似悵望讀 芳草王孫何處韻 更水繞人家句 橋當門巷句 燕燕鶯鶯飛舞韻 怎得東君㈡長為主韻 把綠鬢朱顏句 一時留住韻 佳人唱讀 金衣莫惜㈢句 才子倒讀 玉山㈣休訴韻 況春來讀 倍覺傷心句 念故國情多句 新年愁苦韻 縱寶馬嘶風句 紅塵㈤拂面句 也祇尋芳歸去韻

【注釋】

㈠金明池：本調各體比較；詳詞律卷二十，詞譜卷三十六。金明池，宋汴京遊幸地也，南宋德壽出遊，修舊京金明池故事，調名取此，此調始於秦觀有李邇遜詞可校。

㈡東君：司春之神也。王初立春後詩：『東君珂佩響珊珊，青馭多時下九關。』

㈢金衣莫惜：唐，杜秋娘詩：『勸君莫惜金縷衣，勸君惜取少年時，花開堪折直須折，莫待無花空折枝。』

㈣玉山：喻人之醉倒也。世說容止：『山公曰：嵇叔夜之為人也，巖巖若孤松之獨立，其醉也，傀俄若玉山之將崩。』

㈤紅塵：塵埃也。泛指繁華熱鬧之地。孟浩然詩：『酒酣白日暮，走馬入紅塵。』

【集評】

周濟云：『此詞最明快，得結語神味便遠。』（宋四家詞選）

水龍吟(一)

小樓連苑橫空句 下窺繡轂雕鞍驟韻 疏簾半卷句 單衣初試句 清明(二)時候韻 破暖輕風句 弄晴微雨句 欲無還有韻 賣花聲過盡句 垂楊院落句 紅成陣讀 飛鴛甃(三)韻 玉珮丁東(四)別後韻 惟佳期讀 參差難又韻 名韁利鎖句 天還知道句 和天也瘦韻 花下重門句 柳邊深巷句 不堪回首韻 念多情讀 但有當時皓月句 照人依舊韻

【注釋】

(一)水龍吟：本調各體比較，詳詞律卷十六，詞譜卷三十。塡詞名解云：『越調曲也，取名於李白詩：「笛奏龍吟水」。』詞譜云：『曾覿詞，有是豐年瑞句，名豐年瑞。呂謂老詞名鼓笛慢。史達祖詞名龍吟曲。楊樵雲詞因秦觀詞起句，更名小樓連苑。方味道詞有「伴莊椿歲」句，名莊椿歲。』又云：『此調句讀最爲參差，有起句七字，第二句六字者，以蘇軾「霜寒煙冷蒹葭老」詞爲正格，有起句六字，第二句七字者，以秦觀小樓連苑橫空詞爲正格。』

(二)清明：詳柳永西平樂注三。

(三)甃：讀如縐，李賀詩：『腰龜徒甃銀。』

(四)丁東：卽丁冬，聲響也。馬臻詩：『風簷微動玉了冬。』

【集評】

曾季貍云：『少游詞「小樓連苑橫空」，爲都下一妓姓樓，名琬，字東玉。詞中欲藏「樓琬」二字，然少游亦自用出處，張籍詩云：「妾家高樓連苑起」。』（艇齋詩話）

小傳

賀鑄字方回，衛州人，宋皇祐四年壬辰生，宣和七年乙巳卒（公元一〇五二——一一二五）。有俠氣，博學強聞，頗擅自度曲，每掇人所遺棄，少加檃括，皆爲新奇。嘗言：『吾筆端驅使李商隱、溫庭筠常奔命不暇。』元祐中通判泗州，又倅太平州，退居吳下，自號慶湖遺老。有東山詞行世，今有王鵬運四印齋所刻詞本，陶湘涉園景宋金元明本詞續刊本。惟以彊邨叢書本最善。

【評語】

張炎云：『詞中一箇生硬字用不得，須是深加煅煉，字字敲打得響，歌誦妥溜，方爲本色語。如賀方回、吳夢窗，皆善於鍊字面，多於溫庭筠、李長吉詩中來。』（詞源）　李淸照云：『賀詞苦少典重。』（詞論）

王國維云：『北宋名家，以方回爲最次。其詞如歷下、新城之詩，非不華贍，惜少眞味。』（人間詞話）

周之琦云：『雕瓊鏤玉出新裁，屈宋嬙施衆妙該。他日四明工琢句，瓣香應自慶湖來。』（十六家詞選題辭）

況周頤云：『按塡詞以厚爲要恉。蘇、辛詞皆極厚，然不易學，或不能得其萬一，而轉滋流弊，如麤率，叫囂，瀾浪之類，東山詞亦極厚，學之卻無流弊，信能得其神似，進而闚蘇、辛堂奧，何難矣。「厚」之一字，關係性情，「解道江南斷腸句」。方回之深於情也。企鴻軒蓄書萬餘卷，得力於醞釀者又可知，張叔夏作詞源，於方回但許其善鍊字面，詎深知方回者耶？」（歷代詞人考略） 周濟云：「耆卿鎔情入景，故淡遠，方回鎔景入情，故濃麗。」（宋四家詞選序論）

薄倖㈠

淡妝多態韻 更滴滴讀 頻迴盼睞㈡韻 便認得讀 琴心㈢先許句 欲綰合歡雙帶韻 記畫堂讀 風月逢迎句 輕顰淺笑嬌無奈韻 向睡鴨鑪邊句 翔鴛屏裏句 羞把香羅暗解韻 自過了讀 燒鐙後句 都不是讀 踏青挑菜㈣韻 幾回憑雙燕句 丁寧㈤深意句 往來卻恨重簾礙韻 約何時再韻 正春濃酒困韻 人閒晝永無聊賴韻 厭厭睡起句 猶有花梢日在韻

【注釋】

㈠薄倖：本調各體比較；詳詞律卷十九，詞譜卷三十五。唐，杜牧遣懷詩云：「十年一覺揚州夢，贏得青樓薄倖名。」調或本此。調見東山樂府，以賀詞爲正體，毛詞與此同，若沈詞之多押一韻，句讀小異，韓詞之減字，皆變格也。

㈡睞：旁視也。曹植洛神賦：「明眸善睞。」

㈢琴心：史記司馬相如傳：「卓王孫有女文君新寡，好音，故相如繆與令相重，而以琴心挑之。」

㈣踏青挑菜：歲華紀麗譜：「二月二日，踏青節也。」今謂淸明出遊郊野曰踏青。

(五)丁寧：再三告誡之謂。漢書谷永傳：『以丁寧陛下。』

【集評】

沈際飛云：『無奈是嬌之神。』又云：『一派閒情閒裏着忙。』（草堂詩餘正集）　李攀龍云：『凡閨情之詞，淡而不厭，哀而不傷，此作當之。』（草堂詩餘雋）　周濟云：『耆卿於寫景中見情，故淡遠，方回於言情中布景，故穠至。』（宋四家詞選）

青玉案(一)

凌波(二)不過橫塘(三)路韻　但目送讀　芳塵(四)去韻　錦瑟(五)年華誰與度韻　月樓花院句　瑣窗朱戶(六)韻
惟有春知處韻　碧雲冉冉蘅皋(七)暮韻　彩筆新題斷腸句韻　試問閒愁知幾許韻　一川(八)煙草句
滿城風絮韻　梅子黃時雨(九)韻

【注釋】

(一)青玉案：本調各體比較；詳詞律卷十，詞譜卷十五。詞譜云：『漢張衡詩：「何以報之青玉案。」調名取此。中原音韻注雙調，太和正音譜注高平調，蔣氏九宮譜目入中呂引子。韓淲詞有：「蘇公堤上西湖路」句，名西湖路。此調以賀詞、蘇詞及毛詞，史詞爲正體；若張炎之疊韻，李彌遜、吳潛、胡銓詞之添字，李清照詞之句法小異，又添字，毛詞之別首攤破句法，趙長卿之減字，趙詞別首之句讀參差，皆變體也。』又，案與椀同，青玉案卽青玉椀也。爲盛酒之具。

(二)凌波：詳周邦彥瑞鶴仙注二。

(三)橫塘：一統志云：『吳自江口沿淮築隄，謂之橫塘。』按：鑄有小築在姑蘇盤內十里。崔顥長干行詩云：『君家何處住，妾住在橫塘，停船暫借問，或恐是同鄉。』

(四)芳塵：晉王嘉拾遺記：『石虎起樓四十丈，雜寶異香爲屑，風作則揚之，名曰芳塵。』

(五)錦瑟：周禮樂器圖云：『雅瑟二十三絃，頌瑟二十五絃，飾以寶玉者曰寶瑟，繪文如錦曰錦瑟。』漢書郊祀志：『泰帝使素女鼓五十絃瑟，悲。帝禁不止，故破其瑟爲二十五絃。』又，湘素雜記謂：『古今樂府有錦瑟，其聲適怨清和。』又，李商隱錦瑟詩云：『錦瑟無端五十絃，一絃一柱思華年。莊生曉夢迷蝴蝶，望帝春心託杜鵑。滄海月明珠有淚，藍田日暖玉生煙。此情可待成追憶，只是當時已惘然。』

(六)朱戶：韓詩外傳云：『諸侯有德，天子錫之，一錫車馬，再錫衣服，六錫朱戶。』

(七)蘅皋：即杜蘅，香草也。皋，澤也。曹植洛神賦云：『日既西傾，車殆馬煩，爾迺稅駕乎蘅皋。』

(八)一川：估量之辭，猶云滿地或一片也。杜甫自瀼西荊扉且移居東屯茅屋詩云：『平地一川隱，高山四面同。』又，趙長卿南歌子云：『一川芳草綠生煙，客裏因循重過豔陽天。』其義皆作滿地或一片之意。

(九)梅子黃時雨：宋陳肖岩庚溪詩話云：『江南五月梅熟時，霖雨連旬，謂之黃梅雨。』宋周紫芝竹坡詩話云：賀方回嘗作淸玉案，時有「梅子黃時雨」之句，人皆服其工，士大夫謂之賀梅子。』又，宋潘子眞云：『寇萊公詩：「杜鵑啼處血成花，梅子黃時雨如霧。」世推賀方回所作梅子黃時雨爲絕唱，蓋用萊公語也。』

【集評】

周紫芝云：『賀方回嘗作靑玉案，有「梅子黃時雨」之句，人皆服其工，士大夫謂之「賀梅子」。郭功父有示耿天騭一詩，王荊公嘗爲之書其尾云：「廟前古木藏馴狐，豪氣英風亦何有？」方回晚倅姑孰與功父游甚歡。方回寡髮，功父指其髻謂曰：「此眞賀梅子也。」方回乃將其鬚曰：「君可謂郭馴狐。」功父髯其鬍，故有此語。』（宋竹坡老人詩話）　羅大經云：『詩家有以山喻愁者，杜少陵云：「憂端如山來，澒洞不可掇。」趙嘏云：「夕陽樓上山重疊，未抵閑愁一倍多。」是也。有以水喻愁者，李頎云：「請量東海水，看取淺深愁。」李後主云：「問君能有幾多愁，恰似一江春水向東流。」秦少游云：「落紅萬點愁如海。」是也。賀方回云：「試問閑愁都幾許，一川煙草，滿城風絮，梅子黃時雨。」蓋以三者比愁之多也，尤爲新奇，兼興中有比，意味更長。』（鶴林玉露）　黃蓼園云：『所居橫塘斷無宓妃到，然波光清幽，亦常目送芳塵；第孤寂自守，無與爲歡，惟有春風相慰藉而已。後段言幽居腸斷，不盡窮愁，惟見煙草風絮，梅雨如霧，共此旦晚，無非寫其境之鬱勃岑寂耳。』（蓼園詞選）　沈謙云：『賀方回青玉案：「試問閑愁知幾許，一川煙草，滿城風絮，梅子黃時雨。」不特善於喻意，正以瑣碎爲妙。』（塡詞雜說）

柳色黃(一)

薄雨催寒句 斜照弄晴句 春意空闊韻 長亭柳色纔黃句 遠客一枝先折韻 煙橫水際句 映帶幾點歸鴉句 東風消盡龍沙(二) 雪韻 還記出門時句 恰而今時節韻 將發韻 畫樓芳酒句 紅淚(三) 清歌(四) 句 頓成輕別韻 已是經年句 杳杳音塵都絕韻 欲知方寸(五) 句 共有幾許清愁句 芭蕉不展丁香結(六) 韻 枉望斷天涯句 兩厭厭風月

【注釋】

㈠柳色黃：本調各體比較，詳詞律卷十七，詞譜卷三十。能改齋漫錄云：『賀方回眷一姝，別久，姝寄詩云：「獨倚斜闌淚滿襟，小園春色嬾追尋，深思縱以丁香結，難展芭蕉一寸心。」賀用其語賦石州慢荅之，有「芭蕉不展丁香結」之句，詞中首闋第四句「長亭柳色纔黃。」故名柳色黃。』此詞以賀詞爲正體，若蔡詞、張炎、張雨之攤破句法與王詞之句讀全異者皆變格也。

㈡龍沙：後漢書班超傳贊：『定遠慷慨，專功西遐，坦步葱、雪，咫尺龍沙。』注：『葱嶺，雪山，白龍堆沙漠也。』故後世泛指塞外之地曰龍沙。李白塞下曲：『將軍分虎竹，戰士臥龍沙。』

㈢紅淚：王嘉拾遺記云：『薛靈芸，常山人，谷習出守常山郡，聘之以獻魏文帝，靈芸聞，別父母，淚下霑衣，至升車就路時，以玉唾壺乘淚，壺卽紅色，及至京歸，壺中淚凝如血矣。』又，趙嘏詩云：『雙雙紅淚墮，渡日暗中啼。』

㈣清歌：晉書樂志云：『宋識善擊節唱和，陳左善清歌。』今謂歌聲響亮淸晰亦曰清歌。王勃三月上巳祓禊序：『良談吐玉，長江與斜漢爭流，清歌遶梁，白雲將紅塵竝落。』

㈤方寸：喻心也。三國蜀志諸葛亮傳：『徐庶辭先主而指其心曰：「本欲與將軍共圖王霸之業者，以此方寸之地也；今已失老母，方寸亂矣」。』

㈥丁香結：卽丁香花蕾，謂人愁心不解也。李商隱詩：『芭蕉不展丁香結，同向春風各自愁。』

【集評】

吳曾云：『方回眷一姝，別久，姝寄詩云：「獨倚危闌淚滿襟，小園春色懶追尋，深思縱似丁香結，難展芭蕉一寸心。」賀因賦此詞，先序分別時景色，後用所寄詩語有「芭蕉不展丁香結之」句。』（能改齋漫錄）王灼云：『賀方回石州慢，予見其藁，「風色收寒，雲影弄晴。」改作「薄雨催寒，斜照弄晴。」又「冰垂玉筯，向午滴瀝簷楹，泥融消盡牆陰雪。」改作「煙横水際，映帶幾點歸鴻，東風消盡龍沙雪」。』（碧鷄漫志）

清平樂(一)

小桃初謝韻 雙燕還來也韻 記得年時寒食(二)下韻 紫陌(三)青門(四)游冶韻 楚城滿目春華韻 可堪游子思家韻 惟有夜來歸夢句 不知身在天涯韻

【注釋】

(一)淸平樂：詳晏殊淸平樂注一。

(二)寒食：詳周邦彥蘭陵王注四。

(三)紫陌：泛指帝京之道路曰紫陌。杜甫詩：『垂鞭嚲鞚淩紫陌。』

(四)青門：泛指帝京之城門曰青門。三輔黃圖：『長安城東出南頭，一門曰霸城門，民見門色青，名曰青城門。』

望湘人(一)

厭鶯聲到枕句 花氣動簾句 醉魂愁夢相半韻 被惜餘熏(二)句 帶驚剩眼韻 幾許傷春春晚韻 淚竹(三)痕鮮句 佩蘭香老句 湘天濃暖韻 記小紅讀 風月佳時句 屢約非煙(四)游伴韻 須信鸞弦(五)易斷

韻 奈雲和(六)再鼓句 曲終人遠韻 認羅襪無蹤句 舊處弄波清淺韻 青翰(七)棹艤句 白蘋洲畔韻 儘目臨皐飛觀韻 不解寄讀 一字相思句 幸有歸來雙燕韻

【注釋】

(一)望湘人：本調各體比較，詳詞律卷十九，詞譜卷三十四。望湘人調見東山集，乃方回自度曲，詞譜祇此體，雙調，一百七字。

(二)餘熏：餘香也。韓愈詩云：『三浴而三熏之。』

(三)淚竹：傳舜崩蒼梧，二妃追至，哭帝極哀，淚染於竹，玫班班如淚痕。

(四)非煙：唐，武公業妾。姓步氏，貌美，通文墨，比隣趙象見而悅之。題詩通意，且與之私通。公業知之，斃之鞭下。唐，皇甫枚有非煙傳。

(五)鸞弦：漢武外傳：『西海獻鸞膠，武帝弦斷，以膠續之，弦二頭遂相着，終日射，不斷，帝大悅。』後世言續娶爲「續膠」或「續弦」，其典出此。

(六)雲和：古樂器也。北齊明堂歌：『孤竹之管雲和絃，神光未下風肅然。』

(七)青翰：指船也。韓翃送客之鄂州詩：『青翰舟中有鄂君。』刻鳥於船，塗以青色，故名青翰。

【集評】

沈際飛云：『曲意不斷，折中有折。』（草堂詩餘正集） 黃蓼園云：『意志濃腴，得騷，辨之遺韻。張文潛稱其樂府妙絕一世，幽索如屈、宋，悲壯如蘇、李，斷推此種。』（蓼園詞選） 李攀龍云：『詞雖婉麗，意

展轉不盡，誦之隱隱如奏淸廟朱絃，一唱三歎。』（草堂詞餘雋）

踏莎行(一)

急雨收春句 斜風約水韻 浮江漲綠魚文起韻 年年游子惜餘春句 春歸不解招游子韻 留恨城隅句 關情紙尾韻 闌干長對句 西曛(二)倚韻 鴛鴦俱是白頭時句 江南渭北(三)三千里韻

【注釋】

(一)踏莎行：詳晏殊踏莎行注一。

(二)西曛：言日漸西沈也。楚辭：『指嶓家之西隈兮，與曛黃以爲期。』

(三)渭北：言渭水之北。杜甫詩：『渭北春天樹，江東日暮雲。』

感皇恩(一)

蘭芷(二)滿汀洲(三)句 游絲橫路韻 羅襪塵生步迴顧韻 整鬟顰黛句 脈脈多情難訴韻 細風吹柳絮讀 人南渡韻 回首舊游句 山無重數韻 花底深朱戶何處韻 半黃梅子句 向晚一簾疏雨韻 斷魂分付與讀 春歸去韻

【注釋】

㈠感皇恩：詳周美成感皇恩注一。
㈡芷：一年生草，葉卵對生，根可入藥，葉可作香料。
㈢汀洲：水中小洲也。楚辭湘夫人：『搴汀洲兮杜若，將以遺兮遠者。』

小傳

韓元吉字无咎，號南澗，許昌人，宋重和元年戊戌生，淳熙十四年丁未卒（公元一一一八——一一八七）。維四世孫，呂東萊之外舅也。居信州，隆興間，官吏部尙書，著南澗詩餘一卷，有彊邨叢書刊本。

【評語】

黃昇云：『南澗名家，文獻政事文學，爲一代冠冕。』（花庵詞選）

六州歌頭㈠　桃花

東風著意句 先上小桃枝韻 紅粉膩韻 嬌如醉韻 倚朱扉韻 記年時韻 隱映新裝面韻 臨水岸韻 春將半韻 雲日暖韻 斜陽轉韻 夾城西韻 草軟沙平句 驟馬垂楊渡讀 玉勒㈡爭嘶韻 認蛾眉㈢韻 凝笑臉讀 薄拂胭脂韻 繡戶曾窺韻 恨依依韻

昔攜手處韻 香如霧韻 紅隨步韻 怨春遲韻 消瘦損韻 憑

誰問韻 祇花知韻 淚空垂韻 舊日堂前燕(四)句 和煙雨句 又雙飛韻 人自老韻 春長好韻 夢佳期韻 前度劉郎(五)句 幾許風流地句 也自應悲韻 但茫茫暮靄句 月斷武陵谿(六)韻 往事難追韻

【注釋】

(一)六州歌頭：本調各體比較，詳詞律卷二十，詞譜卷三十八。六州歌頭本伊、涼、甘、石、渭、氐六州，皆唐西邊州名。六州皆自有歌曲，總以得名，蓋曲之變也。楊愼詞品云：『六州歌頭鼓吹曲，音調悲壯，不與豔詞同科。宋大典大卹皆奏此樂。』先舒按：宋凡車駕所至，夜設警場，奏嚴歌六州，十二時，今宋樂志載其曲調，與六州歌頭迥別；且宋人六州歌頭頗有豔詞，蓋用修誤以此調卽奏嚴之六州故耳，其實悲也。然楊說本於宋程大昌演繁露，程仕宋至閣學尙書，博諸故實，訛誤若是，又何怪也。蔣一葵唐詩選箋釋云：『明皇朝樂曲多以邊地爲名，如涼州、伊州、甘州，竝開元天寶間作。』

(二)玉勒：喻馬也。

(三)蛾眉：詳姜夔琵琶仙注六。

(四)舊日堂前燕：劉禹錫烏衣巷詩：『朱雀橋邊野草花，烏衣巷口夕陽斜，舊時王謝堂前燕，飛入尋常百姓家。』詞意取此。

(五)前度劉郎：詳周邦彥瑞龍吟注十。

(六)武陵溪：詳周邦彥瑞龍吟注十。

宋四家詞選箋注　卷三

辛棄疾

小傳

辛棄疾，字幼安，濟南歷城人。宋紹興十年庚申生，開禧三年丁卯卒（公元一一四〇—一二〇七）。耿京聚兵山東，棄疾爲掌書記，卽勸京決策南向。紹興三十三年，京令棄疾奉表歸宋。高宗召見，嘉納之，授承務郎，改差江陰簽判。乾道四年，通判建康府。六年，孝宗召對延和殿。時虞允文當國，帝銳意恢復。棄疾因論南北形勢及三國、晉、漢人才，持論勁直，不爲迎合。出知滁州，辟江東安撫司參議官，留守葉衡雅重之。衡入相，力薦棄疾慷慨有大略。召見，遷倉部郎官，提點江西刑獄，加祕閣修撰。調京西轉運判官，差知江陵府，兼湖北安撫。後進樞密都承旨。卒。贈少師，謚忠敏。棄疾豪爽，尚氣節，識拔英俊。嘗謂人生在勤，當以力田爲先。北方之人，養生之具，不求於人，是以無甚富甚貧之家。南方多末作以病農，而兼并之患興，貧富斯不侔矣，故以稼名軒，善長短句，悲壯激烈，有稼軒集行世。辛啓泰、梁啓超、陳思、夏承燾、鄭騫，均著有辛稼軒年譜。其版本考之如下：

稼軒詞四卷。見直齋書錄解題，文獻通考長沙坊刻本，今佚。

稼軒長短句十二卷。見宋史藝文志，度亦信州本。

稼軒樂府。有吳子音序，見王惲玉堂嘉話。

稼軒詞。「有解道此句，眞宰上訴天應嗔耳」序，見岳珂桯史。

辛稼軒詞四本。見天一閣書目。

辛稼軒詞四卷。見也是園書目。

稼軒長短句十二卷。見千頃堂書目。

稼軒長短句十二卷。見萬卷堂書目。

稼軒長短句十二卷。見孝慈堂書目。

稼軒詞四卷。北京圖書館藏南詞本。

稼軒詞四卷。汲古閣景宋抄本，今藏北京圖書館。商務印書館覆刊此本。

稼軒詞四卷。天津圖書館藏唐宋名賢百家詞抄本，以甲乙丙丁分卷，較信州本互有出入，或卽通考所偁之四卷本，今陶氏據宋本景印缺其丁卷，此本丁集獨完。

稼軒詞四卷。上海涵芬樓藏汲古閣鈔本，與吳本同出一源。

稼軒詞補遺一卷。嘉慶間辛啓泰輯本，是本自永樂大典輯得共三十六首，內有六首已見四卷本，又鷓鴣天天上人間、有箇仙人兩首，則誤采敦儒樵歌，其餘恐仍有贋鼎。彊村叢書覆刊此本。

稼軒詞十二卷。四印齋翻刻大德本。

稼軒詞疏證六卷。梁啓勳編年本，詞六百二十三首，蓋撮錄十二卷本，五百七十三首，辛輯本三十三首，草堂詩餘一首，清波別志一首，惟稼軒詞乙集尚有菩薩蠻淡黃宮樣一首未采及，大典湖字韻亦有一首。

稼軒詞編年箋注。鄧廣銘據元大德廣信書院刊本，李濂批點本，汲古閣刊宋六十名家詞本，王氏四印齋本等彙合比勘成書。

稼軒長短句校注。鄭騫據諸本合校，並編年箋注。前北平燕京大學中國文學系講義。

【評語】

陳譔云：『蔡光工於詞，靖康中陷金，辛幼安以詩詞謁蔡曰：「子之詩則未也，他日當以詞名家。」』（懷古錄）毛晉公：『詞家爭鬥穠纖，而稼軒率多撫時之作，磊落英多，絕不作妮子態；宋人以東坡爲詞詩，稼軒爲詞論，善評也。』（稼軒詞跋）　王士禎云：『石勒云：「大丈夫磊磊落落，終不學曹孟德、司馬仲達狐媚。」讀稼軒詞當作如是觀。』（花草蒙拾）　四庫全書提要云：『棄疾詞慷慨縱橫，有不可一世之概；於倚聲家爲變調，而異軍特起，能於翦紅刻翠之外，屹然別立一宗，迄今不廢。』（稼軒詞提要）　陳廷焯云：『辛稼軒，詞中之龍也，氣概極雄大，意境卻極沈鬱。不善學之，流入叫囂一派，論者遂集矢於稼軒，稼軒不受也。』又云：『稼軒詞彷彿魏武詩，自是有大本領，大作用人語。』（白雨齋詞話）　王國維云：『南宋詞人，白石有格而無情，劍南有氣而乏韻；其堪與北宋人頡頏者，唯一幼安耳。近人祖南宋而祧北宋，以南宋之詞可學，北宋不可學也；學南宋者，不祖白石，則祖夢窗，以白石、夢窗可學，幼安不可學也；學幼安者，率祖其粗獷，滑稽處可學，佳處不可學也；幼安之佳處，在有性情，有境界；即以氣象論，亦有傍素波，於青雲之慨，寧後世齷齪小子所可擬耶？』（人間詞話）　彭孫遹云：『辛稼軒當弱宋末造負管樂之才，不用盡展其用，一腔忠憤無處發洩，觀其與陳同父抵掌談論，是何等人物？故其悲歌慷慨抑鬱無聊之氣，一寄之於詞，今乃欲與搔頭傅粉者比，是豈知稼軒者？予謂有稼軒之心胸始可爲稼軒之詞，今粗淺之輩，一切鄉語猥談，信筆塗抹，自負吾稼軒也，豈不令人齒冷？』（詞藻）　周濟云：『稼軒不平之鳴，隨處輒發，有英雄語，無學問語，故往往鋒穎太露。然其才情富，思力果銳，南北兩朝，實無其匹，無怪流傳之廣且久也。』又云：『世以蘇、辛並稱，蘇之自在處，辛偶能到之，辛之當行處，蘇必不能到。二公之詞，不可同語也。』又云：『後人以粗豪學稼軒，非徒無其才，並無其情，稼軒固是大才，然情至處，後人萬不能及。』（介存齋論詞雜著）　又云：『稼軒斂雄心，抗高調，變溫婉，成悲涼。』（宋四家詞選）　鄺士元云：『稼軒詞豪放有書卷氣，較之東坡更勝一籌，不愧大家手筆。止庵之進辛退蘇，識力極高也。』（帶經樓詞話）　又云：『稼軒豪俠忠貞之士，發而爲詞，吐內雄師百萬。』（宋四家詞選箋注自敍）

青玉案㈠　元夕㈡

東風夜放花千樹韻 更吹隕 星如雨(三)韻 寶馬雕車香滿路韻 鳳簫聲動句 玉壺(四)光轉句 一夜魚龍舞(五)韻 蛾兒雪柳(六) 黃金縷(七)韻 笑語盈盈(八) 暗香去韻 衆裏尋他千百度韻 驀然回首句 那人卻在句 燈火闌珊處韻

【注釋】

(一)青玉案：詳賀鑄青玉案注一。

(二)元夕：一名元夜，上元之夜曰元夜，亦偁元宵，東京夢華錄云：『正月十五日元宵，大內前綵縛山棚，游人集御街兩廊下歌舞百戲，鱗鱗相切，樂聲嘈雜十餘里。』宋歐陽修山查子詞：『去年元夜時，花市燈如晝。月上柳梢頭，人約黃昏後。今年元夜時，月與燈依舊。不見去年人，淚濕青衫袖。』

(三)夜放花千樹，星如雨：喻花燈也。東京夢華錄：『正月十六日條謂，是日京城各坊巷「各以竹竿出燈毬於半空，遠近高低，若飛星然」。』蘇味道觀燈詩：『火樹銀花合，星橋鐵鎖開。』

(四)玉壺：喻宮漏也。李商隱詩：『玉壺傳點咽銅龍。』或指燈而言，周密武林舊事元夕條云：『燈之品極多，每以蘇燈爲最，圈片大者徑三四尺，皆五色琉璃所成，山水人物，花竹翎毛，種種奇妙，儼然著色便面也，其後福州所進，則純用白玉，晃耀奪目，如清冰玉壺，爽徹心目。』

(五)一夜魚龍舞：漢書西域傳贊：『漫衍魚龍角抵之戲』句下師古注云：『魚龍者，爲舍利之獸，先戲於庭極，畢乃入殿前，激水化成比目魚，跳躍漱水，作霧障日，畢，化成黃龍八丈，出水敖戲於庭，炫耀日光。』

(六)蛾兒雪柳：東京夢華錄：正月十六日條云：『市人賣玉梅，夜蛾、蜂兒、雪柳。』又，茁齋文集云：『以烏金紙翦爲蛺蝶，朱粉點染，以小銅絲纏綴針上，旁施拍葉迎春，元日冶游者插之巾帽。」宋柳永詞所謂鬥蛾兒也。

(七)黃金縷：柳絲也。李商隱諸柳詩：『已帶黃金縷，似飛白雪花。』

(八)盈盈：詳周邦彥瑞龍吟注九。

【集評】

王國維云：『古今成大事業，大學問者，必經過三種境界：「昨夜西風凋碧樹，獨上高樓，望盡天涯路。」此第一境也。「衣帶漸寬終不悔，爲伊消得人憔悴。」此第二境也。「衆裏尋他千百度，回頭驀見，那人正在，燈火闌珊處。」此第三境也。此等語皆非大詞人不能道。』（人間詞話）　彭孫遹云：『稼軒「驀然回首，那人卻在，燈火闌珊處。」秦、周之佳境也。』　譚獻云：『稼軒心胸發其才氣，改之而下則獷。』（譚評詞辨）梁啓超云：『自憐幽獨，傷心別有懷抱。』（藝蘅館詞選）　鄺士元云：『上闋言元夜之盛況，視「直把杭州作汴州」同一寄託。下闋結句卻云「那人正在燈火闌珊處。」語出悲涼。』（帶經樓詞話）

踏莎行(一)

中秋後二夕，帶湖篆岡小酌。

夜月樓臺句　秋香院宇韻　笑吟吟地人來去韻　是誰秋到便凄涼句　當年宋玉悲如許(二)韻　隨分盃盤句　等閒歌舞韻　問他有甚堪悲處韻　思量卻也有悲時句　重陽節近多風雨(三)韻

【注釋】

(一)踏莎行：詳晏殊踏莎行注一。
(二)宋玉悲如許：詳柳永玉蝴蝶注四。
(三)重陽：魏文帝與鍾繇書云：『歲往月來，忽復九月九日，九爲陽數，而日月並應，故曰重陽。』又，王筠詩：『重九惟嘉節，抱一應元貞。』潘邠詩：『滿城風雨近重陽。』

【集評】

鄭士元云：『幼安踏莎行以悲秋喻時勢艱苦，乃全闋著力處，蓋見其當時之心境也。』（帶經樓詞話）

念奴嬌(一)

書東流邨壁(二)

野塘花落(三)句 又匆匆過了讀 清明(四)時節韻 剗地(五)東風欺客夢句 一枕雲屏寒怯韻 曲岸持觴句 垂楊繫馬句 此地曾經別韻 樓空人去(六)句 舊遊飛燕能說韻 聞道綺陌東頭句 行人曾見句 簾底纖纖月(七)韻 舊恨春江流不盡句 新恨雲山千疊韻 料得明朝句 尊前重見句 鏡裏花難折(八)韻 也應驚問句 近來多少華髮(九)韻

【注釋】

(一)念奴嬌：詳姜夔念奴嬌注一。
(二)東流邨壁：趙蕃淳熙稿卷四有重九前一日東流道中詩首聯云：『明日乃重九，今晨更天涯。』韓淲澗泉集卷六有歸舟過東流丘簿清足軒詩首聯云：『依船江頭看修竹，誰家有軒號淸足？』又卷七有東流値雨詩云：『客恨何時了？蕭蕭雨未晴。異鄉無伴處，荒村少人行。樹色巡簷碧，江聲遶枕清。且憑閒景物，陶寫小詩成。』據上諸詩語意，知東流爲其時江行泊駐之所。則東流邨壁或指東流縣境內之某村也。

(三)野塘花落：沈約早發定山詩：『野塘開未落，山英發欲然。』

(四)清明：詳張先青門引注二。

(五)剗地：猶依舊也。辛棄疾臨江仙：『七十五年無事客，不妨兩鬢如霜，綠窗剗地調紅妝。』又，西廂記：『你剗地到把人贓誣！』上引二證，其義皆作依舊解。

(六)樓空人去：蘇軾永遇樂夜宿燕子樓詞：『燕子樓空，佳人何在，空鎖樓中燕。』詞意本此。

(七)簾底纖纖月：蘇軾江城子詞：『門外立行人，立馬看弓彎。』龍沐勛東坡樂府箋云：『弓彎，謂美人足也。稼軒詞：「聞道綺陌東頭，行人曾見，簾底纖纖月。」疑從坡詞脫化。』又，劉過沁園春詠美人足詞，結云：『知何似，似一鈎新月，淺碧籠雲。』

(八)鏡裏花：喻空幻也。圓覺經云：『用此思維，辨於佛鏡，猶如空華，復結空果。』

(九)華髮：後漢書邊讓傳：『華髮舊德。』注：『華髮，白首也。』

【集評】

陳廷焯云：『悲而壯是陳其年之祖。「舊恨」二語，矯首高歌，淋漓悲壯。』（白雨齋詞話）　譚獻云：『大踏步出來，與眉山同工異曲，然東坡是衣冠偉人，稼軒則弓刀游俠。「樓空」二句，當識其俊逸清新，兼之故實。』（譚評詞辨）　梁啓超云：『此南渡之感。』（藝蘅館詞選）　鄺士元云：『稼軒詞「簾底纖纖月。」暗示南宋政府未能積極抗敵。「舊恨」、「新恨」非兒女情場之恨，乃家國夷狄之恨。』（帶經樓詞話）

破陣子㈠ 為陳同甫賦壯詩以寄之

醉裏挑燈看劍句 夢回吹角連營韻 八百里㈡分麾下炙㈢句 五十絃㈣翻塞外聲韻 沙場秋點兵韻

馬作的盧㈤飛快句 弓如霹靂弦驚㈥韻 了卻君王天下事句 贏得生前身後名韻 可憐白髮生韻

【注釋】

㈠破陣子：本調各體比較；詳詞律卷九，詞譜卷十四。歷代詩餘云：『十拍子一名破陣子，本唐教坊樂，以此詞一唱十拍，因以名調。』

㈡八百里：喻牛也。世說新語汰侈篇：『王君夫（愷）有牛，名八百里駮，常瑩其蹄角。王武子（濟）語君夫：「我射不如卿。今指賭卿牛，以千萬對之。」君夫既恃手快，且謂駿物無有殺理，便相然可，令武子先射。武子一起便破的，卻據胡床，叱左右：「速探牛心來！」須臾炙至，一臠便去。』又，蘇軾詩：『要當啖公八百里，豪氣一洗儒生酸。』詞意本此。

㈢炙：炮肉也。詩小雅瓠葉：『燔之炙之。』

㈣五十絃：詳賀鑄青玉案注五。

㈤的盧：相馬經云：『馬白額入口齒者，名曰榆雁，一名的盧。』又，三國蜀志先主傳注引世語云：『劉備屯樊城，劉表憚其為人，不甚信用。曾請備宴會，蒯越、蔡瑁欲因會取備，備覺之，潛遁出。所乘馬名的盧，騎的盧走渡襄陽城西檀溪水中，溺不得出，備急曰：「的盧，今日厄矣，可努力！」的盧乃一踊三丈，遂得過。』

(六)霹靂弦驚句：南史曹景宗傳：『景宗謂所親曰：「我昔在鄉里，騎快馬如龍，如年少輩數十騎，拓弓弦作霹靂聲，箭如餓鴟叫……此樂使人忘死，不知老之將至。」』

(七)可憐白髮生：可，豈也。可憐，猶豈憐也。可憐白髮生，以生前爲國爲民，豈會憐惜光陰虛擲？

【集評】

古今詞話云：『陳亮過稼軒，縱談天下事，亮夜思幼安數嚴重，恐爲所忌，竊乘其廐馬以去，幼安賦破陣子詞寄之。』（歷代詩餘引）梁啓超云：『無限感慨，哀同父，亦自哀也。』（藝蘅詞選）鄭士元云：『伯翊壯語：「四庫書，從君問，卽不能答，當血是刃。」視稼軒：「八百里分麾下炙，五十絃翻塞外驚。」豪氣相彷彿。』又云：『杜牧之「贏得青樓薄幸名」。稼軒盡洗其脂粉氣蛻爲「贏得生前身後名」，直是點鐵成金手法。』（帶經樓詞話）

滿江紅(一)　暮春

家住江南句　又過了讀　清明寒食(二)韻　花徑裏讀　一番風雨句　一番狼籍韻　紅粉暗隨流水去句　園林漸覺清陰密韻　算年年讀　落盡刺桐花句　寒無力韻　庭院靜句　空相憶韻　無處說句　閒愁極韻　怕流鶯乳燕句　得知消息韻　尺素(三)如今何處也句　綵雲依舊無蹤迹韻　漫(四)教人讀　羞去上層樓句　平蕪(五)碧韻

敲碎離愁句 紗窗外讀 風搖翠竹韻 人去後讀 吹簫聲斷句 倚樓人獨韻 滿眼不堪三月暮句 舉頭已覺千山綠韻 但試把讀 一紙寄來書句 從頭讀韻 相思字(六)句 空盈幅韻 相思意句 何時足韻 滴羅襟點點句 淚珠盈匊韻 芳草不迷行路客句 垂楊只礙離人目韻 最苦是讀 立盡月黃昏句 闌干曲韻

【注釋】

(一)滿江紅：詳方岳滿江紅注一。
(二)清明寒食：詳張先青門引注二。周邦彥蘭陵王注四。
(三)尺素：詳秦觀踏莎行注五。
(四)漫：詳趙以夫孤鸞注五。
(五)平蕪：喻綠草地。
(六)相思字：詳周邦彥氐州第一注五。

滿江紅(一)　江行簡楊濟翁、周顯先

過眼溪山句 怪都是讀 舊時曾識韻 還記得讀 夢中行徧句 江南江北韻 佳處徑須攜杖去句 能消幾兩平生屐(二)韻 笑塵勞讀 三十九年非(三)句 長爲客韻 吳楚地句 東南坼(四)韻 英雄事句 曹劉敵(五)韻 被西風吹盡句 了無塵迹韻 樓觀(六)甫成人已去句 旌旗未卷頭先白韻 歎人生讀 哀樂轉相尋

句 今猶昔韻

【注釋】

(一)滿江紅：詳方岳滿江紅注一。

(二)幾兩平生屐：世說方正篇：『祖士少好財，阮遙集好屐，並恆自經營，同是一累而未判其得失。人有詣祖，見料視財物；或有詣阮，見自吹火蠟屐，因歎曰：「未知一生當着幾量屐。」神色閑暢。於是勝負始分。』

(三)三十九年非：淮南子原道訓：『蘧伯玉年五十而有四十九年非。』詞意本此。

(四)吳楚東南坼：杜甫登岳陽樓詩：『吳楚東南坼，乾坤日夜浮。』

(五)英雄事二句：三國蜀志先主傳：『時獻帝舅車騎將軍董承辭受帝衣帶中密詔，當誅曹公，先主未發，是時曹公從容謂先主曰：「今天下英雄，唯使君與操矣，本初之徒，不足數也。」先主方食，失匕箸。』

(六)觀樓句：蘇軾送鄭戶曹詩：『樓成君已去，人事固多乖。』詞意本此。

水調歌頭(一)

舟次揚州，和楊濟翁(二)，周顯先韻

落日塞塵起句 虜馬獵清秋韻 漢家組練(三)十萬句 列艦聳層樓韻 誰道投鞭(四)飛渡(五)句 憶昔鳴鏑血汚句 風雨佛貍愁(六)韻 季子(七)正年少句 匹馬讀 黑貂裘韻 今老矣句 搔白首句 過揚州(八)韻

倦游欲去江上句 手種橘千頭(九)韻 二客東南名勝句 萬卷詩書事業句 嘗試與君謀韻 莫射南山虎(一〇)句 直覓富平侯(一一)韻

【注釋】

㈠水調歌頭：詳方岳水調歌頭注一。

㈡楊濟翁：名炎正，吉水人。楊邦人之孫。

㈢組練：左傳襄公三年：『春，楚子重伐吳，……使鄧廖帥組甲三百，被練三千以侵吳。』蘇軾催試官考較戲作詩云：『八月十八潮，壯觀天下無，鵾鵬水擊三千里，組練長驅十萬夫。』詞意本此。

㈣投鞭：晉書苻堅載記：『堅曰：「以吾之衆，投鞭於江，足斷其流。」』

㈤飛渡：晉書杜預傳：『預又遣牙門管定、周旨、伍巢等率奇兵八百，汎舟夜渡，以襲樂鄉。吳都督孫歆震怒，與伍延書曰：「北來諸軍乃飛渡江也。」』

㈥憶昔二句：史記匈奴傳謂匈奴頭曼單于之太子冒頓作鳴鏑，令左右曰：『鳴鏑所射而不悉射者斬之。』後從其父頭曼獵，以鳴鏑射頭曼，其左右亦皆隨鳴鏑而射殺頭曼。又，佛貍爲北魏太武帝小字。二句暗喻金主亮南侵爲部屬所殺也。

㈦季子二句：戰國策趙策：『李兌送蘇秦明月之珠，和氏之璧，黑貂之裘，黃金百鎰，蘇秦得以爲用，西入於秦。』又，史記蘇秦傳：『季子位尊而多金。』集解：『譙周曰：蘇秦字季子。』

㈧揚州：今江蘇江都縣西南。

㈨橘千頭：襄陽耆舊傳：『李衡爲丹陽太守，遣人往武陵龍陽汎洲上作宅，種橘千株。臨死，勅兒曰：「吾州里有千頭木奴，不責汝食，歲上匹絹亦當足用耳。」』

㈩南山虎：史記李將軍列傳：『廣家居南田南山中，射獵。所居郡聞有虎，嘗自射之。』

(二)富民侯：漢書食貨志：『武帝末年，悔征伐之事，迺封丞相為富民侯。』又，車千秋傳：『代劉屈氂為丞相，封富民侯。』

【集評】

陳廷焯云：『稼軒水調歌頭諸闋，直是飛行絕迹。一種悲憤慷慨，鬱結於中，雖未能痕迹消融，卻無害其為渾雅，後人未易摹倣。』（白雨齋詞話）　鄭士元云：『稼軒舟次揚州和濟翁周顯先韻，非有胸中十萬兵氣慨不能製此詞。』（帶經樓詞話）

賀新郎(一)　別茂嘉十二弟(二)

綠樹聽鵜鴂(三)讀 更那堪讀 杜鵑聲住句 鷓鴣聲切韻 啼到春歸無啼處句 苦恨芳菲都歇(四)韻 算未抵(五)讀 人間離別韻 馬上琵琶(六)關塞黑句 更長門(七)讀 翠輦辭金闕韻 看燕燕(八)句 送歸妾韻

將軍百戰身名裂韻 向河梁(九)讀 回頭萬里句 故人長絕韻 易水蕭蕭(一〇)西風冷句 滿座衣冠似雪韻 正壯士讀 悲歌未徹韻 啼鳥還(一一)知如許恨句 料不啼讀 清淚長啼血韻 誰伴我句 醉明月韻

【注釋】

(一)賀新郎：本調各體比較；詳詞律卷二十，詞譜卷三十六。又，詞律云：『賀新郎，「郎」，作「涼」，又名乳燕飛。金縷曲，貂裘換酒。本調因東坡詞「乳燕飛華屋」，又名乳燕飛。圖譜既收賀新郎，又收乳燕飛，選聲亦復兩列，均誤，圖譜於二體外，又收金縷曲，更奇。』詳塡詞名解與苕溪漁隱叢話。

(二)茂嘉十二弟：劉過龍洲詞有「送辛稼軒弟赴桂林官」之沁園春詞云：「入幕來南，籌邊如北，『翻覆手高來去棋。』則茂嘉事蹟僅見此二詞耳。

(三)鴂：杜鵑也。詳張先山亭燕注三。

(四)芳菲都歇：廣韻：『鶗鴂，關西曰巧婦，關東曰鸋鴂，春分鳴則衆芳生，秋分鳴則衆芳歇。』又，芳菲，喻花草也。陸游詩：『門前喚擔買芳菲。』

(五)算未抵：猶云比不上也。

(六)馬上琵琶：石崇樂府王明君辭序云：『昔公主稼烏孫，令琵琶馬上作樂，以慰其道路之思，其送明君，亦必爾也。』

(七)長門：詳辛棄疾摸魚兒注四。

(八)燕燕：詩邶風燕燕：『燕燕于飛，差池其羽。之子于歸，遠送于野。瞻望弗及，涕泣如雨。』毛傳云：『燕燕，衞莊姜送歸妾也。』

(九)河梁：李陵與蘇武詩：『攜手河梁上，游子暮何之？』將軍喻李陵。陵數與匈奴戰而終降匈奴，故曰：「將軍百戰身名裂」也。

(一〇)易水蕭蕭：史記荊軻傳：『秦王之遇燕太子丹不善，故丹怨而亡歸，歸而求爲報秦王者。……於是尊荊卿爲上卿，舍上舍，……恣荊軻所欲，以順適其意。久之……遂發。太子及賓客知其事者，皆白衣冠以送之。至易水之上，既祖，取道，高漸離擊筑，荊軻和而歌，爲變徵之聲，士皆垂淚涕泣。又前而歌曰：「風蕭蕭兮易水寒，壯士一去兮不復還。」復爲羽聲，慷慨，士皆瞋目，髮盡上指冠。於是荊軻就車而去，終已不顧。』

㈡還：詳姜夔疏影注九。

【集評】

沈雄云：『稼軒賀新郎「綠樹聽鵜鴂」一首，盡集許多怨事，全與太白擬恨賦相似。』（古今詞話）　劉體仁云：『稼軒：「盃！汝前來。」毛穎傳也。「誰共我醉明月。」恨賦也。皆非詞家本色。』（七頌堂詞繹）許昂霄云：『上三項說婦人，此二項言男子；中間不敘正位，卻羅列古人許多離別，如讀文通別賦，亦創格也。』（詞綜偶評）　陳廷焯云：『稼軒詞自以賀新郎一篇爲冠；沈鬱蒼涼，跳躍動盪，古今無此筆力。』（白雨齋詞話）　張惠言云：『茂嘉蓋以得罪謫徙，故有是言。』（張惠言詞選）　王國維云：『稼軒賀新郎詞送茂嘉十二弟，章法絕妙，且語語有境界，此能品而幾於神者，然非有意爲之，故後人不能學也。』（人間詞話）梁啓超云：『賀新郎調，以第四韻之單句爲全首筋節，如此句最可學。』（藝衡館詞選）　周濟云：『前半闋北都舊恨，後半闋南渡新恨。』（宋四家詞選）　鄭士元云：『稼軒詞豪氣逼人，書卷味極濃厚，賀新郎一闋，語語經史，字字詄麗。非脂粉詞客所能望也。』（帶經樓詞話）

賀新郎㈠　賦琵琶

鳳尾龍香撥㈡韻　自開元讀　霓裳曲罷㈢句　幾番風月韻　最苦潯陽江頭客㈣句　畫舸亭亭待發韻　記出塞㈤讀　黃雲堆雪韻　馬上離愁三萬里句　望昭陽讀　宮殿孤鴻沒韻　弦解語句　恨難說韻　遼陽驛使音塵絕韻　瑣窗寒讀　輕攏慢撚句　淚珠盈睫韻　推手㈥含情還卻手句　一抹涼州哀徹㈦韻　千古

事讀 雲飛煙滅韻 賀老(八) 定場無消息句 想沈香亭北(九) 繁華歇韻 彈到此句 爲嗚咽韻

【注釋】

(一)賀新郎：詳上詞注一。

(二)鳳尾龍香撥：鄭嵎津陽門詩：『玉奴琵琶龍香撥。』自注云：『貴妃妙彈琵琶，其樂器聞於人間者，有邏逤檀爲槽，龍香柏爲撥者。』蘇軾聽琵琶詩：『數絃已品龍香撥，半面猶遮鳳尾槽。』

(三)開元霓裳曲：樂苑云：『霓裳羽衣曲，開元中，西涼府節度使楊敬述進。』白居易長恨歌：『漁陽鼙鼓動地來，驚破霓裳雨衣曲。』

(四)潯陽江頭客：白居易琵琶行序云：『元和十年，予左遷九江郡司馬。明年秋，送客湓浦江口，聞船中夜彈琵琶者，聽其音，錚錚然有京都聲。……予出官二年，恬然自安，是夕始有遷謫意。』詩云：『潯陽江頭夜送客，楓葉荻花秋瑟瑟，……忽聞水上琵琶聲，主人忘歸客不發。』

(五)記出塞三句：詳上詞注六。又，歐陽修明妃曲：『不識黃雲出塞路，豈知此聲能斷腸。』又，三輔黃圖卷二：『未央宮有增城，昭陽殿。』

(六)推手句：釋名：『琵琶本於胡中馬上所鼓也。推手前曰琵，引卻曰琶，故以爲名。』歐陽修明妃曲：『推手爲琵，卻手琶，胡人共聽亦咨嗟。』

(七)涼州哀徹：樂苑云：『涼州宮調曲，開元中，西涼府都督郭知運進。』王昌齡詩：『胡部笙歌西殿頭，梨園子弟和涼州。』

(八)賀老句：元稹連昌宮詞：『夜半月高絃索鳴，賀老琵琶定場屋。』按：賀老名懷智，開元，天寶間善彈琵琶者。

(九)沈香亭北：松窗雜錄：『開元中，禁中初重木芍藥，即今牡丹也。得四本：紅、紫、淺紅、通白者，上因移植於興慶池東沈香亭前。會花方繁開，上乘月夜，召太眞妃，以步輦從。……命李龜年持金花箋宣賜翰林學士李白，進清平調詞三章。』詞云：『解釋春風無限恨，沈香亭北倚闌干。』

【集評】

陳霆云：『此篇用事最多，然圓轉流麗，不爲事所使，的是妙手。』（渚山堂詞話）　陳廷焯云：『此詞運典雖多，卻一片感情，故不嫌堆垛。心中有淚，故筆下無一字不嗚咽。』（白雨齋詞話）　梁啓超云：『琵琶故事，網羅臚列，亂雜無章，殆如一團野草，惟其大氣足以包舉之，故不粗率，非望人勿學步也。』（藝蘅館詞選）

周濟云：『「記出塞」句，言謫逐正人，以致雜亂。「遼陽」句言晏安江沱，不復北望。』（宋四家詞選）

鄺士元云：『稼軒盡心國事，犇走四方，未見重用。賀新郎之賦琵琶，運典殊多，每典皆能使讀者嗚咽，此借王明君事傷已之積怨也。』（帶經樓詞話）

木蘭花慢(一)　滁州送范倅

老來情味減句　對別酒讀　怯流年韻　況屈指中秋(二)句　十分好月句不照人圓韻　無情韻　水都不管句共西風讀　只管送歸船韻　秋晚蓴鱸(三)江上句　夜深兒女燈前韻　　征衫韻　便好去朝天韻　玉殿正思賢韻　想夜半承明(四)句　留教視草(五)句　卻遣籌邊(六)韻　長安(七)韻　故人問我句　道愁腸讀　殢酒只依然韻　目斷(八)秋霄落雁句　醉來時響空弦韻

【注釋】

㈠木蘭花慢：詳柳永木蘭花慢注一。

㈡中秋：陰曆八月十五日爲中秋，以其居秋季三月之中也。

㈢蓴鱸：世說新語識鑒篇：『張季鷹辟齊東王曹椽，在洛，見秋風起，因思吳中菰菜蓴羹，鱸魚膾，曰：「人生貴得適意爾，何能羈宦數千里以要名爵。」遂命駕便歸。』今人以思鄉曰蓴鱸之思。

㈣承明：漢書嚴助傳：『君厭承明之廬，勞侍從之事。』注：『承明廬在石渠閣外。直宿所止曰廬。』西都賦：『承明金馬，著作之庭。大稚宏達，於茲爲羣。』

㈤視草：爲皇帝草擬詔書也。舊唐書職官志翰林院條：『玄宗卽位，張說等召入禁中，謂之翰林待詔，王者尊極，一日萬幾，四方進奏，中外疏表批荅，或詔從中出，雖宸翰所揮，亦資其檢討，謂之視草。』

㈥籌邊：史記留侯世家：『運籌帷幄于帳中，決勝千里之外，子房功也。』

㈦長安：寰宇記：『長安蓋古鄉聚名，隔渭水對秦咸陽宮。漢，于其地築未央宮，置縣，以長安爲名。』今陝西省長安縣西北。

㈧目斷二句：猶云極目也。戰國策楚策：『更羸與魏王處京臺之下，仰見飛鳥，更羸謂魏王曰：「臣爲君引弓虛發而射鳥。」……有間鴈從東方來，更羸以虛發而下之。魏王曰：「然則射可至此乎？」更羸曰：「此孽也。……故瘡未息而驚心未去也。聞弦音烈而高飛，故瘡隕也。」』蘇軾詩云：『故應驚羽落空弦。』

摸魚兒㈠

淳熙己亥㈡，自湖北漕移湖南，同官王正之置酒小山亭㈢賦更能消句幾番風雨句匆匆春又歸去韻惜春長怕花開早句何況落紅無數韻春且住韻見說道讀天涯芳草無歸路韻怨春不語韻算只有殷勤句畫檐蛛網句盡日惹飛絮韻　長門事(四)句準擬佳期又誤韻蛾眉曾有人妒(五)韻千金縱買相如賦句脈脈此情誰訴韻君莫舞韻君不見(六)讀玉環(七)飛燕(八)皆塵土(九)韻閒愁最苦韻休去倚危闌句斜陽正在句煙柳斷腸處韻

【注釋】

(一)摸魚兒：本調各體比較：詳詞律卷十九，詞譜卷三十六。又，詞譜云：『摸魚兒，唐教坊曲名，晁補之詞有「買陂塘旋栽楊柳」句，更名買陂塘，又名陂塘柳，或名邁陂塘，辛棄疾賦怪石詞，名山鬼謠；李治賦幷蒂荷詞，有「請君試聽雙蕖怨」句，名雙蕖怨。此調當以晁、辛、張三詞爲正體，餘多變格。至若歐陽修，梅苑無名氏詞又自成一體也。』

(二)淳熙己亥：宋孝宗淳熙六年，時棄疾四十歲，由湖北轉運副使調任湖南轉運副使。

(三)小山亭：輿地紀勝荆湖北路鄂州：『紹興二年復置荆湖北路轉運副使，治鄂州。有副使、判官東西二衙。』又：『小山在東漕衙之乖崖堂。』

(四)長門句：昭明文選長門賦序：『孝武皇帝陳皇后，時得幸，頗妬，別在長門宮，愁悶悲思，聞蜀郡成都司馬相如天下工爲文，奉黃金百斤，爲相如、文君取酒，因于解悲愁之辭。而相如爲文以悟主上，陳皇后復得幸。』

(五)蛾眉句：詳姜夔琵琶仙注六。

(六)不見：猶不聞也。

(七)玉環：新唐書后妃傳：『玄宗貴妃楊氏，號太眞，得幸。善歌舞，遂曉音律，且智筭警穎，迎意輒悟，帝大悅，遂專房宴。宮中號娘子，儀體與皇后等。天寶初，進册貴妃。安祿山反，以誅國忠爲名，且指言妃及諸姨罪。及西幸至馬嵬，陳玄禮等以天下計誅國忠，已死，軍不解，帝遣力士問故，曰：「禍本尚在。」帝不得已，與妃訣，引而去，縊路祠下。』按：貴妃小字玉環。詳太眞外傳。

(八)飛燕：漢書外戚列傳：『孝成趙皇后，本長安宮人，學歌舞，號曰飛燕，成帝嘗微行出過陽阿主作樂，見飛燕而說之，召入宮，大幸，有女弟復召入，俱爲倢伃，姊弟顓寵十餘年卒。』

(九)皆塵土：趙飛燕外傳坿伶玄自敍：『伶玄字子于，潞水人，學無不通。……哀帝時，子于老休，買妾樊通德，有才色，知書，頗能言趙飛燕姊弟故事，子于閑居命言，厭厭不倦。子于語通德曰：「斯人俱灰滅矣！當時疲精力馳騖嗜欲蠱惑之事，寧知終歸荒田野草乎！」通德占袖顧眎燭影，……淒然泣下，不勝其悲，子于亦然，通德奏子于曰：「……婢子所道趙后姊弟事，盛之至也，主君悵然有荒田野草之悲，哀之至也。婢子拊形屬影，識夫盛之不可留，衰之不可推，俄然相緣奄忽，雖婕妤聞此，不少遣乎？幸主君著其傳。」』

【集評】

羅大經云：『詞意殊怨。』(鶴林玉露) 沈際飛云：『李涉詩：「野寺尋春去已遲，背巖惟有兩三枝，明朝携酒猶堪當，爲報春風且莫吹。」辛用其意。』(草堂詩餘正集) 許昂霄云：『「春且住」二句，是留春之辭。結句即義山「夕陽無限好，只是近黃昏」之意。斜陽以喻君也。』(詞綜偶評) 陳廷焯云：『「更能消幾番風雨」一章，詞意殊怨，然妾態飛動，極沈鬱頓挫之致。起處「更能消」三字，是從千回萬轉後倒折出來，眞是有力如虎。』又云：『怨而怒矣！然沈鬱頓宕，筆勢飛舞，千古所無。「春且住」三字一喝，怒甚。結得愈淒涼，愈悲鬱。』（白雨齋詞話）譚獻云：『權奇倜儻，純用太白樂府詩法。「見說道」句是開，「君不見」是合。』（譚評詞辨）梁啓超云：『迴腸盪氣，至於此極；前無古人，後無來者。』（藝蘅館詞選）王闓運云：『「算只有」三句是指張浚秦檜一流人。』（湘綺樓詞選）謝疊山云：『李涉春晚游鶴林寺詩注云：此詩有愛惜人才之意。……辛稼軒中年被劾凡一十六章，不堪讒諂，遂賦摸魚兒云：「更能消，幾番風雨，匆匆春又歸去，惜春長怕花開早，何況亂紅無數。」正得此詩遺意。』（注解唐詩選卷二）鄺士元云：『「更能消幾番風雨」，「消」字怨入骨髓。』又云：『「玉環飛燕皆塵土」，暗喻其時操權者之下場。』（帶經樓詞話）

太常引㈠

建康中秋夜爲呂潛叔賦㈡

一輪秋影轉金波㈢韻　飛鏡又重磨韻　把酒問姮娥㈣韻　被白髮㈤讀　欺人奈何韻　乘風好去句

長空萬里句　直下看山河韻　斫去桂婆娑㈥韻　人道是讀　清光更多韻

【注釋】

㈠太常引：本調各體比較：詳詞律卷五，詞譜卷七。塡詞名解云：『漢周澤爲太常，恆齋，其妻窺內問之，澤大怒，以爲干齋，收送治獄，故有「君世不諧爲太常妻」之諺，後人取其事以名詞，或曰太常導引之曲也。』

㈡建康中秋句：宋孝宗淳熙元年，時辛棄疾年三十五，任江東安撫司參議官。

㈢金波：喻月也。漢書禮樂志郊祀歌：『月穆穆以金波。』

(四)姮娥：淮南子覽冥：『羿請不死之藥於西王母，姮娥竊之奔月宮。』

(五)被白髮：薛能春日使府寓懷詩：『青春背我堂堂去，白髮欺人故故生。』

(六)斫去桂婆娑：杜甫一百五日夜對月詩：『斫去月中桂，淸光應更多。』詞意本此。

【集評】

周濟云：『所指甚多，不止秦檜一人而已。』（宋四家詞選）

水龍吟(一) 過南澗雙谿樓(二)

舉頭西北浮雲(三)句　倚天萬里須長劍(四)韻　人言此地句　夜深長見句　斗牛光燄(五)韻　我覺山高句　潭空水冷句　月明星淡韻　待然犀下看(六)句　凭闌卻怕句　風雷怒句　魚龍慘韻　峽束滄江對起(七)韻　過危樓讀　欲飛還斂韻　元龍(八)老矣句　不妨高臥句　冰壺涼簟韻　千古興亡句　百年悲笑句　一時登覽韻　問何人又卸句　片帆沙岸句　繫斜陽纜韻

【注釋】

(一)水龍吟：詳秦觀水龍吟注一。

(二)南劍澗雙谿樓：南劍，州名。十國閩王延政置鐔州，南唐曰劍州，宋改偁南劍州，屬福建路。雙溪樓：弘治八閩通志：『延平府，負山阻水，爲七閩襟喉。劍溪環其左，樵川帶其右。二水交流…… 占溪山之雄，當水陸之會。』

㈢舉頭句：古詩十九首：『西北有高樓，上與浮雲齊。』曹丕雜詩：『西北有浮雲，亭亭如車蓋。』詞意取此。

㈣倚天句：宋玉大言賦：『方地爲車，圓地爲蓋，長劍耿耿倚天外。』

㈤斗牛光焰：謂斗宿與牛宿之光焰。晉書張華傳：『初，吳之未滅也，斗牛之間常有紫氣，……及吳平之後，紫氣愈明。華聞豫章人雷煥妙達緯象，乃要煥宿，屛人曰：「可共尋天文，知將來吉凶。」因登樓仰觀。煥曰：「僕察之久矣，惟斗牛之間頗有異氣。」華曰：「是何祥也？」煥曰：「寶劍之精上徹於天耳。」……因問曰：「在何郡？」煥曰：「豫章豐城。」……華大喜，卽補煥爲豐城令。煥到縣掘獄屋基，入地四丈餘，得一石函，光氣非常，有雙劍並刻題，一曰龍泉，一曰太阿。其夕，斗牛間氣不復見焉。……華得劍，寶愛之，常置坐側。……華誅，失劍所在。煥卒，子華爲州從事，持劍行經延平津，劍忽於腰間躍出，墮水，使人沒水取之，不見劍，但見兩龍，各長數丈，蟠縈有文章，沒者懼而反，須臾，光彩照水，波浪驚沸。』

㈥然犀：晉書溫嶠傳：『至牛渚磯，水深不可測，世云其下多怪物，嶠遂燃犀角而照之，須臾見水族覆火，奇形異狀，或乘馬車，著赤衣者。』

㈦峽束句：杜甫秋日夔府詠懷：『峽束蒼江起，巖排古樹圓。』

㈧元龍：三國志陳登傳：『許汜與劉備共在荊州牧劉表坐。表與備共論天下人，汜曰：「陳元龍湖海之士，豪氣不除……。」備問汜：「君言豪，寧有事耶？」汜曰：「昔遭亂，過下邳，見元龍，元龍無客主之意，久不相與語，自上大牀臥，使客臥下牀。」備曰：「君有國士之名，今天下大亂，帝王失所，望君憂國忘家，有救世之意；而君求田問舍，言無可采。是元龍所諱也，何緣當與君語？如小人（備自稱），欲臥百尺樓上，臥君於地，何但上下牀之間耶？」』

【集評】

周濟云：『欲抉浮雲，必須長劍，長劍不可得出，安得不恨魚龍？』（宋四家詞選）

水龍吟㈠

楚天千里清秋句 水隨天去秋無際韻 遙岑遠目㈡句 獻愁供恨句 玉簪螺髻㈢韻 落日樓頭句 斷鴻聲裏句 江南游子韻 把吳鉤㈣看了句 闌干拍遍㈤句 無人會句 登臨意㈥韻 休說鱸魚堪膾韻 儘西風讀 季鷹歸來㈦韻 求田問舍㈧句 怕應羞見句 劉郎才氣韻 可惜流年句 憂愁風雨句 樹猶如此㈨句 倩何人喚取句 紅巾翠袖句 搵英雄淚韻

【注釋】

㈠水龍吟：詳秦觀水龍吟注一。

㈡遙岑句：韓愈城南聯句：『遙岑出寸碧，遠目增雙明。』

㈢螺髻：古今注：『童子結髮爲螺髻，言其形似螺殼。』皮日休縹緲峯詩：『似將青螺髻，撒在明月中。』

㈣吳鉤：吳越春秋闔閭內傳：『闔閭命於國中作金鉤，令曰：「能爲善鉤者，賞之百金。」有人殺其二子，以血釁金，成二鉤，獻於闔閭。……王曰：「何以異於衆夫子之鉤乎？」……鉤師向鉤而呼二子名：「吳鴻，扈稽，我在於此，王不知汝之神也。」聲絕於口，兩鉤俱飛，着父之胸。吳王大驚，乃賞百金，遂服而不離身。』杜甫後出塞詩：『少年別有贈，含笑看吳鉤。』

㈤闌干拍遍：王闢之澠水燕談錄卷四：『劉孟節先生槩，青州壽光人。少師种放，篤古好學，酷嗜山水，而天姿絕俗，與世相齟齬，故久不仕。……少時居龍興僧舍之西軒，往往憑欄靜立，懷想世事，吁唏獨語，或以手拍欄杆。嘗有詩曰：「讀書誤我四十年，幾回醉把欄干拍。」』

㈥登臨意：宋僧文瑩湘山野錄：『金陵賞心亭，丁晉公，出鎮日重建也。秦淮絕致，清在軒檻。取家篋所寶袁安臥雪圖張於亭之屏，乃唐周昉絕筆。……偶一帥遂竊去，以市畫蘆鴈掩之。後君玉王公琪復守是郡，登亭留詩曰：「千里秦淮在玉壺，江山清麗壯吳都。昔人已化遼天鶴，舊畫難尋臥雪圖。冉冉流年去京國，蕭蕭華髮老江湖。殘蟬不會登臨義，又噪西風入座隅。」此詩與江山相表裏，爲貿畫者之蕭斧也。』

㈦季鷹：詳辛棄疾木蘭花慢注三。

㈧求田問舍：詳辛棄疾水龍吟「舉頭西北浮雲」注八。

㈨樹猶如此：世說新語言語篇：『桓公北征，經金城，見前爲瑯琊時種柳已皆十圍，慨然曰：「木猶如此，人何以堪！」攀枝執條，泫然流淚。』

【集評】

陳洵云：『起句破空而來，秋無際，從「水隨天去」中見；「玉簪螺髻」之「獻愁供恨」，從遠目中見；「江南游子」，從「斷腸落日」中見；純用倒捲之筆。「吳鈎看了，闌干拍遍」仍縮入「江南游子」上；「無人會」縱開，「登臨意」收合。後片愈轉愈奇，季鷹未歸則鱸膾，徒然一轉，劉郎羞見則田舍徒然一轉，如此則江南游子亦惟長抱此憂，以老而已；卻不說出，而以「樹猶如此」作半面語縮住。「倩何人」以下十三字，應「無人會登臨意」作結。稼軒縱橫豪宕，而筆筆能留，字字有脈絡如此，學者苟能於此求，則清眞、稼軒、夢窗，三家貫一家，若徒視爲眞率，則失此賢矣！清眞、稼軒、夢窗，各有神釆：清眞出於韋端已，夢窗出於溫飛卿，稼軒出於南唐李後主，莫不有一已之性情境地，而平平軌跡，則殊途同歸。而或以鹵莽學之，或者委爲不可學。嗚呼！鮮能知味，小技猶然，況大道乎。』（海綃說詞）　譚獻云：『裂竹之聲，何嘗不潛氣內轉。』（譚評詞辨）陳廷焯云：『落落數語，不數王粲登樓賦。』（白雨齋詞話）　鄺士元云：『稼軒胸懷大志，愛國熱忱溢于言表，「江南游子，把吳鉤看了，闌干拍遍，無人會，登臨意。」語出肺腑，雖屈子重生，仲宣再世，殊難定其軒輊也。』（帶經樓詞話）

永遇樂(一)　京口北固亭(二)懷古

千古江山句英雄無覓句孫仲謀(三)處韻舞榭歌臺句風流總被句雨打風吹去韻斜陽草樹句尋常巷陌句人道寄奴(四)曾住韻想當年讀金戈鐵馬(五)句氣吞萬里如虎韻　元嘉草草(六)句封狼居胥意(七)句贏得倉皇北顧(八)韻四十三年(九)句望中猶記句烽火揚州路韻可堪回首句佛貍(十)祠下句一片神鴉社鼓韻憑誰問讀廉頗老矣(十一)句尚能飯否韻

【注釋】

(一)永遇樂：本調各體比較：詳詞律卷十八，詞譜卷三十二。塡詞名解云：『永遇樂，歇指調也。唐杜祕書工小詞，鄰家有小女名蘇香，凡才人歌曲能吟諷，尤善杜詞，遂成逾牆之好。後爲僕所訴，杜竟流河朔，臨行述永遇樂詞訣別，女持紙三唱而死，第未知此調創自杜與否？』

(二)京口北固亭：京口，即今江蘇鎮江市。北固亭，讀史方輿紀要：北固山在鎮江城北一里，下臨長江，三面濱水，迴嶺斗絕，勢最險固。晉蔡謨起樓其上以貯軍實，謝安復營葺之，即所謂北固樓，亦曰北固亭。大同十年，武帝改名北顧。』按：此詞爲幼安年五十六守京口之作。

(三)孫仲謀：孫權之別字，三國吳開國主，擁有江東之地，西破黃祖，助劉備敗曹軍于赤壁。

(四)寄奴：南朝宋武帝劉裕字德輿，小字寄奴，自其高祖隨晉渡江，即居於晉陵丹徒縣之京口里。

(五)金戈鐵馬：五代後唐李襲吉諭梁書：『毒手尊拳，交相於暮夜；金戈鐵馬，蹂踐於明時。』

(六)元嘉：南朝宋文帝年號。

(七)封狼居胥：史記霍去病傳：『元狩四年春，上令大將軍青，驃騎將軍去病，將各五萬騎，……驃騎始爲出定襄當單于。……約輕齎，絕大幕，涉獲章渠，以誅比車耆。……封狼居胥山，禪于姑衍，登臨翰海。』又，宋書王玄謨傳：『玄謨每陳北侵之策，上謂殷景仁曰：「聞玄謨陳說，使人有封狼居胥意。」』

(八)倉皇北顧：宋書索虜傳：『上以渭臺戰守彌時，遂至陷沒，乃作詩曰：「逆虜亂疆場，邊將嬰寇仇。……惆悵懼遷逝，北顧涕交流。」（時維元嘉八年）。』

(九)四十三年：稼軒於紹興三十二年（一一六二）率衆南歸，至開禧元年（一二〇五）之出守京口，恰爲四十三年。

(10)佛貍：後魏太武帝小字佛貍。此借武帝南侵喻金兵南下也。

(11)廉頗老矣：史記廉頗傳：『廉頗居梁，久之，魏不能信用，趙以數困於秦兵，趙王思復得廉頗，廉頗亦思復用於趙。趙王使使者視廉頗尚可用否，廉頗之仇郭開多與使者金，令毀之。趙使者既見廉頗，廉頗爲之一飯斗米，肉十斤，被甲上馬，以示尚可用。趙使還報王曰：「廉將軍雖老，尚善飯，然與臣坐頃之，三遺矢矣。」趙王以爲老，遂不召。』

【集評】

岳珂云：『辛稼軒守南徐，已多病謝客，予來筮仕委吏，實隸總所，例於州家殊參辰，且望贄謁刺而已。余時以乙丑南宮試，歲前涖事僅兩旬，卽謁告去。稼軒偶讀余通名啓而喜，又頗階文兒舊，特與其潔。余試既不利，歸官下，時一招去，稼軒有詞名，每燕必命侍姬歌其所作。特好歌賀新郎一詞，自誦其警句曰：「我見青山多嫵媚，料青山見我應如是。」又曰：「不恨古人吾不見，恨古人不見吾狂耳。」每至此，輒拊髀自笑，顧問坐客何如，皆歎譽如出一口，既而又作一永遇樂，序北府事，首章曰：「千古江山，英雄無覓孫仲謀處。」又曰：「尋常巷陌，人道寄奴曾住。」其寓感慨者則曰：「可堪回首，佛貍祠下，一片神鴉社鼓。憑誰問；廉頗老矣，尙能飯否。」特置酒招數客，使伎迭歌，益自擊節，徧問客，必使摘其疵，遜謝不可。客或指一二辭，不契其意，又弗荅，然揮羽四視不止。余時年少，勇於言，偶坐於席側，稼軒因誦啓語，顧問再四，余率然對曰：「待制詞句，脫去今古軫轍，每見集中有解道此句，眞宰上訴，天應嗔耳之序，嘗以爲其言不誣。童子何知，而敢有議？然必欲以范文正以千金求嚴陵祠記一字之易，則晚進尙竊有疑也。」稼軒喜，促膝亟使畢其說。余曰：「前篇豪視一世，獨首尾二腔警語差相似；新作微覺用事多耳。」於是大喜，酌酒而謂坐中曰：「夫君實中予痼。」乃味改其語，日數十易，累月猶未竟，其刻意如此，余既以一語之合，益加厚，頗取視其骫骳，欲以家世薦之朝，會其去，未果。』（程史稼軒詞論）　沈祥龍云：『運用事太實然亦有法，村富則約以用之。語陳則新以用之，事熟則生以用之，竟晦則題以用之，實處間以虛意，死處參以活語，如禪家轉法華，弗爲法華轉，斯爲善於運用。』（論詞隨筆）　楊愼云：『辛詞當以京口北固亭懷古永遇樂爲第一。』（詞品）　陳廷焯云：『句句有金石聲音，吾怖其神力。』（白雨齋詞話）　宋翔鳳云：『辛稼軒永遇樂京口北固亭懷古一詞，意在恢復，故追數孫劉皆南朝之英主，屢言佛貍以拓跋比金人也。古今詞話載岳倦翁議之云：「此詞微覺用事多，稼軒聞岳語大喜謂座客曰：夫夬也，實中余痼。乃抹改其語，日數十易，累月未竟。」按：此則乃傳辛詞已是改本，詞綜乃注岳語於下，誤也。』（樂府餘論）　周濟云：『有英主則可以隆中興，此是正說。英主必起於草澤，此是反說。』又云：『繼國圖功，前車如此。』（宋四家詞選）　鄺士元云：『感慨所寄，不過盛衰，或綢繆未雨，或太息厝薪，或己溺己饑，或獨清獨醒，隨其人之性情學問境地，莫不有由衷之言，見事多，識理透，可為後人論世之資。詩有史，詞亦有史。信然；稼軒北固亭懷古，史家之詞也。讀之，使人重溫南宋抗金史實。』（帶經樓詞話）

漢宮春(一)　立春

春已歸來句　看美人頭上句　裊裊(二)　春幡(三)韻　無端風雨句　未肯收盡餘寒韻　年時燕子句　料今宵讀　夢到西園(四)韻　渾未辦句　黃柑薦酒句　更傳青韭堆盤(五)韻　　卻笑東風從此句　便熏梅染柳句　更沒些閒韻　閒時又來鏡裏句　轉變朱顏韻　清愁不斷句　問何人讀　會解連環(六)韻　生怕見(七)句　花開花落句　朝來塞雁先還韻

【注釋】

(一)漢宮春：本調各體比較，詳詞律卷十四，詞譜卷二十四。又，詞譜云：『高麗史樂志名漢宮春慢。此調有平韻仄韻兩體，平韻詞八首，仄韻詞兩首，皆以前後段起句不用韻者以晁詞及梅苑「點點江梅」詞爲正體，如梅苑別首之換頭句法不同。無名氏詞之添字，彭詞之減字，皆變體也。兩起句用韻者，以張詞爲正體。如沈詞之句讀參差，亦變體也。前段起句用韻，後段起句不用韻者惟京詞一體，梅苑詞，史達祖詞俱與此同。』

(二)裊裊：搖曳貌。杜甫示獠奴阿段詩：『竹竿裊裊細分泉。』

(三)春幡：歲時風土記：『立春之日，士大夫之家，翦裁爲小幡，或懸於家人之頭，或綴於花枝之下。』

(四)西園：詳蘇軾水龍吟注七。

(五)黃柑句：蘇軾詩：『辛盤得青韭，臘酒是黃柑。』又，遵生八牋云：『立春日作五辛盤，以黃柑釀酒，謂之洞庭春色。』

(六)解連環：戰國策齊策云：『秦昭王嘗遣使者遺君王后玉連環，曰：「齊多智，而解此環否？」君王后以示郡臣，郡臣不知解，君王后引錐椎破之，謝秦使曰：「謹以解矣。」』

(七)生怕：猶最怕，或祇怕也。李清照鳳凰臺上憶吹簫：『生怕離愁正苦，多少事，欲說還休。』生怕，猶最怕或祇怕也。

【集評】

譚獻云：『以古文長篇法行之。』（復堂詞話）　陳廷焯云：『稼軒詞其源出自楚騷，起勢飄灑。』（白雨齋詞話）　周濟云：『「春幡」九字，情景已極不堪。燕子猶記年時好夢，黃柑青韭，極寫晏安酖毒。換頭又提動黨禍，結用雁與燕激射，卻捎帶五國城舊恨。辛詞之怨，未有甚於此者。』（宋四家詞選）

新荷葉(一) 和趙得莊韻

人已歸來句 杜鵑欲勸誰歸韻 綠樹如雲句 等閒付與鶯飛(二)韻 兔葵燕麥句 問劉郎(三)讀 幾度沾衣韻 翠屏幽夢句 覺來水繞山圍韻 有酒重攜韻 小園隨意芳非韻 往日繁華句 而今物是人非韻 春風半面句 記當年讀 初識崔徽(四)韻 南雲雁少句 錦書(五)無箇因依韻

【注釋】

(一)新荷葉：本調各體比較，詳詞律卷十二，詞譜卷十九。又，詞譜云：『新荷葉蔣氏九宮譜作正宮引子，趙抃詞名折新荷引。又因詞中有「書橈穩泛蘭舟」句，或名泛蘭舟；然與仄韻泛蘭舟迥別。此調以此（黃）詞及趙彥端詞爲正體，宋人俱如此塡。若趙抃詞之句讀不同，趙長卿詞之句讀參差，皆變格也。』

(二)等閒付與鶯飛：丘遲與陳伯之書：『暮春三月，江南草長，雜花生樹，羣鶯亂飛。』

(三)劉郎：詳周邦彥瑞龍吟注十。

(四)崔徽：蘇軾章質夫寄惠崔徽眞詩：『宋援注：「崔徽，河中倡，裴敬中以興元幕使河中，與徽相從者累月。敬中使還，徽不能從，情懷怨抑。」後數月，東川幕白知退將自河中歸，徽乃託人寫眞，因捧書請知退曰：「爲妾爲敬中，崔徽一旦不及卷中人，徽且爲卿死矣。」』

(五)錦書：詳周邦彥氏州第一注五。

【集評】

周濟云：『以閑居反映朝局，一語便透。』（宋四家詞選）

蝶戀花㈠ 元日立春

誰向椒盤㈡簪彩勝㈢韻 整整韶華句 爭上春風鬢韻 往日不堪重記省韻 爲花常抱新春恨韻

春未來時先借問韻 晚恨開遲句 早又飄零近韻 今歲花期消息定韻 只愁風雨無憑準韻

【注釋】

㈠蝶戀花：詳歐陽修蝶戀花注一。

㈡椒盤：爾雅翼：『過臘一日，謂之小歲，拜君親，進椒酒，從小起，是知小歲則用之。後世率以正月一日以盤進椒，號椒盤。』

㈢彩勝：卽旛勝，宋代士大夫家多於立春日剪綵爲春旛，或懸於家人之頭，或綴於花枝之下，或剪爲春蝶春錢春勝以爲戲。

【集評】

周濟云：『然則依舊不定也。』（宋四家詞選）

淸平樂㈠ 獨宿博山㈡王氏菴

繞牀飢鼠韻 蝙蝠翻燈舞韻 屋上松風吹急雨韻 破紙窗閒自語韻 平生塞北㈢江南韻 歸來華

髮蒼顏韻 布被秋宵夢覺句 眼前萬里江山韻

【注釋】

㈠清平樂：詳晏殊清平樂注一。

㈡博山：輿地紀勝：『博山在永豐西二十里，古名通元峯，以形似廬山玉爐峯，故改今名。』

㈢塞北：稼軒于南歸前，曾兩隨計吏北抵燕山，見進美芹十論劄子，此恐爲稼軒足跡所至最北之地。

菩薩蠻㈠ 書江西造口㈡壁

鬱孤臺㈢下清江水㈣韻 中間多少行人淚韻 西北是長安㈤韻 可憐無數山韻 青山遮不住韻
畢竟㈥東流去韻 江晚正愁余韻 山深聞鷓鴣韻

【注釋】

㈠菩薩蠻：按：菩薩蠻調在天寶元年前已盛行。今考斯坦因刼經錄卷四三三二，內有別仙子、菩薩蠻、酒泉子詞各一首。據向達先生之倫敦所藏敦煌卷子經眼錄謂此卷背後錄有：『壬午年，龍興寺僧學便物。』字蹟。按：佛祖統紀卷五三云：『玄宗敕天下諸郡建開元寺、龍興寺。』由此推知，天寶元年前已有菩薩蠻一調之存在。質言之，詞之長成應在盛唐以前爲可靠。』（詳拙著菩薩蠻憶秦娥創調考）暨周邦彥菩薩蠻注一。

㈡造口：在今江西萬安縣西南六十里，有皂口溪，水自此入贛江。皂口卽造口。

㈢鬱孤臺：在今江西贛縣西南。贛州府志：『鬱孤臺，一名賀蘭山。隆阜鬱然孤峙，故名。唐李勉爲刺史，登臺北望，慨然曰：「予雖不及子牟，心在魏闕一也。鬱孤豈令名乎。」乃易匾爲望闕。』又，輿地紀勝云：『鬱孤臺，隆阜鬱然，孤起平地數丈，冠冕一郡之形勝而襟帶千里之山川。』

(四)淸江：江西袁江與贛江合流處，舊稱淸江。此處指贛江而言。

(五)西北是長安：應依四卷本甲集改作「東北是長安」較允。近人鄭恩伯教授謂：『稼軒於宋孝宗淳熙二年，以倉部郎官出爲江西提點刑獄，平茶寇賴文政之亂，時年三十六歲，明年改官京西運判。江西提刑例駐贛州，故稼軒生平在贛只此年餘，此詞爲在贛作無疑。宋時官吏職權，內重外輕。稼軒本意，原冀平寇之後回朝晉用，然僅加祕閣修撰虛銜，仍留江西，頗爲扶望；右詞卽此意形之筆墨，與恢復並不相干。行人謂已方居外任。長安指臨安言，正在贛州東北，鬱孤又名望闕，故「幼安自此興起」。望長安而靑山無數，傷朝士之蔽賢也，卽孔子「吾欲望魯兮，龜山蔽之」之意。聞鷓鴣之句，謂還朝晉用行不得也。（羅大經之說非是）贛江不受東北之遮，畢竟東流，已則終難東歸，置身十八灘頭，眞有蹙蹙靡騁之感矣。「東北」之作「西北」，若非後人妄改，卽稼軒有所避諱，於編集時故易爲迷離之辭。羅氏就西北二字猜測，以長安爲眞指陝西之長安，遂生枝節。夫贛江東流，與恢復西北有何關係，而爲之臨風灑淚，起行不得也之嘆耶？』

(六)畢竟：猶究竟也。唐李商隱早起詩：『鶯啼花又笑，畢竟是誰家。』畢竟，猶究竟也。

【集評】

卓人月云：『忠憤之氣，拂拂指端。』（詞統）　陳廷焯云：『稼軒書江西造口壁一章，用意用筆，洗盡溫韋殆盡，然大旨正見脗合。』（白雨齋詞話）　譚獻云：『西北二句，宕逸中亦深鍊。』（譚評詞辨）　梁啓超云：『菩薩蠻如此大聲鏜鞳，未曾有也。』（藝蘅館詞選）　周濟云：『借水怨山。』（宋四家詞選）

鄺士元云：『「中間多少行人淚」一語道出身世之感，夷狄之恨。』（帶經樓詞話）

浪淘沙(一)　山寺夜半聞鐘(二)

身世酒盃中韻　萬事皆空韻　古來三五箇英雄韻　雨打風吹何處是句　漢殿秦宮韻　夢入少年叢韻　歌舞匆匆韻　老僧夜半誤鳴鐘韻　驚起西窗眠不得句　卷地西風韻

【注釋】

(一)浪淘沙：本調各體比較；詳詞律卷一，詞譜卷一。又，片玉集注云：『浪淘沙，商調。劉禹錫有浪淘沙辭：「濯錦江邊兩岸花，春風吹浪正淘沙，女郎翦下鴛鴦錦，將向中流定晚霞。」又，黃鍾，杜甫詩：「移船先主廟，洗藥浣紗溪。」』

(二)夜半鳴鐘：王直方詩話：『歐公言：「唐人有姑蘇城外寒山寺，夜半鐘聲到客船」之句，說者云：「句則佳也，其如三更不是撞鐘時……。」』

定風波(一)　暮春漫興

少日春懷似酒濃韻　插花走馬醉千鐘韻　老去逢春如病酒(二)韻　唯有韻　茶甌香篆小熏籠韻

卷盡殘花風未定韻　休恨韻　花開原自要春風韻　試問春歸誰得見韻　飛燕韻　來時相遇夕陽中韻

【注釋】

㈠定風波：本調各體比較；詳詞律卷九，詞譜卷十四。片玉集注云：『定風波，尙調。周武王渡孟津，波逆流而上，瞑目而麾，曰：「余任天下，誰敢害吾意者，於是風霽波罷。」』義當出此。

㈡病酒：詳歐陽修蝶戀花注五。

鷓鴣天㈠　鵞湖㈡歸，病起作

枕簟溪堂冷欲秋韻　斷雲依水晚來收韻　紅蓮相倚深如怨句　白鳥㈢無言定是愁韻

書咄咄㈣句　且休休㈤韻　一邱一壑㈥也風流韻　不知筋力衰多少㈦句　但覺新來嬾上樓韻

【注釋】

㈠鷓鴣天：本調各體比較；詳詞律卷八，詞譜卷十一。又，詞譜云：『鷓鴣天，樂章集注正平調，太和正音譜注大石調，蔣氏九宮譜目入仙呂引子，趙令畤名思越人。李元膺詞名思佳客，賀鑄詞有「翦刻朝霞釘露盤」句，各翦朝霞；韓淲詞有「只唱驪歌一叠休」句，名驪歌一叠，盧祖皐詞有「人醉梅花睡未醒」句，名醉梅花。宋人塡此調者，字句韻悉同。』

㈡鵞湖：鵞湖（或作鵝湖）今江西鉛山縣東北十五里。

㈢白鳥：白羽鳥。孟子：『白鳥翯翯。』

㈣書咄咄：晉書殷浩傳：『浩雖被黜放，口無怨言，夷神委命，談詠不輟，雖家人不見其有流放之感。但終日書空，作「咄咄怪事」四字而已。』

(五)且休休：唐書卓行傳：『司空圖字表聖。……本居中條山王官谷，有先人田，遂隱不出。作亭觀素室，悉圖唐興節士文人，名亭曰休休，作文以見志，曰：「休，美也。既休而美具。故量才一宜休，揣分二宜休，耄而聵，三宜休。又，少也墮，長也率，老也迂，三者非濟時用，則又宜休。」』

(六)壑：溝也。池也。詩：『實溝實壑。』

(七)不知二句：俞文豹吹劍錄云：『古今詩人，間見層出，極有佳句，無人收拾，盡成遺珠。……陳秋塘詩：「不知筋力衰多少，但覺新來嬾上樓。」』按：況周頤蕙風詩話云：『此二句乃稼軒詞鷓鴣天歇拍。稼軒倚聲大家，行輩在秋塘稍前，何至取材秋塘詩句。秋塘平昔以才氣自豪，亦豈肯沿襲近人所作。或者俞文豹誤記辛詞爲陳詩耶？此二句入詞則佳，入詩便稍覺未合。詩與詞體格不同處，其消息即此可參。』

【集評】

沈際飛云：『生派愁怨與花鳥，卻自然。後段一本作「無限事，不勝愁；那堪魚雁兩悠悠，秋懷不識知多少。」』（草堂詩餘正集）　黃蓼園云：『其有匪風，下泉之思乎？可以悲其志矣。妙在結二句放開寫，不即不離尚含住。』（蓼園詞選）　陳廷焯云：『信筆寫去，格調自蒼勁，意味深厚，不必劍拔弩張，洞穿已過七札，斯爲絕技。』（白雨齋詞話）　周濟云：『詞中有此大筆。』（宋四家詞選）

宋四家詞選箋注卷四

辛棄疾 下坿錄

小傳

徐昌圖，莆陽人，陳洪進歸宋，令昌圖奉表入汴，太祖命爲國子博士，累遷殿中丞。

臨江仙(一)

飲散離亭西去句 浮生長恨飄蓬韻 回頭煙柳漸(二)重重韻 淡雲孤雁遠句 寒日暮天紅韻
今夜畫船何處句 潮平淮月朦朧(三)韻 酒醒人靜奈愁濃韻 殘燈孤枕夢句 輕浪五更風韻

【注釋】

(一)臨江仙：詳歐陽修臨江仙注一。

(二)漸：詳姜夔一萼紅注七。

(三)淮月朦朧：杜牧遣懷詩：『煙籠寒水月籠紗，夜泊秦淮近酒家。』

【集評】

沈雄云：『尊前集有徐昌圖臨江仙、河傳二首，俱唐音也。其臨江仙尤佳。』(古今詞話)

小傳

韓琦，字稚圭，安陽人，宋大中祥符元年戊申生，熙寧八年乙卯卒（公元一〇〇八——一〇七五年）。天聖中進士，嘉裕初，同中書門下平章事，集賢殿大學士，遷昭文館大學士，封儀國公，進封衛國公，再進魏國公，拜右僕射，卒贈尚書令，謚忠獻。徽宗進論定策勳，贈魏郡王，有安陽集。

點絳唇(一)

病起懨懨(二)句 庭前花影添蕉萃韻 亂紅飄砌韻 滴盡珍珠淚韻 惆悵前春句 誰向花前醉韻 愁無際韻 武陵凝睇(三)韻 人遠波空翠韻

【注釋】

(一)點絳唇：詳晏幾道點絳唇注一。

(二)懨懨：病態也。韓偓詩：『把酒送春惆悵在，年年三月病懨懨。』

(三)凝睇：喻注視也。全唐詩話：『李愿罷鎮閑居，聲伎豪侈，高會朝客，杜牧問曰：「聞有紫雲者孰是？」李指之，牧凝睇良久曰：「名不虛傳，宜以見惠。」』

小傳

范仲淹，字希文，據宋史云其先邠人，後始徙蘇州吳縣。宋端拱二年己丑生，皇祐四年壬辰卒（公元九八九——一〇五二年）。大中祥符八年，舉進士，仕至樞密副使。陝西四路宣撫使，知邠州。守邊數年，明號令，撫士卒，賊不敢犯其境，後以疾請鄧州，尋徙荆南、杭州、青州，卒。年六十四，謚文正，其作品于彊邨叢書所刻范文正公詩餘有六首。（宋史卷三一四有傳）

蘇幕遮㈠

碧雲天句 紅葉地㈡韻 秋色連波句 波上寒煙翠韻 山映斜陽天接水韻 芳草無情句 更在斜陽外韻

黯鄉魂句 追旅意㈢韻 夜夜除非句 好夢留人睡韻 明月樓高休獨倚韻 酒入愁腸句 化作相思淚韻

【注釋】

㈠蘇幕遮：詳周邦彥蘇幕遮注一。

㈡紅葉地：一作黃葉地，喻秋臨景色。

㈢追旅意：一作追旅思。思，讀如試。

【集評】

清，彭孫遹云：『范希文蘇幕遮一調，前段多入麗語，後段純寫柔情，遂成絕唱。』（金粟詞話）　黃蓼園云：『按文正公一生竝非懷土之士，所爲鄉魂旅思以及愁腸思淚等語，似沾沾作兒女想，何也？觀前闋可以想其寄託，開首四句，不過借秋色蒼茫以隱抒其憂國之思，「山映斜陽」三句，隱隱見世道不甚清明，而小人更爲得意之象；芳草喻小人，唐已多用之也。第二闋因心之憂愁，不自聊賴，始動其鄉魂旅思，而夢不安枕，酒皆化淚矣。其實憂愁非爲思家也。文正當宋仁宗時，敭歷中外，身肩一國之安危，雖其時不無小人，究係隆盛之日，而文正憂愁若此，此其所以先天下之憂而憂矣。』（蓼園詞選）　譚獻云：『大筆振迅。』（譚評詞辯）

御街行(一)

紛紛墜葉飄香砌(二)韻 夜寂靜讀 寒聲碎韻 珍珠簾卷玉樓空句 天淡銀河(三)垂地韻 年年今夜句 月華如練(四)句 長是人千里韻　愁腸已斷無由醉韻 酒未到讀 先成淚韻 殘鐙明滅枕頭攲(五)句 諳盡孤眠滋味韻 都來(六)此事句 眉間心上句 無計相迴避韻

【注釋】

(一)御街行：本調各體比較：詳詞律卷十一，詞譜卷十八。又，詞譜云：『柳永樂章集注夾鐘商，古今詞話無名氏詞有「聽孤雁聲嘹唳」一句，更名孤雁兒。』此調以此（柳詞）及范詞爲正體，若柳詞別首之句讀參差，張詞，史詞，無名氏詞之添字皆變格也。

(二)香砌：香階也。

(三)銀河：天河也。

(四)練：白色絲綢。

(五)攲：傾斜之意。

(六)都來：算來也。按亦猶云統統，言眉間心上統統爲此事所盤踞。

【集評】

王士禛評俞仲茅詞云：『「輪到相思沒處辭，眉間露一絲」。視易安「纔下眉頭，卻上心頭」，可謂此兒善盜。然易安亦從希文「都來此事，眉間心上，無計相迴避」語脫胎，李特工耳。』（花草蒙拾） 楊愼云：『范文正公，韓魏公勳德望重，而范有御街行詞，韓有點絳唇詞，皆極情致。予友朱良規嘗云：「天之風月，地之花柳，人之歌舞，無此不成三才。」雖戲語，亦有理也。』（詞品） 沈謙云：『范希文「珍珠簾捲玉樓空，天淡銀河垂地」，及「芳草無情，又在斜陽外」。雖是賦景，情已躍然。』（塡詞雜說） 王闓運云：『是壯語不嫌入律，「都來」即「算來」也，因此處宜平，故用「都」字，究嫌不醒。』（湘綺樓詞選） 陳廷焯云：『范文正公御街行下闋之淋漓沈著，西廂長亭襲之，骨力遠遜，且少味外味，此北宋所以爲高。小山，永叔後，此詞不復彈。』（白雨齋詞話）

漁家傲(一)

塞下秋來風景異韻 衡陽(二)雁去無留意韻 四面邊聲連角起韻 千嶂(三)裏韻 長煙落日孤城閉韻

濁酒一盃家萬里韻　燕然未勒歸無計韻　羌管(四)悠悠霜滿地韻　人不寐韻　將軍白髮征夫淚韻

【注釋】

(一)漁家傲：本調各體比較；詳詞律卷九，詞譜卷十四。詞譜云：『漁家傲，明，蔣氏九宮譜調入中呂引子，按此調始自晏殊，因詞有「神仙一曲漁家傲」句，取以爲名，此調以此（晏詞）詞爲正體，宋，元人俱如此塡，若周詞之疊韻，杜詞之三聲叶韻，蔡詞之添字，皆變體也。此（蔡詞）見友古集，校晏詞前後段第二句各添二字，攤破作兩句，名添字漁家傲，其調近蝶戀花，惟以前後多第五句三字爲分別也。』

(二)衡陽：地名，湖南衡州府治。今湖南湘潭縣南。

(三)嶂：言千道山峯如屛障也。

(四)羌管：羌笛也。陳暘樂書云：『羌笛五孔，馬融笛譜出于羌中，舊制四孔而已，京房加一孔以備五音。』惟說文謂羌笛三孔。

【集評】

宋，魏泰云：『范文正公守邊日，作漁家傲樂歌數闋，皆以「塞下秋來」爲首句，頗述邊鎮之勞苦。』（東軒筆錄）　吳衡照云：『范文正公守延安作漁家傲詞。……予久羈關外，每誦此詞，風景宛然在目，未嘗不爲之慨嘆也。然句語雖工，而意味殊衰颯，以總帥而所言若此，宜乎士氣之不振，所以卒無成功也。歐陽文忠呼爲窮塞主之詞，信哉？及王尙書守平涼，文忠亦作漁家傲詞送之，末云：「戰勝歸來飛捷奏，傾賀酒，玉階遙獻南山壽。」謂王曰：此眞元帥之事也。豈記嘗譏范詞，故為是以矯之歟！』（歸田詩話）　譚獻云：『沈雄似張巡五

言。』（譚評詞辨）

小傳

蘇軾字子瞻，宋眉州眉山人，宋景祐三年丙子生，建中靖國元年辛巳卒（公元一〇三六——一一〇一年）。嘉祐二年進士。博通經史，屬文日數千言，好賈誼，陸贄書，歐陽修奇其才，歷通判杭州，知密州、除州、湖州。御史李定，舒亶，何正言，媒櫱所爲詩，以爲訕謗，逮赴臺獄，後貶黃州，哲宗立，知登州，累遷翰林學士，歷端明殿學士禮部尚書，紹聖初，與新黨不合，貶惠州，徙昌化。迄徽宗立，赦還，提擧玉局觀。建中靖國元年（一一〇一年）卒于常州，年六十六，諡文忠。軾之詩、詞更別開風氣，爲後世宗仰。著東坡詞一卷。有毛氏汲古閣宋六十家詞內有東坡詞。東坡樂府二卷，王鵬運四印齋所刻詞有景元延祐本。朱彊邨叢書復據以編年，爲東坡樂府三卷。龍沐勛得傅幹注東坡詞殘本，竝依朱本編年作箋注。

【評語】

陳師道云：『子瞻以詩爲詞，如教坊雷大使之舞，雖極天下之工，要非本色。』（後山詩話）　王灼云：『東坡先生以文章餘事作詩，溢而作詞曲，高處出神入天；平處尙臨鏡笑春，不顧儕輩，或曰：「長短句中詩也。」

爲此論者，乃是遭柳永野狐涎之毒。詩與樂府同出，豈當分異？若從柳氏家法，正自不分異耳。東坡先生非心醉于音律者，偶爾作歌，指出向上一路，新天下耳目，弄筆者始知自振，今少年妄謂東坡移詩律作長短句，十有八九不學柳耆卿則學曹元寵，雖可笑，亦毋用笑也。』（碧鷄漫志）　陸游云：『世言東坡不能歌，故所作樂府，多不協律。晁以道謂：「紹聖初，與東坡別于汴上，東坡酒酣，自歌陽關曲。」則公非不能歌，但豪放不喜翦裁以就聲律耳。試取東坡諸詞歌之，曲終，覺天風海雨逼人。』（歷代詩餘引）　汲古閣本向子諲酒邊詞序云：『詞曲者，古樂府之末造也。文章豪放之士，鮮不寄意于此者；……柳耆卿後出，掩衆製而盡其妙，好之者以爲不可復加，及眉山蘇氏，一洗綺羅香澤之態，擺脫綢繆宛轉之度，使人登高望遠，舉首高歌，而逸懷浩氣，超然乎塵垢之外，于是花間爲皁隸，而柳氏爲輿臺矣。』　俞文豹云：『東坡在玉堂日，有幕士善歌，因問：「我詞何如耆卿？」對曰：「郎中詞祇好十七八女子，執紅牙板，歌楊柳岸曉風殘月。學士詞須關西大漢，綽鐵板，唱大江東去。」公爲之絕倒。』（吹劍續錄）　俞彥云：『子瞻詞無一語著人間煙火，此大羅天上一種，不必與少游，易安輩較量體裁也。其豪放亦止「大江東去」一詞，何物袁綯，妄加品隲，後代奉爲美談，似欲以槪子瞻生平，不知萬頃波濤，來自萬里，吞天浴月，古豪傑英爽都在，使屯田此際操觚，果可以「楊柳外曉風殘月」命句否？且柳詞亦祇此佳句，餘皆未稱，而亦有本，祖魏承班「魚歌子」，「窗外曉鶯殘月」，第改二字，增一字耳。』（爰園詞話）　元好問云：『唐歌詞多宮體，又皆極力爲之，自東坡一出，情性之外，不知有文字，眞有「一洗萬古凡馬空」氣象，雖時作宮體，亦豈可以宮體槪之？人有言，樂府本不難作，從東坡放筆後便難作，此殆以工拙論，非知坡者。所以然者，詩三百所載小夫賤婦幽憂無聊賴之語，時猝爲外物感觸，滿心而發，肆口而成者爾，其初果欲被管絃，諧金石，經聖人手，以與六經竝傳乎？小夫賤婦且然，而謂東坡翰墨游戲，乃求與前人角勝負，誤矣。自今觀之，東坡聖處，非有意于文字之爲工，不得不然之爲工也。坡以來，山谷，晁無咎，陳去非，辛幼安諸公，俱以歌詞最稱吟咏情性，留連光景，淸壯頓挫，能起人妙思。亦有語意拙直，不自緣飾，因病成妍者，皆有坡發之。』（遺山文集卷三六新軒樂府引） 四庫全書提要東坡詞條云：『詞自晚唐五代以來，以淸澈婉麗爲宗，至柳永而一變，如詩家之有白居易；至軾而又一變，如詩家之有韓愈，遂開南宋辛棄疾等一派。』 陳廷焯云：『太白之詩，東坡之詞，皆是異樣出色，祇是不能學，烏得議其非正聲！』（白雨齋詞話） 王鵬運云：『北宋人詞如潘逍遙之超逸，宋子京之華貴，歐陽文忠公之騷雅，柳屯田之廣博，晏小山之疏俊，秦太虛之婉約，張子野之流麗，黃文節之儁上，賀方回之醇肆，皆可撫擬，得其彷彿，惟蘇文忠之淸雅，敻乎軼塵絕迹，令人無從步趨，蓋霄壤相懸，寧止才華而已！其性情，其學問，其襟抱，擧非恆流所能夢見。詞家蘇、辛竝偁，其實辛猶人境也，蘇其殆仙乎！』（半塘老人遺稿） 馮煦云：『詞家之有南、北宋，以世言也。曰秦、柳，曰姜、張，以人言也。若東坡之于北宋，稼軒之于南宋，竝獨樹一幟，不域于世，亦與他家絕殊，世第以豪放目之，非知蘇、辛者也。』（六十一家詞選例言） 沈曾植云：『東坡以詩爲詞，如雷大使之舞，雖極天下之工，要非本色。此後山談叢語也。然考蔡絛鐵圍山叢談偁：「上皇在位，時屬昇平，手藝之人有偁者，棋則有劉仲甫、晉士明，琴則有僧梵如、僧全雅，教坊琵琶則有劉繼安，舞有雷中慶，世皆呼之爲雷大使，笛則孟水淸。此數人者，視前代之技皆過之。」然則雷大使乃教坊絕技，謂非本色，將外方樂乃爲本色乎？』（菌閣瑣談） 夏敬觀云：『東坡詞如春花散空，不著跡象，使柳枝歌之，正如天風海濤之曲，中多幽咽怨斷之音，此其上乘也。若夫激昂排宕，不可一世之概，陳無已所謂：「如教坊雷大使之舞，雖極天下之工，要非本色。」乃其第二乘也，後之學蘇者，惟能知第二乘，未有能達上乘者，即稼軒亦然。東坡永遇樂詞云：「紞如三鼓，鏗然一葉，黯黯夢雲驚斷，夜茫茫，重尋無處，覺來小園行遍。」此數語，可作東坡自道聖處。』（吷庵手批東坡詞）　周濟云：『人賞東坡粗豪，吾賞東坡韶秀。韶秀是東坡佳處，粗豪則病也。』又云：『東坡每事俱不十分用力，古文，書、畫皆爾，詞亦爾。』（介存齋論詞雜著）　又云：『東坡天趣獨到處，殆成絕詣，而苦不經意，完璧甚少。』（宋四家詞選敍論）

賀新涼㈠

乳燕飛華屋韻　悄無人讀　槐陰轉午句　晚涼新浴韻　手弄生綃白團扇㈡句　扇手一時似玉㈢韻　漸困倚讀　孤眠清熟韻　簾外誰來推繡㈣戶句　枉教人讀　夢斷瑤臺曲㈤韻　又卻是句　風敲竹韻　石榴半吐紅巾蹙㈥韻　待浮花讀　浪蕊㈦都盡句　伴君幽獨韻　穠豔一枝細看取句　芳意千重似束韻　又恐被讀　秋風驚綠韻　若待得君來向此句　怕花前對酒不忍觸韻　共粉淚句　兩簌簌韻

【注釋】

㈠賀新涼：本調各體比較，詳詞律卷二十，詞譜卷三十六。又，本調即賀新郎，因蘇軾詞有「晚涼新浴」句，故名賀新涼。詳前賀新郎調。

㈡白團扇：晉代中書令王珉與其嫂之婢有情，因珉好執白團扇，婢作白團扇歌贈珉。

㈢扇手似玉：世說新語云：『王夷甫容貌整麗，妙于談玄，捉白玉柄麈尾，與手都無分別……。』

㈣簾外下三句：用古詩：『捲簾風動竹，疑是故人來。』

㈤瑤臺曲：唐逸史許櫝暴卒復寤，作詩云：『曉入瑤臺露氣清，坐中惟見許飛瓊，塵心未盡俗緣重，十里下山空月明。』復寢，驚起，改第二句云：『昨夜夢到瑤池。』

㈥紅巾蹙：白樂天石榴詩有：『山榴花似結紅巾』句。

㈦浮花浪蕊：昌黎詩有：『浮花浪蕊鎮長有』句。

【集評】

趙彥衞云：『版行東坡長短句，賀新郎詞云：「乳燕飛華屋。」嘗見其眞蹟，乃「棲華屋」。水調歌詞，版行者末云：「但願人長久」，眞蹟云：「但得人長久」。以此知前輩文章，爲後人妄改亦多矣！』（雲麓漫鈔）

楊湜云：『蘇子瞻守錢塘，有官妓秀蘭，天性黠慧，善于應對。一日，湖中有宴會，羣妓畢集，唯秀蘭不至，督之良久方來，問其故，對以沐浴倦睡，忽聞叩門甚急，起而問之，乃樂營將催督也。子瞻已恕之，坐中一倅其晚至，詰之不已，時榴花盛開，秀蘭折一枝藉手告倅，倅愈怒，子瞻因作賀新涼令歌以送酒，倅怒頓止。』（苕溪漁隱叢話引古今詞話）　胡仔云：『東坡此詞，冠絕古今，託意高遠，寧爲一妓而發耶，「簾外」三句用古詩：「捲簾風動竹，疑是故人來」之意，「石榴半吐」五句蓋初夏之時，千花事退，榴花獨芳，因以寫幽閨之情也。野哉楊湜之言，眞可入笑林矣！』（苕溪漁隱叢話）　陳鵠云：『曩見陸辰州，語余以賀新郎詞用榴花事，及妾名也，退而書其語，今十年矣，亦未嘗深考。近觀顧景蕃續注，因悟東坡詞中用白團扇，瑤臺曲，皆侍妾故事，按晉中書令王珉好執白團扇，婢作白團扇歌以贈珉。又唐逸史許櫝暴卒復寤，作詩云：「曉入瑤臺露氣清，坐中惟見許飛瓊。塵心未盡俗緣重，十里下山空月明」。復寢，驚起，改用第二句云：「昨日夢到瑤池，飛瓊令改之云：不欲世間知我也。」按漢武帝內傳所載董雙成，飛瓊，皆西王母侍兒，東坡用此事，迺知陸辰州得榴花之事于晁氏爲不妄也。至本事詞載榴花事極鄙俚，誠爲妄誕。』（耆舊續聞）吳師道云：『東坡賀新郎詞，「浮燕華屋」云云，後段「石榴半吐紅巾蹙」以下，皆詠榴。』（元，吳禮部詩話）曾季貍云：『東坡賀新郎在杭州萬頃寺作，寺有榴花樹，故詞中云石榴。又是日有歌者晝寢，故詞中云：「漸困倚，孤眠熟。」其眞本云：「乳燕棲華屋」，今本作「飛」字，非是。』（艇齋詩話）沈際飛云：『換頭單說榴花。高手作文，語意到處卽爲之，不當限以繩墨。又云：「榴花開，榴花謝，以芳心共粉淚想像，詠物妙境。」又云：「凡作事或具深衷，或卽時事，工與不工，則作手之本色，自莫可掩。」賀新郎一解，苕溪正之誠然，而爲秀蘭不必論也。兩家紛然，子瞻在泉，不笑其多事耶？』（草堂詩餘正集）黃蓼園云：『末四句是花是人，婉曲纏綿，耐人尋味不盡。』（蓼園詞選）譚獻云：『頗欲與少陵佳人一篇互證。後半闋別開異境，南宋惟稼軒有之。變而近正。』（譚評詞辨）

水龍吟(一)　和章質夫楊花韻(二)

似花還似非花句　也無人惜從(三)教(四)墜韻　抛家傍路句　思量卻似句　無情有思(五)韻　縈(六)損柔腸句　困酣嬌眼句　欲開還閉韻　夢隨風萬里句　尋郎去遠句　又還被句　鶯呼起韻　不恨此花飛盡韻　恨西園(七)讀　落紅難綴(八)韻　曉來雨過句　遺蹤何在句　一池萍碎(九)韻　春色三分句　二分塵土句　一分流水(一〇)韻　細看來不是句　楊花點點句　是離人淚(一一)韻

【注釋】

㈠水龍吟：見秦觀水龍吟注一。

㈡章質夫：名楶，浦城人，仕官至樞密院事。其楊花詞云：『燕忙鶯嫩花殘，正隄上柳花飛墮。輕飛點畫青林，誰道全無才思。閒趁游絲，靜臨深院，日長門閉，傍珠簾散漫，垂垂欲下，依前被風扶起，蘭帳玉人睡覺，怪春衣雪霑瓊綴，繡牀漸滿，香毬無數，才圓卻碎，時見蜂兒，仰黏輕粉，魚吞池水，望章臺路杳，金鞍遊蕩，有盈盈淚。』又，宋朱弁曲洧舊聞卷五云：『章楶質夫作水龍吟，詠楊花，其命意用事，淸麗可喜，東坡和之，若豪放不入律呂，徐而視之，聲韻諧婉，便覺質夫詞有織繡工夫。』

㈢從：猶任也。如：周邦彥定風波詞云：『休訴金尊推玉臂，從醉，明朝有酒遣誰持。』又，吳文英霜葉飛詞重九：『早白髮緣萬縷，驚飆從捲烏紗去。』以上各「從」字皆作「任」義。

㈣教：猶使也。如杜荀鶴春宮怨云：『承恩不在貌，教妾苦爲容。』皆作使也。

㈤有思：有情也，思，讀如試。韓昌黎詩云：『楊花榆莢無情思，惟解漫天作雪飛。』

㈥縈：旋繞也。詩周南樛木云：『葛藟縈之。』傳云：『縈，旋也。』

㈦西園：指文人雅集之所。魏文帝芙蓉池詩云：『乘輦夜遊行，逍遙步西園。』又，曹植公宴詩云：『淸夜遊西園，飛蓋相追隨。』宋蘇軾，黃庭堅，秦觀，晁无咎諸人，嘗作集會，時人繪有西園雅集圖。米芾有西園雅集圖記。

㈧綴：連接也。國策，秦策云：『綴甲厲兵。』注：『綴，連也。』

㈨萍碎：舊注：『楊花落水爲浮萍，驗之信然。』又，西溪叢話云：『楊，柳二種，楊樹葉短，柳樹葉長，花初發時，黃蕊子爲飛絮，今絮中有小青子，着水泥沙灘上卽生小青芽。乃柳之苗也，東坡謂絮化爲浮萍，誤矣。』

』

㈠春色三分，二分塵土，一分流水：左庵詞話云：『東坡詞，「春色三分，二分塵土，一分流水。」葉清臣詞：「三分春色二分愁，更一分風雨。」蒙亦有句云：「十分春色，欣賞三分，二分懊惱，五分拋擲。」用意不同而同。』

㈡細看來不是，楊花點點，是離人淚：唐人詩：『時人有酒送張八，惟我無酒送張八，君看陌上梅花紅，盡是離人眼中血。』皆奪胎換骨手。（艇齋詩話）

【集評】

魏慶之云：『章質夫詠楊花詞，東坡和之，晁叔用以爲「東坡如王嬙，西施，淨洗脚面，與天下婦人鬥好，質夫豈可比哉？」是則然矣，余以爲質夫詞中所謂，「傍珠簾散漫，垂垂欲下，依前被風扶起。」亦可謂曲盡楊花妙處。東坡所和雖高，恐未能及，詩人議論不公如此。』（詩人玉屑卷三十）　沈義父云：『近世作詞者，不曉音律，乃故爲豪放不覊之語，遂借東坡，稼軒諸賢自諉，諸賢之詞，固豪放矣，不放處未嘗不協律也，如東坡之哨遍，楊花（水龍吟），稼軒之摸魚兒之類，則知諸賢非不能也。』（樂府指迷）　張炎云：『詞中句法，要平妥精粹，一曲之中，安能句句高妙？祇要拍搭襯副得去，于好發揮筆力處，極要用工，不可輕易放過，讀之使人擊節可也。如東坡楊花詞云：「似花還似非花，也無人惜從使墜。」又云：「春色三分，二分塵土，一分流水。」此皆平易中有句法，詞不宜強和人韻，若倡者之曲韻寬平，庶可賡歌。倘韻險，又爲人所先，則必牽強賡和，句意安能融貫，徒費苦思，未見有全音妥溜者。東坡次章質夫楊花水龍吟韻，機鋒相摩，起向便合讓東坡出一頭地，後片愈出愈奇，眞是壓倒古今。』（詞源）　沈謙云：『東坡「似花還似非花」一篇，幽怨纏綿，直是言情，非復賦物。』沈際飛云：『隨風萬里尋郎，悉楊花神魂。』又云：『讀他文字，精靈尚在文字裏面，此老見精靈，不見文字。』（草堂詩餘正集）先著云：『水龍吟末後十三字，多作五四四此作七六，有何不可。近見論譜者于「細看來不是」，及「楊花點點」，下分句，以就五四四之印板死格，遂令坡公絕妙好詞，不成文理。』又云：『起句入魔，非花矣，而又似，不成句也，「抛家傍路」四字欠雅，「綴」字趁韻不穩，「曉來」以下，眞是化工神品。』（詞潔）王國維云：『東坡水龍吟詠楊花和韻而似原唱，章質夫詞原唱而似和韻，才之不可強也如是。』（人間詞話）許昂霄云：『與原作均是絕唱不容妄爲軒輊。「思量卻似，無情有思。」貫下文六句，「曉來雨過」三句，公自注云：「舊說楊花入水爲浮萍，驗之信然。」』（詞綜偶評）劉熙載云：『東坡水龍吟起句云：「似花還似非花」，此句可作全詞評語，蓋不離不卽也。』（藝概）鄭文焯云：『煞拍畫龍點睛，此亦詞中一格。』（手批東坡樂府）朱孝臧云：『是詞和章資作，仍用王說編丁卯。』（朱編東坡樂府）

卜算子㈠ 雁、黃州定惠院㈡寓居所作

缺月挂疏桐㈢句 漏㈣斷人初靜韻 時見幽人㈤獨往來句 縹緲孤鴻㈥影韻 驚起卻㈦回頭句
有恨無人省㈧韻 揀盡寒枝不肯棲句 寂寞沙洲冷韻

【注釋】

㈠卜算子：本調各體比較；詳詞律卷三，詞譜卷五。又，詞律云：『毛氏云：「駱義烏詩用數名，人謂爲卜算子

，故牌名取之。」按山谷詞有「似扶著，賣卜算。」蓋取義以今賣卜算命之人也。』又，詞譜云：『元高拭詞注仙呂調，蘇軾詞有「缺月挂疏桐」，秦堪詞有「極目煙中百尺樓」句，名百尺樓，僧皎詞有「目斷楚天遙」句，名楚天遙，無名氏詞有「蹙破眉峯碧」句，名眉峯碧。』

(二)定惠院：在黃州黃岡縣東南，能改齋漫錄卷一六云：『東坡先生謫居黃州，作卜算子詞云云，其屬意毛氏女子也，讀者不能解，張右史文潛繼貶黃州，訪潘邠老，嘗得其詳，題詩以誌之：「空江月明魚龍眠，月中孤鴻影翩翩。有人淒吟立江邊，葛巾藜杖眼窺天。夜冷月墮幽蟲泣，鴻影翹沙衣露濕。仙人采詩作步虛，玉皇飲之碧琳腴。」』

(三)桐：陳翥桐譜云：『白花桐文理粗，葉圓大而尖長有角，光滑，其實大二三寸。紫花桐，文理細，葉三角而圓大，多毛且硬，其實亦同白桐而微尖。』

(四)漏：古計時之器也。以銅盆受水，刻節，晝夜百刻也。說文王筠注云：『詩東方未明正義云：「刻謂置箭壺內，刻以爲節，而浮之水上，今水漏刻而下以記晝夜昏明之度數也。」』

(五)幽人：謂幽居隱逸之人也。易履卦：『幽人貞吉。』又，孟浩然詩：『采文値幽人。』

(六)鴻：黃鵠也。詩豳風九罭：『鴻飛遵渚』，箋：『鴻，大鳥也。』按段玉裁、朱駿聲皆謂此大鳥即黃鵠。

(七)卻：再也。李商隱夜雨寄北詩云：『何當共剪西窗燭，卻話巴山夜雨時。』又，蘇軾留別釋迦院牡丹詩云：『春風小院卻來時，壁間惟見使君詩，應問使君何處去，憑花說與春風知。』以上「卻」字，皆作「再」解。

(八)省：察也。論語爲政：『退而省其私。』又，禮，禮器：『禮不可省也。』

【集評】

山谷云：『東坡道人在黃州作卜算子云云，語意高妙，似非吃煙火食人語，非胸中有數萬卷書，筆下無一點塵俗氣，孰能至此？』（漁隱叢話）　胡仔云：『揀盡寒枝不肯棲之句，或云鴻雁未嘗棲宿枝，唯在野葦叢間，此亦語病也。此詞本詠夜景，至換頭但祇說鴻，正如賀新郎詞：「乳燕飛華屋」，本詠夏景，至換頭但祇說榴花，蓋其文章之妙，語意到處卽爲之，不可限以繩墨也。』（苕溪漁隱叢話）　王楙云：『東坡卜算子詞，漁隱謂：「或云鴻雁未嘗棲宿枝，唯在田葦間，揀盡寒枝不肯棲，此語病也。」僕謂人讀書不多，不可妄議前輩詞句，觀隋李元操鳴雁行曰：「夕宿寒枝，朝飛空井傍。」坡語豈無自耶？』（野客叢書）　歷代詩餘引古今詞話之女紅餘志云：『惠州溫氏女超超，年及笄，不肯字人，聞東坡至，喜曰：「我壻也。」日徘徊窗外，聽公吟詠，覺則亟去，東坡知之，乃曰：「吾將呼王郎與子爲姻。」及東坡渡海歸，超超已卒，葬于沙際，公因作卜算子詞有「揀盡寒枝不肯棲」之句，按詞爲詠雁，當別有記託，何得以俗情傅會也。』　王若虛云：『東坡雁詞云：「揀盡寒枝不肯棲」，以其不棲木，故云爾，蓋激詭之致，詞人正貴如此，而或者以爲語病，是尚可與言哉，近日張吉甫復以「鴻漸于木」爲辯，而怪昔人之寡聞，此益可笑，易象之言，不當援引爲證也。其實雁何嘗棲木哉！』（滹南詩話）　陳鵠云：『「揀盡寒枝不肯棲」，取興鳥擇木之意，所以山谷謂之高妙。』又云：『趙右史家有顧禧景蕃補注東坡長短句眞蹟云：「余頃于鄭公實處見東坡親蹟書卜算子，斷句云：「寂寞沙汀冷。」今本作「楓落吳江冷。」詞意全不相屬。」』（耆舊續聞）　沈祥龍云：『詞不能堆垛書卷以誇典博然雖有書卷之氣味，胸無書卷，襟懷必不高妙，意趣必不古雅，其詞非俗卽腐，非粗卽纖，故山谷稱東坡卜算子詞，非胸中有萬卷書，孰能至此。』（論詞隨筆）　王士禛云：『坡孤鴻詞，山谷以爲非喫煙火食人句，良然。鮦陽居士云：「缺月，刺明微也，漏斷，暗時也，幽人，不得志也，獨往來，無助也。驚鴻，賢人不安也。此與考槃相似」云云。村夫子強作解事，令人欲嘔，韋蘇州滁州西澗詩，疊山亦以爲小人在朝，賢人在野之象，令韋郎有知，豈不叫屈，僕嘗戲謂坡公命宮磨蝎，湖州詩案，生前爲王珪，舒亶輩所苦，身後又硬受此差排耶？』（花草蒙拾）黃蓼園云：『此東坡自寫在黃州之寂寞耳，初從人說起，言如孤鴻之冷落，下專就鴻說，語語雙關，格奇而語雋，斯爲超詣神品。』（蓼園詞選）　張德瀛云：『曾丰謂蘇子瞻長短句猶有與道德否者，缺月疏桐一章，觸興於驚鴻發乎情性也。收思於冷洲，歸乎禮義也。』（詞徵）　謝章鋌云：『鮦陽居士所釋字箋句解，果誰語而誰知之？雖作者未必無此意，而作者未必定有此意，可神會而不可言傳，斷章取義，則是刻舟求劍，則大非矣。』（賭棋山莊詞話）　鄭士元云：『良禽擇木，賢人擇主，自古已然，東坡卜算子結拍「揀盡寒枝不肯棲，寂寞沙洲冷。」信千古儒士本色。』（帶經樓詞話）

小傳

晁補之，字無咎，宋皇祐五年癸巳生，大觀四年庚寅卒（公元一〇五三——一一一〇年）。濟州鉅野人，太子少傅迥五世孫宗愨之曾孫也。父端有，工于詩，補之聰敏強記，纔解事，即善屬文，王安國一見奇之，十七歲從父官杭州，倅錢塘山川風物之麗，著七述以謁州通蘇軾，軾先欲有所賦，讀之歎曰，吾可以閣筆矣。又偁其文博辯雋偉，絕人遠甚，必顯于世，由是知名，舉進士，試開封及禮部別院皆第一，慕陶潛爲人，大觀末，出黨籍，起知達州，改泗州，卒年五十八。補之才氣飄逸，學不知倦，文章溫潤典縟，其凌麗奇卓，

出于天成，尤精楚詞。（詳宋史卷四四四晁補之傳）

【評語】

陳振孫云：『无咎嘗云：「今代詞手，唯秦七，黃九。然兩公之詞，亦自有不同，若無咎佳者，固未多遜也。」』（直齋書錄題解） 馮煦云：『晁无咎爲蘇門四士之一，所爲詩餘，無子瞻之高華，而沈咽則過之。』

毛晉云：『无咎游戲小詞，不作綺豔語。』（琴趣外篇跋）

臨江仙㈠ 信州作㈡

謫㈢宦江城無屋買句 殘僧野寺相依韻 松間藥臼㈣竹間衣韻 水窮行到處句 雲起坐㈤看時韻

一箇幽禽緣底事句 苦來醉耳邊啼韻 月斜西院愈聲悲韻 青山無限好句 猶道不如歸韻

【注釋】

㈠臨江仙：本調各體比較，詳詞律卷八，詞譜卷十。又，花庵詞選云：『唐詞多緣題所賦，臨江仙之言水仙，亦其一也。』又，柳塘詞話謂此調共有九體，詞譜，調律則以和凝詞爲正體。又，此調又作臨江仙引，又作臨江仙慢，賀鑄「巧翦合歡羅勝子」一闋，有「人歸落雁後」句，名雁後歸。復齋漫錄謂山谷以方回用薛道衡詩，故易名雁後歸，李淸照詞則名庭院深深。

㈡信州：今江西省，上饒縣境。

㈢謫：讀如宅。職官因罪革職，遣戍他方曰謫。古與讁通，漢書鼂錯傳云：『因以讁發之。』

(四)臼：說文：『舂也，古者掘地爲臼，其後穿木石。』

(五)坐：唐王維終南別業詩云：『行到水窮處，坐看雲起時。』按「坐」字不能作動詞解，因起，坐，看之字皆動辭，似于語法不通，故坐字應解作「自」較佳，即雲起「自」看時之意，如辛棄疾浣溪紗云：『儂是嶔崎可笑人，不妨開口笑時頻，有人一笑坐春生。』與劉過浣溪紗詞云：『竹裏絕憐閑體態，月邊無限好精神，一枝斜插坐生春。』等，其「坐」字義皆作「自」解。

憶少年(一)　別歷下(二)

無窮官柳(三)句　無情畫舸(四)句　無根行客韻　南山尚相送句　只高城人隔韻　罨畫(五)園林溪紺(六)碧韻　算重來讀　盡成陳迹韻　劉郎(七)鬢如此句　況桃花顏色韻

【注釋】

(一)憶少年：本調各體比較：詳詞律卷四，詞譜卷六。又，詞譜云：『萬俟咏詞有：「上隴首凝眸天四闊」句，名隴首山，朱敦儒詞名十二時。元劉秉忠詞有「恨桃花流水」句，更名桃花曲。』按：此詞仍以晁補之「無窮官柳」爲正格。

(二)歷下：今山東省歷城縣西。史記田儋傳云：『漢三年，韓信襲破歷下三軍。』三齊記云：『歷下城，南對歷山，城在山下，故名歷下。』

(三)官柳：詳周美成瑞龍吟注十六。

㈣舸：說文新坿方言云：『南楚江，湘凡船大者謂之舸。』文選左思吳都賦云：『宏舸連舳。』注：『江湘凡大船曰舸。』

㈤罨畫：罨，音感，雜色之畫謂罨畫。

㈥紺：說文段注：『此今之天青，亦謂之紅青。』論語鄉黨：『君子不以紺緅飾。』

㈦劉郎：詳周美成瑞龍吟注十。

【集評】

沈雄云：『結句如憶少年之「況桃花韻色」，好事近之「放眞珠簾隔」，緊要處，前結如奔馬收韁，須勒得住，又似住而未住，後結如泉流歸海，要取得盡，又似盡而不盡者。』（古今詞話） 卓人月云：『謝逸柳梢青：「無限離情，無限江水。」類此。』（詞統） 先著云：『「花無人戴，酒無人勸，醉也無人管。」與此詞起處同一驚絕，唐以後特地有詞，正以有如許妙語，詩家收拾不盡耳。』（詞潔）

滿庭芳㈠ 赴信田舟中別次膺十二叔

鷗起蘋中句 魚驚荷底句 畫船天上來時韻 翠灣江渚句 宛似武陵迷㈡韻 更晚青山更好句 孤雲帶讀 遠雨絲垂韻 清歌裏句 金尊未掩句 誰使動分攜韻 竹林高晉阮句 阿咸蕭散㈢句 猶媿風期韻 便棄官終隱句 釣叟苔磯韻 縱是冥鴻雲外應念我句 垂翼低飛韻 新詞好句 他年認取句 天際片帆歸韻

【注釋】

(一)滿庭芳：詳周美成滿庭芳注一。

(二)武陵迷：詳周美成瑞龍吟注十。

(三)阿咸：指阮咸，晉尉氏人，字仲容，少解音律，瀟灑不羈，爲竹林七賢之一，與叔父籍齊名，有大小阮之稱，官至散騎侍郎，出補始平太守卒。

迷神引(一)

貶玉溪(二)對江山作

黯黯青山紅日暮韻　浩浩大江東注韻　餘霞散綺句　回(三)向煙波路(四)韻　使人愁(五)句　長安遠句　在何處韻　幾點漁燈小句　迷近隖(六)韻　一片客帆低句　傍前浦(七)韻　暗想平生句　自悔儒冠誤(八)韻　覺阮途窮(九)句　歸心阻韻　斷魂縈目句　一千里句　傷平楚韻　怪竹枝歌句　聲聲怨句　爲誰苦韻　猿鳥一時啼句　驚島嶼韻　獨暗不成眠句　聽津鼓(一〇)韻

【注釋】

(一)迷神引：本調各體比較：許詞律卷十六，詞譜卷二十五。又，詞譜云：『樂章集注：「中呂調，此調以柳詞爲正體，有柳詞別首可校，若宋詞之多押兩韻乃變體也。」故以詞譜參校柳耆卿詞注云：「回向煙波路」句，多「回」字，又「怪竹枝歌聲聲怨」句多一「聲」字，如刪去二字，則與詞譜所收柳耆卿詞調相同。』

(二)玉溪：今江西省境之信江，流經玉山縣境，故亦名玉溪。

(三)囘：按宋本無「囘」字，是。

(四)煙波路：姜白石過垂虹詩云：『自製新詞韻最嬌。小紅低唱我吹簫，曲終過盡松陵路，囘有煙波十四橋。』

(五)使人愁：李白登金陵鳳凰臺詩云：『鳳凰臺上鳳凰遊，鳳去臺空江自流。吳宮花草埋幽徑，晉代衣冠成古邱。三山半落青天外，二水中分白鷺洲，總爲浮雲能蔽日，長安不見使人愁。』

(六)隖：音烏。四面高而中央皆下曰隖。說文鍇注：『董卓爲郿隖，隖，堡障也。』

(七)浦：音普，水濱也。詩大雅常武：『率彼淮浦。』傳：『浦，涯也。』

(八)儒冠誤：詳周美成瑣窗寒注七。

(九)阮籍：三國魏尉氏人，字嗣宗，爲竹林七賢之一，博覽羣籍，好莊老，能嘯能琴，尤嗜酒，每以沈醉肇禍，聞步兵廚善釀，貯酒三百斛，乃求爲步兵校尉，能爲青白眼，常率意命駕，途窮輒慟哭而返，著有詠懷詩八十餘篇，及達生論、大人先生傳等。

(一〇)津：詳周美成夜飛鵲注二。

小傳

洪皓，字光弼，番昜人，宋元祐三年戊辰生，紹興二十五年己亥卒（公元一〇八八——一一五五年）。少有奇節，慷慨有經略四方志。登政和五年進士第。王黼，朱勔皆欲婚之，力辭，宣和中爲秀州司錄。官至尙書，後檜誣皓作欺世飛語，責濠州團練副使安置英州，

居九年，始復朝奉郎，徙袁州，至南雄州，卒年六十八。皓博學強記，有文集五十卷。（詳宋史卷三七三）

江梅引㈠

天涯除館憶江梅韻 幾枝開韻 使南來韻 還帶餘杭春信到燕臺㈢韻 準擬寒英聊慰遠句 隔山水句 應銷落作平句 赴愬誰韻 空恁遐想笑摘蕊韻 斷回腸句 思故里韻 漫彈綠綺㈣韻 引三弄讀 不覺魂飛韻 更聽胡笳㈤ 哀怨淚沾衣韻 亂插繁華須異日句 待孤諷句 怕東風一夜吹韻

【注釋】

㈠江梅引：本調各體比較；詳詞律卷二。又，江梅引一名梅花引、江城梅花引、攤破江城子、四笑江梅引、明月引、西湖明月引。按：此調前用江城子，後用梅花引，故合此名。蓋取「江城五月落梅花」句也。詞譜云：『洪皓詞三聲叶韻者四首，每首有一笑字，名四笑江梅引。』詳詞牌彙釋。

㈢燕臺：詳周美成瑞龍吟注十三。唐李商隱贈柳枝詩云：『長吟遠下燕台句，惟有花陰怨未消。』

㈣綠綺：古琴名，傅玄琴賦序云：『楚王有琴曰繞梁、司馬相如有綠綺、蔡邕有焦尾，皆名器也。』陸游詩云：『綠綺聲中酒半消。』

㈤胡笳：樂器也。通考樂考云：『胡笳似觱篥而無孔，後世鹵簿用之。晉有小箛，大箛，蓋其遺製也。沈遼集大胡笳十八拍，世號沈家聲，小胡笳十九拍，末拍爲契聲，世號爲祝家聲。考杜摯笳賦謂李伯陽（指老子）入西戎所造，一說謂張騫入西域所得，惟馬氏通考則非之。其構造舊說多以爲捲蘆葉而成，今所傳者木管，三孔，兩端施角，末翹而哆，長二尺四寸。淸會典載蒙古亦有此樂器。』

【集評】

宋，洪邁云：『紹興丁巳所存江梅引詞，不知何人作，北庭亦傳之，公在燕赴張總侍御家宴，侍妾歌此，感其念此情家萬里之句，愴然曰：『此詞殆爲我作，旣歸遂賦四闋，北人謂之四笑江梅引，爭傳寫焉。』（容齋隨筆）

小傳

姜夔，字堯章，號白石，番陽人。約于宋紹興二十二年壬申生，嘉定十三年庚辰卒（公元一一五二——一二二〇）。本出天水，七世祖泮，宋初教授饒州，遷江西。父噩，紹興三十年進士，以新喩丞知漢陽縣，卒于官，夔幼隨官，往來沔，鄂幾二十年。淳熙間，客湖南，識閩淸蕭德藻。德藻工詩，與楊萬里、范成大、陸游、尤袤齊名，旣遇夔，自謂四十年作詩，始得此友。以其兄之子妻之。携之同寓湖州。嘗以楊萬里之薦，謁范成大于蘇州、成大以爲翰墨人品皆似晉宋雅士，授簡徵新詞，爲作暗香、疏影二曲，音節淸婉，成大贈以家妓小紅，大雪載歸過垂虹橋。賦詩云：『自製新詞韻最嬌，小紅低唱我吹簫，曲終過盡松陵路，回首煙波十四橋。』因嘗寓居吳興之武康，與白石洞天爲鄰，自號白石道人。

後游蘇松間，好以陸龜蒙自比，當時名流若樓鑰、葉適、京鏜、謝深甫諸人，皆與交好，朱熹愛其深于禮樂，辛棄疾深服其長短句。寧宗，慶元三年，進大樂議及琴瑟考古圖于朝，論當時樂器、樂曲、歌詩之得失。其所倡議之五事，一謂雅俗樂高下不一，宜正權衡度量，以爲作樂器之準則。二謂古樂止用十二宮，古人于十二宮又特重黃鐘一宮而已；若鄭譯之八十四調，出于蘇祇婆之琵琶，惟瀛府、獻仙音謂之法曲，卽唐之法曲也；凡有催袞者，皆胡曲耳。法曲無是也；大樂當用十二宮，勿雜胡部。其他三事；則議登歌當與奏樂相合也；議夕牲饗神諸詩歌可刪繁也。議作鼓吹曲以歌祖宗功德也。書奏，詔付太常。時嫉其能，是以不獲盡所議。五年，又上聖宋鐃歌十二章，詔免解與試禮部，不第，遂以布衣卒于西湖，下葬西馬塍。（其享年依唐蘭定白石當卒于嘉定十三四年間，得年約六十七八歲）。夔氣貌若不勝衣，家無立錐，一飯未嘗無食客，圖書翰墨之藏，汗牛充棟。張炎比其詞如野雲孤飛，去留無蹟。黃昇謂其高處，美成不能及。能自度曲，初率意爲長短句，然後協以律。今傳有旁譜者十七首，繫宋代詞樂一線焉。爲詩初學黃庭堅，而不肯從江西派出，竝不求與楊、范、蕭、陸諸家合。亦精嘗鑑，工翰墨，辨別法帖，察入豪髮。趙孟堅偁爲書家申韓。習蘭亭二十餘年，晚得筆法于單煒。遺蹟猶有存者，著書可考者十二種，今存詩集、詩說、歌曲、續書譜、絳帖平外，尙有大樂議一卷，琴瑟考古圖一卷，存其梗概于宋史樂志；禊帖偏旁考一篇，存十九條于齊東野語與輟耕錄；若白石叢稿十卷，琴書，集古印譜二卷，張循王遺事，皆已散佚。京鏜嘗倩其駢儷文，亦無一篇傳焉。姜詞有汲古閣宋六十家詞本，江都陸氏姜白石詩詞合集本，王氏四印齋所刻雙白詞本，沈氏遜齋影乾隆十四年張奕樞刊本。夏承燾姜白石詞編年箋校。

【評語】

黃叔暘云：『白石詞極妙，不減淸眞，其高處有美成所不能及。』（絕妙詞選） 沈義父云：『姜白石淸勁知音，亦未免有生硬處。』（樂府指迷） 張炎云：『詞要淸空，不宜質實。淸空則古雅峭拔，質實則凝澀晦味。姜白石如野雲孤飛，去留無迹。』（詞源） 毛晉云：『范石湖評堯章詩云：「有裁雲縫月之妙手，敲金戞玉之奇聲。」』（白石詞跋） 張宗橚云：『按毛晉云云：乃楊誠齋評白石除夜自石湖歸苕溪十絕句，非石湖語也。』（詞林紀事） 沈伯時云：『作慢詞最是過變不要斷了曲意。如姜白石詞云：「曲曲屛山，夜深獨自甚情緒。」于過變云：「西窗又吹暗雨」，此則曲之意不斷矣。』（樂府指迷） 許昂霄云：『詞中之有白石，猶文中之有昌黎也。』（詞林紀事引許昂霄語） 朱彝尊云：『詞莫善于姜夔，宗之者，張輯、盧祖皋、史達祖、吳文英、蔣捷、王沂孫、張炎、周密、陳允平、張翥、楊基，皆具夔之一體，基之後，得其門者寡矣。』（詞綜序） 四庫全書提要云（白石詞提要）：『夔詩格高秀，爲楊萬里等所推；詞亦精深華妙，尤善自度新腔，故音節文采，竝冠一時。』 𠛬撰云：『南宋詞人，浙東，西特甚，而審音之精，要以白石爲極詣，先生事事精習，率妙絕神品，雖終身草萊，而風流氣韻，足以標映後世，當乾、淳間，俗學充斥，文獻湮替，乃能雅尙如此，洵倜豪傑之士矣。』（玉几山房聽雨錄）　宋翔鳳云：『詞家之有姜石帚、猶詩家之有杜少陵，繼往開來，文中關鍵，其流落江湖不忘君國，皆借託比興于長短句寄之。』（樂府餘論）　先著云：『張三影醉落魄詞，有：「生香眞色人難學」之句。予謂生、香、眞、色四字，可以移評石帚之詞。』又云：『意欲靈動，不欲晦澀，語欲隱秀，不欲纖佻，人工勝則天趣減，梅溪、夢窗，自不能不讓白石出一頭地。』（詞潔）　鄧廷禎云：『詞家之有白石，猶書家之有逸少，詩家之有浣花，蓋緣識趣既高，興象自別。』（雙硯齋隨筆）　馮煦云：『白石爲南渡一人，千秋論定，無俟揚搉，樂府指迷獨倜其嗜香、疏影、楊州慢、一萼紅、琵琶仙、探春慢、淡黃柳等曲，詞品則以詠蟀蟋齊天樂一闋爲最勝。其實石帚所作，超脫蹊徑，天籟人力，兩臻絕頂，筆之所至，神韻俱到，非如樂笑，二窗輩，可以奇對警句相與標目。又何事于諸調中強分軒輊也。野雲孤飛，去留無迹，彼讀姜詞者，必欲求下手處，則先自俗處能雅，滑處能澀始。』（宋六十家詞選例言）　劉熙載云：『姜白石詞幽韻冷香，令人挹之無盡，擬諸形容，在樂則琴，在花則梅也。』（藝概）　陶九成云：『姜堯章書法，迥脫脂粉，一洗塵俗。有如山人隱者，難登廟堂。』（書史會要）　朱竹垞云：『謫仙云：詩傳謝朓清。惟清之至，乃能麗密。唐之孟襄陽、宋之姜白石、明之徐迪功，盡洗鉛華，極蕭散自得之趣，故獨步一時。』又云：『鄱陽姜堯章撰絳帖評二十卷，予搜訪四十年始鈔得，僅存六卷爾。堯章于書法，最倜精鑒，其言曰：「小學既廢，流爲書法，書法又廢，惟存法帖。帖雖小技，上下千載，關涉史傳爲多，故于是編條疏而考證之，一一別其僞眞，察及苗髮，其餘若讀書譜，禊帖偏旁考，保母甎，皆能伐其皮毛，啜其精髓。比諸黃長睿、王順伯爲優。』（曝書亭集）　王阮亭云：『白石集予鈔之近百首。蓋能參活句者。白石詞家大宗，其于詩亦能深造自得。自序同時詩人，以溫潤推范石湖、痛快推楊誠齋、高古推蕭千巖，俊逸推陸放翁。白石遊于諸公間、故其言如此。其詩初學黃太史，正以不深染江西派爲佳。』（帶經堂集）　王國維云：『白石寫景之作，如：「二十四橋仍在，波心蕩，冷月無聲。」「數峰清苦，商略黃昏雨。」「高樹晚蟬，說西風消息。」雖格韻高絕，然如霧裏看花，終隔一層，梅溪、夢窗諸家寫景之病，皆在一「隔」字。北宋風流，渡江遂絕。抑眞有運會存乎其間耶？』又云：『古今詞人格調之高，無如白石。惜不于意境上用力，故覺無言外之味，絃外之響，終不能與于第一流之作者也。』（人間詞話）　人間詞話刪稿云：『白石之詞，余所最愛者，亦僅二語，曰：「淮南皓月冷千山，冥冥歸去無人管。」』　陳廷焯云：『姜堯章詞清虛騷雅，每于伊鬱中饒蘊藉，清眞之勁敵，南宋一大家也。夢窗、玉田諸人，未易接武。』又云：『美成、白石，各有至處，不必過爲軒輊。頓挫之妙，理法之精，千古詞宗，自屬美成；而氣體之超妙，則白石獨有千古，美成亦不能至。』（白雨齋詞話）　鄭文焯云：『白石以沈憂善歌之士，意在復古，進大樂議，卒爲伶倫所阨；其志可悲，其學自足千古。』（鶴道人論詞書）　周濟云：『白石脫胎稼軒，變雄健爲清剛，變馳驟爲疏宕，蓋二公皆極熱中，故氣味吻合，章寬姜窄，寬故容藏，窄故鬪硬。白石號爲宗工，然有俗濫處，寒酸處，補湊處，敷衍處，支處，複處，不可不知，白石小序甚可觀，苦與詞複，若序其緣起，不犯詞境，斯爲兩美已。』（宋四家詞選序論）　周濟云：『白石詞如明七子詩，看是高格響調，不耐人細思。』又云：『白石以詩法入詞，門徑淺狹，如孫過庭書，但使後人模倣。』又云：『白石好爲小序，序卽是詞，詞仍是序，反覆再觀，如同嚼蠟矣。詞序序作詞緣起，以此意詞中未備也，今人論院本，尙知曲白相生，不許複沓，而津津于白石詞序，一何可笑！』（介存齋論詞雜著）　陸輔之云：『古人詩有翻案法，詞亦然，詞不用雕刻，刻則傷氣，務在自然。周清眞之典麗，姜白石之騷雅，史梅溪之句法，吳夢窗之字面。』（詞旨）　厲鶚云：『近日言詞者，推浙西六家，獨柘水沈岸登善學白石老仙，爲朱檢討所傾。』又云：『

嘗以詞譬之畫，畫家以南宗勝北宗，稼軒，後村諸人，詞之北宗也；清眞，白石諸人，詞之南宗也。』（樊榭山房全集）　汪森云：『西蜀南唐而後，作者日盛，宣和君臣，轉相務尚，曲調愈多，流派因之亦別。短長互見，言情者失之俚，使事者或失之伉。鄱陽江夔出，句琢字鍊，歸于醇雅；于是史達祖、高觀國羽翼之，張輯、吳文英師之于前，趙以夫、周密、陳允衡、王沂孫、張炎、張翥效之于後，譬之于樂，舞箾至于九變，而詞之能事畢矣。』（詞綜序）　劉體仁云：『詞欲婉轉而忌複，不獨「不恨古人吾不見」，與「我見青山多嫵媚」，爲岳亦齋所誚；卽白石之如「露濕銅鋪」，與「候館吟秋」，總是一法。』（七頌堂詞繹）　王士禛：『宋南渡後，白石、梅溪、夢窗、竹屋諸子，盡態極妍，反有秦、李未到者，雖神韻天然處或減，要自令人有觀止之歎；正如唐絕句至晚唐劉賓客，杜京兆，妙處反進青蓮，龍標一塵。』（花草蒙拾）　鄒祇謨云：『梅溪、白石、竹山、夢窗諸家，麗情密藻，盡態極妍，要其琱琢處無不有灰蛇蚓線之妙，則所云一氣流貫也。』（遠志齋詞衷）　王昶云：『唐之末造，詩人間以其餘音綺語，變爲塡詞；北宋之季、演為長調，變愈甚，遂不能復合于詩；故詞至白石、碧山、玉田，與詩分茅設蕝，各極其工。』（春融堂集）　吳衡照云：『言情之調，必藉景色映托，迺具深宛流美之致，白石「問後約空指薔薇，嘆如此溪山，甚時重至。」又：「想文君望久，倚竹愁生步羅襪。歸來後，翠尊雙飮，下了珠簾，玲瓏閒看月。」似此造境，覺秦七，黃九尚有未到，何論餘子！』（蓮子居詞話）　包世臣云：『意內而言外，詞之為教也；然意內不可強致，言外非學不成。是詞說者言外而已，言成則有聲，聲成則有色，色成而味出焉：三者具、則足以盡言外之才矣。若夫感人之速者莫如聲，故詞倚聲。聲之得者又有三：曰清，曰脆，曰澀；不脆則聲不成，脆矣而不清則膩，清矣而不澀則浮。屯田、夢窗以不淸傷氣，淮海、玉田以不澀傷格，淸眞、白石則能兼三矣。』（月底修簫譜序）　謝章鋌云：『詞家講琢句而不講養氣，氣至南宋善矣。白石和永，稼軒豪雅，然稼軒易見而白石難知。史之于姜，有其和而無其永，劉之于辛，有其豪而無其雅，至後來之不善學姜，辛者，非懈則粗。』（賭棊山莊詞話） 譚獻云：『浙派爲人詬病，由其以姜、張爲止境，而又不能如白石之澀，玉田之潤。錄乾隆以來愼取之。』（篋中詞） 沈祥龍云：『白石詩云：「自製新詞 最嬌。」「嬌」者，如出水芙蓉，亭亭可愛也。徒以嫣媚為嬌，則其韻近俗矣。試觀白石詞，何嘗有一語涉于嫣媚。』（論詞隨筆） 張祥齡云：『周淸眞，詩家之李東川也。姜堯章、杜少陵也，吳夢窗、李玉谿也，張玉田、白香山也。詩至唐末，風氣盡矣，詞家起而爭之，如文至齊梁，風氣盡矣，古家起而爭之。爭之者何也，非謂文至六朝，詩至五代無文與詩也，豪傑于玆踵而爲之，不過仍六朝五代，故變其體格，猶絕千古，此文人狡獪者。詞至白石，疏宕極矣，夢窗 起以密麗爭之，至夢窗而密麗盡矣。白雲以疏宕爭之；三王之道若循環，皆圖自樹之方，非有優劣，況人才質限于天，能疏宕者不能密麗，能密麗者不能疏宕，片玉善言羈旅，白雲善隱逸，終身由之而不知其道者，天也。』（詞論） 陳洵云：『「稼軒由北開南，夢窗由南追北。」周氏之能言也。南宋諸家，鮮不爲稼軒牢籠者，龍川、後邨、白石皆師法稼軒者也。二劉篤守師門，白石別開家法：白石立而詞之國土蹙矣。至玉田演爲淸空，奉白石爲祧廟，畫江畫淮，號令所及，使人遂忘中原，微夢窗誰與言恢復乎！』（海綃說詞） 周之琦云：『洞天山水寫淸音。千古詞壇合鑄金。怪底纖兒誚生硬，野雲無跡本難尋。』（十六家詞選題辭）

一萼紅(一)

丙午(二) 人日，予客長沙別駕(三)之觀政堂，堂下曲沼，沼西負古垣有盧橘幽篁，一徑深曲，穿徑而南，官梅(四)數十株，如椒如菽，或紅破白露，枝影扶疏。着屐蒼一細石間，野興橫生，亟命駕登定王臺(五)亂湘流入麓山(六)。湘雲低昂，湘波容與，興盡悲來，醉吟成調。

古城陰韻 有官梅幾許句 紅萼未宜簪韻 池面冰膠句 牆腰雪老句 雲意還又沈沈韻 翠藤共讀 閒穿徑竹句 漸笑語(七)讀 驚起臥沙禽韻 野老林泉句 故王臺榭句 呼喚登臨韻 南去北來何事句 蕩湘雲楚水句 目極傷心韻 朱戶黏鷄(八)句 金盤簇燕(九)句 空歎時序侵尋韻 記曾共讀 西樓雅集(九)句 想垂柳讀 還嫋萬絲金韻 待得歸鞍到時句 只怕春深韻。

【注釋】

(一)一萼紅：本調各體比較：詳詞律卷十九，詞譜卷三十五。填詞名解云：『太眞初裝，宮女進白牡丹，妃捻之，手指未洗，適染其瓣，次年花開，俱絳其瓣，明皇爲一捻紅曲，詞名沿之曰一萼紅。』又，詞譜云：『此調有平韻仄韻兩體，平韻者見姜夔詞；仄韻見樂府雅詞，因詞有「未敎一萼紅開先蘂」句，取以爲名。此調押平聲韻者以此（姜）詞爲正體，王沂孫詞五首，張炎詞三首，及周密、詹正詞俱如此塡；若李詞之減字，劉詞之少押一韻，句讀小異，皆變格也。又，詞律僅周密一體，雙調，一百八字。詞律拾遺又補二體，雙調，李彭老一體，一百七字，無名氏一體，一百八字，詞譜四體，雙調，除上李彭老，無名氏二體外，又收正姜夔一體，一百八字，劉元迪一體，一百八字。』

(二)丙午：宋孝宗淳熙十三年（公元一一八六年），乃白石客長沙岳麓之詞。

(三)別駕：乃宋代通判之別偁，蕭德藻于淳熙十二年乙巳，任湖北參議。據此合推，白石可能于是年往依蕭德藻。

(四)官梅：何遜爲楊州法曹，廨宇有梅盛開，常吟詠其下，後居洛陽，思梅不得，固請再往楊州、既至，適花盛開，乃大開東閣，與諸文士笑傲終日。杜甫有和裴迪逢早梅詩云：『東閣官梅動詩興，還如何遜在楊州。』

(五)定王臺：在長沙縣東。漢長沙定王發之國。築臺以望母。詳方輿勝覽。

(六)麓山：一名嶽麓山，在長沙縣西南，隔湘江六里，蓋衡山之足，故以麓爲名。

(七)漸：正當也。如柳永醉蓬萊詞：『漸亭皋葉下，隴首雲飛，素秋新霽。』皆言「正當」之意。

(八)黏鷄：荆楚歲時記云：『人日貼畫鷄于戶，懸葦索其上，插符于旁，百鬼畏之。』

(九)簇燕：古時立春供春盤有「翠縷紅絲，金鷄玉燕，備極精巧。」見武林舊事。

【集評】

沈伯時云：『白石如疏影、暗香、揚州慢、一萼紅、琵琶仙、探春慢、淡黃柳等曲，不惟清虛，且又騷雅，讀之使人神觀飛越。』（樂府指迷）

暗　香(一)

辛亥(二)之冬，予載雪詣石湖(三)。止既月，授簡索句，且徵新聲。作此兩曲，石湖把玩不已，使工妓習之，音節諧婉，乃名之曰暗香、疏影。

舊時月色韻 算幾番照我句 梅邊吹笛韻 喚起玉人(四)句 不管清寒與攀摘韻 何遜(五)而今漸老句 都忘卻讀 春風詞筆韻 但怪得讀 竹外疏花，香冷入瑤席韻 江國韻 正寂寂韻 歎寄與路遙(六)句 夜雪初積韻 翠尊易泣句 紅萼(七)無言耿相憶韻 長記曾攜手處句 千樹壓讀 西湖(八)寒碧韻 又片片讀 吹盡也句 幾時見得韻

【注釋】

(一)暗香：本調各體比較；詳詞律卷十五，詞譜卷二十五。宋姜夔自度仙呂宮曲，詠梅花之作也。張炎以此調詠荷花，更名紅情。此調始自此（姜）詞，有趙以夫、吳文英、陳允平、張炎詞可校。

(二)辛亥：宋光宗紹熙二年（公元一一九一年）。

(三)石湖：范成大號石湖，因居蘇州石湖，故以爲名。

(四)玉人：晉書衞玠傳云：『玠總角羊車過市，見者皆以爲玉人。』按：多以婦女之美姿容者曰玉人。

(五)何遜：詳姜夔一萼紅注四。

(六)歎寄與路遙：荊州記：吳、陸凱與苑曄善，自江南寄梅花詣長安與曄，並贈詩云：『折梅逢驛使，寄與隴頭人，江南無所有，聊贈一枝春。』

(七)紅萼：暗指梅花。

(八)西湖：位浙江省杭州市西，宋蘇軾詩：「欲把西湖比西子，淡妝濃抹總相宜。」又名西子湖，三面環山，有南北兩峯對峙，湖中分水爲裏外湖，又有蘇堤白堤四時景物怡人，西湖十景偁勝。

【集評】

陸友仁云：『小紅，順陽公靑衣也。有色藝，順陽公之請老，姜堯章詣之。一日，授簡徵新聲，堯章製暗香、疏影兩曲，分使二妓習之，音節淸婉，堯章歸吳興，公尋以小紅贈之，其夕大雪過垂虹，賦詩曰：「自製新詞韻最嬌，小紅低唱我吹簫，曲終過盡松陵路，回首煙波十四橋。」堯章每喜自度曲，吹洞簫，小紅輒歌而和之，堯章後以疾歿。故蘇石輓之云：「所幸小紅方嫁了，不然啼損馬塍花。」（按：蘇石原詩作「賴是小紅渠已嫁，不然啼碎馬塍花。」）宋時花藥皆出東，西馬塍、兩馬塍皆名人葬處，白石歿後葬此。』（硯北雜志）　楊維禎云

：『元松陵陸子敬居分湖之北，壘石爲山，樹梅成林，取姜白石詞語，名其軒曰：「舊時月色」。』（東雅子集）

許昂霄：『二詞如絳雲在霄，舒卷自如；又如琪樹玲瓏，金芝布護。』（詞綜偶評）　張炎云：『暗香、疏影兩曲，前無古人，後無來者，眞爲絕唱。』（詞源）　毛稚黃云：『沈伯時樂府指迷論塡詞詠物不宜說出題字。余謂此說雖是，然作啞迷亦可憎，須令在神情離卽間乃佳。如姜夔暗香詠梅云：「算幾番照我，梅邊吹笛。」豈害其佳？』　鄧廷禎云：『朱希眞之「引魂枝，消瘦一如無，但空裏疏花數點。」姜石帚之「長記曾攜手處，千樹壓，西湖寒碧。」一狀梅之少，一狀梅之多，皆神情超越，不可思議，寫生獨步也。』（雙硯齋隨筆）

劉體仁云：『落筆得：「舊時月色」四字，便欲使千古作者，皆出其下。』又云：『詠梅嫌純是素色，故用「紅萼」一字，此謂之破色筆。又恐突然，故先出「翠尊」字配之，說來甚淺，然大家亦不爲，此用意之妙，總使人不覺，則烹鍛之功也。』又云：『美成花犯云：「人正在，空江煙浪裏。」堯章云：「長記曾攜手處，千樹壓，西湖寒碧。」堯章思路，卻是從美成出，而能與之埒，由于用字高，鍊句密，泯來踪去跡矣！』（七頌堂詞繹）

張惠言云：『此爲石湖作也，時石湖蓋有隱遯之志，故作此二詞（暗香、疏影）以沮之。』又云：『首章言已嘗有用世之志，今老無能，但望之石湖也。』（張惠言詞選）　鄭文焯云：『案此二曲爲千古詞人詠梅絕調，以託喻遙深，自成馨逸，其暗香一解，凡三字句逗皆爲夾協。夢窗墨守綦嚴，但近世知者蓋寡，用特着之。』（鄭校白石道人歌曲）　譚獻云：『石湖詠梅，是堯章獨到處。「翠尊」二句，深美有騷、辨意。』（譚評詞辨）

周濟云：『稼軒鬱勃故情深，白石放曠故情淺，稼軒縱橫故才大，白石局促故才小。惟暗香、疏影二詞，寄意題外，包蘊無窮，可與稼軒伯仲，餘俱事直書，不過手意近辣耳。』（介存齋論詞雜著）　周濟云：『前半闋言盛時如此，衰時如此，後半闋想其盛時，想其衰時。』（宋四家詞選）

疏　影(一)　前題

苔枝(二)綴玉韻 有翠(三)禽小小句 枝上同宿韻 客裏相逢句 籬角黃昏句 無言自倚修竹(四)韻 昭君(五)不慣胡沙遠句 但暗憶讀 江南江北韻 想佩環讀 月夜歸來句 化作此花幽獨(六)韻 猶記深宮舊事句 那人正睡裏句 飛近蛾綠韻 莫似春風句 不管盈盈(七)句 早與安排金屋(八)韻 還(九)教(十) 一片隨波去句 又卻怨讀 玉龍(十一)哀曲韻 等恁時(十二)讀 重覓幽香句 已入小窗橫幅韻

【注釋】

(一)疏影：本調各體比較；詳詞律卷十九，詞譜卷三十五。又詞譜云：『疏影，姜夔自度仙呂宮曲，張炎詞詠荷花，易名綠意，彭元遜詞有「遺佩環浮沈澧浦」句，名解珮環。此調以此（姜）詞爲正體，若陳允平、張炎、張翥詞之押韻不同，句讀互異，皆變格也。』

(二)苔枝：卽梅之根幹著有苔蘚者。按：苔梅有三種，宜興張公洞者，苔蘚甚厚，花極香。一種出越土，苔如綠絲，長尺餘。詳乾淳起居注。又，范石湖梅譜云：『古梅會稽最多，四明吳興亦間有之，其枝樛曲萬狀，蒼蘚鱗皴，封滿花身，又有苔鬚，垂于枝間，或長數寸，風至，綠絲飄飄可玩。初謂古木久歷風日致然，詳考會稽所產，雖小株亦有苔痕，別是一種，非必古木。』

(三)翠：說文：『靑羽鳥也，出鬱林。』

(四)倚修竹：唐杜甫佳人詩：『天寒翠袖薄，日暮倚修竹。』

(五)昭君：漢元帝宮女，秭歸人，名嬙，字昭君，時元帝後宮皆按圖招幸，宮人皆賂畫工，昭君自恃其貌，獨不與，畫工乃惡圖之，其後以嬙賂匈奴和親，及入辭，光彩射人，悚動左右，貌爲後宮冠，帝悔恨，窮案其事，畫工毛延壽等皆棄市，而昭君竟行，入胡，妻呼韓邪單于，號寧胡閼氏；呼韓邪死，子復株絫若鞮單于立，復妻之，卒葬匈奴。詳漢書匈奴傳。晉時避司馬昭諱，改曰明妃；石崇作歌，併爲王明君。古樂府有昭君怨。又，昭君不慣胡沙遠。張惠言詞選謂『以二帝之憤發之』。鄧廷楨雙硯齋詞話謂：『乃爲北庭後宮言之。』鄭文焯曰：『考唐王建塞上詠梅詩曰：「天山路邊一株梅，年年花發黃雲下。昭君已沒漢使回，前後征人誰繫馬。」白石詞意當本此。』又，近人劉永濟氏以南燼紀聞載徽宗北行道中聞笳笛作眼兒媚詞，有「春夢繞胡沙，向晚不堪回首，坡頭吹徹梅花」之句，謂即白石昭君云云之來。按：劉說誠是，蓋徽宗北狩，對家國有無限依依，一若昭君之出塞也。觀其『但暗憶，江南江北』句，似取後主隨宋師北行詩云：『江南江北舊家鄉，三十年來夢一場。』語，則二人之心情，殆有不謀而合者。又，唐杜甫詩云：『畫圖省識春風面，環佩空歸月夜魂。』

(六)化作此花幽獨：翰苑新書云：『南朝宋武帝女，人日臥含章殿簷下，梅花飄著其額，成五出之花，因仿之爲梅花妝。』

(七)盈盈：美好貌，古詩十九首之二：『盈盈樓上女，皎皎當窗牖。』

(八)金屋：漢陳嬰曾孫女名阿嬌，其母爲武帝姑館陶長公主，武帝幼時，長公主抱置膝上，問曰：『兒欲得婦否？』並指阿嬌曰：『好否？』帝笑曰：『若得阿嬌當以金屋貯之。』主人大悅，後因要帝成婚，帝既即位，立爲皇后。世人謂營金屋以居其所愛之女子者，曰金屋藏嬌，詳漢武帝故事。

(九)還：倘若，如其也。李萊老楊州慢詞，瓊花吹韻，『歎而今杜郎還看，應賦悲春。』義皆作如其解。

(一〇)教：使也。唐金昌緒春怨詞云：『打起黃鶯兒，莫教枝上啼。』與杜荀鶴春宮怨詩云：『承恩不在貌，教妾若爲容。』「教」皆作「使」意解。

(二)玉龍哀曲：謂柯枝積雪也。吳澄雪詩云：『雲松偃蹇玉龍寒。』又羅隱詩云：『玉龍無主渡歌寒。』則玉龍之意似指積雪之梅枝也。王定保唐摭言卷十載崔櫓梅花詩：『初開已入雕梁畫，未落生愁玉笛吹。』姜詞數句似衍此。

(三)恁時：何時也。

【集評】

張炎云：『詩之賦梅，惟和靖一聯而已。世非無詩，不能與之齊驅耳。詞之賦梅，惟姜白石暗香、疏影二曲，前無古人，後無來者，自立新意，眞爲絕唱。詞用事最難，要體認著題，融化不澀。如白石疏影：「猶記深宮舊事」三句，用壽陽事；「昭君不慣胡沙遠」四句，用少陵詩：「皆用事不爲事所使」。』又云：『疏影前用壽陽事，此暗用事不爲事所使。李白：「眼前有景道不得。崔顥題詩在上頭。」令作梅詞者，不能爲懷。』（詞源）張惠言云：『此章更以二帝之憤發之，故有昭君之句。』（張惠言詞選）鄭文焯云：『近世讀者多以意疏解，或有嫌其舉典擬不于倫者，殆不自知其淺闇矣。詞中數語，純從少陵詠明妃詩義隱括，出以淸健之筆，如聞空中笙鶴，飄飄欲仙，覺草窗，碧山所作弔雪香亭梅諸詞，皆人間語，視此如隔一塵，宜當時傳播吟口，爲千古絕唱也。至下闋藉宋書壽陽公主故事，引申前意，寄情遙遠，所謂怨深文綺，彌得風人溫厚之旨已。』（鄭校白石道人歌曲）許昂霄云：『別有爐韝鎔鑄之妙，不僅以隱括舊人詩句爲能。「昭君不慣胡沙遠」四句，能轉法華，不爲法華所轉。』又云：『宋人詠梅，例以弄玉，太眞爲比，不若以明妃擬之尤有情致也。胡澹菴詩，亦有

「春風自識明妃面」之句。「還教一片隨波去」二句，用筆如龍。』（詞綜偶評）　蔣敦復云：『詞原于詩，雖小小詠物，亦貴得風人比興之旨，唐、五代、北宋人詞不甚詠物；南渡諸公有之，皆有寄託，白石湖詠梅，暗指南北議和事，及碧山、草窗、玉潛、仁近諸遺民樂府補遺中，龍涎香、白蓮、蓴、蟹、蟬諸詠，皆寓其家國無窮之感，非區區賦物而已。』（芬陀和室詞話）　謝章鋌云：『「那人正睡裏，飛近蛾綠。」此即熟事虛用之法。』（賭棋山莊詞話）　譚獻云：『「還教」二句，跌宕昭彰。』（譚評詞辨）　開慶四明續志云：『吳潛暗香、疏影二詞序云：「猶記己卯庚辰之間，初識堯章于維揚。至己丑嘉興再會，自此契闊。聞堯章死西湖，嘗助諸文為殯之，今又不知幾年矣！自昭忽錄示堯章暗香、疏影二詞，因信手酬酢，並賡潘德久之詞云：「雪來比色。對淡然一笑，休喧笙笛。莫怪廣平，鐵石心腸為伊折。偏是三花兩蕊，消萬古，才人騷筆。尚記得、醉臥東園，天幕地為席。回首。往事寂。正雨暗霧昏，萬種愁積。錦江路悄。媒聘音沈兩空憶。正是茅簷竹戶，難指望，凌煙金碧。憔悴了，羌管裏，怨誰始得。」右「暗香」。「佳人步玉。待月來弄影，天挂參宿。冷透屏幃，清入肌膚，風敲又聽簷竹。前村不管深雪閉，猶自繞、枝南枝北。算平生、此段幽奇，占壓百花曾獨。閒想羅浮舊恨，有人正醉裏，姝翠蛾綠。夢斷魂驚，幾許淒涼，卻是千林梅屋。雞聲野渡溪橋滑，又角引、戍樓悲曲。怎得知、清足亭邊，自在藜巾幅。」自注云：「梅聖俞詩云：「十分清意足。」余別墅有梅亭，扁曰「清足」，右「疏影」。』　周爾墉云：『何遜、昭君、皆屬隸事，但運氣空靈，變化虛實，不同獺祭鈍機耳。』（周評絕妙好詞）　周濟云：『此詞以「相逢」、「化作」、「莫似」六字作骨，「莫似」五句，言其不能捉留，聽其自為盛衰也。』（宋四家詞選）

長亭怨慢(一)

余頗喜自製曲，初率意爲長短句，然後協以律，故前後闋多不同，桓大司馬(二)云：『昔年種柳，依依漢南，今看搖落，悽愴江潭，樹猶如此，人何以堪？』此語余深愛之。

漸吹盡讀 枝頭香絮韻 是處人家句 綠深門戶韻 遠浦縈迴句 暮帆零亂讀 向何許韻 閱人多矣句 誰得似讀 長亭樹韻 樹若有情時句 不會得讀 青青如此韻

日暮韻 望高城不見(三)句 只見亂山無數韻 韋郎去也句 怎忘得讀 玉環分付(四)韻 第一是讀 早早歸來句 怕紅萼讀 無人爲主韻 算只有幷刀(五)句 難翦離愁千縷韻

【注釋】

(一)長亭怨慢：本調各體比較：詳詞律卷十五，詞譜卷二十五。詞譜云：『姜夔自度中宮曲，或作長亭怨，無慢字，此調創自姜夔，應以此詞爲正體，周密、王沂孫俱照此填，若周詞之句法小異，張詞之添字減字，皆變格也。』又，詞律僅姜夔一體，雙調，九十七字。詞譜四體，雙調，除上體外，又收周密一體，張炎二體，均九十七字。

(二)桓大司馬：指桓溫而言。溫，晉元帝時尚南康長公主，拜駙馬都尉，明帝時伐蜀，進征大將軍，征苻健，姚襄還，官至大司馬。有不臣之心，嘗歎曰：『男子不能流芳百世，亦當遺臭萬年。』又，世說言語：『桓公北征，經金城，見前爲琅琊時種柳，皆已十圍，慨然曰：「木猶如此，人何以堪。」』

(三)望高城句：唐，歐陽詹贈太原妓詩云：『驅車漸覺遠，囘頭長路塵，高城已不見，況復城中人。』似有惜別之意。

(四)韋郎句：雲溪友議云：『韋臯游江夏，與青衣玉簫有情，約七年再會，留玉指環。八年，不至，玉簫絕食而歿。後得一歌姬，眞如玉簫，中指肉隱如玉環。』史祖達玉樓春詞亦云：『算玉簫猶逢韋郎。』

(五)幷刀：幷指幷州，即山西省。幷刀猶言山西出產之刀利如水也。唐，杜甫詩：『安得幷州快翦刀。』

【集評】

許昂霄云：『韋臯與玉簫別，留玉指環，約七年再會，以其地在江夏，故用之，後遂沿爲通用語。』（詞綜偶評） 吳衡照云：『白石長亭怨慢引桓大司馬云云，乃庾信枯樹賦，非桓溫語。』（蓮子居詞話） 先著云：『「時」字湊，「不會得」三字呆，韋郎二句，口氣不雅，「只」字疑誤，「只」字喚不起「難」字。』（詞潔）

孫麟趾云：『路已盡而復開出之。謂之轉。如：「誰得似長亭樹，樹若有情時，不會得青青如此。」』（詞逕）

麥孺博云：『渾灝流轉，奪胎稼軒。』（藝蘅館詞選丙卷） 夏承燾云：『此亦合肥惜別之詞，序引枯樹賦云云，故亂以他辭也。』（姜白石詞編年箋校）

念奴嬌(一) 荷花

余客武陵(二)，湖北憲治在焉(三)，古城野水，喬木參天，余與二三友，日蕩舟其間，薄荷花而飲，意象幽閒，不類人境，秋水且涸，荷葉出地尋丈，因列坐其下，上不見日，淸風徐來，綠雲自動，間于疏處，窺見游人畫船，亦一樂也。朅來(四)吳興，數得相羊(五)，荷花中，又夜泛西湖，光景奇絕，故以此句寫之。

鬧紅一舸(六)句 記來時讀 常與鴛鴦爲侶韻 三十六陂(七)人未到句 水佩風裳無數韻 翠葉吹涼句 玉

容(八)消酒句更灑菰(九)蒲雨韻嫣然(十)搖動句冷香飛上詩句韻　日暮青蓋亭亭(十一)句情人不見句爭(十二)忍凌波(十三)去韻只恐舞衣寒易落句愁入西風南浦韻高柳垂陰句老魚吹浪句留我花間住韻田田(十四)多少句幾回沙際歸路韻

【注釋】

(一)念奴嬌：本調各體比較；詳詞律卷十六，詞譜卷二十八。元微之連昌宮詞云：『初過寒食一百六，店舍無煙宮樹綠。夜半月高絃索鳴，賀老琵琶定場屋。力士傳呼覓念奴，念奴潛伴諸郎宿。須臾覓得又連催，特敕街中許然燭。春嬌滿眼淚紅綃，掠削雲鬟旋裝束。飛上九天歌一聲，二十五郎吹管逐。』自注云：『念奴，天寶名倡，善歌，每歲樓下酺宴，萬衆喧溢，嚴安之、韋黃裳輩，闢易不能禁，衆樂爲之罷奏，明皇遣高力士呼樓上曰：「欲遣念奴唱歌，邠二十五郎吹小管，逐看能聽否？」皆悄然奉詔。』又開元天寶遺事云：『念奴有色善歌，宮伎中第一，帝嘗曰：「此女眼色媚人。」又云：「念奴每執板當席，聲出朝霞之上。」今大石調念奴嬌，世以爲天寶間所製曲，予固疑之，然唐中葉，漸有今體慢曲子，而近世有塡連昌宮詞入此曲者，後復轉此曲入道宮調，又轉入高宮，大石調。詳碧鷄漫志。則詞調之名或本此。』又據歷代詩話云：『念奴嬌，雙調一百字，一名百字令，一名壺中天慢，或無慢字，一名淮甸春，一名百字謠，一名湘月。（案堯章自度曲，亦名湘月，與此詞殊。）一名無俗念，一名慶長春，一名千秋歲，一名賽文香，一名杏花天，中間平仄句讀稍異，然實同調也。文一體，一名大江東去，或無去字，或以爲大江乘者誤也。一名酹江月，一名赤壁詞，皆以蘇軾詞別名。按此詞若止中間平仄稍異，不復另列體，因蘇軾換頭二三句上五下四，故分出之。又一體雙調一百字，此爲平韻，另分二體。按此調從前皆以字句強分，殊屬支離，今斷以蘇軾詞及平韻者各立一格，其他若湘月，無俗念等名，按之，實無分別，皆併入一格，亦有減作七十八字，增作一百二字者；不知調名百字，非如他調可以增減，皆係傳譌，盡去之。』

(二)武陵：今湖南常德，宋名郎州武陵郡。時蕭德藻爲湖北參議，姜夔客于蕭家。

(三)湖北憲治在焉句：姜虬綠白石道人詩詞年譜云：『考千巖老人曾參議湖北，公客武陵，殆客蕭邸耶。』夏承燾謂：『楊萬里誠齋集（一一三）淳熙薦士錄，蕭德藻千巖爲湖北參議在淳熙十二年乙巳。陳思白石道人年譜謂：白石于丁未，己酉之間始使來臨安，吳興，定此詞爲己酉年到臨安游西湖之作。若然，則此詞小序前段所述乃追憶作詞前十二三年之事。』

(四)朅來：言來到之意。蘇軾廉泉詩云：『朅來廉泉上，捋鬚看鬢眉。』

(五)相羊：楚辭離騷：『聊逍遙以相羊。』洪興祖補注云：『相羊，猶徘徊也。』

(六)舸：說文新坿方言云：『南楚江，湖，湘凡船大者謂之舸。』舸，音哿。文選左思吳都賦：『宏舸連舳。』

(七)三十六陂：詠荷花言及三十六陂者，如康與之洞仙歌：『波渺渺，三十六陂煙雨。』王沂孫水龍吟：『三十六陂煙雨，舊淒涼向誰堪訴。』皆是。按王安石題西太乙宮壁詩云：『楊柳鳴蜩綠暗，荷花落日紅酣，三十六陂煙水，白頭想見江南。』姜詞或本此。至如寰宇志所載：『中年縣圃田澤爲陂三十六。及輿地紀勝載揚州三十六陂，皆與姜詞無涉。』

(八)玉容：甚言荷花容貌之美。姚合詠雲詩：『鏡裏朝朝近玉容。』猶言美好貌。

(九)菰：菰根江湖陂澤中皆有，生水中，葉如蒲葦，春末生白芧如筍。又謂之茭白。

〔一〕嫣然：笑貌也。文選宋玉登徒子好色賦：『嫣然一笑。』

〔二〕青蓋亭亭：青蓋，言荷葉。亭亭，言豔立貌。魏文帝詩：『西北有浮雲，亭亭如車蓋。』又獨孤及詩：『美人挾瑟對芳樹，玉顏亭亭與花雙。』

〔三〕爭：怎也。白樂天題峽中石上詩云：『誠知老去風情少，見此爭無一句詩。』又燕子樓詩云：『見說綠楊堪作柱，爭教紅粉不成灰。』

〔三〕凌波：美人輕步貌，曹植洛神賦：『凌波微步，羅襪生塵。』

〔四〕田田：言鮮碧貌。江淹水上神賦：『野田田而虛翠。』又，陳造早夏詩云：『涼荷高葉碧田田。』

【集評】

麥孺博云：『俊語。』（藝蘅館詞選）　鄭士元云：『詞家造句，多翻詩人意入詞，白石念奴嬌云：「三十六陂人未到。」王安石題西太乙宮壁詩云：「楊柳鳴蜩綠暗，荷花落日紅酣，三十六陂煙水，白頭想見江南。」質之姜詞，點鐵手也。』（帶經樓詞話）

淡黃柳〔一〕

客居合肥〔二〕城赤闌橋〔三〕之西，弄陌淒涼，與江左異，唯柳包夾道，依依可憐，因度此闋，以紓客懷。

空城曉角〔四〕句　吹入垂楊陌韻　馬上單衣寒惻惻〔五〕韻　看盡鵝黃〔六〕嫩綠句　都是江南舊相識韻　正岑寂〔七〕韻　明朝又寒食〔八〕韻　強攜酒句　小橋宅〔九〕韻　怕梨花讀　落盡成秋色〔一〇〕韻　燕燕飛來句　問春何在句　唯有池塘自碧韻

【注釋】

㈠淡黃柳：本調各體比較；詳詞律卷九，詞譜卷十四。又，詞律僅姜夔一體。雙調，六十五字。詞譜三體，雙調，除上體外，又收張炎、王沂孫二體，均六十五字。又，塡詞名解云：『淡黃柳、詞譜注云：「正平調近。」』又，詞調溯源謂：『淡黃柳、姜夔詞入中呂羽，俗呼正平調。』

㈡客居合肥：指光宗紹熙二年辛亥。合肥，今安徽省六安縣東淮水至此與肥水合，故名。

㈢赤闌橋：詩集下送范仲訥往合肥云：『我家曾住赤欄橋，鄰里相過不寂寥。君若到時秋已半，西風門巷柳蕭蕭。』詳周邦彥木蘭花注三。

㈣曉角：言晨早之號角聲。

㈤惻惻：言有淒涼之意。太玄翕：『翕繳惻惻。』注：『鳥而失志故高飛，飛而遇繳，欲去不得，故惻惻也，惻，痛心也。』

㈥鵝黃：唐杜甫舟前小鵝兒詩云：『鵝兒黃似酒，對酒愛新鵝。』按，鵝兒色淡黃，凡偁淡黃色曰鵝黃。

㈦岑寂：文選鮑照舞鶴賦云：『去帝鄉之岑寂，歸人寰之喧卑。』注云：『岑寂，猶高靜也。』

㈧寒食：荆楚歲時記：『冬至後一百五日，謂之寒食，禁火三日。』按寒食禁火之俗，世多以爲晉文公哀介之推而作。惟後漢書周舉傳，魏武帝集及琴操等書所載則各有不同，惟胥以爲介之推事。

㈨小橋宅：鄭文焯校謂：『「橋」，陸本作「喬」』，非是。此所謂「小橋」者，卽題序所云：『「赤闌橋之西」客居處也。故云：「小橋宅」，若作「小喬」，則不得其解已。』絕妙好詞亦作「橋」，可證。』今按三國志周瑜傳，大小橋皆從「木」。喬姓本作「橋」，見戴植鼠璞姓從人省條，及莊季裕雞肋編下朱希亮與喬世賢相謔條。宋翔鳳過庭錄十二。亦謂三國志橋公，大小橋之「橋」不當作「喬」。是證鄭說之非也。

⑽怕梨花落盡成秋色：唐，李賀詩：『梨花落盡成秋苑。』

【集評】

鄭文焯云：『長吉有「梨花落盡成秋苑。」之句，白石正用以入詞，而改一「色」字協韻。當清眞、方回多取賀詩雋句爲字面。』（鄭校白石道人歌曲）　譚獻云：『白石、稼軒，同音笙磬，但清脆與鏜鎝異響，此事自關性分。』（譚評詞辨卷二）

淒涼犯(一)

合肥巷陌皆種柳，秋風夕起，騷騷然；予客居闔戶，時聞馬嘶，出城四顧，則荒煙野草，不勝淒黯，乃著此解。琴有淒涼調，假以爲名，凡曲言犯者(二)，謂以宮犯商，商犯宮之類，如道調宮「上」字住(三)雙調亦「上」字住，所住字同，故道調曲中犯雙調(四)，或于雙調曲中犯道調，其他準此，唐人樂書云：『犯有正，旁、偏、側、宮犯宮爲正，宮犯商爲旁，宮犯角爲偏，宮犯羽爲側。』此說非也，十二宮所住字各不同，不容相犯，十二宮特可犯商、角、羽耳。予歸行都，以此曲示國工田正德，使以啞觱栗角(五)吹之，其韻極美(六)，亦曰瑞鶴仙影。

綠楊巷陌韻·西風起讀 邊城(七) 一片離索韻 馬嘶漸遠句 人歸甚處(八)句 戍樓吹角韻 情懷正惡韻 更衰草讀 寒煙淡薄韻 似當時讀 將軍部曲(九)韻 迤邐(十) 度沙漠韻　追念西湖上句 小舫攜歌句 晚

花行樂韻 舊游在否句 想如今讀 翠凋紅落韻 漫寫羊裙(二)句 等新雁讀 來時繫著韻 怕悤悤讀 不肯寄與句 誤後約韻

【注釋】

(一)淒涼犯：本調各體比較，詳詞律卷十三，詞譜卷二十三。

(二)凡曲言犯者：宋陳暘樂書：『樂府諸曲故不用犯聲，唐，自天后末年，劍氣入渾脫，始爲犯聲，劍、氣宮調，渾脫角調。』貴耳集云：『自宣政間，周美成、柳耆卿出，自製樂章，有曰「側犯」、「尾犯」、「花犯」、「玲瓏四犯」。』

(三)住字：王光祈中國音樂史云：『辨調元不能專憑結聲，然結聲終是一大標記，吾人考察樂譜究爲何調，第一應先看結尾是何音，第二看該音在全篇樂章中是否重要位置，並較其他各音符爲長；如該項結尾之音，同時復佔譜中重要位置，則必爲基音無疑，即可斷言其何調。反之，結尾一音在譜中不佔重要位置，其調必屬沈括所謂「偏」、「旁」、「寄」各殺。』則「住」字實爲一調之基。

(四)故道調曲中犯雙調：舒藝室餘筆卷三云：『所謂道曲中犯雙調，或于雙調中犯道調，雙調是夾鍾之商，道調是仲呂之宮，夾鍾用「一」、「上」、「尺」、「工」、「下凡」、「四」、「合」、「六」、「五」、「高五」；仲宮用「上」、「尺」、「工」、「凡」、「合」、「四」、「一」、「六」、「五」，而皆住聲于「上字」，所不同者，惟「凡」與「下凡」耳，故可相犯。』

(五)啞觱栗角：童斐中樂尋原云：『觱栗今訛爲「喇叭」，蓋誤倒其名，而侈口呼之也。』五代花蕊夫人宮詞：『

御製新翻曲子成，六宮初唱未知名，盡將觱栗來抄譜，先按君王玉笛聲。』

(六)其韻極美：此非指押韻之韻，沈義父樂府指迷云：『詞腔謂之「均」，「均」即「韻」也。』又楊纘作詞五要云：『第一要擇腔，腔不韻則不美。』是也。

(七)邊城：按：南宋時之淮北，已屬敵境，故視淮南爲極邊。王之道相山集載出合肥北門二首云：『淮水東來沒踝無，祇今南北斷修塗，東風卻與人心別，布暖吹生徧八區。』又：『斷垣甃石新修壘。折戟埋沙舊戰場，闤闠凋零煨燼裏，春風生草沒牛羊。』

(八)甚處：猶云何處也。又，齊天樂云：『夜涼獨自甚情緒。』義皆作「何」解。

(九)部曲：本爲軍隊編制之偁號。續漢書百官志云：『將軍領軍皆有部曲，大將軍營五部，部校尉一人，部下有曲，曲有軍候一人。』其後則演變爲私人軍隊之通偁。三國魏志，鄧艾傳：『吳名宗大族，皆有部曲，阻兵仗勢。』

(一〇)迤邐：旁行連延貌。梁武帝遊鍾山大愛敬寺詩云：『迤邐高隥懸。』

(一一)羊裙：南史卷三六羊欣傳云：『欣年十二，時王獻之爲吳興太守，甚知愛之，欣嘗夏月著新絹裙晝寢，獻之入縣見之，書裙數幅而去。欣書本工，因此彌善。』

【集評】

鄭文焯云：『紹興庚辰，金人敗犯廬州，王權敗歸。太師陳秉伯請下詔親征，以葉義問督江淮軍，尋敗敵于采石。詞中所謂：「似當時將軍部曲，迤邐沙漠。」蓋隱寓其時戰事也。』（鄭批）

側犯(一) 芍藥

恨春易去句 甚春卻向揚州住(二)韻 微雨韻 正繭栗(三)梢頭弄詩句韻 紅橋二十四(四)句 總是行雲處韻 無語韻 漸半脫句 宮衣笑相顧韻 金壺細葉句 千朵圍歌舞(五)韻 誰念我讀 鬢成絲(六)句 來此共尊俎(七)韻 後日西園(八)句 綠陰無數韻 寂寞劉郎句 自修花譜(九)韻

【注釋】

(一)側犯：本調各體比較：詳詞律卷十一，詞譜卷十八。陳暘樂書云：『唐自天后末年，劍氣入渾脫，始爲犯。明皇時，樂人孫處秀善吹笛，好作犯聲，時人以爲新意而效之，因有犯調。』此調創自周邦彥，故以周詞爲正體。

(二)揚州住：能改齋漫錄十五芍藥譜條引孔武仲芍藥譜云：『揚州芍藥，名于天下，非特以多爲誇也。其敷腴盛大而纖麗巧密，皆他州所不及，唐之詩人，最以模寫風物自喜，如盧仝、杜牧、張祜之徒，皆居揚之日久，亦未有一語及之，是花品未有若今日之盛也。』又，宋熙寧間，王觀官江都，著芍藥譜。

(三)繭栗：禮記王制云：『祭天地之牛，角繭栗。』漢書注：『繭栗，言角之小如繭及栗之形也。』此言繭栗以喻芍藥之蓓蕾也。

(四)二十四橋：補筆談云：『揚州在唐時最爲富盛，舊城南北十五里一百一十步，東西七里三十步，可紀者有二十四橋，最西濁河茶園橋，次東亡明橋，入西水門有九曲橋，次當師牙南門有下馬橋，又東作坊橋、周家橋、小市橋、廣濟橋、新橋、開明橋、顧家橋、通明橋、太平橋、利國橋，出南水門有萬歲橋、靑園橋、自驛橋，北河流東出有參伍橋，次東水門東出有山光橋，又自牙門下馬橋。』又，揚州畫舫錄云：『二十四橋，一名紅藥橋，卽吳家磚橋，古有二十四美人吹簫于此，故名。』唐，杜牧寄揚州韓綽判官詩：『靑山隱隱水迢迢，秋盡江南草未凋，二十四橋明月夜，玉人何處教吹簫。』

(五)千朵圍歌舞：能改齋漫錄十五引孔武仲芍藥譜云：『負郭多曠土，種花之家，園舍相望。最盛于朱氏、丁氏、袁氏、徐氏、高氏、張氏，餘不可勝紀。畦分畝別，多者至數萬根，自三月初開，浹旬而甚盛。觀者相屬于路，幕帘相望，笙歌相聞，又浹旬而衰矣。』

(六)鬢成絲：黃庭堅詩云：『春風十里珠簾捲，髣髴三生杜牧之。紅藥梢頭初繭栗，揚州風物鬢成絲。』詞意本此●

(七)尊俎：盛酒肉之器，享宴時用之，禮樂記：『鋪筵席，陳尊俎。』尊，亦作樽。徐陵九錫文：『決勝于樽俎之間。』

(八)西園：魏文帝芙蓉池詩：『乘輦夜行遊，逍遙步西園。』曹植公讌詩：『淸夜遊西園，飛蓋相追隨。』宋蘇軾、黃庭堅、秦觀、晁旡咎諸人，嘗作集會，時人繪爲西園雅集圖誌其事。

(九)劉郎自修花譜：宋史藝文志有劉攽芍藥譜一卷。今不傳。

【集評】

鄺士元云：『咏物之作，取形不如取神，取神則深具比興，取形則肖其形耳。若玉田側犯之咏芍藥，可謂得其神韻，「恨春易去」順入，歸結「寂寞劉郎」。全闋則以「無語」點出作者思想，此咏物之取神也。』(帶經樓詞話)

惜紅衣(一)

荷花

吳興號水晶宮(二)，荷花盛麗，陳簡齋(三)云：『今年何以報君恩，一路荷花相送到青墩(四)。』亦可見矣，丁未之夏，予遊千巖(五)，數往來紅香中，自度此曲，以無射(六)宮歌之。

枕簟邀涼句 琴書換日韻 睡餘無力韻 細灑冰泉句 幷刀(七)破甘碧韻 牆頭喚酒句 誰問訊讀 城南詩客韻 岑寂韻 高樹晚蟬句 說西風消息韻 虹梁水陌韻 魚浪吹香句 紅衣半狼籍韻 維舟試望句 故國渺天北韻 可惜渚邊沙外句 不共美人遊歷韻 問甚(八)時同賦句 三十六陂(九)秋色韻

【注釋】

(一)惜紅衣：本調各體比較；詳詞律卷十三，詞譜卷二十一。詞譜云：『惜紅衣，姜夔自度曲，屬無射宮，取詞內「紅衣半狼籍」句爲名。此調始于姜詞，自應以此詞爲正體，若李詞之添字，襯字，張詞，吳詞之句讀小異，皆變格也。』

(二)水晶宮：能改齋漫錄八云：『楊濮守湖州，賦詩云：「溪上玉樓樓上月，淸光合作水晶宮。」其後遂以湖州爲水晶宮。』又，說郛七載豹隱紀談引林子中賀滕元發得湖州云：『欲識玉皇仙案吏，水晶宮主謫仙人。』又，程大昌文簡公詞水調歌頭序：『水晶宮之名，天下知之，而此邦圖志元不能主名其所，某嘗恩之，苕霅水淸可鑑，屋邑之影入焉，而甍棟丹堊，悉能透視本象，有如水玉。故善爲言者得以裒撮其美而曰：「此其宮蓋水晶爲之，如騷人之謂寶闕珠宮，正其類也。」』

(三)陳簡齋：陳義興無住詞虞美人序：『予甲寅歲，自春官出守湖州，秋杪道中，荷花無復存者，乙卯歲，自瑣闥以病得請奉祠，卜居青墩鎭。立秋後三日，行舟之前後如朝霞相映，望之不斷也。以長短句記之。』詞云：『扁舟三日秋塘路，平度荷花去。病夫因病得來遊，更值滿川煙雨洗清秋。去年長恨拏舟晚，空見殘荷滿。今年何以報君恩，一路繁花相送到青墩。』

(四)青墩：正德崇德志：『陳與義宅在青墩廣福寺後芙蓉浦上，宋陳與義紹興乙卯自瑣闥請祠，讀書僧閣，自稱簡齋居士。及秋召拜。不一年，免去，復來居此。至元中，趙子昂榜其室曰簡齋讀書處。』無住詞有玉樓春：『青墩僧舍作。』宋史本傳謂與義兩知湖州，一在紹興四年甲寅，一在五年乙卯。

(五)卞巖：在湖州弁山。弘治湖州府志：『卞山在烏程縣西北十八里。』

(六)無射：禮，月令：『季秋之月，其音商律中無射。』注云：『無射者，夾鐘之所生，三分去一，律長四寸六千五百六十一分寸之六千五百二十四。季秋氣至，則無射之律應。』又，射，音亦。

(七)幷刀：詳周邦彥少年遊注二。

(八)甚時：何時也。詳姜夔淒涼犯注八。

(九)三十六陂：詳姜夔念奴嬌注七。

【集評】

鄺士元云：『詞之儁且美，必得其胸中所欲言，與其不能盡之言，發之于詞，纏綿委折往復，有一唱三歎妙，斯爲近矣。若其浮豔裝借，去雅詞彌遠。白石惜紅衣題雖咏荷，觀其：「說西風消息」，「故國渺天北」，皆發其胸中所欲言，與不能盡之言也。』（帶經樓詞話）

琵琶仙(一)

吳都賦云：『戶藏煙浦，家具畫船(二)。』唯吳興爲然，春遊之盛(三)，西湖未能過也。己酉歲，予與蕭時父(四)載酒南郭，感遇成歌。

雙槳來時句 有人似讀 舊曲桃根桃葉(五)韻 歌扇輕約飛花句 蛾眉(六)正奇絕韻 春漸遠讀 汀洲自綠句 更添了讀 幾聲啼鴂韻 十里揚州(七)句 三生杜牧(八)句 前事休說韻 又還是讀 宮燭分煙(九)句 奈愁裏讀 悤悤換時節韻 都把一襟芳思句 與空階榆莢(十)韻 千萬縷句 藏鴉細柳句 爲玉尊讀 起舞迴雪韻 想見西出陽關句 故人初別韻

【注釋】

(一)琵琶仙：本調各體比較：詳詞律卷十六，詞譜卷二十八。又，詞律云：『此石帚自製腔，平仄俱宜遵之，圖譜何據，謂可改易？至讀「思」字作平，亦可謂妄改者矣。沈氏謂此調與絳都春相近，大奇。其音響判若天淵，何爲相迎？』又，詞譜云：『琵琶仙，姜夔自度黃鍾商曲，此調祇有此詞，無別首可校。』

(二)吳都賦句：顧廣圻云：『此唐文粹李庾西都賦文，作吳都賦，誤。李賦云：「其近也方塘含春，曲沼澄秋。戶閉煙浦，家藏畫舟。」白石作「具」、「藏」兩字均誤。又誤「舟」爲「船」，致失原韻。且移唐之西都于吳都，地理尤錯。』見思適齋集十五姜白石集跋。

(三)春遊之盛二句：蘇泂冷然齋集六苕溪雜興四首之二云：『美人樓上曉梳頭，人映清波波映樓。來往行舟看不足，此中風景勝揚州。』

(四)蕭時父：姜夔丈人蕭德藻之姪。

(五)桃根桃葉：古今樂錄云：『晉王獻之妾名桃葉，其妹曰桃根，獻之嘗臨渡歌以送之，後因名渡曰桃葉。』考桃葉渡在今南京秦淮與青溪合流處。

(六)蛾眉：蛾，本作娥。方言：『娥，好也。秦晉之間好而輕者謂之娥。』離騷：『衆女嫉予之娥眉兮，謠諑謂予以善淫。』蛾眉喻美好。

(七)十里楊州：杜牧遣懷云：『落魄江湖載酒行，楚腰纖細掌中輕。十年一覺楊州夢，贏得青樓薄倖名。』又贈別詩云：『娉娉嫋嫋十三餘，豆蔻梢頭二月初，春風十里楊州路，捲上珠簾總不如。』詞意取此。

(八)三生：意謂三世轉生之意，即過去，現在，未來三世之人生也。白居易詩云：『世說三生如不謬，共疑巢許是前身。』

(九)宮燭分煙：唐韓翃寒食詩云：『春城無處不飛花，寒食東風御柳斜。日暮漢宮傳蠟燭，輕煙教入五侯家。』

(十)空階榆莢：韓愈詩云：『楊花榆莢無情思，惟解漫天作雪飛。』

(二)西出陽關：王維渭城曲：『渭城朝雨浥輕塵，客舍青青柳色新。勸君更盡一杯酒，西出陽關無故人。』

【集評】

張炎云：『白石琵琶仙，少游八六子，全在情景交鍊，得言外意。』（詞源卷下）沈際飛云：『春草碧色，春水綠波，送君南浦，傷如之何？四語約是此篇。』又云：『融情會景，與少游八六子詞共傳。』（草堂詩餘正集）許昂霄云：『「都把一襟芳思」至末，句句說景，句句說情，眞能融情景于一家者也。曲折頓宕，又不待言。』（詞綜偶評）周濟云：『四句順逆相足。』（宋四家詞選）

翠樓吟(一)

淳熙丙午冬(二)，武昌安遠樓(三)成，與劉去非諸友落之，度曲見志，予去武昌十年，故人有泊舟鸚鵡洲(四)者，聞小姬歌此詞，問之，頗能道其事，還吳爲予言之，興懷昔游，具傷今之離索也。

月冷龍沙(五)句 塵清虎落(六)句 今年漢酺(七) 初賜韻 新翻胡部曲(八)句 聽氈幕讀 元戎歌吹韻 層樓高峙韻 看檻曲縈紅句 檐牙飛翠韻 人姝麗韻 粉香吹下句 夜寒風細韻 此地韻 宜有神仙句 擁素雲黃鶴句 與君游戲韻 玉梯凝望久句 歎芳草讀 萋萋千里(九)韻 天涯情味韻 仗酒祓清愁句 花消英氣韻 西山(一〇)外韻 晚來還卷句 一簾秋霽(一一)韻

【注釋】

(一)翠樓吟：本調各體比較，詳詞律卷十七，詞譜卷二十九。又，詞譜云：『姜夔自度夾鍾商曲。此調祇此一詞，無他作可校。』

(二)淳熙丙午冬：宋孝宗淳熙十三年冬，姜夔離漢陽赴湖州，道經武昌之作。

(三)武昌安遠樓：明一統志云：『武昌南樓有二，一在府城黃鵠山頂，名白雲樓；一在武昌縣，今縣城樓是也。而詞中有「擁素雲黃鶴」句，則所指當是白雲樓也。意武昌南樓宋時或別名安遠。』

(四)鸚鵡洲：在江夏西大江中，庾信哀江南賦：『落帆黃鶴之浦，藏船鸚鵡之洲。』崔顥黃鶴樓詩：『晴川歷歷漢陽樹，芳草萋萋鸚鵡洲。』即此地。

(五)龍沙：詳賀鑄柳色黃注二。

(六)虎落：竹籬笆也。漢書鼂錯傳：『要害之處，通川之道，調立成邑，毋下千家，爲中周虎落。』

(七)漢酺：漢書文帝紀：『十六年九月，得玉杯，刻曰：「人主延壽，令天下大酺。」出錢爲醵，出食爲酺。』宋史孝宗紀：『是年正月庚辰，高宗八十壽，犒賜內外諸軍共一百六十萬緡。』

(八)胡部曲：唐代偁來自龜茲，疏勒、高昌、天竺諸外國之音樂爲胡部曲。

(九)芳草萋萋：芳草萋萋數句詞意蓋取唐，崔顥黃鶴樓詩云：『昔人已乘黃鶴去，此地空餘黃鶴樓，黃鶴一去不復返，白雲千載空悠悠。晴川歷歷漢陽樹，芳草萋萋鸚鵡洲。日暮鄉關何處是，煙波江上使人愁。』鄭思伯教授謂姜詞改「白雲」爲「素雲」，因此字須用去聲方起調也。

(一〇)西山：武昌城西有西山。蘇黃諸人皆有題詠。

(一一)霽：凡霜雪消，雲霧散皆曰霽。說文：『霽，雨止也。』

【集評】

許昂霄云：『「月冷龍沙」五句，題前一層，即爲題後鋪敘，手法最高。「玉梯凝望久」五句，淒婉悲壯，何減王粲登樓賦。』　陳廷焯云：『後半闋一縱一操，筆如游龍，意味深厚，是白石最高之作。此詞應有所刺，特不敢穿鑿之。』（白雨齋詞話）　周濟云：『此地宜得人才，而人才不可得。』（宋四家詞選）

小傳

陸游，字務觀，山陰人，宋宣和七年乙巳生，嘉定三年庚午卒（公元一一二五——一二一

○）。年十二能詩文，蔭補登仕郎，鎖廳薦送第一。秦檜孫塤，適居其次。檜怒，至罪主司，明年試禮部，主事復置游前列，檜顯黜之，由是爲所嫉。孝宗即位，賜進士出身，出通判建康府，尋易隆興府，免歸，久之，通判夔州。王炎宣撫川，陝，辟爲幹辦公事。後范成大帥蜀，游爲參議官。以文字交，不拘禮法，人譏其頹放，因自號放翁。後累遷江西常平提舉，知嚴州。嘉泰二年，以孝宗、光宗兩朝實錄及三朝史未就，詔游權同修國史實錄院同修撰，尋兼秘書監。三年，書成，遂升寶章閣待制致仕。游才氣超逸，尤長于詩。卒年八十五，著有放翁詞一卷、渭南詞二卷、劍南集等。（詳宋史三九五陸游傳）

【評語】

劉克莊云：『放翁長短句，其激昂感慨者，稼軒不能過；飄逸高妙者，與陳簡齋、朱希眞相頡頏；流麗綿密者，欲出晏叔原，賀方回之上，而歌之。』（後村詩話）　馮煦云：『劍南屏除纖豔，獨往獨來，其逋峭沈鬱之慨，求之南宋諸家，無可方比。提要以爲：「詩人之言，終爲近雅，與詞人之冶蕩有殊。」是也。至謂：「游欲驛騎東坡，淮海之間，故奄有其勝，而皆不能造其極。」則或非放翁之本意歟？』（宋六十一家詞選例言）　褚人穫云：『陸放翁詞，纖麗處似少游，雄壯處似東坡。』（堅瓠集補）　吳雯云：讀放翁詞云：『風箏天半玉簫奇，本是仙人風管吹。一夜愁心化冰雪，韋家詩句謂南詞。』（蓮洋詩鈔八）　劉熙載云：『陸放翁詞安雅淸澹，其尤佳者，在蘇、秦間。然乏超然之致，天然之韻，是以人得測其所至。』（藝概）　楊愼云：『纖麗處似淮海，雄慨處似東坡。』（詞品）　劉師培云：『劍南之詞屏除纖豔，淸眞絕俗，逋峭沈鬱，而出之以

平淡之詞，例以古詩，亦元亮，右丞之匹，此道家之詞也。』（論文雜記）

朝中措㈠

怕歌愁舞嬾逢迎韻　裝晚託春酲㈡韻　總是向人深處句　當時枉道無情韻　關心近日句　啼紅密訴句　翦綠深盟韻　杏館花陰恨淺句　畫堂銀燭嫌明韻

【注釋】

㈠朝中措：本調各體比較；詳詞律卷五，詞譜卷七。詞譜云：『朝中措，宋史樂志屬黃鐘宮。李祈詞有「初見照江梅」句，名照江梅；韓淲詞名芙蓉曲；又有「香動梅梢圓月」句，名梅月圓。此調以此（歐）詞爲正體，宋人塡者甚多，若辛詞之攤破句法，蔡詞之添字，皆變體也。』

㈡酲：病酒也。說文：『酲，病酒也，醉而覺。』

【集評】

譚獻云：『放翁穠纖得中，精粹不少南宋，善學少游者惟陸。』（譚評詞辨）

極相思㈠

江頭疏雨輕煙韻　寒食㈡落花天韻　翻紅墜素句　殘霞暗錦句　一段淒然韻　惆悵東君㈢堪恨㈣

處句 也不念讀 冷落尊前韻 那堪更看句 漫空相趁句 柳絮楡錢(五)韻

【注釋】

(一)極相思：本調各體比較，詳詞律卷五，詞譜卷七。又，詞律校刊云：『宋彭乘墨客揮犀云：「仁朝時，皇族中太尉夫人，一日入內，再拜告帝曰：臣妾有夫，不幸爲婢妾所惑。帝怒，流婢于千里，夫人亦得罪，居瑤華宮，太尉罰俸而不得朝。經歲，方春暮，夫人爲詞曲名極相思。」』又詞譜云：『極相思或加令字。調祗此一體，有呂渭老、蔡伸、陸游、吳文英詞可校。』

(二)寒食：詳周邦彥蘭陵王注四。

(三)東君：詳秦觀金明池注二。

(四)堪恨：可恨也。

(五)楡錢：詳秦觀滿庭芳注三。

鵲橋仙(一) 夜聞杜鵑(二)

茅簷人靜句 蓬窗燈暗句 春晚連江風雨韻 林鶯巢燕總無聲句 但月夜讀 常啼杜宇韻 催成清淚句 驚殘孤夢句 又揀深枝飛去韻 故山猶自不堪聽句 況半世讀 飄然羇旅(三)韻

【注釋】

(一)鵲橋仙：本調各體比較，詳詞律卷八，詞譜卷十二。又，詞譜云：『此調有兩種，五十六字者始于歐陽修，因詞中有「鵲盡橋路接天津」句，取爲調名。周邦彥詞名鵲橋仙令，梅苑詞名憶人人；韓淲詞取秦觀句，名金風玉露相逢曲；張輯詞有「天風吹送廣寒秋」句，名廣寒秋；元高拭詞注仙呂調，八十八字者始自柳永。』樂章集注云：『歇指調。此（五十六字）調多賦七夕，以此詞爲正體，餘俱從此偷聲添字也。』此（柳永八十八字）詞句與鵲橋仙令不同，蓋慢詞體也，因調同名，故爲類列，亦無宋詞別首可校。詞律誤從汲古閣本，前段第三句少一字，今照花草萃編增定。

㈡杜鵑：詳張先山亭燕注三。

㈢羇旅：旅人寄迹于外，故云羇旅。左傳莊二十二年：『羇旅之臣。』注：『羇，寄也，旅，客也。』

【集評】

詞林紀事引詞統云：『去國離鄉之感，觸緒紛來，讀之令人於邑。』陳廷焯云：『放翁詞惟鵲橋仙（夜聞杜鵑）一章借物寓言，較他作爲合乎古，然以東坡卜算子（雁）較之，相去殆不可道里計矣。』（白雨齋詞話）

小傳

陳亮，字同甫，婺州永康人。宋紹興十三年癸亥生，紹熙五年甲寅卒（公元一一四三——一一九四）。爲人才氣超邁，喜談兵，論議風生，下筆數千言立就。隆興初，與金人約和，天下忻然，幸得蘇息，獨亮持不可。婺州方以解頭薦，因上中興五論，奏入，不報，已而退修于家，學者多歸之，益力學著書者十年。淳熙五年，詣闕上書，孝宗欲官之，亮笑曰：『吾欲為社稷開數百年之基，寧用以博一官乎？』亟渡江而歸，日落魄醉酒，與邑之狂士飲。亮自以豪俠，屢遭大獄，歸家，益厲志讀書。嘗曰：『堂堂之陣，正正之旗，風雨雲雷，交發而並至，龍蛇虎豹，變現而出沒，推倒一世之智勇，開拓萬古之心胸，自謂差有一日之長。』光宗策進士，擢第一，授僉書建康府判官廳公事，未至官，一夕卒（詳宋史四三六儒林傳）。著有龍川詞。四印齋刊龍川詞補。夏承燾有龍川詞校箋坿牟家寬注。

水龍吟(一)

鬧花深處層樓句 畫簾半捲東風軟韻 春歸翠陌句 莎茸嫩句 垂楊金淺韻 遲日催花句 淡雲閣雨句 輕寒輕暖韻 恨芳菲世界句 游人未賞句 都付與句 鶯和燕韻 寂寞憑高念遠句 向南樓讀 一聲歸雁韻 金釵鬥草(二)句 青絲勒馬句 風流雲散韻 羅綬(三)分香句 翠綃封淚句 幾多幽怨句 正銷魂又是句 疏煙淡月句 子規聲斷韻

【注釋】

(一)水龍吟：詳秦觀水龍吟注一。

(二)鬥章：詳柳永鬥百花注六。

(三)羅綬：羅帶也。

(四)子規：詳張先山亭燕注三。

【集評】

毛晉云：『龍川詞讀至卷終，不作一沃語媚語，殆所偁不受人憐者與。』（龍川詞跋）　劉熙載云：『同甫水龍吟云：「恨芳菲世界，游人未賞，都付與鶯和燕。」言近旨遠。』（藝概）　黃蓼園云：『「鬧花深處層樓」，見事不事也。「東風軟」，卽東風不競之意也。「遲日淡雲，輕寒輕暖」，一曝十寒之喻也。好世界不求賢共理，惟與小人游玩如鶯燕也。「念遠」者，念中原也。「一聲歸雁」，謂邊信至，樂者自樂，憂者自憂也。』（蓼園詞選）　陳廷焯云：『此詞「念遠」二字是主，故目中一片春光，觸我愁腸，都成眼淚。』（白雨齋詞話）　沈雄云：『陳同甫擅文名，負氣節，尋擢光宗朝第一，未遇時，遂與辛幼安交，每好談天下事，龍川詞疏宕可喜。』又云：『詞品曰：「同甫水龍吟一闋，鬧花深處層數，畫簾半捲東風語，可誦也。」』（古今詞話）

小傳

趙以夫，字用父，號虛齋，福之長樂人，宋淳熙十六年己酉生，寶祐四年丙辰生（公元一一八九——一二五六）。嘉定中正奏名，歷知邵武軍，漳州，皆有治績。嘉熙初爲樞密都承旨，二年拜同知樞密院事。淳祐初罷，尋加資政殿學士，進吏部尚書，兼侍讀。紹興劉克莊同纂修國史。有空齋樂府。

孤鸞(一)　梅

江頭春早韻　問江上寒梅句　占春多少韻　自照疏星冷句　祇許春風到韻　幽香不知甚處(二)句　但迢迢(三)讀　滿河煙草韻　回首誰家竹外句　有一枝斜好韻　記當年讀　曾共花前笑韻　念玉雪襟期(四)句　有誰知到韻　喚起羅浮夢句　正參橫月小韻　淒涼更吹塞管句　漫(五)相思讀　鬢華驚老韻　待覓西湖(六)半曲句　對霜天清曉韻

【注釋】

(一)孤鸞：本調各體比較，詳詞律卷十五，詞譜卷二十六。塡詞名解云：『昔罽賓國王結罝於峻岐之山，獲一鸞鳥，甚欲其鳴而不能致。夫人曰：「鳥見類則鳴，可懸鏡以映之。」鸞睹影，感契悲鳴，哀響中宵，一奮而絕。』詞取其事，以有孤鸞之名。

(二)甚處：詳姜夔淒涼犯注八。

(三)迢迢：遠貌。古詩：『迢迢牽牛星，皎皎河漢女。』

(四)襟期：懷抱也。杜甫詩：『日糴太倉五升米，時赴鄭老同襟期。』

(五)漫相思：猶空自相思也。晏殊浣溪沙：『月好漫成孤枕夢，酒闌空得兩眉愁。』「漫」字皆作「空」義也。

(六)西湖：詳姜夔暗香注八。

龍山會(一)　九日(二)

九日無風雨韻　一笑凭高句　浩氣橫秋宇韻　羣峯青可數韻　寒城小讀　一水縈迴如縷韻　西北最關情句　漫遙指讀　東徐南楚(三)韻　黯消魂句　斜陽冉冉句　雁聲悲苦韻　今朝寒菊依然句　重上南樓句　草草成歡聚韻　詩朋休浪賦韻　舊題處讀　俛仰已隨塵土韻　莫放酒行疏句　清漏短(四)讀　涼蟾當午韻　也全勝讀　白衣(五)未至句　獨醒凝竚(六)韻

【注釋】

(一)龍山會：本調各體比較：詳詞律卷十七，詞譜卷三十二。又，詞譜云：『龍山會虛齋樂府注商調。此調祇有趙詞兩首，及吳文英詞，句讀悉同。所小異者，惟吳詞少押兩韻耳。』故此詞可平可仄悉參趙詞別首及吳詞。

(二)九日：指重陽九月九日。魏文帝與鍾繇書云：『歲往月來，忽復九月九日，九爲陽數，而日月竝應，故曰重陽。』

(三)東徐南楚：東徐，指東徐州，後魏置，今江縣邳縣之地。南楚，史記貨殖傳云：『衡山、九江、江南、豫章、長沙，此南楚也。』

(四)清漏：見周邦彥過秦樓注五。

(五)白衣：古未仕者著白衣，後因以爲無功名者之偁。史記儒林傳序：『公孫弘以春秋，白衣爲天子三公，封平津侯。』惟東漢鄭均拜議郎告歸者，亦可偁爲白衣。又，佛家偁在家俗人曰白衣，以天竺之婆羅門及俗人，多服鮮白衣也。遺教經：『白衣受欲，非行道人。』

㈥凝竚：詳周邦彥瑞龍吟注六。

【集評】

陳廷焯云：『趙以夫龍山會九日云：「西北最關情，漫遙指東徐南楚。黯銷魂，斜陽冉冉，雁聲悲苦。」感時之作。』（白雨齋詞話）

小傳

陳經國，字剛父，又名仁傑，閩人。以才氣自負，弱冠隨牒江東漕闈不第，北歷淮山，遊巴陵，嘉熙四年庚子囘京師。淳祐癸卯卒。著有龜峯詞一卷。

沁園春㈠ 送陳起莘歸長樂

過了梅花句縱有春風句不如早還韻正燕泥日暖句草緜別路句鶯朝煙淡句柳拂征鞍叶黎嶺天高句建溪雷吼句歸好不知行路難韻龜山下句漸㈡楊梅初熟句盧橘㈢猶酸韻　名場老我閒關韻分歲晚讀誅茅湖上山韻歎龍舒君去句尙留破硯句魚軒人老句長把連環韻鏡影霜侵句衣痕塵暗句贏得狂名傳世閒韻君歸日句見家林舊竹句爲報平安㈣韻

【注釋】

㈠沁園春：本調各體比較，詳詞律卷十九，詞譜卷三十六。又，歷代詩餘云：『沁園春取漢沁水公主園以名調，一名洞庭春色，一名大聖樂，一名壽星明，一名東仙，其字多少者，此變格也。雙調，一百十六字。』又，詞譜云：『沁園春，金詞注般涉調，蔣氏十三調注中呂調，張輯詞結句有：「號我東仙」句，名東仙，李劉詞名壽星明，秦觀減字詞名洞庭春色。此調以此（蘇詞及賀詞）爲正體，若葛詞，林詞之添字，張詞之襯字，李詞之減字，皆變格也。又秦詞亦沁園春之一體，因秦觀、程垓、陸游、京鏜及梅苑無名氏詞俱名洞庭春色，故另作一譜。』

㈡漸：詳姜夔一萼紅注七。

㈢盧橘：猶金橘也。司馬相如上林賦云：『盧橘夏熟，枇杷橪柿。』則盧橘與枇杷判然兩物明矣。詳李時珍本草綱目。

㈣竹報平安：酉陽雜俎：『北都唯童子寺有竹一窠，纔長數尺，相傳其寺綱維，每日報竹平安。』

【集評】

陳廷焯云：『若王子文之西河，曹西士之和作，陳經國之沁園春，方巨山之滿江紅、水調歌頭，李秋思之賀新涼等類，慷慨發越，終病淺顯。』（白雨齋詞話）　許昂霄云：『按：宋紀丁酉爲理宗嘉熙元年，是時金雖亡，而蒙古兵力壓境，諸鎮皆棄官遁，詞中所感，殆謂是歟。』（詞綜偶評）

小傳

方岳，字巨山，號秋崖，祁門人。宋慶元五年己未生，景定三年壬戌卒（公元一一九九—一二六二）。紹定五年進士。兩爲文學掌故，官中祕書，出守袁州。有秋崖先生詞稿。

【評語】

況夔生云：『疏渾中有名句，不墜宋人風格，應酬之作亦較他家爲少。寘之六十家中，不在石林後村下。』（況跋）

滿江紅(一) 九日(二)治城樓

且問黃花句 陶令後讀 幾番重九(三)韻 應解笑讀 秋崖人老句 不堪詩酒韻 宇宙一舟吾倦矣句 山河兩戒君知否韻 倚秋風讀 無奈劍花寒句 虬龍(四)吼韻 江欲酹(五)句 談天口韻 秋何負句 持螯手韻 儘石麟蕪沒句 斷烟衰柳韻 故國山圍青玉案(六)句 何人印佩黃金斗韻 倘祇消(七)讀 江左管夷吾(八)句 終須有韻

【注釋】

(一)滿江紅：本調各體比較，詳詞律卷十三，詞譜卷二十二。塡詞名解云：『滿江紅，唐冥音錄載云：『曲名，原名上江虹，後轉易二字，得今名。』又，詞譜云：『此調有平仄韻兩體，仄韻宋人塡者最多，其體不一，今以柳詞爲正體，其餘各以類列。』樂章集注仙呂調，元，高拭詞注南呂調，平韻詞祇有姜夔詞一體，宋元人俱如此塡。此調趙、辛、柳、杜詞之添字，以及葉詞之句讀異同，王詞之句讀全異，皆變格也。又，詞律校刊姜白石詞注云：『滿江紅舊注用仄韻，多不協律，如末句「無心撲」三字，歌者將「心」字融入去聲方諧，予欲以平韻爲之，久不能成，因泛巢湖，値湖神姥壽辰，予祝曰：「得一席風，逕至居巢，當以平韻滿江紅爲迎送神曲。」言訖，風與筆俱駛，頃刻而成，末句云：「聞佩環」，則協律矣。』據此，則平韻始于白石，而末句第二字尤以去聲爲協。

(二)九日：詳趙以夫龍山會注二。

(三)重九：詳辛棄疾踏沙行注。

(四)虯龍：說文通訓定聲云：『龍，雄有角，雌無角，龍子一角者蛟，兩角者虯，無角者螭也。』

(五)釂：音照，飮酒盡也。禮禮曲：『長者擧未釂，少者不敢飮。』注：『盡爵曰釂。』

(六)青玉案：詳賀鑄青玉案注一。

(七)祇消：猶祇須也。辛棄疾臨江仙詞：『祇消閒處過平生。』猶「祇須閒處過平生」也。

(八)管夷吾：管仲字夷吾，春秋潁上人，事齊桓公爲相，通貨積財，富國強兵，尊周室，攘戎狄，九合諸侯，一匡天下。

【集評】

水調歌頭(一) 平山堂用東坡韻

秋雨一何碧句 山色倚晴空韻 江南江北(二)愁思分付酒螺紅韻 蘆葉篷舟千里句 菰菜蓴羹一夢句 無語寄歸鴻韻 醉眼渺河洛句 遺恨夕陽中韻 蘋洲外句 山欲暝句 斂眉峯韻 人間俛仰陳迹句 歎息兩仙翁韻 不見當時楊柳句 祇是從前煙雨句 磨滅幾英雄韻 天地一孤嘯句 匹馬又西風韻

水調歌頭 九日多景樓

醉我一壺酒句 了此十分秋韻 江濤還比當日擊楫渡中流韻 問訊重陽(四)煙雨句 俛仰人間今古句 此意渺滄洲韻 天地幾今夕句 舉白與君浮韻 舊黃花句 新白髮句 笑重游韻 滿船明月猶在句 何日大刀頭(五)韻 誰跨揚州鶴去(六)句 已怨故山猿老句 借箸欲前籌韻 莫倚闌干北句 天際是神舟(七)韻

【注釋】

(一)水調歌頭：本調各體比較；詳詞律卷十四，詞譜卷二十三。歷代詩餘云：『水調，隋唐時曲，水調歌者，一曲之名，如脩河傳曰水調河傳，蜀王衍泛舟閬中，亦自製水調銀漢曲是也。歌頭又曲之始音，如六州歌頭、氐州第一之類，姜夔塡此詞，名爲花犯念奴，吳文英詞名爲江南好，皆此調也。』又，塡詞名解云：『或云南唐元宗留心內寵，蹴鞠無虛日，樂工楊花飛奏水調詞，但唱「南朝天子好風流」一句，如是數四，以爲諷諫，後人廣其意爲詞，以其第一句，故稱水調歌頭云。』

(二)江南江北：李煜隨宋師北上舟中之作云：『江南江北舊家鄉，三十年來夢一場，吳苑宮闈今冷落，廣陵台殿已荒涼。』詞意或取此。

(三)擊楫：晉書祖逖傳：『逖統兵北伐，渡江，中流擊楫而誓曰：「不能淸中原而復濟者，有如大江。」』後世以此喻有志澄淸天下者。

(四)重陽：詳辛棄疾踏莎行注。

(五)大刀頭：刀頭有環，借爲還義解。古詩：『何當大刀頭。』樂府解題云：『何當大刀頭者，何日當還也。』

(六)揚州鶴：商芸小說：『有客相從，各言所志，或願爲揚州刺史，或願多貲財，或願騎鶴上昇，其一人曰：「腰纏十萬貫，騎鶴上揚州。」』

(七)神州：戰國騶衍偁中國曰赤縣神州，後世因偁中國曰神州。虞世南吳都詩：『三分開霸業，萬里宅神州。』又，曹唐昇平詞：『遠岡連聖祚，平地戰神州。』詞意或取此。

蜨戀花(一)　秋懷

雁落寒沙秋惻惻(二)韻　明日蘆花句　共是江南客韻　騎鶴(三)樓高邊羽急韻　柔情不盡淮山碧韻

世路祇催雙鬢白韻　菰菜蓴羹句　正自令人憶韻　歸夢不知江水隔韻　煙帆飛過平如席韻

【注釋】

(一)蝶戀花：詳晏殊蝶戀花注一。

(二)惻惻：詳姜夔淡黃柳注五。

(三)騎鶴：詳方岳水調歌頭注六。

小傳

蔣捷，字勝欲，自號竹山，宜興人（詞綜作義興人），約于宋淳祐五年乙巳生，元至大三年庚戌卒（公元一二四五——一三一〇）。德祐中，嘗登進士。宋亡後，遁迹不仕以終。有竹山詞。四庫提要謂：『捷詞鍊字精深，音調諧暢，爲倚聲家之榘矱。』劉熙載云：『蔣竹山詞未極流動自然，然洗鍊縝密，語多創獲。其志視梅溪較貞，視夢窗較清。劉文房爲五言長城，竹山其亦長短句之長城與……。』（藝概）周之琦云：『陽羨鶖籠涕淚多。清辭一卷黍離歌。紅牙緌扇開元句，故國淒涼喚奈何。』（十六家詞選題辭）周濟云：『竹山薄有才情，未窺雅操。』（介存齋論詞雜著）又云：『竹山有俗骨；然思力沈透處，可以起懦。』（宋四家詞選序論）

賀新郎(一)

渺渺啼鴉了韻 亘魚天讀 寒生峭嶼句 五湖秋曉韻 竹几一燈人作夢句 嘶馬誰行古道韻 起搔首讀 窺星多少韻 月有微黃籬無影句 挂牽牛(二)讀 數朵青花小韻 秋太淡句 添紅棗韻 愁痕倚賴西風掃韻 被西風讀 翻催鬢鬒(三)句 與秋俱老韻 舊院隔霜簾不卷句 金粉屏邊醉倒韻 計無此讀 中年懷抱韻 萬里江南吹簫恨(四)句 恨參差讀 白雁橫天渺韻 煙未斂句 楚山杳韻

夢冷黃金屋(五)韻 歎秦箏讀 斜鴻陣裏句 素絃塵撲韻 化作嬌鶯飛歸去句 猶認窗紗舊綠韻 正過雨讀 荆桃(六)如菽韻 此恨難平君知否句 似瓊臺讀 湧起彈棋局韻 消瘦影句 嫌明燭韻 鴛樓碎瀉東西玉(七)韻 問芳蹤讀 何時再展句 翠釵難卜韻 待把宮眉橫雲樣句 描上生綃畫幅韻 怕不是讀 新來裝束韻 彩扇紅牙今都在句 恨無人讀 解聽開元曲韻 空掩袖句 倚寒竹(八)韻

【注釋】

(一)賀新郎：詳辛棄疾賀新郎注一。

(二)牽牛：星名，昔時多以牽牛爲牛宿別名，今則均認作河鼓別名。曹丕燕歌行：『牽牛織女遙相望，汝獨何故限河梁。』又，本草綱目有牽牛子，花名，一年生草本。

(三)鬒：音軫，黑髮也。詩鄘風君子偕老：『鬒髮如雲。』

(四)江南吹簫恨：『伍子胥，春秋楚人，名員，父奢，兄尚，爲平王所殺，子胥奔吳，仕行人，佐吳王闔廬伐楚，五戰而入楚都郢，時平王已卒，子胥掘墓鞭尸，以報父兄仇。闔廬伐越，傷指卒，子夫差立，伐越大破之，越王句踐請和，夫差許之，子胥諫不聽，其後屢請誅越而不納，太宰嚭得越賄，讒之，夫差賜子胥屬鏤之劍曰：「子以此死。」子胥謂其舍人曰：「抉吾眼懸諸吳東門以觀越人之入滅吳也。」乃自剄死，後九年，越果滅吳。』又，元李弄卿撰伍員吹簫，本春秋，左傳，國語、史記及吳越春秋等書點綴翻換而成。

(五)黃金屋：詳姜夔疏影注八。

(六)荊桃：櫻桃也。爾雅釋木：『楔荊桃。』注：『今櫻桃。』

(七)東西玉：詞統云：『山谷詩：「佳人斗南北，美酒玉東西。」』注：『酒器也。』

【集評】

陳廷焯云：『處處飛舞，如奇峯怪石，非平常蹊徑也。』（白雨齋詞話）

瑞鶴仙(一) 鄉城見月

紺(二)煙迷雁迹韻 漸碎鼓零鐘句 街喧初息韻 風檠背寒壁韻 放冰蜍飛到句 蛛絲簾隙韻 瓊魂暗泣韻 念鄉關讀 霜蕪似織韻 漫將身讀 化鶴歸來句 忘卻舊遊端的(三)韻 歡極韻 蓬壺蕖浸句 花院梨溶句 醉連春夕韻 柯雲罷奕(四)韻 櫻桃在句 夢難覓韻 勸清光乍可句 絲窗相照句 休照紅樓夜笛韻 怕人閒讀 換譜伊涼句 素娥(五)未識韻

【注釋】

㈠瑞鶴仙：詳周邦彥瑞鶴仙注一。

㈡紺：說文段注云：『此今之天青，亦謂之紅青。』

㈢端的：猶情節也。「忘卻舊遊端的」猶忘記舊遊情節也。端的亦可解作究竟。

㈣柯雲罷奕：述異記云：『晉王質入山採樵，遇三童對奕，一童以一物如棗核與質，食之，不饑。局終，童云：「汝柯爛矣。」質歸家已及百歲。』

㈤素娥：詳周邦彥解語花注七。

【集評】

先著云：『竹山此詞云：「勸清光，乍可幽窗相照，休照紅樓夜笛。」夢窗云：「問閶門，自古春送多少？」玉田云：「能幾番遊，看花又是明年。」妙語獨立，各不相假借，正不必舉全詞，即此數語，可長留數公天地間。』（詞潔）

女冠子㈠　元夕

蕙花香也韻　雪晴池館如畫韻　春風飛到句　寶釵樓上句　一片笙簫句　琉璃光射韻　而今燈漫挂韻　不是暗塵明月句　那時元夜韻　況年來心嬾意怯（作平）句　羞與蛾兒㈢爭耍韻　江城人悄初更打韻　問繁華誰解句　再向天公借韻　剔殘紅炧韻　但夢裏隱隱句　鈿車羅帕韻　吳牋銀粉砑韻　待把舊家㈣

風景句 寫成閒話韻 笑(六) 綠鬟鄰女句 倚窗猶唱句 夕陽西下(五)韻

【注釋】

(一)女冠子：本調各體比較，詳詞律卷三，詞譜卷四。又，詞譜云：『女冠子，唐教坊曲名，小令始于溫庭筠，長調始于柳永樂章集，「淡煙飄薄」，詞注仙呂調，「斷煙殘雨」詞注大石調，元高拭詞注黃鍾宮，柳永詞一名女冠子慢。』歷代詩餘又云：『女冠子，唐薛昭蘊撰此調云：「求仙音也，穿鈿金篦盡捨。」以詞詠女冠，故名。詞譜援漢宮掖承恩者，賜芙蓉冠子，或緋，或碧，然詞名未必緣此事也。』又，黃花菴語云：『唐詞多緣調所賦，臨江仙則言仙事，女冠子則述道情，河瀆神則詠祠廟，大概不失本題之意，爾後漸變，吾題遠矣。』

(二)元夕：詳辛棄疾青玉案注二。

(三)蛾兒：詳辛棄疾青玉案注六。

(四)舊家：詳周邦彥端龍吟注十一。

(五)夕陽西下：康與之寶鼎現詞首句有「夕陽西下」語，詞意或取此，惟中吳記聞卷五則謂此詞乃范周所作。

(六)笑：欣羨之辭也。李商隱馬嵬詩云：『此日六軍同駐馬，當時七夕笑牽牛。』「笑牽牛」，猶言羨慕牛郎織女相會也。

絳都春(一)

春愁怎畫韻 正鶯背帶綠句 荼蘼花謝韻 細雨院深句 淡月廊斜句 重簾挂韻 歸時記約燒燈夜韻 早

坼盡讀 秋千㈡紅架韻 縱然歸近句 風光又是句 翠陰初夏韻 婭姹韻 顰青泫白句 恨玉珮罷舞句 芳塵㈢凝樹韻 幾擬倩人句 付與蘭香句 秋羅帕韻 知他墮策斜攏馬韻 在底處讀 垂楊樓下韻 無言暗擁嬌鬟句 鳳釵溜也韻

【注釋】

㈠絳都春：本調各體比較；詳詞律卷十六，詞譜卷二十八。又，詞譜云：『絳都春，蔣氏九宮譜注黃鐘宮。此調有平韻仄韻兩體。宋詞多塡仄韻；其用平韻者惟陳允平一詞。此調以此（吳）詞，及蔣詞爲正體，若趙詞之後段起句，不押短韻，劉詞之前段起句不押韻，梅苑之換頭句押韻，張、京二詞之減字皆變體也。』

㈡秋千：詳歐陽修蝶戀花注八。

㈢芳塵：詳賀鑄青玉案注六。

【集評】

許昂霄云：『「細雨院深」二句，景中有情，「早拆盡秋千紅架」，情中有景，「縱然歸近」二句，曲折入情。姹婭，姻婭之婭從無活用者，字書亦無別解，唯字彙補註云：婭，婇態也，婭音鴉，么加切，此又叶作去聲，俟考。婭姹，按廣韻作𥨍奈。注云：作姿態皃。「無言暗擁嬌鬟，鳳釵溜也。」也字叶得妙，高青邱：「回首暮山青，又離愁來也。」亦似從此得訣。』（詞綜偶評）

宋四家詞選箋注 卷五

王沂孫

小傳

王沂孫，字聖與，號碧山，又號中仙，又號玉笥山人，會稽人。約于宋淳祐六年丙午生，至元二十八年辛卯卒（公元一二四六——一二九一）。與唐玉潛諸人倡和，至元中爲慶元路學正，傳世有花外集（碧山樂府），其版本如下：

碧山詩餘。見寶文堂書目。

玉笥山人詞一卷。天一閣藏鈔本。

玉笥山人詞鈔一卷。見孝慈堂鈔本。

玉笥山人詞集一卷。明文端淑女史手鈔本，郎園藏書志謂此本展轉入鮑氏秦氏，文字較鮑刻爲優，足以訂補鮑刻及王本者頗多。

花外集一卷。見孫氏祠堂書目。

花外集一卷。知不足齋叢書本。

玉笥詞。天津圖書館藏唐宋名賢百家詞抄本。

玉笥詞。北京圖書館藏宋元名家詞鈔本。
花外集一卷。道光十五年，張開福覆刻知不足齋本。張菊生藏書。
碧山詞。道光范刻三家詞本。
花外集一卷。四印齋刊本，用鮑刻本，略采戈順卿校記。
花外集一卷。孫人和校本。
碧山樂府二卷。見千頃堂書目。
王碧山詞。見佳趣堂書目。
碧山樂府二本。見趙定宇書目。

【評語】

張炎云：『碧山能文，工詞，琢語峭拔，有白石意度。』（山中白雲詞瑣窗寒詞序）　鄧廷禎云：『王聖與工於體物，而不滯色香。』（雙硯齋隨筆）　戈載云：『予嘗謂白石之詞，空前絕後，匪特無可比看，抑且無從入手，而能學之者，則惟中仙。其詞運意高遠，吐韻妍和，其氣清，故無沾滿之音，其筆超，故有宕往之趣，是眞白石之入室弟子也。』（七家詞選）　王鵬運云：『碧山詞頡頏雙白，揖讓二窗，實爲南宋之傑。』（碧山詞跋）　陳廷焯云：『王碧山詞品最高，味最厚，意境最深，力量最重，感時傷世之言，而出以纏綿忠愛，詩中之曹子建，杜子美也。又云：碧山詞觀其全體，固自高絕，即於一字一句間求之，亦無不工雅，瓊枝寸寸玉，旃檀片片香，吾於詞見碧山矣，於詩則未看所遇也。』（白雨齋詞話） 譚獻云：『聖與精能以婉約出之，以詩派律之，大歷諸家去開寶未遠。』又云：『玉田正是勁敵，但士氣則碧山勝矣。』（譚評詞辨） 周之琦云：『碧山才調翩翩。風格鄱陽好並肩。姜史姜張饒品目，人間別有藐姑仙。』（十六家詞選題辭） 周濟云：『碧山饜心切理，言近指遠，聲容調度，一一可循。』又云：『碧山胸次恬淡，故黍離麥秀之感，祇以唱歎出之，無劍拔弩張習氣。』又云：『詠物最爭託意，隸事處以意貫串，渾化無痕，碧山勝場也。』（四家詞選序論）又云：『中仙最多故國之感，故著力不多，天分高絕，所謂意態尊體也。』又云：『中仙最近叔夏一派，然玉田自遜其深遠。』（介存齋論詞雜著）

南浦㈠ 春水

柳下碧粼粼㈡句 認麴塵讀乍生㈢色嫩如染韻 清溜滿銀塘句 東風細讀 參差縠紋初遍韻 別君南浦句 翠眉曾照波紋淺韻 再來漲綠句 迷舊處句 添卻殘紅幾片韻 蒲萄㈣過雨新痕句 正拍拍輕鷗句 翩翩小燕韻 簾影蘸樓㈤陰句 芳流去讀 應有淚珠千點韻 滄浪一舸斷魂句 重唱蘋花怨韻 采香幽涇鴛鴦睡句 誰道湔裙人遠韻

【注釋】

㈠南浦：本調各體比較，詳詞律卷十七，詞譜卷三十三。按楚辭九歌：『子交手兮東行，送美人兮南浦。』嗣後南浦遂為送別之地（江夏縣南三里）。後人用之於賦者如江淹別賦：『送君南浦，傷如之何！』用之於樂府如謝眺鼓吹遠送曲：『北梁辭歡宴，南浦送佳人。』與牛嶠感恩多：『自從南浦別，愁見丁香結。』詞牌意或取此。又詞譜云：『唐教坊記有南浦子曲，宋詞蓋借舊曲名，另倚新聲也。此調有仄韻平韻兩體，宋人多塡仄韻詞，其平韻惟魯逸仲一體，此調程詞史詞三體，宋元人塡者甚少；惟張炎詞體塡者頗多，故此詞以張詞作譜。』

(二)粼粼：淸澈貌。詩唐風揚之水：『白石粼粼。』傳：『粼粼，淸澈也。』

(三)乍生：猶初生也。柳永笛家弄：『韶光明媚，乍晴輕暖淸明後。』其義皆作「初」也。唯「乍」亦可作「方纔」解。如王沂孫齊天樂：『乍咽涼柯，還移暗葉，重推離愁低訴。』皆是。

(四)蒲萄：猶蒲陶也。史記大宛傳：『有蒲陶酒。』

(五)蕪樓：詳秦觀滿庭芳注三。

【集評】

許昂霄云：『「別君南浦」四句，點化文通別賦，卻又轉進一層，匪夷所思。「應有淚珠千點」，用東坡詞意。』(詞綜偶評)　周濟云：『碧山故國之恩甚深，托意高，故能自尊其體。』(四家詞選)

花犯(一)　苔梅(二)

古嬋娟(三)句 蒼鬟素靨句 盈盈(四)瞰流水韻 斷魂十里韻 歎紺縷飄零句 難繫離思韻 故山歲晚誰堪寄韻 琅玕聊自倚韻 漫記我讀 綠簑衝雪句 孤舟寒浪裏韻 三花兩蕊破蒙茸句 依依似有恨句

明珠輕委韻 雲臥穩句 藍衣正讀 護春憔悴韻 羅浮夢讀 半蟾挂曉句 么鳳冷讀 山中人乍起韻 又喚取讀 玉奴(五) 歸去句 餘香空翠被韻

【注釋】

(一)花犯：詳周邦彥花犯注一。

(二)苔梅：詳姜夔疏影注二。

(三)嬋娟：猶色態美好也。孟郊嬋娟篇云：『花嬋娟，泛春泉。竹嬋娟，籠曉煙。妓嬋娟，不長妍。月嬋娟，眞可憐。』

(四)盈盈：詳周邦彥瑞龍吟注六。

(五)玉奴：齊東昏侯妃潘氏，小字玉兒，亦曰玉奴。又，唐玄宗妃楊太眞小字玉環，亦曰玉奴。蘇軾次楊公濟梅花詩：『玉奴終不負東昏。』

【集評】

周濟云：『賦物能將人景情思一齊融入，最是碧山長處，由其心細筆靈，取徑曲，布勢遠故也。』又云：『不減白石風流。』（四家詞選）

無悶(一) 雪意

陰積龍荒(二)句 寒度雁門(三)句 西北高樓獨倚韻 悵短景無多句 亂山如此韻 欲喚飛瓊起舞句 怕攪

碎讀 紛紛銀河水韻 凍雲一片句 藏花護玉句 未教輕墜韻 清致韻 悄無似韻 有照水南枝句 已攙春意韻 誤幾度憑闌句 莫愁(四) 凝睇(五) 韻 應是梨花夢好句 未肯放讀 東風來人世韻 待翠管讀 吹破蒼茫句 看取玉壺天地韻

【注釋】

(一)無悶：本調各體比較；詳詞律卷十六，詞譜卷二十七。歷代詩餘云：『無悶，雙調九十九字，或作閨怨無悶者。按之，大約以無悶調閨怨，題遂以傳訛，非別有一調也。』

(二)龍荒：詳賀鑄柳色黃注二。

(三)雁門：指雁門關。代州志：『唐置關於絕頂，元時關廢，明初移今所，兩山夾峙，形勢雄險，即句注故道，自古為戍守重地，與寧武，偏頭，為山西三關，所謂外三關是也。』

(四)莫愁：梁洛陽女子，梁武帝歌云：『河中之水向東流，洛陽女兒名莫愁，十五嫁為盧家婦，十六生兒字阿侯。』又，樂府西曲歌名有莫愁樂。樂府古題要解云：『莫愁樂出於石城樂，石城有女子名莫愁，善歌謠，故石城樂和中復有莫愁聲。』其一曰：『莫愁在何處？莫愁石城西，艇仔打兩槳，催送莫愁來。』其二曰：『聞歌下揚州，相送楚山頭。探手抱腰看，江水斷不流。』似此，洛陽與石城之莫愁恐非一人。

(五)凝睇：詳韓琦點絳脣注二。

【集評】

周濟云：『何嘗不峭拔，然略粗，此其所以為碧山之清剛也，白石好處，無半點粗氣矣。』（四家詞選）

眉嫵(一) 新月

漸新痕懸柳句 淡影穿花句 依約破初暝韻 便有(二)團圓意句 深深拜(三)句 相逢誰在香徑韻 畫眉未穩韻 料素娥(四)讀 猶帶離恨韻 最堪愛讀 一曲銀鉤(五)小句 寶簾挂秋冷韻 千古盈虧休問韻 歎漫(六)磨玉斧(七)句 難補金鏡韻 太液池(八)猶在句 淒涼處讀 何人重賦清景韻 故山夜永韻 試待他讀窺戶端正韻 看雲外山河句 還老桂花舊影(九)韻

【注釋】

(一)眉嫵：本調各體比較，詳詞律卷十八，詞譜卷三十二。塡詞名解云：『眉嫵，漢張敞爲婦畫眉，人傳張京兆眉嫵，詞取以名，一名百宜嬌，命意蓋猶眉嫵也。』又詞律云：『按此調俱作百宜嬌；不知百宜嬌另有一體，係一百五字。』

(二)便：縱使也。陳與義送人歸京師詩云：『故園便是無兵馬，猶有歸時一段愁。』便猶縱使也。

(三)深深拜：李端新月詩云：『開簾見新月，即便下階拜。細語人不聞，北風吹裙帶。』詞意取此。

(四)素娥：詳周邦彥解語花注七。

(五)銀鉤：喻新月也。

(六)漫：詳趙以夫孤鸞注五。

(七)玉斧：酉陽雜俎謂漢吳剛嘗以斧伐月中桂之傳說。

(八)太液池：按漢唐清皆有太液池。漢池在陝西長安縣西北。唐池在今咸寧縣東。清池在北平西園內。后山詩話：『宋太祖嘗幸後池，對月置酒，召學士盧多遜賦詩云：「太液池邊看月時，晚風吹動萬年枝，誰家玉匣開新鏡，露出清光些子兒。」』

(九)桂影：酉陽雜俎云：『月中有桂樹，高五百丈。』

【集評】

陳廷焯云：千古句，忽將上半闋意一筆撇去，有龍跳虎臥之奇。』（白雨齋詞話）譚獻云：『便有四句，則寓意自深，音辭高亮，歐，晏如蘭亭眞本，此僅一翻。』（譚評詞辨）張惠言云：『碧山詠物諸篇並有君國之憂，此喜君有恢復之志，而惜無賢臣也。』（張惠言詞選）沈祥龍云：『詠物之作，在借物以寓性情，凡身世之感，君國之憂，隱然蘊於其內，斯寄託遙深，非沾沾焉詠一物矣。如王碧山詠新月之眉嫵。皆別有所指，故其詞鬱伊善感。』（論詞隨筆）

水龍吟(一)　牡丹

曉寒慵揭珠簾句　牡丹院落(二)　花開未韻　玉闌干畔句　柳絲一把句　和風半倚韻　國色微酣句　天香乍(三)染句　扶春不起韻　自眞妃舞罷句　謫仙賦後(四)句　繁華夢句　如流水韻　池館家家芳事韻　記當時讀　買栽無地韻　爭如一朵句　幽人相對句　水邊竹際韻　把酒花前句　剩拚醉了句　醒來還醉韻　怕洛中春色句　匆匆又入句　杜鵑(五)聲裏韻

【注釋】

(一)水龍吟：詳秦觀水龍吟注一。

(二)院落：謂自成體系之庭院也。黃滔詩：『白雲生院落，流水下城池。』宋徽宗宴山亭：『問院落淒涼，幾番春暮。』

(三)乍：詳王沂孫南浦注三。

(四)謫仙賦後：謫仙喻李白。太眞外傳：『開元中，禁中重木芍藥，即今牡丹也。得數本紅、紫、淺紅，通白者，上因移植於興慶池東，沉香亭前。會花方繁開，上乘夜照白，妃以步輦從，詔選梨園子弟中尤者，得樂一十六色。李龜年以歌擅一時之名，一手捧檀板，押衆樂前，將欲歌之。上曰：賞名花，對妃子，焉用舊樂詞爲。遽命龜年持金花箋，宣賜翰林學士李白立進淸平樂之章，白承旨，宿酲未解，因援筆賦之。其辭云：「雲想衣裳花想容，春風拂檻露華濃。若非羣玉山頭見，會向瑤臺月下逢。」其二：「一枝紅豔露凝香，雲雨巫山枉斷腸。借問漢宮誰得似，可憐飛燕倚新妝。」其三：「名花傾國兩相歡，常得君王帶笑看。解釋春風無限恨，沈香亭北倚闌干。」』

(五)杜鵑：詳張先山亭燕注三。

水龍吟(一)

海棠

世間無此娉婷(二)句 玉環未破東風睡韻 將開半歛句 似紅還白句 餘花怎比韻 偏占年華句 禁煙(三)

纔過句 夾衣初試韻 歎黃州一夢句 燕宮絕筆句 無人解句 看花意韻 猶記花陰同醉韻 小闌干讀 月高人起韻 千枝媚色句 一庭芳景句 清寒似水韻 銀燭延嬌句 綠房留豔句 夜深花底韻 怕明朝小雨句 濛濛便化句 作燕支㈣ 淚韻

【注釋】

㈠水龍吟：詳秦觀水龍吟注一。

㈡娉婷：詳秦觀八六子注四。

㈢禁煙：詳周邦彥蘭陵王注四寒食條。

㈣燕支：中華古今注：『燕支葉似薊，花似蒲公，出西方，土人以染，名爲燕支，中國人謂之紅藍，以染粉爲面餅，謂爲燕支粉。』

水龍吟㈡ 落葉

曉霜初著青林句 望中故國淒涼早韻 蕭蕭漸積句 紛紛猶墜句 門荒逕悄韻 渭水風生㈡句 洞庭波起㈢句 幾番秋杪韻 想重崖半沒句 千峯盡出句 山中路句 無人到韻 前度題紅㈣杳杳韻 泝宮溝讀 暗流空遶韻 啼螿未歇句 飛鴻欲過句 此時懷抱韻 亂影翻窗句 碎聲敲砌句 愁人多少韻 望吾廬甚處㈤句 祇應今夜句 滿庭誰掃韻

【注釋】

㈠水龍吟：詳秦觀水龍吟注一。

㈡渭水風生：渭水源出甘肅渭源縣，至朝邑縣會洛水入黃河。賈島詩：『秋風吹渭水，落葉滿長安。』

㈢洞庭波起：洞庭湖在湖南省境，環湖為岳華、華容、安鄉、常德、漢壽、沅江諸縣。湘、資、沅、澧諸水皆匯於此。楚辭九歌：『嫋嫋兮秋風，洞庭波兮木葉下。』詞意取此。

㈣題紅宮溝：詳周邦彥六醜注十一。

【集評】

許昂霄云：『以下三首俱明雋清圓，無堆垛之習。「曉寒慵揭珠簾」兩句，用除仲稚宮詞。又，「歎黃州一夢，燕宮絕筆，無人解看花意。」王元之知黃州有海棠詩，燕宮謂宣和畫譜也。兩首前後結句彷彿相似，尚少變化。』（詞綜） 陳廷焯云：『碧山水龍吟諸篇，感慨沈至。詠牡丹云：「自眞奴舞罷，謫仙賦後，繁華夢，如流水。」詠梅棠云：「歎黃州一夢，燕宮絕筆，無人解，看花意。」感寓中以騷雅入筆，入人自深。詠落葉云：「渭水風生，洞庭波起，幾番秋杪，想重崖半沒，千峯盡出，山中路，無人到。」筆意幽冷，寒芒刺骨，甚有慨於崖山乎？』（白雨齋詞話）

綺羅香㈠

屋角疏星句 庭陰暗水句 猶記藏鴉新樹韻 試折梨花句 行入小闌深處韻 聽粉片讀 簌簌飄階句 有

人在讀 夜窗無語韻 料如今讀 門掩孤燈韻 畫屏塵滿斷腸句韻 佳期渾似流水句 還有梧桐幾葉句 輕敲朱戶(二)韻 一片秋聲句 應作兩邊愁緒韻 江路遠讀 歸雁無憑句 寫繡箋讀 倩誰將去韻 漫無聊讀 猶掩芳尊句 醉聽深夜雨韻

【注釋】

(一)綺羅香：本調各體比較，詳詞律卷十八，詞譜卷三十三。詞譜云：『綺羅香調始梅溪詞，此調以比（史）詞為正體，陳允平、王沂孫、張榘、張翥諸詞俱如此填；若張炎之多押一韻，或減一字皆變格也。』

(二)朱戶：詳賀鑄青玉案注六。

【集評】

齊天樂(一)　螢

碧痕初化池塘艸句 熒熒(二)野光相趁韻 扇薄星流句 盤明露滴句 零落秋原飛燐韻 練裳暗近韻 記穿柳生涼句 度荷分暝韻 誤我殘編句 翠囊空歎夢無準韻 樓陰時過數點句 倚闌人未睡句 曾賦幽恨韻 漢苑飄苔句 秦陵墜葉句 千古淒涼不盡韻 何人為省韻 但隔水餘暉句 傍林殘影韻 已覺

蕭疎句 更堪秋夜永韻

【注釋】

㈠齊天樂：詳周邦彥齊天樂注一。

㈡熒熒：謂光豔也。王昌齡詩：『清光月色傍林秋，波上熒熒望一舟。』

【集評】

譚獻云：『誤我二句亦寓言。樓陰句拓成遠勢？過變中又一法。漢苑三句可謂盤拏倔強矣。』（譚評詞辨）

齊天樂㈠ 蟬

綠槐千樹西窗悄句 厭厭晝眠驚睡韻 飲露身輕句 吟風翅薄句 半翦冰箋誰寄韻 淒涼倦耳韻 謾㈡重拂琴絲句 怕尋冠珥韻 短夢深宮句 向人猶自訴憔悴韻 殘虹收盡過雨句 晚來頻斷續句 都是秋意韻 病葉難留句 纖柯易老句 空憶斜陽身世韻 窗明月碎韻 甚已絕餘音句 尚遺枯蛻韻 鬢影參差句 斷魂清鏡裏韻

一襟餘恨宮魂斷㈢句 年年翠陰庭樹韻 乍咽涼柯句 還移暗葉句 重把離愁深訴韻 西窗過雨韻 怪瑤佩流空句 玉箏調柱韻 鏡暗妝殘句 爲誰嬌鬢㈣尚如許韻 銅仙鉛淚㈤似洗句 歎移盤去遠

句 難貯零露韻 病翼驚秋句 枯形閱世句 消得斜陽幾度韻 餘音更苦韻 甚(六) 獨抱清商(七)句 頓成淒楚韻 漫想熏風句 柳絲千萬縷韻

【注釋】

(一)齊天樂：詳周邦彥齊天樂注一。

(二)謾：詳趙以夫孤鸞注五。

(三)宮魂斷：齊王后怨王而死，尸變爲蟬。詳古今注。

(四)嬌鬢：魏文帝宮人莫瓊樹始製爲蟬鬢，望之縹緲如蟬翼。

(五)銅仙鉛淚：李賀金銅仙辭漢歌序：『魏明帝青龍元年八月，詔宮官牽車，西取漢孝武捧露盤仙人，欲立置前殿。宮官既拆盤，仙人臨載，乃潸然淚下。其歌云：「空將漢月出宮門，憶君清淚如鉛水。」』

(六)甚：詳姜夔淒涼犯注八。

(七)清商：韓非子：『師涓鼓新聲，晉平公問師曠曰：此何聲也。曰：此所謂清商也。公曰：固最悲乎？』又，禮記月令：『孟秋之月，其音商。』曹丕燕歌行云：『援琴鳴絃發清商，短歌微吟不能長。』

【集評】

譚獻云：『此是學唐人句法，章法，「庾郎先自吟愁賦」，遜其蔚跂。西窗句亦排宕法。銅仙三句，極力排盪。病翼三句，玩其絃指收裹處，有變徵之音。結筆掉尾，不肯直瀉，然未自在。』（譚評詞辨）端木埰云：『宮魂字點出命意，乍咽還移，慨播遷也。西窗三句，傷敵騎暫退，燕安如故。鏡暗二句，殘破滿眼，而修養飾貌，側媚依然，衰世臣主，全無心肝，千古一轍也。銅仙三句，宗器重寶，均被遷敗，澤不下究也。病翼二句，是痛哭流涕，大聲疾呼，言海島棲流，斷不能久也。餘音三句，遺臣孤憤，哀怨難論也。漫想二句，責諸臣到此，尚安危利災，視若全盛也。』（張惠言詞選評）　許昂霄云：『組織處一一工妙。「殘紅收盡過雨」，「紅」當作「虹」。』（詞綜偶評）　周濟云：『前闋身世之感，後闋家國之恨。』（宋四家詞選）

三　姝　媚㈠　次周公謹故京送別韻

蘭缸花半綻韻　正西窗淒淒句　斷螢新雁韻　別久逢稀句　漫㈡相看華髮句　共成銷黯韻　總是飄零句　更休賦讀　梨花秋苑韻　何況如今句　離思難禁句　俊才都減㈢韻　今夜山高江淺韻　又月落帆空句　酒醒人遠韻　彩袖烏絲句　解愁人惟有句　斷歌幽婉韻　一信東風句　再約看讀　紅腮青眼韻　祇恐扁舟西去句　蘋花弄晚韻

【注釋】

㈠三姝媚：本調各體比較；詳詞律卷十六，詞譜卷二十七。歷代詩餘云：『古樂府有三婦豔，因以名調（按三姝媚亦曲牌名）一名三姝媚曲。』

㈡漫：詳趙以夫孤鸞注五。

㈢俊才都減：詳周邦彥過秦樓注十。

慶清朝(一)　榴花

玉扃歌殘句　金陵(二)句絕句　年年負卻薰風韻　西鄰窈窕句　獨憐入戶飛紅韻　前度綠陰載酒句　枝頭色比似裙同韻　何須擬句　蠟珠作蔕句　湘彩成叢韻　誰在舊家(三)殿閣句　自太眞(四)仙去句　掃地春空(五)韻　朱幡護取(六)句　如今應誤花工韻　顚倒絳英(七)滿徑句　想無車馬到山中韻　西風後句　尚餘數點句　還勝春濃韻

【注釋】

(一)慶清朝：本調各體比較，詳詞律卷十四，詞譜卷二十五。慶清朝本曲牌名。一名慶清朝慢。詞譜云：『慶清朝一作慶清朝慢。此調前後段第四五句，惟王詞作上六下四。宋人如此塡者甚少。史詞作上四下六，曹詞李詞前段用王詞體，後段用史詞體，而宋人依史詞體者爲多，故可平可仄，詳注史詞之下。』

(二)金陵：今南京市戰國時名金陵邑，東晉偁金城，唐武德九年改金陵爲白下，五代楊吳時，建爲金陵府，南唐李氏建都，改置江寧府。安石罷相居金陵，嘗作詠榴花詩有：『萬綠叢中紅一點，動人春色不欲多』句。

(三)舊家：詳周邦彥瑞龍吟注十一。

(四)太眞：唐書：『貴妃楊氏丐籍女冠，號太眞。』

(五)掃地春空：白居易長恨歌：『西宮南內多秋草，落葉滿階紅不掃。梨園子弟白髮新，椒房阿監青娥老。』詞意或本此。

㈥朱幡護取：博異記云：『天寶中，崔天微於春夜遇數美人，自通姓名，曰楊氏、李氏、陶氏，又有緋衣少女，姓石名醋醋。謂元微曰：諸女伴每被惡風所撓，常求封家十八姨相庇。處士每歲旦與作一朱幡，圖日月五星其上，樹苑中，則免矣。崔許之，其日立幡東風刮地折木飛花，而苑中花不動，崔方悟衆花之精，封家姨乃風神也，石醋醋乃石榴也。』

㈦顛倒絳英：韓愈詩：『五月榴花照眼明，枝間時見子初成。可憐此地無車馬，顛倒青苔落絳英。』

【集評】

陳廷焯云：『慶清朝榴花後半闋云：「誰在舊家殿閣，自太眞仙去，掃地春空。朱幡護取，如今應誤花工。顛倒絳英滿徑，想無車馬到山中。西風後，尙餘數點，還勝春濃。」詞選云：「此言亂世尙人才，惜世不用也，不知其何所指。」……一片熱腸，無窮哀感，小雅怨誹不亂。』（白雨齋詞話）張惠言云：『亂世尙有人才，惜世不用也，不知其何所指。』（張惠言詞選）

高陽臺㈠

淺萼梅酸句 新溝水綠句 初晴節序暄妍韻 獨立雕闌句 誰憐枉度華年韻 朝朝準擬清明㈡近句 料燕翎讀 須寄吟牋韻 又爭知㈢讀 一字相思句 不到吟邊韻　雙娥不拂靑鸞㈣冷句 任花陰寂寂句 掩戶閑眠韻 屢卜佳期句 無憑卻㈤ 恨金錢韻 何人寄與天涯信句 趁東風讀 急整歸鞭韻 縱飄零讀 滿院楊花句 猶是春前韻

【注釋】

㈠高陽臺：本調各體比較，詳詞律卷十，詞譜卷二十八。又，塡詞名解云：『高陽臺取宋玉賦神女事，又漢習郁于峴南作養魚池，中築釣臺，是燕遊名處，山簡爲荆州，每臨此池，輒大醉曰：此吾高陽池也。』（按高陽臺亦曲牌名）又，詞譜云：『高陽臺，高拭詞注商調，劉鎭詞名慶春澤慢，王沂孫詞名慶春宮。此調以此（劉鎭）詞爲正體，若蔣捷詞之換頭句押韻，張炎詞之前後段第八句押韻，皆變體也。』

㈡清明：詳張先靑門引注二。

㈢爭知：猶怎知也。詳柳永傾杯樂注六。

㈣靑鸞：洽聞記：『鳳屬，多赤色者鳳，多靑色者鸞。』李賀詩：『銅鏡立靑鸞。』鸞喜對鏡而舞，後假以爲鏡靑鸞。徐夤上陽宮詞：『妝臺塵暗靑鸞掩。』皆以靑鸞喻鏡。

㈤卻：詳蘇軾卜算子注七。

【集評】

香海棠館詞話云：『結筆低徊掩抑，盪氣迴腸。』　梁啓超云：『此言半壁江山，猶可整頓也。睠懷君國，盼望中興，何減少陵？』（藝蘅館詞選）

高陽臺

西麓陳君衡遠游未還，周公謹有懷人之賦，倚其歌而和之。

馳褐輕裝句　駥韉小隊句　冰河夜渡流澌韻　朔雪平沙句　飛花亂拂蛾眉㈠韻　琵琶已是淒涼調㈡句

更賦情讀 不比當時韻 想如今讀 人在龍庭(三)句 初勸金巵韻 一枝芳信應難寄句 向山邊水際句 獨抱相思韻 江雁孤回句 天涯人自歸遲韻 歸來依舊秦淮碧句 問此愁讀 還有誰知韻 對東風讀 空似垂楊句 零亂千絲韻

高陽臺

和周草窗寄越中諸友韻。

殘雪庭陰句 輕寒簾影句 霏霏玉管春葭(四)韻 小帖金泥(五)句 不知春是誰家韻 相思一夜窗前夢句 奈箇人(六)讀 水隔天遮韻 但淒然讀 滿樹幽香句 滿地橫斜韻 江南自是離愁苦句 況游驄古道句 歸雁平沙韻 怎得銀牋句 殷勤與說年華韻 如今處處生芳艸句 縱凭高讀 不見天涯韻 更消他讀 幾度東風句 幾度飛花韻

【注釋】

(一)蛾眉：詳姜夔琵琶仙注六。

(二)琵琶已是淒涼調：詳姜夔琵琶仙注一。

(三)龍庭：匈奴俗事龍神，故謂其單于庭曰龍庭。文選班固封燕然山銘：『躡冒頓之區落，焚上老之龍庭。』注：『龍庭，單于祭天所也。』

(四)玉管春葭：古以葭莩灰實律管，候至則飛管通。葭即蘆，管以玉爲之。杜甫小至詩：『吹葭六琯動飛灰。』是也。

(五)小帖金泥：唐時進士及第，以泥金書帖坿家中，報登科之喜。詳盧代雜記。（坿周草窗寄越城中諸友韻詞：『小雨分江，殘寒迷浦，春容淺入兼葭，雪霽空城，燕歸何處人家。夢魂欲渡蒼茫去，怕夢輕，還被愁遮。感流年，夜汐東還，冷照西斜。淒淒望極王孫草，認雲中烟樹，漚外平沙。白髮青山，可憐相對蒼華。歸鴻自趁潮回去，笑倦遊猶是天涯，問東風，先到垂楊，後到梅花？』草窗詞）

(六)箇人：詳周邦彥瑞龍吟注七。

【集評】

張惠言云：『此傷君臣晏安，不思國恥，天下將亡也。』（張惠言詞選）況周頤云：『結筆低徊掩抑，盪氣回腸。』（蕙風詞話）陳廷焯云：『上半闋是叙其遠遊未還，懸揣之詞，下半闋是言其他日歸後情事，逆料之詞。』（白雨齋詞話）譚獻云：『相思句點逗清醒，換頭又是一層詞勒，詩品云：「返虛入渾」，如今二句是也。』（譚評詞辨）王闓運云：『此等傷心語，詞家各自出新，實則一意，比較自知文法。』（湘綺樓詞選）

掃花游(一)

小庭蔭碧句 遇驟雨疏風句 剩紅如掃韻 翠交逕小韻 問攀條弄蕊句 有誰重到韻 漫說青青(二)句 比似花時更好韻 怎知道韻 一別漢南句 遺恨多少韻 清晝人悄悄韻 任密護簾寒句 暗迷窗曉韻

舊盟誤了韻 又新枝嫩子句 總隨春老韻 漸(三)隔相思句 極目長亭路杳韻 攬懷抱韻 聽蒙茸(四)讀 數
聲啼鳥韻

【注釋】

(一)掃花游：本調各體比較，詳詞律卷十四，詞譜卷二十四。詞譜云：『掃花遊調見淸眞詞，因詞中有：「占地持杯，掃花尋路」句，取以爲名，此調以此（周）詞爲正體，若湯詞之多押一韻，王詞之減字，皆變體也。』

(二)青青：詩鄭風子衿：『青青子衿，悠悠我心。』

(三)漸：詳姜夔一萼紅注七。

(四)蒙茸：猶蒙戎也。詳邶風旄丘：『狐裘蒙戎』傳：『大夫狐蒼裘，蒙戎，以言亂也。』又，史記晉世家：『狐裘蒙茸。』戎，作茸。

【集評】

周濟云：『一別句本應五字，減一字耳，紅友詞律未及是誤，忘檢校也，按此類頗多，若依紅友，即應另列一體矣。』又云：『（此詞）傷盛時易去。』（宋四家詞選）

掃花游

捲簾翠濕句 過幾陣殘寒句 幾番風雨韻 問春住否韻 但悤悤暗裏句 換將花去韻 亂碧迷人句 總是
江南舊樹韻 漫(一)凝竚(二)韻 念昔日采香句 人更何許(三)韻 芳徑攜酒處韻 又蔭得青青句 嫩苔

無數韻　故林晚步韻　想參差漸滿句　野塘山路韻　倦枕閒床句　正好微曛院宇韻　送凄楚韻　怕涼聲讀又催秋暮韻

【注釋】

㈠漫：詳趙以夫孤鸞注五。

㈡凝竚：詳周邦彥瑞龍吟注六。

㈢何許：何處也。姜夔法曲獻仙音：『喚起淡粧人，問逋仙今在何許。』義皆作何處。

【集評】

周濟云：『刺朋黨日繁。』（宋四家詞選）

瑣窗寒㈠

趁酒梨花句　催詩柳絮句　一窗春怨韻　疏疏過雨句　洗盡滿階芳片韻　數東風讀二十四番㈡句　幾番誤了西園㈢宴韻　認小簾朱戶㈣句　不如飛去句　舊巢雙燕韻　曾見韻　雙蛾淺韻　自別後多應黛痕不展韻　撲蝶花陰句　怕看題詩團扇韻　試憑他讀　流水寄情句　溯紅不到春更遠㈤韻　但無聊讀病酒㈥　厭厭㈦句　夜月荼蘼院韻

【注釋】

(一)瑣窗寒：詳周邦彥瑣窗寒注一。

(二)二十四番：猶二十四番花信風。圖書集成風部引蠡海集云：『十二月天氣運於子，地氣臨丑，陰呂而應於下，古人以爲氣候之端，是以有二十四番花信風之語。一月二氣六候，自小寒至穀雨，凡四月八氣二十四候，每候五日，以一花之風應之，詳言之：小寒，一候梅花，二候山茶，三候水仙；大寒，一候瑞香，二候蘭花，三候山礬；立春，一候迎春，二候櫻桃，三候望春；雨水，一候菜花，二候杏花，三候李花；驚蟄，一候桃花，二候棣棠，三候薔薇；春分，一候海棠，二候梨花，三候木蘭；清明，一候桐花，二候麥花，三候柳花；穀雨，一候牡丹，二候酴醾，三候楝花。』

(三)西園：詳蘇軾水龍吟注七。

(四)朱戶：詳賀鑄青玉案注六。

(五)溯紅不到春更遠：詳周邦彥六醜注十一。

(六)病酒：詳歐陽修蝶戀花注五。

(七)厭厭：詳柳永鬥百花注五。

【集評】

望梅(一)

畫闌人寂韻 喜輕盈照水句 犯寒先坼韻 褭數枝讀 雲縷鮫綃(二)句 露淺淺塗黃句 漢宮嬌額韻 翦玉裁冰句 已占斷讀 江南春色韻 恨風前素豔句 雪裏暗香句 偶成拋擲韻 如今眼穿故國韻 待拈花弄蕊句 時話思憶韻 想隴頭讀 依約飄零句 甚(三)千里芳心句 杳無消息韻 粉怯珠愁句 又祇恐讀 吹殘羌笛韻 正斜飛讀 半窗曉月句 夢回隴驛韻

【注釋】

(一)望梅：本調各體比較，詳詞律卷十九，詞譜卷三十四。塡詞名解云：『柳耆卿作小春詞，取詞中意，名望梅。』又，詞律云：『按舊草堂載柳詞望梅一調，查與解連環全同，當時亦誤兩收，猶慶春澤之與高陽臺也。』

(二)鮫綃：謂鮫人所織之綃也。述異記云：『南海中有鮫人室，水居如魚，不廢機織，其眼能泣則出珠。』又，文選左思吳都賦云：『泉室潛織而卷綃。』注：『俗傳鮫人從水中出，曾寄寓人家，積日賣綃。』李商隱詩云：『瞥見馮夷殊悵望，鮫綃休賣海爲田。』

(三)甚：詳姜夔淒涼犯注八。

【集評】

陳廷焯云：『碧山望梅云：「翦玉裁冰，已占斷江南春色。恨風前素豔，雪裏暗香，偶成拋擲。」寄慨往事，必有所指。後半云：「如今眼穿故國，得指花弄蕊，時話思憶。想隴頭依約飄零，甚千里芳心，杳無消息。粉怯珠愁，又只恐吹殘羌笛。正斜飛，半窗曉月，夢回隴驛。」惓惓故國，忠愛之心，悠然感人，作少陵詩讀可也。』

(白雨齋詞話)

宋四家詞選箋注 卷六

王沂孫下坿錄

小傳

林逋，字君復，宋錢塘人，宋乾德五年丁卯生，六聖六年戊辰卒（公元九六七——一〇二八）。恬淡寡慾，隱居西湖孤山垂二十年，足不履城市，工書畫，善爲詩，終身不娶，植梅畜鶴自伴，時因謂爲『梅妻鶴子』。卒。賜謚和靖先生。有詩集行世。

點絳唇㈠ 草

金谷㈡年年句 亂生春色誰爲主韻 餘花落處韻 滿地和煙雨韻 又是離歌句 一闋長亭暮韻 王孫去韻 萋萋無數㈢韻 南北東西路韻

【注釋】

㈠點絳唇：詳晏幾道點絳唇注一。

㈡金谷：石崇金谷詩序謂有別廬在河南縣界金谷澗。水經注云：『金谷水出河南太白原，東南流，歷金谷，謂之金谷水，東南流經石崇故居。』庾信枯樹賦：『若非金谷滿園樹，即是河陽一縣花。』

㈢王孫去，萋萋無數：白居易詠草詩云：『離離原上草，一歲一枯榮，野火燒不盡，春風吹又生。遠芳侵古道，晴翠接荒城。又送王孫去，萋萋滿別情。』詞意本此。

【集評】

王弈清云：『林和靖不特工於詩，且工於詞，如詠草一首，「金谷年年，亂生春色誰爲主。」終篇不露一草字。』（詩話總龜）　許昂霄云：『言短意長所以爲佳，若徒稱其終篇不出一草字，比兒童之見也。「金谷年年」二句，唐人草詩：「金谷園應沒。」「王孫去」三句，淮南王招隱：「王孫遊兮不歸，草生兮萋萋。」』（詞綜偶評）　鄺士元云：『和靖爲詞，格高而氣清，若不食人間煙火。點絳唇一闋，以「亂生春色誰爲主」屬全闋脈絡，視東坡「揀盡寒枝不肯棲，寂寞沙洲冷」，同一寄託。』（帶經樓詞話）

小傳

毛滂，字澤民，江山人，宋治平四年丁未生，宣和二年庚子卒（約公元一〇六七——一一二〇）。元祐間，爲杭州法曹。元符二年知武康。蘇軾嘗以文章典麗可備著述科薦之。官至祠部員外郎，政和中，守嘉禾。有東堂樂府二卷。

【評語】

四庫全書提要云：『滂詞情韻特勝，陳振孫謂滂詞雖工，終無及蘇軾所賞一首者，亦隨人之見，非篤論也。』（東堂提要）

浣溪沙㈠ 泛舟還餘英館

煙柳風蒲冉冉㈡斜韻 小窗不用著簾遮韻 載對山影轉灣沙韻 略彴㈢斷時分岸色句 蜻蜓立處過汀花韻 此情此水共天涯韻

【注釋】

㈠浣溪沙：本調各體比較，詳詞律卷三，詞譜卷四。又，詞譜云：『唐教坊曲名。張泌詞有「露濃香泛山庭花」句，名滿院春；有「東風拂檻露猶寒」句，名東風寒；有「一曲西風醉木犀」句，名醉木犀；有「霜後黃花菊自開」句，名霜菊黃；有「廣寒曾折最高枝」句，名廣寒枝；有「春風初試薄羅衫」句，名試香羅；有「清和風裏綠陰初」句，名清和風；有「一番春事怨啼鵑」句，名怨啼鵑，此調以此（韓）詞爲正體，若薛詞之少押一韻，孫詞，顧詞之攤破字法，李詞之換仄韻，皆變格也。』

㈡冉冉：詳周邦彥蘭陵王注十。

㈢略彴：小橋也。漢書武帝紀：『初榷酒酤。』注：『榷者，步渡橋，爾雅謂之石杠，今之略彴是也。禁閉其事，總利入官，而下無由以得，有若渡水之榷，因立名焉。』陸游詩：『濺濺石渠水，來往一略彴。』

惜分飛㈠ 富陽僧舍作別語贈妓瓊芳

淚濕闌干㈡花著露韻 愁到眉峰碧聚韻 此恨平分取韻 更無言語空相覷韻 斷雨殘雲無意緒

韻寂寞朝朝暮暮韻今夜山深處韻斷魂分付潮囘去韻

【注釋】

㈠惜分飛：本調各體比較，詳詞律卷六，詞譜八。詞律拾遺云：『惜分飛，賀鑄詞名惜雙雙，劉弇詞名惜雙雙令。曹冠詞名惜芳菲。』又此詞以毛滂五千字一詞爲正體，宋元俱照此塡。其餘添字皆變體也。』

㈡淚濕闌干：白居易長恨歌：『玉容寂寞淚闌干，梨花一枝春帶雨。』

【集評】

周煇云：『秦少游發郴州，反顧有所屬，其詞曰：「霧失樓臺」云云。山谷云：「語意極似劉夢得，楚，蜀間語。」「淚濕闌干花著露」云云。毛澤民元祐間罷杭州法曹至富陽所作贈別詞也。因是受知東坡，語盡而意不盡，意盡而情不盡，何酷似少游也？乾道間，舅氏張仁仲宰武康，煇往，見留三日，徧覽東堂之勝。盍澤民嘗宰是邑。於彼老士人家，見別語墨迹。』（清波雜志）沈際飛云：『第一個相別情態，一筆描來，不可思議。』（草堂詩餘正集）

最高樓㈠

微雨過句深院芰荷中韻香冉冉句繡重重韻玉人共倚闌干角句月華猶在小池東韻入人懷句吹鬢影句可憐風韻　分散去讀輕如雲與夢句剩下了讀許多風與月句侵枕簟句冷簾櫳韻剛能小睡還驚覺句略成輕醉早惺忪韻仗行雲句將此恨句到眉峰韻

【注釋】

㈠最高樓：本調各體比較；詳詞律卷十二，詞譜卷十九。又，詞譜云：『此調押平聲韻，或押仄聲韻，但宋、金、元詞押平者居多，其中有前段起句三字，第三句五字者，有前段起句三字，第三句六字者，有前段起句四字，第三句六字者，例如後段第一二字句俱間押仄韻，此爲定格，或後段第一二句三聲叶韻，或第一句押平韻，第二句不押韻，或第一句不押韻，第二句仍押平韻，或第一二句俱不押韻，均屬變格；若全押仄韻則爲無名氏一詞，見之梅苑，宋、金、元無填此者。又此（辛）調前段起句三字，第三句五字者，以此詞爲正體，辛詞五首并同，宋、金、元詞俱照此填。若方詞，司馬詞之添字，元詞之減字，皆變格也。』

木蘭花㈠　盱眙作

長安囘首空雲霧韻 春夢覺來無覔處韻 冷煙寒雨又黃昏句 數盡一堤楊柳樹韻

楚山照眼青無數韻 淮口潮生催曉度韻 西風吹面立蒼茫句 欲寄此情無雁去韻

【注釋】

㈠木蘭花：詳周邦彥木蘭花注一。

㈡長安：詳辛棄疾木蘭花慢注七。

【集評】

鄺士元云：『「西風吹面立蒼茫」。寄興殊怨。』（帶經樓詞話）

小傳

潘汾字元質，金華人，陽春白雪及花庵詞選皆錄其詞。

醜奴兒慢(一)

愁春未醒句 還是清和天氣韻 對濃綠陰中庭院句 燕語鶯啼韻 數點新荷句 翠鈿輕泛水平池韻 一簾風絮句 才晴又雨句 梅子黃時(二)韻 忍記那回句 玉人嬌困句 初試單衣韻 共攜手讀 紅窗描繡句 畫扇題詩韻 怎有而今句 半牀明月兩天涯韻 章臺(三)何處句 多應爲我句 蹙損雙眉韻

【注釋】

(一)醜奴兒慢：本調各體比較；詳詞律卷四，詞譜卷二十二。又，詞律云：『按：（潘）詞，因首四字，後人遂名愁春未醒，夢窗稿「東風未起」是也。圖譜不知卽醜奴兒慢，故爲立一愁春未醒之調，且繼句錯誤殊甚，踵訛襲謬，故詩人之喜塡新名者多受其累矣。總之，作譜者全未費一絲心力，半黍眼光，不審調，不訂韻，不較本篇之前後，不較他詞之異同，隨意斷句，遂曰是足爲程式矣！豈不怪哉！』

(二)梅子黃時：詳賀鑄青玉案注九。

(三)章臺：詳周邦彥瑞龍吟注二。

小傳

呂本中字居仁，壽州人，宋元豐七年甲子生，紹興十五年乙丑卒（公元一〇八四——一一四五）。元祐宰相公著之曾孫。紹興六年賜進士出身，擢起居舍人，累官中書舍人，兼直學士院。因忤秦檜，劾罷，提舉太平觀，卒。學者稱東萊先生。嘗集江西宗派詩。近人趙萬里輯本中詩二十六首爲紫微館詞一卷。

【評語】

曾季貍云：『東萊晚年長短句，尤渾然天成，不減唐花間之作。』（艇齋詩話）

清平樂㈠　柳花

柳塘新漲韻　艇子操雙槳韻　閑倚曲樓成悵望韻　是處春愁一樣韻　傍人幾點飛花韻　夕陽又送棲鴉韻　試問畫樓西畔句　暮雲恐近天涯韻

【注釋】

㈠清平樂：詳賀鑄清平樂注一。

小傳

康與之字伯可，號順庵，滑州人。諂事秦檜，爲秦門下十客之一，官軍器監丞。檜死後，編管欽州，紹興二十八年移雷州，復送新州宋城。玉海卷七十六云：『紹興十五年，康與之爲藉田令。有順庵樂府五卷，不傳。有趙萬里輯本。

【評語】

沈伯時云：『伯可詞如柳耆卿，音律甚協，未免時有俗語。』（樂府指迷）

洞仙歌(一)

若耶溪路韻 別岸花無數韻 欲斂嬌紅向人語韻 與綠荷相倚句 恨回首西風句 波淼淼讀 三十六陂(二)煙雨韻 新裝明照水句 汀渚生香句 不嫁東風被誰誤韻 遣踟躕讀 騷客意句 千里緜緜句 仙浪遠讀 何處凌波微步(三)韻 想南浦(四)讀 潮生畫橈歸句 正月曉風清句 斷腸凝竚(五)韻

【注釋】

(一)洞仙歌：本調各體比較；詳詞律卷十二，詞譜卷二十。塡詞名解云：『洞仙歌，宋蘇軾云：「七歲時，見眉州老尼，朱姓，年九十餘，自言常隨其師入蜀主孟昶宮中，一日天熱，蜀主與花蕊夫人夜起，避暑于摩訶池上，作此詞，獨記其首二句，豈洞仙歌令乎？乃爲足之。」先舒按：「楊元素本事曲偁：見一士人偁昶避暑詞全篇：冰肌玉骨，清無汗。」云云。與蘇軾塡詞不同；且如楊氏所偁，則此調似創自昶矣；而苕溪漁隱云：「當以蘇序爲正。」疑昶原有是詞，蘇後稍更定之耳。』

(二)三十六陂：詳姜夔念奴嬌注七。

(三)凌波微步：詳周邦彥瑞鶴仙注二。

(四)南浦：詳王沂孫南浦注一。

(五)凝竚：詳周邦彥瑞吟注六。

小傳

范成大字致能，號石湖居士，吳郡人，宋靖康元年丙午生，紹興四年癸丑卒（公元一一二六——一一九三）。紹興二十四年進士。孝宗時，累官權吏部尚書，拜參知政事。嘗帥蜀，繼帥廣西，復帥金陵。進資政殿學士，提舉洞霄宮，紹熙四年卒，年六十八，諡文穆。有石湖集行世。

【評語】

劉漫塘云：『范致能、陸務觀以東南文墨之彥，至爲蜀帥，在幕府日，賓主唱酬，每一篇出，人以先覩爲快。』（沈雄古今詞話引）陳廷焯云：『石湖詞音節最婉轉，讀稼軒詞後讀石湖詞，令人心平氣和。』（白雨齋詞

話）

霜天曉角㈠　梅

晚晴風歇韻　一夜春堪折韻　脈脈花疏天淡句　雲來去讀　數枝月韻　勝絕韻　愁更絕韻　此情誰與說韻　惟有兩行低雁句　知人倚讀　闌干雪韻

【注釋】

㈠霜天曉角：本調各體比較：詳詞律卷三，詞譜卷四。又，詞譜云：『霜天曉角，元高拭詞注越調。張輯詞有「一片月，當牕白」句，名月當牕；程垓詞有「須踏夜深月」句，名踏月；吳禮之詞有「長橋月，短橋月」句，名長橋月。此調押仄韻者以林詞，辛詞爲正體，若趙詞葛詞之多押兩韻，程詞吳詞之添字，皆變格也。』

小傳

史達祖字邦卿，號梅溪，汴人。約于宋紹興三十年庚辰生，嘉定三年庚午卒（公元一一六○——一二一○）。有梅溪詞一卷。四朝見聞錄謂韓侂胄爲平章，專倚省吏史達祖奉行文字，擬帖擬旨，俱出其手，侍從柬札，至用申呈，韓敗，遂黥焉。有梅溪詞傳世，以朱彊村重校王本最佳。

【評語】

姜夔云：『梅谿詞奇秀清逸，有李長吉之韻，蓋能融情景於一家，會句意於兩得。』（中興以來絕妙詞選引姜作梅溪詞序）

彭孫遹云：『南宋白石、竹屋諸公，當以梅溪爲第一，昔人謂其分鑣清眞，平睨方回，紛紛三變行輩，不足比數，非虛言也。』（金粟詞話）

王士禛云：『南渡後，梅溪、白石、竹屋、夢窗諸家極妍盡態，反有秦、李未到者，正如唐絕句，至晚唐劉賓客、杜京兆，妙處反進青蓮、龍標一塵。』（花草蒙拾）

周之琦云：『長安索米漫欷歔。祕省申呈不負渠。泉底織綃塵去眼，當時侍從較何如。』（十六家詞選題辭）

周濟云：『梅溪甚有心思，而用筆多涉尖巧，非大方家數，所謂一鉤勒即薄者。』又云：『梅溪詞中，喜用偷字，足以定其品格矣。』（介存齋論詞雜著）

雙雙燕(一)

過春社(二)了句 度簾幕中閒句 去年塵冷韻 差池(三)欲住句 試入舊巢相竝韻 還相雕梁藻井(四)韻 又軟語讀 商量不定韻 飄然快拂花梢句 翠尾分開紅影韻

芳逕韻 芹泥雨潤韻 愛貼地爭飛句 競誇輕俊韻 紅樓歸晚句 看足柳昏花暝韻 應是棲香正穩韻 便(五)忘了讀 天涯芳信韻 愁損翠黛雙蛾句 日日畫闌獨凭韻

【注釋】

(一)雙雙燕：本調各體比較，詳詞律卷十四，詞譜卷二十六。又，歷代詩餘云：『雙雙燕調九十六字，宋，史達祖作詠燕詞，即名其調曰雙雙燕。吳文英一詞少二字，又，後人所損也。又一體（史達祖詞）雙調九十八字，調名始此。因有九十六字詞，故例爲又一體也。』

㈡春社：禮明堂位：『是故夏礿秋嘗冬烝，春社秋省，而遂大蜡，天子之祭也。』又宋史閻守恭傳：『在幷州，因春社會賓客。』王駕社日詩：『桑柘影敘春社散，家家扶得醉人歸。』

㈢差池：詩、邶風、燕燕：『燕燕于飛，差池其羽。』箋云：『差池其羽，謂張舒其尾翼。』

㈣藻井：文選張衡西京賦注云：『藻井，當棟中交方木爲之，如井幹也。』即今之天花板。「還相雕梁藻井」，猶還看雕花之屋梁與彩紋天花板也。相，去聲。

㈤便：猶豈可或縱使也。詳王沂孫眉嫵注二。

【集評】

王士禛云：『僕每讀史邦卿詠燕詞，以爲詠物至此，人巧極天工錯矣。』（花草蒙拾）沈際飛云：『欲字，試字，還字，又字入妙，還相字是星相之相。』（草堂詩餘正集）卓人月云：『不寫形而寫神，不取事而取意，白描高手。』（詞統）戈載云：『美則美矣，而其韻庚青，雜入眞文，究爲玉瑕珠纇。』（七家詞選）王又華云：『韓幹畫馬而身作馬形，凝思之極，理或然也。作詩文亦必如此始工，如史邦卿咏燕，幾于形神俱似。』（古今詞話）王國維云：『賀黃公謂姜論史詞，不偁其「軟語商量」，而偁其「柳昏花暝」，固知不免項羽學兵法之恨；然「柳昏花暝」，自是歐、秦句法，前後有畫工，化工之殊，吾從白石，不能附合黃公矣。』（人間詞話）周爾墉云：『史生穎妙非常，此詞可謂盡物性。』（周評絕妙好詞）鄺士元云：『昔人爲詞，喜堆砌典故，讀之便覺乏味。邦卿雙雙燕一闋，不惟淸新奪俗，亦能活用典實，無半點斧鑿痕蹟。細味之，

似有雙燕飛舞簾前，信然，詠物迨此，已屆絕詣，較之白石，自難定甲乙也。』（帶經樓詞話）

瑞鶴仙(一)

杏煙嬌濕鬢韻　過杜若汀洲(二)句　楚衣香潤韻　回頭翠樓近韻　指鴛鴦沙上句　暗藏春恨韻　歸鞭隱隱韻　便不念讀　芳盟未穩韻　自簫聲讀　吹落雲東句　再數故園花信韻　　誰問韻　聽歌窗罅句　倚月句闌(三)句　舊家(四)輕俊韻　芳心一寸韻　相思後讀　總灰盡韻　奈春風多事句　吹花搖柳句　也把幽情喚醒韻　對南溪讀　桃萼翻紅句　又成瘦損韻

【注釋】

(一)瑞鶴仙：詳周邦彥瑞鶴仙注一。

(二)汀洲：詳賀鑄感皇恩注三。

(三)句闌：猶闌干也。宋段國沙洲記：『吐谷渾于河上作橋，句欄甚嚴飾。』又，宋、元以來俳優樂戶等演藝之所曰句欄。

(四)舊家：詳周邦彥瑞龍吟注十一。

秋霽(一)

江水蒼蒼句　望倦柳殘荷句　共感秋色韻　廢閣先涼句　古簾空暮句　雁程最嫌風力韻　故園信息韻　愛

渠入眼南山碧韻 念上國韻 誰是膾鱸江漢未歸客(二)韻 還又歲晚讀 瘦骨臨風句 夜聞秋聲句
吹動岑寂韻 露蛩鳴讀 淸鐙冷屋句 翻書愁上鬢先白韻 年少俊游渾斷得韻 但可憐處句 無奈冉冉
(三)驚魂句 采香南浦(四)句 翦梅煙驛韻

【注釋】

(一)秋霽：本調各體比較；詳詞律卷八，詞譜卷三十四。又，塡詞名解云：『秋霽之調創自李後主，至宋胡浩然用此調作春晴詞，遂名春霽，又作秋晴詞，亦名秋霽，蓋是一調。詞品忘爲李後主作，乃誤爲陳後主，遂加辯駁，可哂也。』

(二)歸客：詳辛棄疾木蘭花慢注三。

(三)冉冉：詳周邦彥蘭陵王注十。

(四)南浦：詳王沂孫南浦注一。

小傳

張炎，字叔夏，號玉田，又號樂笑翁，西秦人。宋淳祐八年戊申生，延祐五年戊午卒（公元一二四八——一三一八）。家臨安，循王之後。宋亡，落魄縱游，著有詞源二卷，山中白雲詞八卷。有四印齋本，彊村叢書本。詳拙著張炎與宋詞。

【評語】

鄭思肖云：『玉田先輩，仰扳姜堯章、史邦卿、盧蒲江、吳夢窗諸名勝，互相鼓吹春聲於繁華世界，能令三十年西湖錦繡山水猶生清響。』（山中白雲詞序） 舒岳祥云：『玉田張君，自社稷變置，淩煙廢墮，落魄縱飲。北游燕、薊，上公車，登承明有日矣。一日，思江南菰米蓴絲，慨然襆被而歸，不入古杭，扁舟浙水東西，爲漫浪游。散囊中千金裝，吳江楚岸，楓丹葦白，一奚童負錦囊自隨。詩有姜堯章深婉之風，詞有周清眞雅麗之思，畫有趙子固瀟灑之意，未脫承平公子故態，笑語歌哭，騷姿雅骨，不以夷險變遷也。』（山中白雲詞序） 仇遠云：『山中白雲詞，意度超元，律呂協洽，當與白石老僊相鼓吹。』又云：『鉛汞交鍊而丹成，情景交鍊而詞成，指迷妙訣，吾將迎叔夏北面而事之。』（山中白雲詞序） 陸文圭云：『西秦玉田張君，著詞源上下卷，推五音之數，演六么之譜，按月紀節，賦情詠物，自偁得音律之學于守齋楊公，南溪徐公。』（山中白雲詞序）

四庫全書提要云：『炎生于淳祐戊甲，當宋邦論覆，年已三十有三，猶見臨安全盛之日，故所作往往蒼涼激楚，即景抒情，備寫其身世盛衰之感，非徒以翦紅刻翠爲工。至其研究聲律，尤得神解，以之接武姜夔，居然後勁，宋、元之間，亦可謂江東獨秀矣。』（山中白雲詞提要） 周之琦云：『但說清空恐未堪。靈機畢竟雅音涵。故家人物滄桑錄，老淚禁他鄭所南。』（十六家詞選題辭） 周濟云：『玉田，近人所最尊奉，才情詣力亦不後諸人，終覺積穀作米，把纜放船，無開闊手段；然其清絕處，自不易制。』又云：『玉田詞佳者正敵聖與，往往有似是而非者，不可不知。』又云：『叔夏所以不及前人處，祇在字句上着功夫，不肯換意；若其用意佳者，即字字珠輝玉映，不可指摘；近人喜學玉田，亦爲修飾字句易，換意難。』（介存齋論詞雜著）

解連環(一)　孤雁

楚江空晚韻　悵離羣萬里句　恍然驚散韻　自顧影讀　欲下寒塘句　正沙淨艸枯句　水平天遠韻　寫不成書句　只寄得讀　相思一點(二)韻　歎因循誤了句　殘氈擁雪(三)句　故人心眼韻　誰憐旅愁荏苒韻　漫長門夜悄(四)句　錦箏彈怨韻　想伴侶讀　猶宿蘆花句　也曾念春前句　去程應轉韻　暮雨相呼(五)句　怕驀地讀　玉關重見韻　未羞他讀　雙燕歸來句　畫簾半卷韻

【注釋】

(一)解連環：詳辛棄疾漢宮春注六。

(二)相思一點：至正直記云：『張叔夏孤雁詞有「寫不成書，祇寄得相思一點」。人皆偁之曰「張孤雁」。』今按雁行如字，飛遠，肉眼但見一點。詞意本此。

(三)殘氈擁雪：詳秦觀阮郎歸注五。

(四)長門夜悄：詳辛棄疾摸魚兒注四。

(五)暮雨相呼：崔塗孤雁詩云：『暮雨相呼失，寒塘欲下遲。』詞意本此。

【集評】

譚獻云：『起是側入而氣傷于僄。「寫不成書」二句，若檇李之有指痕；「想伴侶」二句，淸空如話；「暮雨」二句，若浪花之圓蹴，頗近自然。』（譚評詞辨）

繼昌云：『「寫不成書，祇寄得相思一點，沈崑詞：「奈一繩雁影，斜飛點點，又成心字。」周星譽詞：「無賴是秋鳴，但寫人人，不寫人何處。」三詞詠雁字名目巧思，皆不落恆蹊。』（左庵詞話）　許昂霄云：『「寫不成書」二句，奇警。「暮雨相呼疾，寒塘欲下遲」，唐，崔塗孤雁詩也。』（詞綜偶評）　鄭士元云：『宋亡之日，玉田年過向立，猶見臨安盛況，自是汗漫南北千里，無復室家樂。解連環之製，恉在假孤雁傷羈旅寂寞，若「誰憐旅愁荏苒，謾長門夜悄，錦箏彈怨」，語多身世悽涼感，讀之使人悵然。』（帶經樓詞話）

探春㈠　雪霽㈡

銀浦流雲句 綠房迎曉句 一抹牆腰月淡韻 煖玉生香句 懸冰解凍句 碎滴瑤階如霰韻 纔放些晴意句 早瘦了讀 梅花一半韻 也知不作花看句 東風何事吹散韻 搖落似成秋苑㈢韻 甚釀得春來句 怕教春見韻 野渡舟迴句 前邨門掩句 應是不勝清怨韻 次第㈣尋芳去句 灞橋外讀 蕙香波暖韻 猶聽簷聲句 看鐙人在深院韻

【注釋】

㈠探春：本調各體比較；詳詞律卷六，詞譜卷三十二。又，詞譜云：『此調以此（姜）詞為正體；若周密詞之換頭多押一韻，陳允平詞之後結句讀小異，猶不失正。若吳文英詞之句讀全異，則變格也。此（吳）詞後段第一二之句與姜詞同，餘俱異，因調名同，亦為類列。』

㈡雪霽：張炎探春詞序云：己亥客闔閭，歲晚江空，暖雨奪雪，篝燈顧影，依依可憐，作此曲，寄戚五雲，書之幾脫腕也。

(三)搖落似成秋苑：詳姜夔淡黃柳注十。

(四)次第：猶急急于或趕緊去之意。辛棄疾鷓鴣天：『新愁次第相拋舍，要伴春歸天盡頭。』次第，猶趕緊之意。

【集評】

許昂霄云：『「纔放些晴意」四句，可謂筆如其手，手如其口矣。不意於咏物題得之。』（詞綜偶評）

高陽臺(一)　西湖(二)春感

接葉巢鶯(三)句　平波卷絮句　斷橋(四)斜日歸船韻　能幾番游句　看花又是明年韻　東風且伴薔薇住句
到薔薇讀　春已堪憐韻　更淒然讀　萬綠西泠(五)句　一抹荒煙韻　　當年燕子知何處句　但苔深韋曲(六)句　艸暗斜川(七)韻　見說(八)新愁句　如今也到鷗邊韻　無心再續笙歌夢句　掩重門讀　淺醉閒眠韻　莫開簾讀　怕見飛花句　怕聽啼鵑韻

【注釋】

(一)高陽臺：詳王沂孫高陽臺注一。

(二)西湖：詳姜夔暗香注八。

(三)接葉巢鶯：杜甫陪鄭廣文遊何將軍山林詩云：『卑枝低結子，接葉暗巢鶯。』詞意本此。

㈣斷橋：詳吳文英憶舊遊注六。

㈤西泠：詳周密曲游春注三。

㈥韋曲：韋曲在陝西長安城南，皇子陂西，唐代韋氏世居於此。與杜曲同爲唐時都人士女郊游之處。

㈦斜川：在江西星子與都昌二縣之間湖泊中。陶潛有游斜川詩云：『開歲倏五十，吾生行歸休。念之動中懷，及辰爲茲遊。氣和天惟澄，班坐依遠流。弱湍馳文魴，閑谷矯鳴鷗。迥澤散游目，緬然睇曾丘。雖微九重秀，顧瞻無匹儔。提壺接賓侶，引滿更獻酬。未知從今去，當復如此不。中觴縱遙情，忘彼千載憂。且極今朝樂，明日非所求。』

㈧見說：聞說也。辛棄疾摸魚兒：『見說道，天涯芳草無歸路。』見說，猶聞說也。

【集評】

陳廷焯云：『玉田高陽臺淒涼幽怨，鬱之至，厚之至，與碧山如出一手，樂笑翁集中亦不多覯。』（白雨齋詞話）譚獻云：『能幾番二句，運掉虛渾。東風二句，是措注，惟玉田能之，爲他家所無。換頭見章法，玉田云：「最是過變不可斷了曲意是也。」』（譚評詞辨）　麥孺博云：『亡國之音哀以思。』（藝蘅館詞選引）　沈祥龍云：『詞貴愈轉愈深，稼軒云：「是他春帶愁來，春歸何處，卻不能帶將愁去。」玉田云：「東風且伴薔薇住，到薔薇，春已堪憐。」下句即從上句轉出，而意更深遠。』（論詞隨筆）　鄺士元云：『玉田高陽臺一闋，化悲憤于濃紅淡綠之中。』又云：『「萬綠西泠，一抹荒煙，當年燕子知何處」，視後主「故國夢重歸，覺來雙淚垂」同一感慨。』（帶經樓詞話）

渡江雲(一)　次趙元甫韻

錦香繚繞地句 深燈挂壁句 簾影浪花斜韻 酒船歸去後句 轉首河橋句 那處認紋紗韻 重盟鏡約句 還記得讀 前度秦嘉韻 惟只有讀 葉題堪寄(二)句 流不到天涯韻　驚嗟韻 十年心事句 幾曲闌干句 想蕭娘(三)聲價韻 閒過了讀 黃昏時候句 疏柳啼鴉韻 浦潮夜擁平沙淨句 問斷鴻讀 知落誰家韻 書又遠讀 空江片月蘆花韻

【注釋】

(一)渡江雲：本調各體比較，詳詞律卷十六，詞譜卷二十八。又，塡詞名解云：『渡江雲小石調曲，取唐人詩「唯鷺一行雁，衡斷渡江雲」。』或據片玉集注取杜甫詩：『風入渡江雲。』

(二)葉題堪寄：詳周邦彥六醜注十一。

(三)蕭娘：唐代以蕭娘爲女子之泛偁，猶偁男子爲蕭郎也。楊巨源崔娘詩：『風流才子多春思，腸斷蕭娘一紙書。』又，元稹詩：『揄揚陶令緣求酒，結托蕭娘祇在詩。』

綺羅香(一)　紅葉

萬里飛霜句 千山落木句 寒豔不招春妒韻 楓冷吳江句 獨客又吟愁句韻 正船艤讀 流水孤村句 似

花繞讀 斜陽歸路韻 甚(二)荒溝讀 一片淒涼句 載情不去載去愁韻 長安(三)誰問倦旅韻 羞見衰顏借酒句 飄零如許韻 漫倚新妝句 不入洛陽花譜韻 爲迴風讀 起舞尊前句 盡化作讀 斷霞千縷韻 記陰陰讀 綠徧江南句 夜窗聽暗雨韻

【注釋】

(一)綺羅香：詳王沂孫綺羅香注一。

(二)甚：詳姜夔淒涼犯注八。

(三)長安：詳辛棄疾木蘭花慢注七。

【集評】

許昂霄云：『「甚荒溝，一片淒涼。」二句，用事無迹，後段彈丸脫手，不足喻其圓美也。「羞見衰顏借酒」二句，比擬最切，「謾倚新妝」二句，香山詩：「醉貌如紅葉，雖紅不是春。」』（詞綜偶評） 鄭士元云：『樂笑翁謂詞要清空，不要質實，信然，證之此詞，當之無媿。』（帶經樓詞話）

清平樂(一)

候蛩淒斷韻 人語西風岸韻 月落沙平紅似練韻 望盡蘆花無雁韻 暗教愁損蘭成(二)韻 可憐夜夜閒情韻 只有一枝梧葉句 不知多少秋聲韻

【注釋】

㈠清平樂：詳晏殊清平樂注一。

㈡蘭成：詳周邦彥大酺注六。

【集評】

許昂霄云：『只有一枝梧葉二句，淡語能腴，常語有致，唯玉田爲然。』（詞綜偶評）　鄭士元云：『「祇有一枝梧葉，不知多少秋聲」，無限幽怨，無限寄託。集中高詣也。』（帶經樓詞話）

八聲甘州㈠　餞沈秋江

記玉關踏雪事清游韻　寒氣敝貂裘韻　傍枯林古道句　長河飲馬句　此意悠悠韻　短夢依然江表㈡句　老淚灑西州㈢韻　一字無題處㈣句　落葉都愁韻　載取白雲歸去㈤句　問誰留楚佩㈥句　弄影中洲㈦韻　折蘆花贈遠句　零落一身秋韻　向尋常讀　野橋流水句　待招來讀　不是舊沙鷗韻　空懷感讀　有斜陽處句　最怕登樓韻

【注釋】

㈠八聲甘州：詳柳永八聲甘州注一。

㈡依然江表：周邦彥隔浦蓮詞：『屏裏吳山夢自到，驚覺，依然身在江表。』江表，猶江南也。

(三)老淚洒西州：晉書謝安傳載羊曇爲謝安所重：『安薨後，輟樂彌年，行不由西州路。嘗大醉，不覺至州門，痛哭而去。』

(四)一字無題處：詳周邦彥六醜注十一。

(五)白雲歸去：陶宏景詔問山中何所有賦詩作答：『山中何所有？嶺上多白雲，祇可自怡悅，不堪持贈君。』

(六)楚佩：楚辭湘君：『捐余玦兮江中，遺余佩兮澧浦。』

(七)中洲：楚辭湘君：『君不行兮夷猶，蹇誰留兮中洲。』詞意本此。

【集評】

譚獻云：『一氣旋折，作壯詞須識此法，白石嚶求稼軒，脫胎耆卿，此中消息，願與知音人參之。「一字無題處」，二句恢詭，結有不着屠沽之妙。』（譚評詞辨）

憶舊遊(一)

記開簾送酒句 隔水懸燈句 款語梅邊韻 未了清游興句 又飄然獨去句 何處山川韻 淡風暗收榆莢(二)句 吹下沈郎錢韻 歎客裏光陰句 消磨豔冶句 都在尊前韻 留連韻 佳人處句 是鑑曲窺鶯句 蘭沼圍泉韻 醉拂珊瑚樹句 寫百年幽恨句 分付吟牋韻 故園幾回飛夢句 江雨夜涼船韻 縱忘卻歸期句 千山未必無杜鵑(三)韻

【注釋】

(一)憶舊游：詳吳文英憶舊游注一。

(二)榆莢：詳秦觀滿庭芳注三。

(三)杜鵑：詳張先山亭燕注三。

【集評】

鄭士元云：『渾厚。』（帶經樓詞話）

小傳

黃公紹字直翁，邵武人。咸淳元年進士，隱居樵溪。有在軒集，古今韻會。

青玉案(一)

年年社日(二)停鍼線韻 爭(三)忍見讀 雙飛燕韻 今日江城春已半韻 一身猶在句 亂山深處句 寂寞谿橋畔韻 征衫著破誰針線韻 點點行行淚痕滿韻 落日解鞍芳草岸韻 花無人戴句 酒無人勸韻 醉也無人管韻

【注釋】

(一)青玉案：詳賀鑄青玉案注一。

(二)社日：詳史達祖雙雙燕注二。

(三)爭：詳柳永傾杯樂注六。

【集評】

陳廷焯云：『不是風流放蕩，祇是一腔血淚耳。』（白雨齋詞話） 鄺士元云：『字字輕快儁妙，讀之使人神彩飛揚。』（帶經樓詞話）

小傳

陳恕可，字行之，固始人，宋寶祐五年丁巳生，元至元五年己卯卒（公元一二五七——一三三九）。以蔭補官。咸淳十年中銓試，授迪功郎泗州虹縣主簿。至元二十七年為西湖書院山長。年六十八，以吳縣尹致仕，自號宛委居士。元順帝至元五年，年八十二。（吳納唐宋名賢百家詞本樂府補題，詞綜均誤作陳恕可。）

齊天樂(一) 蟬

蛻仙飛佩流空遠句 珊珊數聲林杪韻 薄暑眠輕句 濃陰聽久句 勾引淒涼多少韻 長吟未了韻 想猶怯高寒句 又移深窈韻 與整綃衣句 滿身風露正清曉韻 微熏庭院晝永句 那回曾記得句 如訴

幽抱韻　斷響難尋句　餘悲獨省句　葉底還驚秋早韻　齊宮路杳韻　歎事往魂消句　夜閒人悄韻　漫想(二)輕盈句　粉奩雙鬢好韻

【注釋】

(一)齊天樂：詳周邦彥齊天樂注一。

(二)漫想：詳趙以夫孤鸞注五。

小　傳

唐珏，字玉潛，號菊山，越州人。淳祐七年生，至元間，與林景熙同爲採藥之行，潛瘞諸陵遺骨，樹以冬青，謝翶作冬青引以紀之。汴人袁俊官越，延致之，爲買田宅以給焉。樂府補題錄其詞。

齊　天　樂(一)　蟬

蛻痕初染仙莖露句　新聲又移涼影韻　佩玉流空句　綃衣翦霧句　幾度槐昏柳暝韻　幽窗睡醒韻　奈欲斷還連句　不堪重聽韻　怨結齊姬句　故宮煙樹翠陰冷韻　當時舊情在否句　晚妝清鏡裏句　猶記嬌鬢韻　亂咽頻驚句　餘悲漸杳句　搖曳風枝未定韻　秋期話盡韻　又抱葉淒淒句　暮寒山靜韻　付與孤

蛩句 苦吟清夜永韻

【注釋】

(一)齊天樂：詳周邦彥齊天樂注一。

水龍吟(一) 白蓮

淡裝人更嬋娟句 晚奩淨洗鉛華膩韻 泠泠月色句 蕭蕭風度句 嬌紅欲避韻 太液池空(二)句 霓裳舞倦(三)句 不堪重記韻 歎冰魂猶在句 翠輿難駐句 玉簪爲讀 誰輕墜韻 別有凌空一葉句 泛清寒讀 素波千里韻 珠房淚濕句 明璫恨遠句 舊游夢裏韻 羽扇生秋句 瓊樓不夜句 尚遺仙意韻 奈香雲易散句 綃衣半脫句 露涼如水韻

【注釋】

(一)水龍吟：詳秦觀水龍吟注一。

(二)太液池：詳王沂孫眉嫵注八。

(三)霓裳舞：詳辛棄疾賀新郎注三。

【集評】

譚獻云：『汐社諸篇，當以江淹雜詩法讀更上，則郭璞遊仙，元亮讀山海經，字字詄麗，字字瓏玲，學者取月於此梯雲。』（譚評詞辨）

宋四家詞選箋注 卷七

吳文英

小傳

吳文英，字君特，號夢窗，一號覺翁，浙江寧波鄞縣人。約宋慶元六年庚申生，景定元年庚申卒（公元一二〇〇——一二六〇）。父翁某。夢窗其中子也。出後于外家改姓吳，少好文詞，不攻擧子業，未得志場屋。紹定壬辰年約三十餘歲，入蘇州倉幕供職，流連吳會十二年。唱酬頗多，戊申史宅之雲麓，領財計簽書樞密院使事，手握財權，建議括浙西園田，一路騷動，一改其寓規彌遠，退處月湖度態，夢窗與雲麓往還事多見于詞。雲麓晚節不終，固不足爲夢窗病也。繼入爲榮王府賓客。後似道與吳履齋樹敵，履齋爲似道擠排罷相。未幾安置循州。夢窗素依履齋，不直似道所爲，遂與之絕。卒于景定元年後（據夏承燾吳夢窗繫年考訂），傳世有夢窗甲、乙、丙、丁稿，其版本考訂如後：

吳夢窗詞一卷。見孝慈堂書目。

夢窗詞集一卷。明萬曆張廷璋藏舊鈔本，分調類次，略同甲乙稿，視毛本少六十八首，標注宮調者六十四首。

夢窗詞二本。見李蒲汀書目。

夢窗詞集四册。張夫人學象手鈔本與張本同出一源，寒瘦山房藏書。現藏臺灣國立中央圖書館。

夢窗稿四卷，補遺一卷。汲古閣刊本，初刊丙丁二稿，續刊甲乙二稿，刻非一時，譌誤甚多。

夢窗稿四卷，補遺一卷。毛斧季校本，酈衡叔藏書，毛氏用底本校，竝補法曲獻仙音、玉樓春、如夢令三首，而宋樓僅存毛校甲稿一卷。

夢窗稿四卷，補遺一卷。四庫全書本，用毛刻本。

夢窗稿四卷，補遺一卷。續補遺一卷。杜文瀾曼陀花閣校毛本。王半塘謂其失在妄校。

夢窗稿四卷，補遺一卷。四印齋刊本，就毛杜二本定五例校勘。

夢窗詞集一卷，補一卷。彊村遺書本，用明鈔本校印。

夢窗詞集一卷，四校定本，彊村遺書刊本。

夢窗新詞稿。四明張氏藏，明鈔鐵網珊瑚本。

夢窗詞集。北京圖書館藏明抄本。

夢窗稿四卷。四明叢書本，用光緒戊申彊村初刻，字句異同，多採諸本之長。

改正夢窗詞選箋釋一卷。楊鐵夫箋釋。補箋並訂誤。

【評語】

戈載云：『夢窗從吳履齋諸公遊，晚年好塡詞，以綿麗爲尙，運意深遠，用筆幽邃，鍊字鍊句，迥不猶人。貌觀之，雕繢滿眼，而實有靈氣行乎其間。細心吟繹，覺味美方回，引人入勝，既不病其晦澀，亦不見其堆垛，此與清眞、梅溪、白石並爲詞學之正宗，一脈眞傳，時稍變其面目耳。猶之玉溪生之詩，藻采組織，而神韻流轉，旨趣永長，未可妄譏其獺祭也。』（七家詞選）　馮煦云：『夢窗之詞麗而則，幽邃而綿密，脈絡井井，而卒焉不能得其端倪。』（六十一家詞選例言）　孫麟趾云：『夢窗足醫滑易之病，不善學者便流于晦。余謂詞中之有夢窗，猶詩中之有李長吉，篇篇長吉，閱者生厭。篇篇夢窗，亦難悅目。』又云：『石以皺爲貴，能皺必無滑易之病，夢窗最善此。』（詞逕）　周爾墉云：『于逼塞中見空靈，于渾樸中見勾勒，于刻畫中見天然，讀夢窗詞當于此着眼。性情能不爲詞藻所掩，方是夢窗法乳。』（周評絕妙好詞）　陳廷焯云：『夢窗精于造句，超逸處，則仙骨珊珊，洗脫凡豔，幽索處，則孤懷耿耿，別締古歡。』（白雨齋詞話）　樊增祥云：『世人無眞見解，惑于樂笑翁「七寶樓臺」之論，遂謂夢窗詞多理少，能密緻不能清疏，眞瞽談耳。』（樊評彊村詞稿本）　陳洵云：『天祚斯文，鍾美君特，水樓賦筆，年少承平，使北宋之細微而復振，尹煥謂：「前有清眞，後有夢窗。」信乎其知言矣。』又云：『飛卿嚴妝，惟其國色所以爲美。若不覩其倩盼之質，而徒眩其珠翠，則飛卿且譏，何止夢窗，玉田所謂：「拆碎不成片段」者，眩其珠翠耳。』又云：『以澀求夢窗，不如以留求夢窗，見爲澀者，以用事下語處求之，見爲留者，以命意運筆中得之也。以澀求夢窗，即免於晦，亦不過極意鍊麗密止矣，是學夢窗以留夢窗，以窮高極深，一步一境，沈伯時謂夢窗深得清眞之妙，蓋於此得之。』（海綃說詞）

況周頤云：『近人學夢窗輒從密處入手，夢窗密處，能令無數麗字一一生動飛舞。如萬花爲春，非若琱璚蹙繡毫無生氣也。如何能運動無數麗字，恃聰明，尤恃魄力；如何能有魄力，唯厚乃有魄力。夢窗密處易學。』又云：『重者，沈着之謂；在氣格，不在字句，于夢窗詞庶幾近之，卽其芬菲鏗麗之作，中間儁豔字句，莫不有沈摯之思，灝瀚存者厚，沈着者，厚之發見乎外者也。欲學夢窗之緻密，先學夢窗之沈着，卽緻密，卽沈着，非出于緻密之外，超乎緻密之上，別有沈着也。夢窗與蘇辛二公實殊流而同源，其見爲不同，則夢窗緻密其外耳。其至高至勝處，雖擬議形容之，未易得其神似，穎惠之士，束髮操觚，勿輕言學夢窗也。』（蕙風詞話）　鄭文焯云：『君特爲詞，用儁上之才，別構一格，拈韻習取古諧，舉典務出奇麗，如唐賢詩家之李賀，文流之孫樵、劉蛻，錘幽鑿險，開逕自行，學者匪造次所能陳其細趣也。其取字多從長吉詩中得來，故造語奇麗，世士罕尋其源，輒疑太晦，過矣。』（鄭校夢窗詞跋）　周之琦云：『月斧吳剛最上層。天機獨繭自繅冰。世人耳食張春水，七寶樓臺見未曾。』（十六家詞選題詞）　張爾田云：『夢窗詞，殿天水一朝，分鑣清眞，碎璧零璣，觸之皆寶。雖蘊藻溷，其精神行天壤，固自不敝。』（遯堪文存）　周濟云：『尹惟曉「前有清眞，後有夢窗」之說，可謂知言。夢窗每于空際轉身，非具大神力不能。』又云：『夢窗非無生澀處，總勝空滑；況其佳者，文光雲影，搖蕩綠波，撫玩無斁，追尋已遠。』又云：『君特意思甚感慨，而寄情閒散，使人不能測其中之所有。』（介存齋論詞雜著）　又云：『夢窗奇思壯采，騰天潛淵，返南宋之清泚，爲北宋之穠摯。』（宋四家詞選序論）

倦尋芳(一)　餞周糾定夫

暮帆挂雨句　冰岸飛梅句　春思零亂韻　送客將歸句　偏是故宮離苑(二)韻　醉酒曾同涼月舞句　尋芳還

隔紅塵(三)面韻 去留難句 悵芙蓉路窄句 綠楊天遠韻 便繫馬讀 鶯邊清曉句 煙草晴花句 沙潤香輭韻 爛錦年華句 誰念故人游倦韻 寒食(四) 相思堤上路句 行雲應在孤山(五)畔韻 寄新吟句 莫空回句 五湖(六) 春雁韻

【注釋】

(一)倦尋芳：本調各體比較，詳詞律卷十四，詞譜卷二十四。捫蝨新語云：『王元澤（雱）一生不作小詞，或笑之，元澤遂作倦尋芳慢一首，時服其工，今人多能誦之；然元澤自此亦不復作。』（倦尋芳亦曲名）

(二)故宮離苑：楊鐵夫夢窗詞選箋釋校云：『按此詞玩「故宮離苑」句，知餞時在吳堤上。』

(三)紅塵：詳秦觀金明池注五。

(四)寒食：詳周邦彥蘭陵王注四。

(五)孤山：今浙江杭州市西湖中後湖與外湖之間，孤峰獨聳，秀麗清幽，爲湖山勝地。宋處士林逋隱此，養鶴植梅，今逋墓鶴冢猶在，梅樹尚多。

(六)五湖：五湖指今之太湖。史記河渠書云：『于吳則通渠三江五湖。』集解：韋昭曰：『五湖，湖名耳，實一湖，今太湖是也。』又，王同祖太湖考：『歷考傳記所載，五湖即是太湖。』張勃吳錄曰：『五湖者，太湖之別名。以其周行五百餘里，故以五湖名。』

【集評】

楊鐵夫云：『此詞在吳稿非極詣，但以其容易學步，故錄之。』又云：『從行人已到西湖說，字字稚飾，讀之可

化塵俗。』（改正夢窗詞選箋釋）

憶舊遊(一) 別黃澹翁(二)

送人猶未苦句 苦送春讀 隨人去天涯韻 片紅都飛盡句 陰陰潤綠句 暗裏啼鴉韻 賦情頓雪雙鬢句 飛夢逐塵沙韻 歎病渴(三)淒涼句 分香(四)瘦減句 兩地看花韻 西湖(五)句 斷橋路(六)句 想垂楊繫馬(七)句 依舊欹斜韻 葵麥迷煙處句 問離巢孤燕句 飛過誰家韻 故人爲寫深怨句 空壁掃秋蛇(八)韻 但醉上吳臺句 殘陽草色歸思賒韻

【注釋】

(一)憶舊遊：本調各體比較；詳詞律卷十七，詞譜卷三十。塡詞名解云：『憶舊遊取顧況詩：「終身憶舊遊。」』又，李白有憶舊遊贈白馬詩云：『此地別夫子，今來思舊遊。』詞譜云：『憶舊遊調始淸眞樂府，一名憶舊遊慢。此調以此詞（周）爲正體，方千里、楊澤民、陳允平、趙以夫、張炎等詞俱依此塡，若吳詞之減字，周詞、劉詞之添字，皆變格也。』

(二)黃澹翁：澹翁名中，事未詳。趙聞禮陽春白雪載其瑞鶴仙詞一闋。又，朱箋施恒橫舟稿云挑燈細語促漏忘歸，即事有賦時黃澹翁在焉。

(三)病渴：猶消渴也。漢書司馬相如傳：『相如口吃而善著書，常有消渴病。』王先謙補注引沈欽韓：『素問奇病論：「脾癉者數食甘美而多肥也，肥者令人內熱，甘者令人中滿，故其氣上溢轉爲消渴」。』馬蒔注：『胃中熱溢，津液枯固，水穀卽消，謂之曰消有上消、中消、下消。』又，消渴或作消瀫。釋名，釋疾病：『消瀫，消，渴也。』注：『引飲不止也。』按：卽今人偁糖尿病是也。

(四)分香：魏武帝遺令云：『餘香可分與諸夫人，諸舍中無所爲，學爲履組賣也。』按舍中，指衆妾。

(五)西湖：詳姜夔暗香注八。

(六)斷橋：杭州西湖十景之「斷橋殘雪」，地近孤山側。

(七)垂楊繫馬：辛棄疾念奴嬌書東流村壁詞云：『野塘花落又匆匆過了，淸明時節，刬地東風欺客夢，一枕雲屏寒怯，曲岸持觴，垂楊繫馬，此地曾經別。樓空人去，舊遊飛燕能說，聞道綺陌東頭，行人曾見，簾底纖纖月。舊恨春江流不斷，新恨雲山千疊，料得明朝，尊前重見，鏡裏花難折。也應驚問，近來多少華髮。』吳詞下闋大意取此。

(八)秋蛇：言書法也。晉書王羲之傳：『子雲近世擅名江表，然僅得成書，無丈夫之氣，行行如縈春蚓，字字若綰秋蛇。』鄭恩伯云：『春蚓秋蛇本譏筆力之弱，夢窗用之以偁人書，可謂活用字典。書法本可偁龍蛇，然此詞中著一龍字未免刺目，必用秋字始與上下諸字面相稱也。』

【集評】

陳洵云：『言是傷春，意是憶別，此恨於觸卽發，全不注在澹翁也。故曰：「送人猶未苦，片紅潤綠，比興之義跌起，賦情筆力奇重，病渴分香。」意乃大明，不爲送人，亦不爲送春矣。「西湖斷橋」，昔之別地。下二句言風景不殊，「離巢」二句，謂其人已去，故人澹翁寫怨，正與賦情對看，言我方在此賦情故人，則到彼爲我寫怨矣。澹翁此行當是由吳入杭。』（海綃說詞）　楊鐵夫云：『回首西湖，看一想字，知送客不在杭，因下有醉上吳臺句。』又云：『殘陽草色頗切澹翁歸思，賒者言姬終無歸思也。此詞又可爲姬去後，夢窗再寓吳之證。』

（改正夢窗詞選箋釋）

點絳唇㈠ 試燈㈡夜初晴

卷盡愁雲句 素娥㈢臨夜新梳洗韻 暗塵不起韻 酥潤凌波㈣地韻 輦路重來句 仿佛燈前事韻

情如水韻 小樓熏被韻 春夢笙歌裏韻

【注釋】

㈠點絳唇：詳晏幾道點絳唇注一。

㈡試燈：舊例正月十三爲試燈夜。

㈢素娥：詳周邦彥解語花注七。

㈣凌波：詳周邦彥瑞鶴仙注二。

【集評】

譚獻云：『起稍平，換頭見拗怒，「情如水」三句，足當咳唾珠玉四字。』（譚評詞辨）

西子妝㈠ 夢窗自度腔，湖上清明㈡薄游

流水趜塵句 豔陽醅酒句 畫舸游情如霧韻 笑拈芳艸不知名句 乍凌波(三)讀 斷橋(四)西境韻 垂楊漫舞韻 總不解讀 將春繫住韻 燕歸來句 問彩繩纖手句 如今何許(五)韻　歡盟誤韻 一箭流光句 又趁寒食(六)去韻 不堪衰鬢著飛花句 傍綠陰讀 冷煙深樹韻 元都秀句韻 記前度讀 劉郎曾賦(七)韻 最傷心句 一片孤山細雨韻

【注釋】

(一)西子妝：本調各體比較；詳詞律卷十四，詞譜卷二十五。詞譜云：『西子妝調見夢窗甲稿，張炎詞序、吳夢窗自製此曲，或加慢字，此調始自此詞，有張炎詞一首可校。』

(二)清明：詳張先青門引注二。

(三)凌波：詳周邦彥瑞鶴仙注二。

(四)斷橋：詳吳文英憶舊遊注六。

(五)何許：詳王沂孫掃花游注三。

(六)寒食：詳周邦彥蘭陵王注四。

(七)前度劉郎：詳周邦彥瑞龍吟注十。

【集評】

楊鐵夫云：『問者燕問不若已問，而燕詞，語妙。』（改正夢窗詞選箋釋） 宋翔鳳云：『吳夢窗西子粧云：「流水麴塵，豔陽醅酒。」按醅酒謂酒味醅烈也。白香山詠家醞云：「甕揭開時香醅烈。」此醅字所本，太白詩

：「風吹柳花滿店香，吳姬壓酒勸客嘗。」當風吹柳花之時，先聞香味酷烈，然後知店中有酒，故先言香，後言酒也。豔陽酤酒，正同此意。萬氏詞律皆酤字之譌，然但言酤酒便索然無味。』（樂府餘論）

唐多令（一）

何處合成愁韻離人心上秋（二）韻縱芭蕉讀不雨也颼颼（三）韻都道晚涼天氣好句有明月讀怕登樓（四）韻　年事夢中休韻花空煙水流韻燕辭歸客尚淹留（五）韻垂柳不縈裙帶住句漫（六）長是讀繫行舟韻

【注釋】

(一)唐多令：本調各體比較；詳詞律卷九，詞譜卷十三。詞譜云：『太和正音譜越調，亦入高平調，一名糖多令，周密因劉過詞有：「二十年重過南樓」句，名南樓令，張翥詞有：「花下細箜篌」句，名箜篌曲，此調以此（劉）詞爲正體，宋元人俱如此塡，若吳詞周詞之添字，皆變體也。』

(二)心上秋：用離合字法，將愁字拆爲心，秋。

(三)颼颼：狀風雨之聲。鄭谷鷺詩：『靜眠寒葦雨颼颼。』言雹也。又，王炎草庵詩：『淸風颼颼竹萬箇。』言風也。

(四)明月登樓句：范仲淹蘇幕遮：『明月樓高休獨倚，酒入愁腸化作相思淚。』詞意或本此。

(五)燕辭歸客：曹丕燕歌行：『羣燕辭歸雁南翔，念君客遊思斷腸。』詞意本此。

【集評】

張炎云：『此詞疏快，卻不質實，如是者集中尚有，惜不多耳。』（詞源） 沈際飛云：『所以感傷之本，豈在焦雨？妙妙。』（草堂詩餘正集） 王士禛云：『「何處合成愁，離人心上秋。」滑稽之雋，與龍輔閨怨詩：「得郎一人來，便可成仙去。」同是子夜體。』（花草蒙拾） 陳洵云：『玉田不知夢窗，乃欲拈出此闋牽彼就我，無識者，羣聚而和之，遂使四明絕調，沈沒幾二百年，可歎！』（海綃說詞） 陳廷焯云：『張皋文詞選獨不收夢窗，以夢窗與耆卿、山谷、改之同列，不知夢窗者也。至董毅續詞選祇取夢窗唐多令、憶舊遊兩篇，此二篇絕非夢窗高詣；唐多令幾於油腔滑調，在夢窗集中，最屬下乘，續選獨取，豈故以其下者以實皋文之言耶？謬矣！』（白雨齋詞話） 鄺士元云：『此詞似欠渾厚，然佳作不必渾厚，五代北宋遺響多如此，視易安「花自飄零水自流，一種相思兩處閑愁。此情無計可消除，才下眉頭，卻上心頭。」有異曲同愁之妙。世之病其油腔滑調者，一時興到言耳。若必譏「屬下乘之作」，止庵豈無見哉？』（帶經樓詞話）

玉漏遲(一) 中秋(二)

雁邊風訊小句 飛瓊(三)望杳句 碧雲先晚韻 露冷闌干句 定怯藕絲冰腕韻 淨洗浮雲片玉句 勝花影讀 春鐙相亂韻 秦鏡(四)滿韻 素娥(五)未肯讀 分秋一半韻 每圓處卽良宵句 甚(六)此夕偏饒句 對歌臨怨韻 萬里嬋娟(七)句 幾許霧屏雲幔韻 孤兎淒涼照水句 曉風起讀 銀河(八)西轉韻 摩淚眼韻 瑤臺(九)夢回人遠韻

【注釋】

㈠玉漏遲：本調各體比較；詳詞律卷十四，詞譜卷二十三。又，白香詞譜題解云：『本調係宋詞，因取當代廟堂樂章新義，合諸古代琴曲，以創斯名。』又，琴曲譜錄云：『古琴曲有玉漏遲。宋僧居月琴書類集，列于下古琴弄名中。宋史樂志鼓吹：「眞宗封禪六州，良夜永，玉漏正遲遲。」牌意或取此。』（按玉漏遲亦曲牌名）

㈡中秋：詳辛棄疾木蘭花慢注一。

㈢飛瓊：喻月也。

㈣秦鏡：西京雜記云：『秦始皇有鏡，能照見人腸胃五臟，女子有邪心，則膽張心動。後世頌官吏之善于折獄者曰「秦鏡高懸」。』，此詞言秦鏡，喻月滿也。

㈤素娥：詳周邦彥解語花注七。

㈥甚：詳姜夔淒涼犯注八。

㈦嬋娟：鄭珍說文新坿考謂：『嬋娟凡兩義，一爲婦女美色，一爲楚辭嬋媛牽引之義，楚辭嬋媛有作嬋娟之本，娟，媛不異。』孟郊嬋娟篇：『花嬋娟，泛春泉，竹嬋娟，籠曉煙；妓嬋娟，不長妍；月嬋娟，眞可憐。』

㈧銀河：詳范仲淹御街行注三。

㈨瑤台：詳蘇軾賀新涼注五。

【集評】

鄭士元云：『以「飛瓊望杳」爲全闋主脈，以望之不得而涉遐思，以月被雲遮喻君子不爲時用，至如「飛瓊」、「秦鏡」、「素娥」之喻月，換字不換意，稍嫌堆砌。』（帶經樓詞話）

祝英臺近(一) 除夜立春(二)

翦紅情句 裁綠意句 花信上釵股韻 殘日東風句 不放歲華去韻 有人添燭西窗句 不眠侵曉句 笑聲轉讀 新年鶯語韻

舊尊俎韻 玉纖曾擘黃柑句 柔香繫幽素韻 歸夢湖邊句 還迷鏡中路韻 可憐千點吳霜句 寒消不盡句 又相對讀 落梅如雨韻

【注釋】

(一)祝英臺近：本調各體比較，詳詞律卷十一，詞譜卷十八。寧波府志云：『東晉，越有梁山伯，祝英臺嘗同學，祝先歸，梁後訪之，乃知祝為女，欲娶之，然祝已許馬氏之子。梁忽成疾，後為鄞令，且死，遺言葬清道山下，明年，祝適馬氏，過其地，而風濤大作，舟不能進，祝乃就塚哭之哀痛，其地忽裂，祝投而死之。事聞丞相謝安，請封為義婦。今吳中有花蝴蝶，蓋橘蠹所化，兒童亦呼梁山伯、祝英臺云。』又：商紂焚林紀異云：『英臺者，古之英雄插血會盟之所，在漢都之北，曠埜之中麓處，有巨室如臺，蒼松怪石，如城郭之圍，端氣祥煙，如月青之彩，自紂勅建臺殿為墅，命吏守之。一日，有一嬌娃，夜宿歧道，值吏醉歸，見而逐之。告曰：「俺祝氏也，奉上帝命，收英臺木為用。」吏奴擊之而歸，未抵平臺，火焚林木，臺殿已成燼餘，火猶未熄，氏即帶索投入火中，煙迷火熾，即四翼赤鳥乘婦騰，南望之，遂不成矣。吏駭然酒醒，以事聞之于上，紂王不信，即斬之。洪巨卿奏曰：「祝氏者，應是火神也，有此奇聞，則當省刑薄斂，齋戒禳災，庶畿內恬寧，宮幃無穢。吏之言不信則已，而乃殺之，母乃不可乎！」上怒，即以洪付之廷尉，三日後，紂至廷腋，有火光神，視朝，亦見火光殿，驚問伴臣，皆言不見，紂王睫眼祝之，美婦之形見矣，嬌麗無比，慘慼異常，于是王心有悔，憫吏之死，而釋洪之罪，如洪之言，爲之設醮畢，壇外災有赤髮鬼子，長三尺餘，手執符繞臺百武，棄符縮入竇中而去，嚶嚶如小兒啼，符上有字，曰祝氏臺無礙，上聞之，爰命諸司，重揣祠而祝之，名其臺曰：「祝氏宗臺」，遂名百官作英臺序以紀其事云。』

(二)翦紅情，裁綠意：武林舊事云：『立春前一日，臨安府進大春牛，用五色絲綵鞭牛，掌管預造小春牛數十，飾綵旛雪柳，分送殿閣巨璫，各隨以金銀錢彩段爲酬。是月後苑辦造春盤供進，及分賜貴邸宰臣巨璫、翠縷、紅絲、金鷄、玉燕，備極精巧，每盤值萬錢，學士院撰進春帖子，皇后、貴妃、夫人、諸閣，各有定式，絳羅金縷，華粲可觀。』

(三)花信：詳王沂孫瑣窗寒注二。

(四)新年鶯語：唐，杜甫詩：『鶯語入新年』詞意本此。

【集評】

彭孫遹云：『余獨愛夢窗除夕立春一闋，兼有天人之巧。』（金粟詞話）　陳廷焯云：『「上」字婉細。』（白雨齋詞話）　陳洵云：『前闋極寫人家守歲之樂，全爲換頭三句追攝遠神，與「新腔一唱雙金斗」一首同一機杼。彼之「何時」，此之「舊」字，皆一篇精神所注。』（海綃說詞）　鄺士元云：『「上」字語妙。「落梅如雨」甚有畫意。』（帶經樓詞話）

祝英臺近　春日客龜溪(一)游廢園

采幽香句 巡古苑句 竹冷翠微路韻 門草(二)溪根句 沙印小蓮步韻 自憐兩鬢清霜句 一年寒食(三)句 又身在讀 雲山深處韻 畫閒度韻 因甚(四)天也慳春句 輕陰便成雨韻 綠暗長亭句 歸夢趁風絮韻 有情花影闌干句 鶯聲門徑句 解留我讀 霎時凝竚(五)韻

【注釋】

(一)龜溪：德清縣志云：『龜溪古名孔愉澤，卽余不溪之上流。昔孔愉見漁者得白龜于溪上，買而放之。』

(二)門草：詳柳永門百花注六。

(三)寒食：詳周邦彥蘭陵王注四。

(四)甚：詳姜夔淒涼犯注八。

(五)凝竚：詳周邦彥瑞龍吟注六。

【集評】

陳廷焯云：『婉轉中自有筆力。』（白雨齋詞話） 鄺士元云：『王觀堂謂「有我之境，無我之境」，夢窗以「霎時凝竚」結筆，又更進一境，益見工力。』（帶經樓詞話）

喜遷鶯(一) 福山(二)蕭寺歲除

江亭年暮韻 趁飛雁又聽句 數聲柔櫓韻 藍尾杯單(三)句 膠牙餳淡句 重省舊時羇旅(四)韻 雪舞野梅

籬落句　寒擁漁家門戶韻　晚風陗句　作初番花信(五)句　春還知否韻　何處韻　壓豔冶句　紅燭畫堂句　博簺良宵午韻　誰念行人句　愁先芳草句　輕送年華如羽韻　自剔短檠不睡句　空索彩桃新句韻　便歸好句　料鵝黃(六)　已染句　西池千縷韻

【注釋】

(一)喜遷鶯：本調各體比較；詳詞律卷四，詞譜卷六。塡詞名解云：『喜遷鶯一名鶴沖天，皆取唐韋莊詞中語也。』詞譜云：『此調有小令長調兩體，小令起於唐人，太和正音譜注黃鍾宮，因韋莊詞有「爭看鶴沖天」句，更名鶴沖天。（按：毛文錫亦有「喬木見鶯遷」之句。）和凝詞有「飛上萬年枝」句，名萬年枝；馮延巳詞有「殘臘裏早梅芳」句，名早梅芳。長調起于宋人，梅溪集注黃鍾宮，白石集注太簇宮，俗名中管高宮，江漢詞一名烘春桃李。長調以唐詞爲正體，其餘攤破句法，皆變體也，若姜夔詞之添字，自注高宮者，又與各家不同。』

(二)福山：彊叢小箋云：『福山在常熟縣治西，本名覆釜山，後改今名。』

(三)藍尾杯單，膠牙餳淡句：白樂天詩云：『歲盞舊推婪尾酒，春盤先進膠牙餳。』按：膠讀去聲，藍，婪通侯。

白酒律謂酒巡匝末坐者連飲三杯，爲婪尾酒膠牙餳取膠固義。

(四)羇旅：詳陸游鵲橋仙注三。

(五)花信：詳王沂孫瑣窗寒注二。

(六)鵝黃：詳姜夔淡黃柳注六。

【集評】

陳洵云：『「趁飛雁又聽數聲柔櫓」，已動歸興。「藍尾」二句，人家節物，歸興愈濃，至此咽住，卻翻身軼出「舊時羇旅」，言欲歸不得，正不止今日江亭也。讀者得訣在辨承轉，讀六朝文如是，吳詞亦如是，「雪舞」以下江亭風景，言此時宜做初番花信矣，而峭寒如此，天心尚可問乎，身世之感，言外寄慨，何處正對江亭，博簺良宵則無復關心花信。故曰：「誰念行人，愁先芳草」，「短檠」二句，非紅燭畫堂所知，便歸如蓋猶未也。結句正見年華如羽，見在如此未可知。』（海綃說詞）

楊鐵夫云：『逆入藍尾二句是舊時羇旅事，是倒裝法。』（改正夢窗詞選箋釋）

高陽臺(一) 落梅

宮粉凋痕句 仙雲墮影句 無人野水荒灣韻 古石霾香句 金沙鎖骨連環韻 南樓不恨吹橫笛句 恨曉風讀 千里關山韻 半飄零讀 庭下黃昏句 月冷闌干韻

壽陽(二)宮裏愁鸞鏡(三)句 問誰調玉髓句 暗補香瘢韻 細雨歸鴻句 孤山(四)無限春寒韻 離情難倩招清些句 夢縞衣讀 解珮(五)溪邊韻 最愁人句 啼鳥晴明句 葉底清圓韻

【注釋】

(一)高陽臺：詳王沂孫高陽臺注一。

(二)壽陽：指壽陽公主。翰苑新書云：『南朝宋武帝女，人日臥含章殿簷下，梅花飄著其額，成五出之花，因仿之爲梅花妝。』

(三)鸞鏡：詳王沂孫高陽臺注四。

(四)孤山：詳吳文英倦尋芳注五。

(五)解珮：列仙傳：『江妃二女遊於江濱，逢鄭交甫，遂解珮與之，交甫受珮而去，數十步，懷中無珮，女亦不見。』

【集評】

陳廷焯云：『夢窗高陽臺一篇，既幽怨，又清虛，幾欲突過中仙詠物諸篇，集中最高之作。』（白雨齋詞話）

楊鐵夫云：『開端即寫梅花落而不嫌其突者，以落梅境界更空闊，不虞其窘也。』（改正夢窗詞選箋釋）

鄺士元云：『吳夢窗高陽臺落梅一闋，藉花榭傷人事盛衰，「孤山無限春寒，離情難倩招清些」。有楚騷招魂遺意，讀之使人黯然，集中高詣也。』（帶經樓詞話）

高陽臺(一)　豐樂樓(二)

修竹凝妝句　垂楊駐馬句　憑闌淺畫成圖韻　山色誰題句　樓前有雁斜書韻　東風緊送斜陽下句　弄舊寒讀　晚酒醒餘韻　自銷凝(三)讀　能幾花前句　頓老相如(四)韻

傷春不在高樓上句　在燈前敧枕句　雨外熏鑪韻　怕艤游船句　臨流可奈清癯韻　飛紅若到西湖(五)底句　攪翠瀾讀　總是愁魚(六)韻　莫重來句　吹盡香緜句　淚滿平蕪韻

【注釋】

㈠高陽臺：詳王沂孫高陽臺注一。

㈡豐樂樓：咸淳臨安志云：『豐樂樓在豐豫門外，舊名聳翠樓，據西湖之會，千峰連環，一碧萬頃，為遊覽最。顧以官酤喧雜，樓亦卑小，弗與景稱。咸淳九年，趙安撫與籌始撤新之，瑰麗宏特，高切雲漢，遂為西湖之壯，縉紳多聚拜於此。』

㈢銷凝：詳秦觀八六子注六。

㈣相如：司馬相如，字長卿，漢成都人。少好書，學擊劍，慕藺相如之為人，口吃而善著書，景帝時，為武騎常侍，病免，武帝時，以獻賦為郎，通西南夷有功，尋拜孝文園令，又以病免，所作有子虛、上林、大人等賦，詞藻瑰麗，氣韻排宕，為漢代之詞宗，楊雄稱之曰：『長卿之賦，非自人間來，神化之所至也。』

㈤西湖：詳姜夔暗香注八。

㈥愁魚：猶愁予或愁吾也。王國維云：『周禮天官䱷人。釋文：「䱷或作魰。」䱷、魰同字。知𧇡、魚亦一字。魚，吾同音，往往假𧇡為吾，齊子仲姜鎛云：「保𧇡兄弟，保𧇡子姓」。即保吾兄弟，保吾子姓也。沇兒鐘，「䱷以宴以喜」，即吾以宴以喜也。史記河渠書：「功無已時兮，吾山平」。吾山即魚山。』王說是也。按：浙江通志藝文門作『愁予』。

【集評】

陳廷焯云：『題是樓，偏說傷春不在高樓上，何等筆力。』（白雨齋詞話）陳洵云：『「淺畫成圖」，半壁偏安也；「山色誰題」無與託國者；「東風緊逸」，則危急極矣。凝妝駐馬，依然歡會，酒醒人老，偏念舊寒；燈前雨外，不禁傷春矣。「愁魚」，殃及池魚之意。「淚滿平蕪」，城邑邱墟，高樓何有焉，故曰：「傷春不在高樓上。」是吳詞之極沈痛者。』（海綃說詞）麥孺博云：『穠麗極矣，仍自清空，如此等詞，安能以「七寶樓臺」誚之。』（藝蘅館詞選）鄭士元云：『夢窗豐樂樓分韻得「如」字。卻云「傷春不在高樓」，豈「身在江湖，心存魏闕」歟！別有寄託歟！』又云：『海綃翁曰：「愁魚，乃殃及池魚之意」，誤釋「魚」字。』（帶經樓詞話）

解語花㈠ 梅花

門橫皺碧句 路入蒼煙句 春近江南岸韻 暮寒如翦韻 臨溪影讀 一一半斜清淺韻 飛霙弄晚韻 蕩千里讀 暗香平遠韻 端正看讀 瓊樹三枝句 總似蘭昌㈡見韻 酥瑩雲容夜煖韻 伴蘭翹清瘦句 簫鳳柔婉韻 冷雲荒苑㈢韻 幽棲久讀 無語暗申春怨韻 東風半面韻 料準擬讀 何郎㈣詩卷韻 歡未闌讀 煙雨青黃句 宜晝陰庭館韻 （荒苑本作荒翠，誤失一韻）

【注釋】

㈠解語花：詳周邦彥解語花注一。

㈡蘭昌：唐書地理志載福昌縣西有蘭昌宮。詞綜偶評云：『蘭昌宮名「瓊樹」以下五句，全用薛昭遇雲容事。』
（載華附識思岩兄云：雲容張氏蘭翹，劉氏鳳臺，蕭氏瓊豔；三枝半夜，即薛詩也。）

㈢冷雲荒翠：四庫提要謂「翠」字失韻，毛本改「翠深荒院」。詞律從之。鄭文焯曰：『此句非當韻。詞律以意改「院」，戈氏從而改句耳。』

(四)何郎：詳姜夔暗香注五。

【集評】

鄺士元云：『夢窗以梅喻妓，製冶游詞，蓋別有寄託。「春近江南岸，暮寒如翦」，春已近，猶寒如翦，知時態之艱苦，喻小人得勢。「無語申春怨」，「申」字何等筆力，何等深思。信千古失意士人胸中語。』（帶經樓詞話）

齊天樂(一)

新煙初試花如夢句 疑收楚峰殘雨韻 茂苑(二)人歸句 秦樓燕宿句 同惜天涯爲旅韻 游情最苦韻 早柔綠迷津句 亂莎荒圃韻 數樹梨花句 晚風吹墮半汀鷺韻 流紅江上去遠句 翠尊曾共醉句 雲外別(作平)墅韻 淡月秋千(三)句 幽香巷陌句 愁結傷春深處韻 聽歌看舞韻 駐不得當時句 柳蠻樊素(四)句 睡起厭厭(五)句 洞簫誰院宇韻

煙波桃葉西陵路(六)句 十年斷魂潮尾韻 古柳重攀句 輕鷗驟別句 陳迹危亭獨倚韻 涼颸乍起韻 渺煙磧飛帆句 暮山橫翠韻 但有江花句 共臨秋鏡照憔悴韻 華堂燭(作平)暗送客句 眼波回盼處句 芳豔流水韻 素骨凝冰句 柔蔥蘸雪句 猶憶分瓜深意韻 清尊未洗句 夢不濕行雲句 漫沾殘淚韻 可惜秋宵句 亂蛩疏雨裏韻

【注釋】

(一)齊天樂：詳周邦彥齊天樂注一。

(二)茂苑：左思吳都賦：『帶朝夕之濬池，佩長洲之茂苑。』注：『漢書枚乘上書曰：「修治上林，圈守禽獸，不如長洲之苑。」』

(三)秋千：詳歐陽修蝶戀花注八。

(四)柳蠻樊素：唐白居易有姬樊素善歌，妓小蠻善舞，有詩云：『櫻桃樊素口，楊柳小蠻腰。』

(五)厭厭：詳柳永鬥百花注五。

(六)西陵路：詳周邦彥應天長慢注七。

【集評】

楊鐵夫云：『「愁結傷春深處」兜轉方纔逆入卽又平出，用筆眞如生龍活虎。「澹月鞦韆，幽香巷陌」，不從去字轉下，乃從去後描寫，是透過一層鉤勒亦渾厚。』又云：『換頭處逆入。』（改正夢窗詞選箋釋）陳洵云：『此（煙波桃葉）與鶯啼序蓋同一年作，彼云十載，此云十年也。西陵邂逅之地，提起斷魂潮尾，跌落中間送客一事，留作換頭點睛，三句相爲起伏；最是局勢精奇處。』（海綃說詞）鄺士元云：『余低唱夢窗「新煙初試花如夢」一闋，覺其運意深遠，用筆綿麗夐俗，比味方回，有淸眞遺意，信四明絕調也。樂笑翁譏爲「七寶樓臺，眩人眼目」。亦興到言耳。』（帶經樓詞話）

掃花游(一)　送春古江村(二)

水園沁碧句 驟夜雨飄紅句 竟空林島韻 豔春過了韻 有塵香墜鈿句 尚遺芳草韻 步繞清陰句 漸覺交枝逕小韻 醉深窈韻 愛綠葉翠圓句 勝看花好韻 　芳架雪未掃韻 怪翠被佳人句 困迷清曉韻 柳絲繫棹韻 問閶門自古句 送春多少韻 倦蜨慵飛句 故撲簪花破帽韻 酹殘照韻 掩重城讀 暮鐘不到韻

【注釋】

(一)掃花游：詳王沂孫掃花游注一。

(二)古江村：馮桂芬蘇州志云：『西園在閶門西，洛人趙思別業也。張孝祥大書其扁曰古江村。』（夏承燾定爲壬辰之作）

【集評】

楊鐵夫云：『用提空寫法，筆超而語摯，多少盍欲援人比己聊以白慰。』又云：『倦蝶尚知蠻花，況人乎。』（改正夢窗詞選箋釋）

解蹀躞(一)

醉雲又兼醒雨句 楚夢時來往韻 倦蜂剛著梨花惹游蕩韻 還作一段相思句 冷波葉舞愁紅句 送人雙槳韻 　暗凝想韻 情共天涯秋黯(可叶)韻 朱橋鎖深巷韻 會須(二)投得輕分頓惆悵韻 此去幽

曲誰來句可憐殘照西風句半妝樓上韻

【注釋】

㈠解蹀躞：本調各體比較；詳詞律卷十一，詞譜卷十七。片玉集注云：『解蹀躞，商調。古詩曰：「白馬黃金鞍，蹀躞柳城前。」』蹀躞，緩行貌。

㈡會須：猶應須也。李白將進酒詩：『烹羊宰牛且爲樂，會須一飲三百杯。』其義皆應須也。

㈢投得：謝掄元云：『投得，贏得也。北曲中常見。』

【集評】

陳洵云：『此蓋其人去後，過其舊居而作也。從題前起，言前此未來，魂夢固已時到矣。且疑醉疑醒，如倦蜂之迷着矣。「梨花」，乃梨花雲事，亦夢也。三句一氣非景語，「還做一段相思」，從下二句，見還做句，倒提下二句逆挽。「朱橋深巷」，「殘照西風」，夢境依稀，通體渾化，欲學清眞，當先識此種。』（海綃說詞）

楊鐵夫云：『以次序言先別而後思，今先說相思後說送人，倒裝也。「還」字是轉下語，「葉舞」句是着色法。下闋皆別後語，承相思來。』（改正夢窗詞選箋釋）

惜紅衣㈠

余從石帚㈡游苕霅間，三十五年矣，重來傷今感昔，聊以詠懷

鷺老秋絲句蘋愁暮雪句鬢那不白韻倒柳移栽句如今暗溪碧韻烏衣細語句傷伴惹讀茸紅曾約（借叶）韻南陌韻前度劉郎㈢句尋流花蹤迹韻朱樓水側韻雪面波光句汀蓮沁顏色韻當時

醉近句 繡箔夜吟寂韻 三十六陂(四)重到句 清夢冷雲南北韻 買釣舟溪上 應有煙蓑相識韻

【注釋】

(一)惜紅衣：詳姜夔惜紅衣注一。

(二)石帚：謂姜石帚即姜白石，紀文達亦沿此誤，前人已辨其非。夏承燾氏考白石之卒在夢窗生前，然則石帚非白石明矣。

(三)前度劉郎：詳周邦彥瑞龍吟注十。

(四)三十六陂：詳姜夔念奴嬌注七。

【集評】

楊鐵夫云：『說到重來平出，流花開下，就此歇拍，官雖止而神已行。劉郎下一句，在俗手必用桃花，今乃用流花，可知用典貴於點化不必盡寫原文。』（改正夢窗詞選箋釋）

風入松(一) 春園

聽風聽雨過清明(二)韻 愁草瘞(三)花銘韻 樓前綠暗分攜路句 一絲柳讀 一寸柔情韻 料峭(四)春寒中酒(五)句 交加曉夢啼鶯韻 西園(六)日日掃林亭韻 依舊賞新晴韻 黃蜂頻撲秋千索(七)句 有(八)當時讀 纖手香凝(九)韻 惆悵雙鴛不到(一〇)句 幽階一夜苔生韻

【注釋】

㈠風入松：本調各體比較，詳詞律卷十一，詞譜卷十七。詞譜云：『古琴曲有風入松，唐僧皎然有風入松歌，見樂府詩集，調名本此。宋史樂志注林鐘商，元高拭注仙呂調，又雙調，蔣氏十三調注雙調，亦名風入松慢。韓淲詞有「小樓春映遠山橫」句，名遠山橫。此調以此（晏）詞及吳詞爲正體，若趙詞康詞之減字，皆變格也。』按：李白詩：『風入松下清，露出草間白。』調或本此。

㈡清明：詳張先青門引注二。

㈢瘞：埋也。倚例切。說文段注云：『幽者隱也，隱而埋之也。』

㈣料峭：輕寒貌。蘇軾詩：『春風料峭羊角轉，河水渺綿瓜蔓流。』

㈤中酒：詳張先青門引注三。

㈥西園：詳蘇軾水龍吟注七。

㈦秋千：詳歐陽修蝶戀花注八。

㈧有當時：有，在也。有當時，猶在當時也。白樂天吟元郎中白鬚詩兼飲雪水茶因題壁上詩云：『吟詠霜毛句，閒嘗雪水茶。城中展眉處，只是有元家。』有元家，猶在元家也。

㈨纖手：詳周邦彥瑞龍吟注九。

㈩不到：猶料不到也。王沂孫鎖窗寒詞春思：『撲蝶花陰，怕看題詩團扇，試憑他流水寄情，遡紅不到春更遠。』猶料不到春更遠也。吳詞作料不到解，連下句作料不到幽階一夜苔生亦可。海綃翁謂：『雙鴛不到，猶望其到。』誤解不到義。

【集評】

陳廷焯云：『情深而語極純雅，詞中高境也。』（白雨齋詞話） 陳洵云：『思去妾也，此意集中屢見。渡江雲題曰：西湖清明，是邂逅之始；此則別後第一箇清明也。「樓前綠暗分攜路」，此時覺翁當仍寓西湖。風雨新晴，非一日間事，除了風雨，卽是新晴，蓋云我只如此度日掃林亭，猶望其還賞，則無聊消遣，見秋千而思纖手，因蜂撲而念香凝，純是癡望神理。「雙鴛不到」，猶望其到；「一夜苔生」，蹤跡全無，則惟日日惆悵而已。』（海綃說詞） 譚獻云：『此是夢窗極經意詞，有五季遺響，「黃蜂」二句，是深語。結處見溫厚。』（詞綜偶評） 鄺士元云：『此借春園花落思去妾詞也。首言清明風雨，逆入「瘞花」，不言「落花」，用意更深一層。「交加曉夢啼鶯」，語妙。「一夜苔生」，含意無窮。道盡人生眞諦，有白雲蒼狗之感。』（帶經樓詞話）

鶯啼序(一) 春晚感懷

殘寒正欺病酒(二)句 掩沈香繡戶韻 燕來晚讀 飛入西城句 似說春事遲暮韻 畫船載讀 清明(三)過卻句 晴煙冉冉(四)吳宮樹韻 念羈情遊蕩句 隨風化爲輕絮韻

十載西湖(五)句 傍柳繫馬句 趁嬌塵軟霧韻 溯紅(六)漸讀 招入仙溪句 錦兒(七)偸寄幽素韻 倚銀屛讀 春寬夢窄句 斷紅(八)濕讀 歌紈金縷韻 暝堤空讀 輕把斜陽句 總還鷗鷺韻

幽蘭旋(九)老句 杜若還生句 水鄉尙寄旅韻 別後訪讀 六橋(十)無信句 事往花委句 瘞玉埋香句 幾番風雨韻 長波妒盼句 遙山羞黛句 漁鐙分影春江宿句 記

當時讀 短楫桃根渡(十一)韻 青樓(十二)仿佛句 臨分敗壁題詩句 淚墨慘淡塵土韻 危亭望極句 艸色天涯句 歎鬢侵半苧韻 暗點檢讀 離痕歡唾句 尚染鮫綃(十三)句 嚲鳳迷歸句 破鸞(十四)慵舞韻 殷勤待寫句 書中長恨句 藍霞遼海沈過雁句 謾(十五)相思讀 彈入哀箏柱韻 傷心千里江南(十六)句 怨曲重招句 斷魂在否韻

【注釋】

(一)鶯啼序：本調各體比較；詳詞律卷二十，詞譜卷三十九。詞譜云：『鶯啼序一名豐樂樓，見夢窗乙稿。此調以此（吳）詞爲正體，吳文英三首皆然。其餘因調長韻雜，每參錯不合，今分各體類列于後。此（汪）詞較吳詞減四字，句法亦多與諸家不合。』

(二)病酒：詳張先靑門引注三。

(三)清明：詳張先靑門引注二。

(四)冉冉：詳周邦彥蘭陵王注十。

(五)西湖：詳姜夔暗香注八。

(六)溯紅：詳周邦彥六醜注十一。

(七)錦兒：侍兒小名錄：『愛愛姓楊氏，本錢塘倡家，泛舟西湖爲張逞所調，後三年，追念不置，感疾死，其婢錦兒出其繡巾香囊諸物，皆郁然如新。』

(八)斷紅：詳周邦彥六醜注十一。

㈨旋：旋，漸也；「幽蘭旋老」，猶「幽蘭漸老」，晏殊玉樓春詞：『春風昨夜同梁苑，日腳依稀添一線。旋開楊柳綠蛾眉，暗拆海棠紅粉面。』「旋開楊柳」，猶「漸開楊柳」也。

㈩六橋：西湖外湖有六橋，宋蘇軾建。名映波、鎖瀾、望山、壓堤、東浦、跨虹，裏湖六橋明楊孟映建，名環璧、流金、臥龍、隱秀、景竹、濬源。

㈡桃根渡：詳姜夔琵琶仙注五。

㈢青樓：謂美人所居之樓，或泛指妓院亦曰青樓。曹植美女篇：『青樓臨大路，高門結重關。』庾肩吾春日觀早朝詩：『繡衣年少朝欲歸，美人猶在青樓夢。』又，杜牧遣懷詩：『十年一覺揚州夢，贏得青樓薄倖名。』

㈢鮫綃：詳王沂孫望梅注二。

㈣破鸞：馮浩注引范泰鸞鳥詩序云：『罽賓王獲彩鸞鳥，欲其鳴而不能致，夫人曰：「嘗聞鳥見其類而後鳴，可懸鏡以映之。」王從其言，鸞睹影悲鳴，哀響中宵，一奮而絕。』又，李商隱李衛公詩：『鸞鏡佳人舊會稀。』

㈤謾：詳趙以夫孤鸞注五。

㈥傷心千里江南：楚辭招魂：『目極千里兮傷春心，魂兮歸來哀江南。』詞意取此。

【集評】

陳廷焯云：『全章精粹，空絕千古。』（白雨齋詞話）　陳洵云：『第一段傷春起，卻藏過傷別，留作第三段點睛。燕子畫船，含無限情事，清明吳宮，是其最難忘處。第二段「十載西湖」提起，而以第三段「水鄉尚寄旅」作鉤勒。「記當時短楫桃根渡」，「記」字逆出，將第二段情事盡銷納此一句中。臨分淚墨，十載西湖，乃如此了矣。臨分於別後為例應，別後於臨分逆提，漁燈分影於水鄉為複筆，作兩番鉤勒，筆力最渾厚。「危亭望極，草色天涯」，遙接「長波妒盼，遙山羞黛」，「望」字遠情，「歎」字近況，全篇神理，只消此二字。歡唾是第二段之歡會，離痕是第三段之臨分。「傷心千里江南，怨曲重招，斷魂在否？」應起段「遊蕩隨風，化爲輕絮」作結。通體離合變幻，一片淒迷，細繹之，正字字有脈絡，然得其門者寡矣。』（海綃說詞）楊鐵夫云：『「水鄉尚寄旅」，顧憲融曰：照後段「歎鬢侵半苧」應作一領四字法，因改爲「尚水鄉寄旅」，鐵夫按：詠荷一闋，「歎幾盈夢寐」亦作一領四句法，又仄仄平仄仄與「尚水鄉寄旅」合，可從「傍柳繫馬」四仄字爲此調定格。』（改正夢窗詞選箋釋）鄺士元云：『傷情之作，莫若洛神，感遇之選，莫若登樓，去國之懷，莫若哀江南。夢窗鶯啼序，集三者大成也。起句「殘寒正欺病酒」，「欺」字逆入。用意深遠。遙領「春寬夢窄」「事往花委」，「離痕歡唾」，「書中長恨」，「相思誰訴」？統統「彈入哀箏柱」。收筆「傷心千里江南」，結構謹密，得楚騷遺意。』（帶經樓詞話）

古香慢(一)　自度夷則商犯無射宮，賦滄浪看桂

怨蛾墜柳句　離佩搖葓句　霜訊南浦韻　漫掩橋扉句　倚竹袖寒日暮(二)韻　還問月中游韻　夢飛過讀　金風(三)翠羽韻　把殘雲剩水萬頃句　暗熏冷麝淒苦韻　漸浩渺讀　凌山高處韻　秋澹無光句　殘照誰主韻　露粟侵肌句　夜約羽林輕誤韻　翦碎惜秋心句　更腸斷讀　珠塵蘚露韻　怕重陽(四)句　又催近讀　滿城風雨韻

【注釋】

㈠古香慢：本調各體比較；詳詞律拾遺卷三，詞譜卷二十三。塡詞名解云：『古香慢，彝則商，犯無射，其譜與澄尋芳相同。』（吳文英自度曲）

㈡倚竹袖：詳姜夔疏影注四。

㈢金風：詳晏殊清平樂注二。

㈣重陽：詳辛棄疾踏莎行注三。

【集評】

陳洵云：『此傷宋室之衰也。「月中遊」用唐玄宗事，「殘雲賸水」，則無復霓裳之盛矣。「夜約羽林」，用漢武帝事，輕誤則屯衞非人矣。滄浪，韓王別業。故家喬木，觸目生哀，故後闋遂縱懷故國。「殘照誰主」，不禁說出重陽催近，光景無多，勢將岌岌，詞則如五雲樓閣，縹緲空際，不可企矣。』又云：『「金風翠羽」是七夕，「月中遊」則中秋也。「重陽又催近」，由此轉出離合之妙，如此豪宕感激，眞氣彌滿，卻非稼軒嘗論詞有眞氣，有盛氣，眞氣內充，盛氣外著，此稼軒也。學稼軒者，無其眞氣，而欲襲其盛氣，鮮有不敗者矣。能者則眞氣內含，盛氣外歛。』（海綃說詞） 楊鐵夫云：『此詞有亡國之痛，攷夢窗生於甯宗開禧前後，遞計至帝昺丙子宋亡，不過七十餘歲，夢窗享大年，人所公認，入元始身故亦事實上之可能。』（改正夢窗詞選箋釋）

水龍吟㈠ 惠山泉㈡

豔陽不到青山句 淡煙冷翠成秋苑㈢韻 吳娃點黛句 江妃擁髻㈣句 空濛遮斷韻 樹密藏溪句 草深

迷市句 隋雲一片韻 二十（作平）年舊夢句 輕鷗素約句 霜絲亂句 朱顏變韻 龍吻春霏玉濺韻 煮銀瓶讀 羊腸車轉韻 臨泉照影句 清寒沁骨句 客塵都浣韻 鴻漸重來句 夜深華表句 露零鶴怨韻 把閒愁換與句 樓前晚色句 棹滄波遠韻

【注釋】

㈠水龍吟：詳秦觀水龍吟注一。

㈡惠山酌泉：彊叢小牋曰：陸羽遊慧山寺，記慧山古華山有九隴，俗云九龍山在無錫縣西七里，寺有池，名千葉蓮花池，慧山記山以泉名，陸羽品爲天下第二，源出石中，又名九龍泉，泉出龍首爲第一峯。（按：慧，惠古通，慧山卽惠山。）

㈢成秋苑：白石詞：『怕梨花落盡成秋苑。』

㈣江妃擁髻：樊通德與伶玄談及起飛燕姊妹事，輒背燈擁髻而啼。詳吳文英高陽臺注五。

【集評】

許昂霄云：『一起便如畫，「樹密藏溪」三句，從山說到泉，「二十年舊夢」四句，自慨。「煮銀瓶，羊腸車轉。」「銀瓶瀉湯誇第二」，東坡句。「曲几團蒲聽煮湯，煎成車聲遶羊腸」，山谷句。「鴻漸重來」三句，懷古。「把閒愁換與樓前晚色」二句，去路。』（詞綜偶評）　楊鐵夫云：『閒愁滄波等字有一種纏綿悱惻之致，用換字與換意便深，與尋常遊記不同。水龍吟調末句第二三字必相連為定格，如滄波是，至古松五粒詞末句素心纔表，素心相連與定格不合，不宜學。』（改正夢窗詞選箋釋）

桃源憶故人㈠

越山青斷西陵浦㈡句 一片密陰疏雨韻 潮帶舊愁生暮韻 曾折垂楊處韻 桃根桃葉當時渡㈢韻 嗚咽風前柔櫓韻 燕子不留春住韻 空寄離檣語韻

【注釋】

㈠桃園憶故人：本調各體比較；詳詞譜卷七。詞譜云：『桃園憶故人一名虞美人影，張先詞或名胡搗練；陸游詞名桃園憶故人，趙鼎詞名醉桃源，韓淲詞有「杏花風裏東風悄」句，名杏花風。此調以此（歐）詞爲正體，宋人多依此塡。』（按：桃園憶故人亦曲牌名）

㈡西陵浦：在孤山西邊呼渡處。

㈢桃根桃葉渡：詳姜夔琵琶仙注三。

【集評】

楊鐵夫云：『燕子指姬，姬以三月行，故曰春住。』又云：『「空寄離檣語」者，去後必有寄聲，夢窗之事卽雙燕所謂誰會千言萬語也。』（改正夢窗詞選箋釋） 鄺士元云：『樂笑翁謂「詞要清空，不要質實，清空則古雅峭拔，質實則凝晦昧。」余讀斯作，以「古雅峭拔」品之，義當無媿。』（帶經樓詞話）

宋四家詞選箋注　卷八

吳文英下坿錄

小傳

張昇，字杲卿，韓城人，宋淳化三年壬辰生，熙寧十年丁巳卒（公元九九二——一〇七七）。第進士爲楚邱主簿。歷知絳州、鄧州、慶州、秦州、青州。嘉祐三年，擢樞密副使，遷參知政事，樞密使。以彰信軍節度使，同中書門下平章事判許州，改鎭河陽，以太子太師致仕。熙寧十年卒贈司徒兼侍中，謚康節。

離亭宴(一)　懷古

一帶江山如畫韻　風物向秋蕭灑韻　水浸碧天何處斷句　霽色冷光相射韻　蓼嶼荻花洲句　掩映竹籬茅舍韻　雲際客帆高挂韻　煙外酒旗低亞韻　多少六朝(二)興廢事句　盡入漁樵閒話韻　悵望倚層樓句　寒日無言西下韻

【注釋】

(一)離亭宴：本調各體比較：詳詞律卷十，詞譜卷十八。詞譜云：『離亭燕調始自張先，因詞中有「離亭別宴」句，取以爲名。又據白香詞譜題考云：『唐人喜取科擧故事入詞，此詞又爲當時豔傳，因以名詞。』

(二)六朝：指吳、東晉、宋、齊、梁、陳先後都建康，合稱六朝。

【集評】

張康節離亭燕云：『悵望倚層樓，寒日無言西下。』秦少游滿庭芳云：『凭闌久，疏煙淡日，寂寞下蕪城。』兩歇拍意境相若，而張詞尤極蒼涼蕭遠之致。（歷代詞人考略）　鄺士元云：『杲卿爲詞，疏淡有緻，無半點市儈氣，人謂摩詰詩中有畫，畫中有詩。以觀杲卿離亭宴，亦詞中有畫，畫中有詞也。首句「江山如畫」領入爲全闋主脈，至「六朝興廢」，「漁樵閑話」，「悵望層樓」，而「寒日無言西下」，層層托出胸中感慨，一氣呵成。』（帶經樓詞話）

小傳

趙令畤，字德麟，燕王德昭元孫。宋皇祐三年辛卯生，紹興四年甲寅卒（公元一〇五一—一一三四）。元祐中簽書潁州公事，坐與蘇軾交通，罰金，入黨籍。紹興初，襲封安定郡王同知行在大宗正事。薨，贈開封儀同三司，著有聊復集。

【評語】

先著云：『趙令畤，賀方回之亞；毛澤民亦三影郎中之次也。淸超絕俗，詞中固自難。』（詞潔）

蝶戀花(一)

欲減羅衣寒未去韻 不卷珠簾句 人在深深處韻 殘杏枝頭花幾許韻 啼紅止恨清明(二)雨韻
盡日水沈香一縷(三)韻 宿酒醒遲句 惱破春情緒韻 飛燕又將歸信誤韻 小屏風上西江路韻

【注釋】

(一)蝶戀花：詳歐陽修蝶戀花注一。
(二)清明：詳張先青門引注二。
(三)水沈香：詳周邦彥蘇幕遮注三。

【集評】

李攀龍云：『託香寫興，託燕傳情，懷春幾許衷腸。』（草堂詩餘雋）　沈際飛云：『開口瀟洒蘊秀。』又云：『末路情景，若近若遠，低徊不能去。』（草堂詩餘正集）

烏夜啼(一)

樓上縈簾弱絮句 牆頭礙月低花韻 年年春事關心事句 腸斷欲棲鴉韻 舞鏡(二)鸞情翠減韻 啼
珠鳳蠟紅斜韻 重門不鎖相思夢句 依舊繞天涯韻

【注釋】

㈠烏夜啼：本調各體比較；詳詞律卷二、五，詞譜卷三、六。詞譜云：『烏夜啼，唐教坊曲名，太和正音譜注南呂宮。又大石調，宋歐陽修詞名聖無憂，趙令時名錦堂春。按郭茂倩樂府詩集有清商曲，烏夜啼乃六朝及唐人古今體詩，與此不同，此葢借舊曲名，另翻新聲也。又按此調五字起者或名聖無憂，六字起者或名錦堂春，宋人俱塡錦堂春體，其實始于南唐李煜，本名烏夜啼也。詞律又以爲烏夜啼爲別名者誤，惟相見歡別名烏夜啼，與此無涉。』

㈡舞鏡：詳吳文英鶯啼序注十四。

【集評】

許昂霄云：『「重門不鎖相思夢」二句，從休文：「夢中不識路，何以慰相思」化出。』（詞綜偶評）　鄺士元云：『腸斷欲棲鴉，「欲」字詞家本色。』（帶經樓詞話）

小傳

王安國，字平甫，宋天聖六年戊辰生，熙寧七年甲寅卒（公元一〇二八——一〇四七）。安石弟，舉進士，又舉茂才異等。熙寧初，除西京國子教授，終祕閣校理，有王校理集。

清平樂㈠

留春不住韻　費盡鶯兒語韻　滿地殘紅宮錦汚韻　昨夜南園風雨韻　小憐初上琵琶韻　曉來思繞天涯韻　不肯畫堂朱戶句　春風自在楊花韻

【注釋】

㈠清平樂：詳賀鑄清平樂注一。

【集評】

周少隱云：『大梁羅叔共爲余言：「頃在建康士人家，見王荊公親觀寫小詞一紙，其家藏之甚珍。其詞云：「留春不住」云云。荊公平生不作是語，而有此，何也？」儀真沈彥謂余言：「荊公詩，如：「簗綠萬枝紅一點，動人春色不須多。」「春色惱人眠不得，月移花影上欄干。」等篇，皆平父詩，非荊公詩也。」沈乃元龍家墻，故嘗見之耳。叔共所見，未必非平甫調也。』（竹坡老人詩話）

譚獻云：『倒裝二句（滿地二句）以見筆力，結筆品格自高。』（譚評詞辨）

小　傳

蘇庠，字養直，澧州人。宋治平二年乙巳生，紹興十七年丁卯卒（公元一〇六五——一一四七）。伯固子也。初以病目，自號眚翁，徙居丹陽之後湖，更號後湖病民。紹興間，與徐師川同召，師川赴，養直辭，師川造朝，便道過養直，留飲甚歡，二公平日對弈，徐高

於蘇，是日養直拈一子，笑視師師曰：『今日欲還老夫下此一著。』師師有愧色。著有後湖詞一卷。（劉毓盤輯）

木蘭花㈠

江雲疊疊遮鴛浦韻 江水無情流薄暮韻 歸帆初張葦邊風句 客夢不禁篷背雨韻 渚花不解留人住句 只在深愁無盡處韻 白沙煙樹有無中句 雁落滄洲何處所韻

【注釋】

㈠木蘭花：詳周邦彥木蘭花注一。

小傳

陳克，字子高，天台人，宋元豐四年辛酉生，紹興七年丁巳卒（公元一〇八一——一一三七）。呂安老師建康，辟爲參議。紹興中，爲勅令所删定官。自號赤城居士，僑居金陵，有赤城詞一卷，見彊村叢書刊本，趙萬里輯本。

【評語】

李庚云：『删定，余鄉人也。詩多情致，詞尤工。』（詞跋） 陳振孫云：『子高詞格頗高，晏，周之流亞也。』（直齋書錄解題）　陳廷焯云：『陳子高詞婉雅閑麗，暗合温、韋之旨，晁无咎、毛澤民、万俟雅言等遠不逮也。』（白雨齋詞話）　周濟云：『子高亦甚有重名，然格韻絕高，昔人謂晏、周之流亞；晏氏父子俱非其敵，以方美成、則又擬不以倫，其温、韋高弟乎？比温則薄，比韋則悍，故當出入二氏之門。』（介存齋論詞雜著）

菩薩蠻㈠

赤闌橋㈡盡香街直韻　籠街細柳嬌無力韻　金碧上晴空韻　花晴簾影紅韻　黃衫㈢飛白馬韻　日日青樓㈣下韻　醉眼不逢人韻　午香吹暗塵韻

綠蕪牆繞青苔院韻　中庭日淡芭蕉展韻　胡蝶上階飛韻　風簾自在垂韻　玉鉤雙語燕韻　寶甃楊花轉韻　幾處簸錢㈤聲韻　綠窗春夢輕韻

【注釋】

㈠菩薩蠻：詳周邦彥菩薩蠻注一。

㈡赤闌橋：詳周邦彥木蘭花注三。

㈢黃衫：隋唐少年盛行之華服。唐書禮樂志：『明皇以樂工少年俊秀者十餘人，衣黃衫束帶立左右。』花蕊夫人宮詞：『別色官司御輦家，黃衫束帶貌如花。』

(四)青樓：詳吳文英鶯啼序注十二。

(五)簸錢：古代之一種博戲，王建宮詞云：『暫向玉華階上坐，簸錢贏得兩三籌。』

【集評】

卓人月云：『一「輕」字全首俱靈。』（詞統） 譚獻云：『風簾自在垂，以見不聞不見之無窮也。』（譚評詞辨） 梁啓超云：『亡友陳通甫最賞此語。』（藝蘅館詞選） 盧申之云：『子高菩薩蠻云：「幾處簸錢聲，綠窗春夢輕。」謁金門云：「檀炷窗燈半壁，畫檐聞雨滴。」殊覺其香倩。』（詞林紀事）

謁金門(一)

愁脈脈韻 目斷江南江北韻 煙樹重重芳信隔韻 小樓山幾尺韻 細草孤雲斜日韻 一晌(二)弄晴天色韻 簾外落花飛不得韻 東風無氣力韻

花滿院韻 飛去飛來雙燕韻 紅雨入簾寒不卷韻 曉平山六扇韻 翠袖玉笙淒斷韻 脈脈兩蛾愁淺韻 消息不知郎近遠韻 一春長夢見韻

【注釋】

(一)謁金門：本調各體比較：詳詞律卷四，詞譜卷五。詞譜云：『謁金門，唐教坊曲名，元高拭詞注商調。宋楊湜古今詞話因韋莊詞起句，名空相憶；張輯詞有「無花自落」句，名花自落；又有「樓外垂楊如此碧」句，名垂楊碧；李清臣詞有「楊花落」句，又名楊花落；李石詞名出塞；韓淲詞有「東風吹酒面」句，名東風吹酒面；又有「不怕醉，記取吟邊滋味」句，名不怕醉；又有「人已醉，溪北溪南春意，擊鼓吹蕭落末」句，名醉花春；又有「春當早，春入湖山漸好」句，名春早湖山。此調以此（韋）詞爲正體；若孫詞周詞之攤破句法，程詞之添字，皆變格也。』

(二)一晌：言霎時間也。李煜浪淘沙：『夢裏不知身是客，一晌貪歡，獨自莫凭欄。』義皆作霎時間。晌，讀如相之上聲。

小　傳

嚴仁，字次山，號樵溪，邵武人。與嚴羽、嚴參，倂邵武三嚴，著有清江欸乃集。不傳。

（花菴詞選收三十闋）

木　蘭　花(一)

春風祇在園西畔韻　薺菜花(二)繁胡蝶亂韻　冰池晴綠照還空句　香逕落紅吹已斷韻　意長翻恨
游絲短韻　盡日相思羅帶緩韻　寶奩如月不欺人句　明日歸來君試看韻

【注釋】

(一)木蘭花：詳周邦彥木蘭花注一。

㈡薺菜花：詩邶風谷風：『其甘如薺。』薺，卽今之薺菜也。

【集評】

陳廷焯云：『深情委婉，讀之不厭百回。』（白雨齋詞話）

小傳

高觀國，字賓王，山陰人，有竹屋癡語一卷。

【評語】

陳唐卿云：『竹屋梅溪詞，要是不經人道語，其妙處，少游美成不及也。』　張叔夏云：『竹屋、白石、夢窗、梅溪俱能特立清新之意，刪削靡曼之詞，自成一家。』

齊天樂㈠　中秋夜懷梅溪

晚雲知有關山念句　澄霄卷開清露韻　素景中分句　冰盤正溢句　何啻嬋娟千里㈡韻　危闌靜倚韻　正玉管吹涼句　翠觴留醉韻　記約清吟句　錦袍初喚醉魂起韻　孤光天地共影句　浩歌誰與舞句　淒涼風味韻　古驛煙寒句　幽垣夢冷句　應念秦樓十二韻　歸心對此韻　想斗插天南句　雁橫煙水韻　試問姮娥㈢句　有愁能爲寄韻

【注釋】

㈠齊天樂：詳周邦彥齊天樂注一。

㈡嬋娟千里：謝莊月賦：『美人邁兮音塵闕，隔千里兮共明月。』又，蘇軾水調歌頭：『但願人長久，千里共嬋娟。』詞意本此。

㈢姮娥：詳辛棄疾太常引注四。

小傳

陳允平，字君衡，一字衡仲，浙江鄞縣人，約于宋開禧元年乙丑生，元至元二十二年乙酉卒（公元一二〇五——一二八五）。著有西麓詩稿一卷，繼周集一卷，日湖漁唱二卷。

【集評】

張叔夏云：『詞欲稚而正，志之所之，一爲物役，則失其雅正之音。近代陳西麓所作，平正亦有佳者。』（詞源）

八寶妝㈠　即新雁過南樓

望遠秋平韻 初過雨讀 微茫水滿煙汀韻 亂洪疏柳句 猶帶數點殘螢韻 待月重樓誰共倚句 信鴻斷續兩三聲韻 夜如何句 頓涼驟覺句 紈扇無情韻

還思驂鸞素約句 念鳳簫雁瑟句 取次塵生韻

舊日潘郎㈡句 雙鬢半已星星韻 琴心㈢ 錦意㈣ 暗嬾句 又爭奈讀 西風吹恨醒韻 屏山冷句 怕夢魂飛度句 藍橋不成韻

【注釋】

㈠八寶裝：本調各體比較；詳詞律卷十二、十六、十九。詞譜卷二十七、三十五。四庫全書詞律提要云：『綠意之謂疏影，樹方斷斷辨之；而不知疏影之前爲八寶裝，疏影之後爲八犯玉交枝，即已一調兩收。按李景元此調與後八犯玉交枝之仇仁近詞句字皆同，可見疏影、八寶裝、八犯玉交枝、綠意、解珮環五名詞同是一調。』

㈡潘郎：晉中牟人，字安仁，少有才，美姿容，常挾彈出洛陽道，婦女遇之者皆連手縈繞，投之以果，舉秀才，文辭豔麗，唯早年白髮，人偁潘郎。又，李煜破陣子：『沈腰潘鬢消磨。』詞意或本此。

㈢琴心：詳周邦彥氏州第一注四。

㈣錦瑟：詳周邦彥氏州第一注五。

【集評】

周濟云：『西麓和平婉麗，最合世好，但無健舉之筆，沈摯之思，學之必使生氣沮喪，故爲後人拈出。』（宋四家詞選）

垂楊㈠ 懷古

銀屏夢覺句 漸淺黃嫩綠句 一聲鶯小韻 細雨輕塵句 建章㈡ 初閉東風悄韻 依然千樹長安道韻 翠

雲鎖讀玉窗深窈韻　斷橋人讀　空倚斜陽句　帶舊愁多少韻　還是清明㈢過了韻　任煙縷露條句　碧纖青裊韻　恨隔天涯句　幾回惆悵蘇堤曉韻　飛花滿地誰爲掃韻　甚㈣薄倖讀　隨波縹緲韻　啼鵑不喚春歸句　人自老韻

【注釋】

㈠垂陽：本調各體比較；詳詞律卷十六，詞譜卷二十八。詞譜云：『垂陽調見陳允平日湖漁唱，本詠垂陽，即以爲名。此調祇有白樸詞可校，故可平可仄，即參白樸詞句法相同者。』

㈡建章：三輔黃圖：『武帝太初元年柏梁殿災，粵巫勇之曰：「粵俗有火災，即復起大屋以厭勝之。」帝于是作建章宮，度爲千門萬戶，宮在未央宮西，長安城外。』

㈢清明：詳張先青門引注二。

㈣甚：詳姜夔淒涼犯注八。

小傳

周密，字公謹，濟南人，宋紹定五年壬辰生，元大德二年戊戌卒（公元一二三二——一二九八）。寓居吳興，復居錢塘。寶祐間，爲義烏令，自號草窗，又號弁陽嘯翁，又號蕭齋，又號四水潛夫。詩名蠟屐集，詞名蘋洲漁笛譜，雜著有癸辛雜識四卷，齊東野語二十卷，志雅堂雜鈔一卷，浩然齋視聽鈔，弁陽客談，武林舊事十卷，澄懷錄二卷，雲煙過眼錄一卷。又選南宋諸家詞，題曰：絕妙好詞。

【集評】

張宗橚云：『鄭元慶湖錄：四水者，湖城以苕水，餘不水，前溪水，北流水合而入于郡，霅溪故名四水，舊人詩：「四水交流霅霅聲」是也。據此，則四水潛夫與弁陽嘯翁，皆寓公之意。』（詞林紀事） 周濟云：『公謹敲金戛玉，嚼雪望花，新妙無與爲匹。』 又云：『公謹祇是詞人，頗有名心，未能自克，故雖才情詣力，色色絕人，終不能超然遐擧。』（介存齋論詞雜著） 戈載云：『其詞盡洗靡曼，獨標清麗，有韶倩之色，有綿渺之思，與夢窗旨趣相侔，二夢竝稱，允矣無忝。其于律亦極嚴謹，蓋交遊甚廣，深得切劘之益。』（七家詞選）

陳廷焯云：『周公謹詞刻意學清眞，句法、字法居然合拍，惟氣體究去淸眞已遠，其高者可步武梅溪，次亦平視竹屋。』（白雨齋詞話） 李慈銘云：『南宋之末，終推草窗、夢窗兩家，爲此事眉目，非碧山、竹屋輩可頡頏。』（孟學齋日記） 周濟云：『草窗鏤冰刻楮，精妙絕倫，但立意不高，取韻不遠，當與玉田抗行，未可方駕王吳也。』（宋四家詞選序論）

大聖樂㈠ 東園餞春

嬌綠迷雲句 倦紅顰曉句 嫩晴芳樹韻 漸午陰句 簾影移香句 燕語夢回句 千點碧桃吹雨韻 冷落錦衾人歸後句 記前度讀 蘭橈停翠浦韻 凭闌久句 漫凝竚㈡ 鳳翹句 慵聽金縷㈢韻 留春問誰最

苦韻 奈花自無言鶯自語韻 對畫樓殘照句 東風吹遠句 天涯何許韻 怕折露條愁輕別句 更煙暝讀
長亭啼杜宇(四)韻 垂楊晚句 但羅袖讀 晴沾飛絮韻

【注釋】

(一)大聖樂：本調各體比較，詳詞律卷十九。詞譜卷三十五。詞調溯源云：『大聖樂，宋志教坊所奏，入中呂宮，俗名道宮。』又，詞譜云：『大聖樂，宋史樂志，道調宮。此調平仄韻兩體，平韻者見順齋樂府；仄韻者見蘋洲漁笛譜。此調押平韻者止有此（康）詞，押仄韻者衹有張詞及周詞，故可平可仄悉參張詞。』

(二)凝竚：詳周邦彥瑞龍吟注六。

(三)金縷：詳晏幾道點絳脣注二。

(四)杜宇：詳張先山亭燕注三。

【集評】

周濟云：『艸窗最近夢窗，但夢窗思沈力厚，艸窗則貌合耳，若其鏤新鬥冶，固自絕倫。』（宋四家詞選）

花犯(一)　水仙花

楚江湄句 湘娥乍見句 無言灑清淚韻 淡然春意韻 空獨倚東風句 芳思誰記韻 凌波(二)路冷秋無際
韻 香雲隨步起韻 漫記漢宮仙掌(三)句 亭亭明月底韻 冰絃寫怨更多情句 騷人恨句 枉賦芳蘭

幽芷韻 春思遠句 誰賞國香風味韻 相將共讀 歲寒伴侶句 小窗靜讀 沈煙熏翠被韻 幽夢覺讀 涓涓清露句 一枝鐙影裏韻

【注釋】

(一)花犯：詳周邦彥花犯注一。

(二)凌波：詳周邦彥瑞鶴仙注二。

(三)漢宮仙掌：漢書郊祀志：『漢武帝作拍梁、銅柱、承露、仙人掌之屬。』注：『仙人以手掌擎盤承甘露也。』

【集評】

周濟云：『艸窗長于賦物，然惟此及瓊花二闋，一意盤旋，毫無渣滓，他作縱極工切，不免就題尋典，就典趁韻，就韻成句，墮落苦海矣，特拈出之，以爲南宋諸公鍼砭。』（宋四家詞選）

瑤　華(一)　瓊花(二)

朱鈿寶玦句 天上飛瓊句 比人間春別韻 江南江北句 曾未見讀 漫(三)擬梨雲梅雪韻 淮山春晚句 問誰識讀 芳心高潔韻 消幾番花落花開句 老了玉關豪傑韻 金壺翦送瓊枝句 看一騎紅塵(四)句 春度瑤闕韻 韶華正好句 應自喜讀 初識長安蜂蝶韻 杜郎老矣句 想舊事讀 花須能說韻 記少年讀 一夢揚州句 二十四橋明月(五)韻

【注釋】

㈠瑤華：本調各體比較；詳詞律卷十七。詞譜卷三十一。詞律云：『一名瑤華，瑤花慢，瑤華慢。詞律收周密一體雙調，一百二字。詞譜二體、雙調，除上體外，又收張雨一體，一百二字。瑤花，或加慢字。』

㈡瓊花：周密云：『揚州后土祠瓊花、天下無二本，絕類聚八仙，色微黃而有香，仁宗慶曆中嘗分植禁苑，明年輒枯，遂復載還祠中，敷榮如故，淳熙中，壽皇亦嘗移植南內，逾年，憔悴無花，仍送還之，其後宦者陳源，命園丁取孫枝移接聚八仙根上，遂活，然其香色則大減矣；（杭之褚家塘瓊花園是也。）今后土之花已薪，而人間所有者，特當時接本，彷彿似之耳。』（齊東野語）

㈢漫：詳趙以夫孤鸞注五。

㈣一騎紅塵：唐，杜牧詩：『一騎紅塵妃子笑，無人知是荔枝來。』

㈤二十四橋明月：詳姜夔側犯注四。

【集評】

蔣子正云：『揚州瓊花天下祇一本，士人大夫愛重，作亭花側，榜曰：無雙。德祐乙亥，北師至，花遂不榮。趙棠國炎有絕句弔曰：「名擅無雙氣色雄，忍將一死報東風。他年我若修花史，合傳瓊妃烈女中。」』（山房隨筆）

江昱云：『草窗詞意，似亦指此。又杜斿有瓊花記。「杜郎」句，蓋用樊川點出此人。』（草窗詞疏證）

陳廷焯云：『不是詠瓊花，祇是一片感歎，無可說處，借題一發洩耳。』（白雨齋詞話）

玉京秋㈠

煙水闊韻 高林弄殘照句 晚蜩淒切韻 碧砧度韻句 銀牀飄葉 衣濕桐陰露冷句 采涼花讀 時賦秋雪韻 難輕別韻 一襟幽事句 砌蛩能說韻 客思吟商還怯韻 怨歌長讀 瓊壺暗缺(二)韻 翠扇恩疏(三)讀 紅衣香褪句 翻成銷歇韻 玉骨西風句 恨最恨讀 閒卻新涼時節韻 楚簫咽韻 誰倚西樓淡月韻

【注釋】

(一)玉京秋：本調各體比較；詳詞律卷十三，詞譜卷二十四。詞譜云：『玉京秋調見蘋洲漁笛譜。此周密自度腔，無別首宋詞可校，其平仄當依之。又詞律前段第四句脫「畫角吹寒」四字，後段第三句「翠扇陰疏」脫「陰」字，今從詞緯校正。』

(二)瓊壺暗缺：詳周邦彥浪淘沙慢注十。

(三)翠扇恩疏：班婕妤怨歌行：『新裂齊紈素，皎潔如霜雪，裁爲合歡扇，團團似明月，出入君懷袖，動搖微風發。常恐秋節至，涼風奪炎熱。弃捐篋笥中，恩情中道絕。』

【集評】

陳廷焯云：『此詞精金百鍊，既雄秀，又婉雅，幾欲空絕古今，一「暗」字，其恨在骨。』（白雨齋詞話）

譚獻云：『南渡詞境高處，往往出于清眞，「玉骨」二句，髀肉之歎也。』（譚評詞辨）

解語花(一)

晴絲罥蝶句 暖蜜酣蜂句 重簾卷春寂寂韻 雨萼煙梢句 壓闌干讀 花雨染衣紅濕韻 金鞍誤約（借叶）

韻 空極目讀 天涯草色韻 閬苑玉簫人去後句 唯有鶯知得韻 餘寒猶掩翠戶句 梁燕乍歸句 芳信未端的(二)韻 淺薄東風句 莫因循讀 輕把杏鈿狼籍(三)韻 塵侵錦瑟(四)韻 殘日紅窗春夢窄韻 睡起折枝無意緒句 斜倚秋千(五)立韻

【注釋】

(一)解語花：詳周邦彥解語花注一。

(二)端的：詳蔣捷瑞鶴仙注三。

(三)狼籍：詳歐陽修采桑子注四。

(四)錦瑟：詳賀鑄青玉案注五。

(五)秋千：詳歐陽修蝶戀花注八。

【集評】

許昂霄云：『「晴絲罥蜨」，「雨蕚煙梢，壓闌干，花雨染衣紅濕」，起用「晴絲」，忽接「雨蕚」，微礙，兩「雨」字亦犯重，「雨蕚」疑當作「露蕚」，或作「霧蕚」，否則，下「雨」字有誤。』（詞綜偶評）

曲游春(一)　游西湖(二)

禁苑東風外句 颺暖絲晴絮句 春思如織韻 燕約鶯期句 惱芳情偏在句 翠深紅隙韻 漠漠香塵隔句

沸十里讀 亂絲叢笛韻 看畫船句 盡入西泠(三) 閒卻半湖春色韻 柳陌韻 新煙凝碧韻 映簾底宮眉句 隄上游勒韻 輕暝籠煙句 怕梨雲夢冷句 杏香愁冪韻 歌管酬寒食(四)韻 奈蜨怨讀 良宵岑寂韻 正恁醉月搖花句 怎生(五) 去得韻

【注釋】

(一)曲游春：本調各體比較；詳詞律卷十七，詞譜卷三十一。詞譜云：『曲游春調見蘋洲漁笛譜。此調始自此（周）詞，應以此詞為正體，若施詞之添字，趙詞之減字，皆變格也。此詞祇有施、趙二詞可校。』

(二)西湖：詳姜夔暗香注八。

(三)西泠：西泠橋也，橋在西湖內。詳本調集評。

(四)寒食：詳周邦彥蘭陵王注四。

(五)怎生：猶務須設法之意。

【集評】

許昂霄云：『前闋兩「絲」字，後闋兩「煙」字犯重，似失檢點。』（詞綜偶評） 馬臻西湖春日壯游詩云：『畫船過午入西泠，人擁孤山陌上塵；應被弁陽模寫盡，晚來閒卻半湖春。』（霞叶集）

拜新月慢(一) 春莫寄夢窗

膩葉陰清句 孤花香冷句 迤邐(二) 芳洲春換韻 薄酒孤吟句 悵相如(三) 游倦韻 想人在讀 絮幕香簾凝

望句 誤認幾許句 煙檣風幔韻 芳艸天涯句 負華堂雙燕韻 記簫聲讀 淡月梨花院韻 砑紅箋讀
漫寫東風怨韻 一夜花落鵑啼句 喚四橋吟伴韻 蕩歸心讀 已過江南岸韻 淸宵夢讀 遠逐飛花亂韻
幾千萬讀 絲縷垂楊句 繫春愁不斷韻

【注釋】

㈠拜新月慢：詳周邦彥拜新月慢注一。
㈡迤邐：姜夔淒涼犯注十。
㈢相如：詳吳文英高陽臺注四。

法曲獻仙音㈠　弔雪香亭梅

松雪飄寒句 嶺雲吹凍句 紅破數枝春淺韻 儭舞臺荒句 浣裝池冷句 淒涼市朝輕換韻 歎花與讀 人
凋謝句 依依歲華晚韻 共淒黯韻 問東風讀 幾番吹夢句 應慣識讀 當年翠屛金輦韻 一片古今
愁句 但廢綠讀 平煙空遠韻 無語消魂句 對斜陽讀 衰艸淚滿韻 又西泠㈡ 殘笛句 低送數聲春怨韻

【注釋】

㈠法曲獻仙音：詳周邦彥法曲獻仙音注一。
㈡西泠：詳周密曲游春注三。

【集評】

陳廷焯云：『公謹獻仙音弔雪香亭梅云：「一片古今愁，但廢綠平煙空遠。無語消魂，對斜陽衰草淚滿。」又，「西泠殘笛，低送數聲春怨。」即杜詩：「回首可憐歌舞地」之意，以詞發之，更覺淒惋。』（白雨齋詞話）

小傳

王武子，字文翁，豐城人，開禧元年進士，爲江夏尉，詞綜云：『一名子武。』

木蘭花(一) 聞笛

紅樓(二)十二春寒側韻 樓角何人吹玉笛韻 天津橋上舊曾聽句 三十六宮秋艸碧韻 昭華人去無消息韻 江上青山空晚色韻 一聲落盡短亭花句 無數行人歸未得韻

【注釋】

(一)木蘭花：詳周邦彥木蘭花注一。

(二)紅樓：民間豪富婦女居所也。酉陽雜俎：『長樂坊安國寺紅樓，睿宗在藩舞榭。』又，李白侍從宜春苑詩：『紫殿紅樓覺春好。』韋莊長安春詩：『長安春色本無主，古來盡屬紅樓女。』白居易夢遊長安詩：『到一紅樓家，愛之看不足。』

小　傳

黃孝邁，字德文，號雪舟。

湘春夜月(一)

近清明(二)句　翠禽(三)枝上銷魂韻　可惜一片清歌句　都付與黃昏韻　欲共柳花低訴句　奈柳花輕薄句　不解傷春韻　念楚鄉旅宿句　柔情別緒句　誰與溫存韻　　空尊夜泣句　青山不語句　殘月當門韻　翠玉樓前句　唯是有讀　一波湘水句　搖蕩湘雲韻　天長夢短句　問甚時(四)讀　重見桃根(五)韻　這次第(六)讀　算人間沒箇句　并刀(七)翦斷句　心上愁痕韻

【注釋】

(一)湘春夜月：本調各體比較，詳詞律卷十七。詞譜卷三十一。詞譜云：『湘春夜月，黃孝邁自度曲。此調祇此一詞，無他首可校。』

(二)清明：詳張先青門引注二。

(三)翠禽：詳姜夔疏影注三。

(四)甚時：詳姜夔淒涼犯注八。

(五)桃根：詳姜夔琵琶仙注五。

(六)次第：猶狀態，光景或情形也。李清照聲聲慢：『這次第，怎一箇愁字了得。』
(七)幷刀：詳周邦彥少年遊注二。

【集評】

萬樹云：『此調他無作者，想雪舟自度，風度婉秀，眞佳詞也。或謂首句「明」字起韻，非也。如此佳詞，豈有借韻之理？』（詞律）　麥孺博云：『時事日非，無可與語，感喟遙深。』（藝衡館詞選）　查禮云：『情有文不能達，詩不能道者，而獨於長短句中，可以委宛形容之，如黃雪舟自度湘春夜月云云。雪舟才思俊逸，天分高超，握筆神來，當有悟入處，非積學所到也。劉後村跋雪舟樂章，謂其清麗；叔原、方回，不能加其綿密，騷騷秦郞，「和天也瘦」之作。後村可謂雪舟之知音。』（銅鼓書堂遺稿）

小傳

王夢應，字靜得，攸縣人。咸淳十年進士，調廬陵尉。臨安陷，起兵抗敵，屢與元人戰，後兵敗，一家皆歿，惟一身存。

念奴嬌(一)

欲霜更雨句　記靑黃籬落讀　東風前此韻　簾外秋容人共老句　雁與愁飛千里韻　水郭煙明句　竹陂波小句　萬葉寒聲起韻　凭高那更句　九嶷(二)　吹盡雲氣韻　婉娩(三)　空復多情句　年年歸夢句　花與柴

桑似韻 誰解魂消風日晚句 短笛孤舟秋水韻 江蟹籠新句 露黃斟淺句 澆得鄉關思韻 平蕪天遠句
一痕橫抹秋霽韻

【注釋】

㈠念奴嬌：詳姜夔念奴嬌注一。

㈡九嶷：漢書武帝紀：『望祀虞舜于九疑。』注：『九疑山，半在蒼梧，半在零陵，其山九峰，形勢相似，故名九疑山。』

㈢婉娩：謂婦容也。禮內則：『女子十年不出，姆教婉娩聽從。』注：『婉，謂言語，娩之言媚也，媚謂容貌。』

小　傳

樓采，字君亮，鄞人。登嘉定十年進士。

法曲獻仙音㈠

花匣么絃句 象奩雙陸句 舊日留歡情意韻 夢到銀屏句 恨裁蘭燭句 香篝夜闌鴛被韻 料燕子句 重
來地韻 桐陰鎖窗綺韻 倦梳洗韻 暈芳鈿讀 自羞鸞鏡㈡句 羅袖冷讀 煙柳畫闌半倚韻 淺雨壓
荼蘼句 指東風讀 芳事餘幾韻 院落㈢ 黃昏句 怕春鶯讀 驚笑蕉萃韻 倩柔紅約定句 喚取玉簫㈣ 同

醉韻

【注釋】

㈠法曲獻仙音：詳周邦彥法曲獻仙音注一。

㈡鸞鏡：詳吳文英鶯啼序注十四。

㈢院落：詳王沂孫水龍吟注二。

㈣玉簫：雲溪友議：『唐韋臯少游江夏，館姜氏。有小靑衣曰玉簫，常令祇侍，因有情。韋歸，一別七年。玉簫殞後再世，仍爲韋侍妾。』

【集評】

沈雄云：『樓君亮詞，見於草窗所選者，瑞鶴仙、玉漏遲、二郞神、法曲獻仙音、好事近、玉樓春諸闋，詞意具足，而又工力悉敵者也。』（古今詞話）

綠意㈠ 荷葉

碧圓自潔句 向淺洲遠浦句 亭亭淸絕韻 猶有遺簪句 不展秋心句 能卷幾多炎熱韻 鴛鴦密語同傾蓋句 且莫與讀 浣紗人說韻 恐怨歌讀 忽斷花風句 碎卻綠雲千疊韻 回首當年漫舞句 怕飛去謾綃句 留仙裙摺韻 戀戀靑衫句 猶染枯香句 還笑鬢絲飄雪韻 盤心淸露如鉛水句 又一夜讀 西風

聽折韻　但剩看讀　匹練秋光句　倒瀉半湖明月韻

【注釋】

㈠綠意：本調各體比較；詳詞律卷十九，詞譜卷三十五。塡詞名解云：『劉基詠荷雙調一百九字一調，與疏影同，猶暗香之同于紅情也。又綠意，古詠荷詞也。柳永有詠荷紅情詞，紅情詠花，綠意詠葉，疑此詞亦是柳作。』（此詞見張炎山中白雲詞卷六）

【集評】

張惠言云：『此傷君子負枉而死，蓋似李綱，趙鼎之流，「回首當年漫舞」云者，言其自結主知不肯遠引。結語喜其已死而心得白也。』（張惠言詞選）　周濟云：『詞綜列入無名氏，記見一本作夢窗詞，今忘其何本矣，仍列此不入夢窗後，但剩原本作喜淨。』（宋四家詞選）　鄺士元云：『張炎仍白石疏影，暗香而製紅情、綠意，詞見山中白雲詞卷六。其紅情、綠意敍云：「疏影、暗香，姜白石爲梅著語，因易之曰紅情、綠意，以荷花荷葉詠之。」則此詞之製，屬之張炎當無異議。』又云：『「倒瀉半湖明月」，意到，境到。』（帶經樓詞話）

宋四家詞選箋注綜合索引

五畫

八畫

九畫

十畫

名辭	詞牌	作者	注碼	頁碼
試花	瑞龍吟	周邦彥	四	七
試約	碧牡丹	晏幾道	二	六六
試燈	點絳唇	吳文英	二	二八二
觥	相思兒令	晏殊	二	五一
煦	山亭燕	張先	二	七〇
甃	水龍吟	秦觀	三	九七
睞	薄倖	賀鑄	二	九九
隖	迷神引	晁補之	六	一六九
暗香	暗香	姜夔	一	一八〇
會須	解蹀躞	吳文英	二	二九八
愁魚	高陽臺	吳文英	六	二九三
絳都春	絳都春	蔣捷	一	三二一
韵美	淒涼犯	姜夔	六	一九三
羣芳	采桑子	歐陽修	二	五四
溽暑	蘇幕遮	周邦彥	四	一六

十四畫

名辭	詞牌	作者	注碼	頁碼
箇人	瑞龍吟	周邦彥	七	七
福山	喜迎鶯	吳文英	二	二九〇
端的	瑞鶴仙	蔣捷	三	二二〇
銀河	御街行	范仲淹	三	一五一
銀鉤	眉嫵	王沂孫	五	二二九
嫣然	念奴嬌	姜夔	一〇	一九〇
壽陽	高陽臺	吳文英	二	二九一
蒙茸	高陽臺	王沂孫	四	二四三
熒熒	齊天樂	王沂孫	二	二三五
粼粼	南浦	王沂孩	二	二二六
浦荷	南浦	王沂孫	四	二二六
旗亭	瑣窗寒	周邦彥	六	一三
齊天樂	齊天樂	周邦彥	一	一五
遠山學	六么令	晏幾道	四	六四
算未抵	賀新郎	辛棄疾	五	一一三

十五畫

十八畫

二十畫

常州詞派家法考

有清一代的詞學，不管從著作或理論來說，均以常州派的興起爲一重要階段。前此以陳維崧爲首的陽羨派和朱彝尊爲首的浙西派，曾先後壓倒了當時整個詞壇，但陽羨宗蘇是眞，奉辛是假，故流爲粗疏，任才逞氣，究非倚聲正格。浙西則推姜夔、張炎爲祖，稍近正統，時人每喜揚朱而抑陳。到了清中葉以後，由于姜派詞亦僅到姜、張爲止境；而流爲餖飣擬古之蔽，自是格調日弱，委靡不振，爲一般士人所詬病。且自乾嘉以後，國事日非，朝政紊亂，有志之士，往往形諸詠歎，詞風亦隨之而變；以經生治經之法治詞的，漸成風氣。于是常州派便承時崛起，此派以詞選的編者武進張惠言爲創始人，標立意爲本，協律爲末，譚復堂所謂：茗柯詞選出，倚聲之學日趨正鵠。一時隨他唱和的有；黃景仁仲則、惲敬子居、左輔仲甫、錢季重黃山、李兆洛申耆、丁履恆道久、陸繼輅祁孫、張琦翰風（惠言弟）、外甥董士錫晉卿、門人鄭掄元善長、金朗甫式玉、金子彥應珹兄弟等。金、鄭皆皖人，餘皆隸常州籍，故偁常州派。但常州派在詞學上的理論基礎與家法，則要到較爲後起的周濟纔能抵定。周濟字保緒，號止庵，荊溪人，受法于張惠言外甥董士錫晉卿。周濟以後，尊常派的有丹徒莊棫希祖。仁和譚獻仲修（朱孝藏望江南詞云：臯文後，私淑有莊、譚。）臨桂王鵬運幼霞、況周儀夔生、武進趙尊嶽叔雍等，其詞風頗近常派的有：丹徒陳廷焯亦峯、萍鄉文廷式道希、新會陳洵述叔等。因此；在常派來說，張惠言可算是開山祖師，他的功勞與地位是肯定的。陳廷焯認爲：「千古詞宗，溫韋發其源，周秦竟其緒，嗣是六百餘年，鮮有知者，得茗柯一發其旨，而斯詣不滅。」他又說：

皋文詞選，精於竹垞詞綜十倍，去取雖不免稍刻，而輪扶大雅，卓乎不可磨滅，古今選本，以此爲最。（白雨齋詞語）

但是；嚴格來說，反對他的亦大有其人，朱孝臧說：

囘瀾力，標舉選家能。自是詞源疏鑿乎，橫流一別見淄澠。異議四農生。（望江南）

大抵他所編立的詞選裏，既未能明確地開示後學應走的門徑，而在其僅有的理論的詞選序裏；亦祇能做到開其奧窔；明而未融的境界，故常派家法的確立；和其在後世詞壇上的抵定基礎，要到周濟的宋四家詞選和介存齋論詞雜著面世以後纔能確立。也可以說；常派之與周濟，直如禪宗之與慧能，桐城派之與曾國藩一般重要。更由于張、周二人先後對詞學的見解竝不盡同，在選詞的去取也有很大的分別，因爲有很大分別，更能看到周濟宋四家詞選的識力與編排，遠超張惠言詞選之上。以下我們分數點來考論常派的家法與他們二人的得失。

一，張氏編次詞選的動機正如陳廷焯在詞則自序裏所說的：「風騷既息，樂府代與，自五七言盛行於唐，長短句無所依，詞於是作焉。詞也者，樂府之變調，風騷之流派也。溫韋發其端，兩宋名賢暢其緒，風雅正宗，於斯不墜。金元而後，競尚新聲，衆喙爭鳴，古調絕響，操選政者，率昧正始之義，媸妍不分，雅鄭並奏，後之爲詞者，茫乎不知所從，卓哉皋文，詞選一編，宗風賴以不滅。」例如張惠言說：

意內言外謂之詞，其緣情造端興于微言以相感動，極命風謠里巷，男女哀樂，以道賢人君子幽約怨悱不能自言之情，低徊要眇以喻其致，蓋詩之比興，變風之義，騷人之歌則近之矣。然其以文小，其聲哀，放者爲之，或淫蕩靡麗，雜以昌狂俳優，然要其至者，莫不惻隱盱愉，感物而發，觸類條鬯，各有所歸，非苟爲雕琢曼飾而已。（詞選序）

雖然張氏評議不多，表明宗恉亦僅得詞選一篇短序，其理論亦祇是開其奧窔，明而未融，但他選詞的宗恉與取材的嚴格，肯定的實較諸他家爲勝。至於甚麼是「微言」？甚麼是「幽約怨悱之情」？張氏未見明言，較爲顯著的，在詞選裏評溫飛卿的一闋菩薩蠻說：

此感士不遇也。篇法彷彿長門賦。（小山重疊金明滅）

張氏的說法還是欠明確的，但是周濟卻推闡發揮，開門見山地大聲鞺鞳說：

感慨所寄，不過盛衰，或綢繆未雨，或太息厝薪；或已溺已饑，或獨清獨醒，隨其人之情性學問境地，莫不有由衷之言。見事多，識理透，可爲後人論世之資；詩有史，詞亦史，庶乎自樹一幟矣。若乃離別懷思，感士不遇，陳陳相因，唾瀋互拾，便思高揖溫、韋，不亦恥乎？（介存齋論詞雜著）

這段話很重要也很明白地指出；詞所寄託的，竝非別的內容，應當有詞史的作用和論世的，非如張氏所提出的「感士不遇」那麼簡單。由是知道常州派所標榜的宗恉，比較各家有價值的，乃在於周濟提出了作詞要有思想內容，要知人論世，要有史的作用，有微言大義，要反映社會現實；這纔是常派家法。

二，張惠言所說「意內言外」和「詩之比興」兩點，無疑是指寄託的手法而言，但是他所提出的，正如譚復堂所說：「以常派挽朱、厲、吳、郭（浙派代表）佻染餖飣之失，而流為學究。」然則張氏所提出的寄託論是一種學究式的寄託嗎？現試以張氏評蘇軾詠孤鴻的一闋卜算子看看，他說：

缺月，刺明微也。漏斷，暗時也。幽人，不得志也。獨往來，無助也。驚鴻，賢人不安也。回頭，愛君不忘也。無人省，君不察也。揀盡寒枝不肯棲，不偷安於高位也。寂寞沙洲冷，非所安也。此調與考槃詩極相似。

則張氏所謂寄託手法，雖不至於流為「瓊樓玉宇，天子識其忠言，斜陽衰柳，壽皇指謂哀怨」的學究式的寄託，也祇不過到達「感士不遇」式的寄託境界而已，故謝章鋌說：

銅陽居士所釋字箋句解，果誰語而誰之？雖作者未必無此意，而作者未必定有此意，可神會而不可言傳，斷章取義，則是刻舟求劍，則大非矣。（賭棋山莊詞話）

而張惠言式的寄託論的迂腐固陋之弊，實難諱言了。反觀周濟的寄託理論，卻遠超張氏之上，例如他評周邦彥的一闋六醜（薔薇謝後作）說：

不說人惜花，卻說花戀人。不從無花惜春，卻從有花惜春。不惜已簪之殘英，偏惜欲去之斷紅。（宋四家詞選）

評秦觀的一闋滿庭芳說：

將身世之感打入艷情。（宋四家詞選）

所以他說：

初學詞，求有寄託，有寄託，則表裏相宣，斐然成章。旣成格調，求無寄託；無寄託，則指事類情，仁者見仁，知者見知。（介存齋論詞雜著）

因此；他矯正了張惠言的寄託論；認爲：

詞非寄託不入，專寄託不出。（宋四家詞選序論）

這就是想藉此匡救張氏寄託論的固陋了。至於他提出的「入」與「出」的問題，是怎麼一回事呢？他說：

一事一物，引而伸之，觸類多通，驅心若游絲之罥飛英，含毫如郢斤之斫蠅翼；以無厚入有間，旣習已，意感偶生，假類畢達，閱載千百，謦欬弗違，斯入矣。（宋四家詞選敍論）

又說：

賦情獨深，逐境必寤，醞釀日久，冥發妄中；雖鋪敍平淡，摹繢淺近，而萬感橫集，五中無主，讀其篇者，臨淵窺魚，意爲魴鯉，中宵驚電，罔識東西，赤子隨母笑啼，鄉人緣劇喜怒，抑可謂能出矣。（宋四家詞選敍論）

周濟的意思是；逐事逐境皆有所悟，而積之日久，自然寫作時便能言之有物，而不是時刻先存一個「我要有寄託」的成見和滯相於心中的。正如況周儀所說：

詞貴有寄託，所貴者流露於不自知，觸發於弗克自己。身世之感，通於性靈；卽性靈，卽寄託，非二物相比坿也。橫亘一「寄託」於搦管之先，此物此志，千首一律，則是門面語耳，略無變化之陳言耳。於無變化中求變化，而其所謂寄託，乃益非眞；昔賢論靈均書辭，或流於跌宕怪神，怨懟激發而不可以爲訓；必非求變化者之變化矣。（蕙風詞話）

按況周儀是常州派後一輩的詞家，他所說的，正可作爲周濟論詞的有力注腳，因此；在常州派來說，周濟所主張的寄託論，自爲後輩所樂於接受而公認是合於常州派家法的。

三，張、周二人對前代詞人品評也有很多不同的見解，這種不同見解，主要是由於二人選詞方面有很大的距離。

張惠言說：

宋之詞家，號爲極盛，然張先、蘇軾、秦觀、周邦彥、辛棄疾、姜夔、王沂孫、張炎、淵淵乎文有其質焉，其盪而不反，傲而不理，枝而不物。柳永、黃庭堅、劉過、吳文英之倫，亦各引一端以取重於當世。（張惠言詞選序）

從這段話看來，張氏以爲有正當內容的，祇有張先、蘇軾、秦觀、周邦彥、辛棄疾、姜夔、王沂孫、張炎數家，而柳永、黃庭堅是盪而不反，劉過是傲而不理，吳文英是枝而不物，因此；他在各家選詞的比重，上起唐五代，取李白一首，溫飛卿十八首，南唐中主四首，後主七首，韋端己四首，牛松卿五首，牛希濟一首，歐陽炯一首，鹿虔扆一首，馮正中五首。又宋詞選則取宋徽宗一首，晏同叔一首，范希文一首，晏叔原一首，韓玉汝一首，歐陽永叔二首，張子野三首，蘇子瞻四首，秦少游十首，賀方回一首，趙德麟一首，張芸叟一首，王元澤一首，周美成四首，田不伐二首，陳子高二首，李玉一首，謝任伯一首，朱希眞五首，辛幼安六首，張安國一首，韓无咎一首，李知幾一首，姜堯章三首，史邦卿一首，尹惟曉一首，王聖與四首，張叔夏一首，黃德文一首。吳彥高一首，李易安四首，鄭文妻孫氏一首，無名氏一首，合三十家，詞七十首。陳廷焯亦認爲「張氏詞選可稱精當，識見之超有過于竹垞十倍者，古今選本，以此爲最，但唐五代、兩宋詞，僅取百十六首，未免太隘，而王元澤眼兒媚，歐陽公臨江仙，李知幾臨江仙，公然列入，令人不解，卽朱希眞漁父五章，亦多淺陋處，選擇旣苛，卽不當列入，又東坡洞仙歌只就孟昶原詞敷衍成章，所感雖不同，終嫌依傍前人，詞綜譏其有點金之憾，固未爲知己，而詞選必推爲佳構，亦不可解，至以吳夢窗爲變調，擯之不錄，所見亦左，總之，小疵不能盡免，於詞中大段，卻有體會，溫韋宗風，一燈不滅，賴有此耳。」（白雨齋詞話）就宋詞方面各家選詞的數量來說，較多是秦少游（佔十首），辛幼安（佔六首），朱希眞（佔五首），而他所認爲淵淵乎有文質的蘇子瞻，周美成卻僅各佔四首，甚而王沂孫則佔一首，這在比例上是不調和的。再從比例最多的秦少游來看，於宋詞的選擇數量方面，張氏無形中奉秦少游爲宗主，

在他看來，周邦彥、蘇軾還在其次了，事實上，秦詞値得推爲常派的宗主嗎？正如李易安所說：

「秦（觀）詞專主情致而少故實，譬如貧家美女，雖極姸麗豐逸，而終乏富貴態。」（苕溪漁隱叢話引）

我們再看高齋詩話所載的一般趣事，對於秦少游的師承和塡詞的工夫究竟到了甚境界？

少游自會稽入都見東坡，東坡曰：「不意別後卻學柳七作詞？」少游曰：「某雖無學，亦不如是。」東坡曰：「銷魂當此際，非柳七詞乎？」（少游無話，）坡又問別作何詞？少游舉「小樓連苑橫空，下窺繡轂雕鞍驟。」東坡曰：「十三字只說得一箇人騎馬樓前過。」（高齋詩話）

上引高齋詩話的一段蘇、秦對話，多少總看到秦少游的師承與柳、蘇頗有關係，至於東坡譏評其新作（水龍吟）「十三字只說得一個人騎馬樓前過，」而這些毛病正是常派攻擊浙派的所謂「餖飣擬古」，「寄興不高」的主要根據，換言之，秦詞的毛病，多少總有點與浙派相似，而張氏竟奉秦詞爲常派的宗主，豈非本末倒置嗎？其次要說到選詞比例上排第三位的朱敦儒，（張選錄名朱希眞，此乃敦儒別字。宋別有女詞人朱希眞，此亦一時疏略。）他的事蹟見於宋史卷四四五文宛傳和全宋詞有關於他的記載如下：

敦儒字希眞，洛陽人，元豐四年生，紹興三年，以薦補右廸功郎，紹興五年，賜進士出身，爲秘書省正字，擢兵部郎中，遷兩浙東路提點刑獄。致仕，居嘉禾。晚落致仕，除鴻臚少卿。秦檜死，依舊致仕，紹興二十九年卒，有嶺壑老人詩文一卷，不傳，又有詞三卷，名樵歌。

我們再跟據其他如堅瓠集，二老堂詩話等的記載，知到他晚年和秦檜的關係很密切，則敦儒之晚節不終是可想見的。至於他對於塡詞的造詣，雖非下乘之選，也絕不至於高出周邦彥、蘇軾之上，而張氏竟將一個在詞壇上寂寂無名的朱敦儒提昇到第三位，譽滿詞壇的柳永、吳文英卻一字不錄，也是很

令人費解的，所以張氏詞選面世以後，非議的很多，俾許他「陳義過高」的也大不乏人，如謝章鋌說，

> 詞本於詩，當知比興，固已究之，尊前花外，豈無即境之篇必欲深求，殆將穿鑿，故皋文之說，不可棄，亦不可泥。

但是；詞選的取材不當是肯定的，這種流略不當的非議，見於張琦（惠言弟）爲董毅所做的一篇續詞選序裏得到解答，他說：

> 詞選之刻，多有病其太嚴者，擬續選而未果，今夏外孫董毅子遠來署，攜有錄本，適愜我心，愛序而刊之，亦先兄（張惠言）之志也。（續詞選序）

可見詞選的取材不當，張氏兄弟亦有此感，而有望於後人的重選。但董子補選的，雖增柳耆卿，吳文英各二首，其他難略有增減，然大體未能擺脫張氏所囿。這種「打破玉籠飛彩鳳」的大膽主張還是要到周濟的宋四家詞選面世以後，纔能確立，故周選的好處，不僅取材眼光獨到；把宋詞分成四大派系，每派各立一宗主，各宗主中又奉周邦彥爲祖師，有條不紊的開示後學康莊大道。現在試把宋四家詞選目錄下，不難看出周濟的析派別，明家法和對各家選詞的比例都是很恰當的：

宋四家詞選目錄

周邦彥（二十六首）

晏　殊（四首）　韓　縝（一首）　歐陽修（九首）　晏幾道（十首）

從右表看來，各派的比例分配都很恰當，不僅有條理，有見地，而更重要的還是開示後學以康莊的門徑，所以他主張。

> 問塗碧山（王沂孫），歷夢窗（吳文英），稼軒（辛棄疾），以還清眞（周邦彥）之渾化，余所望於世人之爲詞者蓋此。（宋四家詞選序論）

他又說：

> 清眞；集大成者也。稼軒；斂雄心，抗高調，變溫婉，成悲涼。碧山；饜心切理，言近指遠，聲容調度，一一可循。夢窗；奇思壯采，騰天潛淵，近南宋之清泚，爲北宋之穠摯，是爲四家，領袖一代。（宋四家詞選序論）

周濟的主張很明顯地認爲學詞宜從南宋入手，從南宋入手最適宜問塗碧山，然後歷夢窗、稼軒，而以周邦彥爲最終目的。換句話說，常派的家法認爲北宋詞境界最高，北宋的作家又以周邦彥爲最高，然則何以北宋詞較南宋詞爲佳？何以學詞應從南宋入手？又要以北宋爲終極？他說：

> 北宋詞下者在南宋下，以其不能空，且不知寄託也。高者在南宋上，以其能實，且能無寄託也。南宋則下不犯北宋拙率之病，高不到北宋渾涵之詣。（介存齋論詞雜著）

這裏所提出的「渾涵之詣」；就是常派認爲在詞學上的最高境界，這種境界不僅南宋的詞家所高攀不到，卽如在北宋的作家中，也祇有周邦彥纔可到達這種境界。至如周詞的講究聲律，自鑄偉詞，善融古句，尤足爲後世準繩。

四，關於周濟認爲皆足駭世的退蘇進辛，糾彈姜、張，翦刺陳、史，芟夷盧、高的大膽進退古人，則與張氏仍有很大的距離。先說張氏所肯定而認爲淵淵乎有文質的蘇、辛二家來看，周氏不但對辛棄疾備極推尊，而且將他突出衆流之上，對於蘇軾則稍加貶抑，這種見解是很正確的，蘇詞對於音律不大注意，或時見有離譜的很多，我們暫且不談這一點，至於謝章鋌對蘇辛二人的比較也有很獨到的見解，他認爲讀蘇、辛詞，知詞中有人，詞中有品，不敢自爲菲薄，然辛以畢生精力注之，比蘇尤爲橫出，蘇風格自高，而性情頗歉，辛卻纏綿悱惻，且辛之造語俊於蘇，故周濟說：

世以蘇、辛並稱，蘇之自在處，辛偶能到之，辛之當行處，蘇必不能到。二公之詞，不可同語也。（介存齋論詞雜著）

又說：

人賞東坡粗豪，吾賞東坡韶秀，韶秀是東坡佳處，粗豪則病也。東坡每事俱不十分用力，古文書畫皆爾，詞亦爾。（介存齋論詞雜著）

所以周氏編宋四家詞選時，把辛棄疾提昇到領袖一代的四大家之一，這種進退古人的識力在常派來說，是個很重要的里程碑，他說：

後人以粗豪學稼軒，非徒無其才，並無其情，稼軒固是才大，然情至處，後人萬不能及也。（介存齋論詞雜著）

又說：

稼軒不平鳴，隨處輒發，有英雄語，無學問語，故往往鋒穎太露，然其才情富艷，思力果銳，南北兩朝，實無其匹，無怪流傳之廣且久也。（介存齋論詞雜著）

其實辛詞的好處非僅如情至之流露，主要還是他深具對異族抗拒的雄心壯志；和忠君愛國的思想表現到詞裏去，而這種表現正是中國傳統上認爲最理想的文學家，因爲作爲一個文學家；必先瞭解人類社會的整全體，此整全體乃人生道德與藝術之根源所在，而人的社會又是包涵而沈浸在天地大自然之中，必有其悠久的歷史傳統，要瞭解此歷史傳統，又必須在作者本身生活過程中，能密切與當前社會聯繫，使此社會的種種變故與事相均能在此作家之心情與智慧中有明晰的反映，而這種反映在南宋或以下的中國，作爲一種民族自尊的強心針；是很需要的。故周濟在當時標榜辛詞，正合於常派家法的微言大義。試看他的席上送張仲固帥興文的一闋木蘭花慢：

漢中開漢業，問此地，是耶非？想劍指三秦，君主得意，一戰東歸，追亡事，今不見，但山川滿目淚沾衣。落日胡塵未斷，西風塞馬空肥。

如爲韓南澗尚書壽的水龍吟：

渡江天馬南來，幾人眞是經綸手，長安父老，新亭風景，可憐依舊。夷甫諸人，神州沈陸，幾曾回首？算平戎萬里，功名本是眞儒事，君知否？

如書江西造口壁的菩薩蠻：

鬱孤臺下清江水，中間多少行人淚？西北是長安，可憐無數山。　青山遮不住，畢竟東流去，江晚正愁予，山深聞鷓鴣。

這些詞都是志切用世，慷慨激昂之作，無奈當時的環境，不能施展他的抱負，謝皐羽在一篇祭辛稼軒先生墓記裏說他：「此來忠義第一人，生不得行其志，沒無人明志，全軀保妻子之臣，乘時抵瞞之輩，乃苟富貴者資天下之疑，此朝廷一大過，天地間一大冤，志士仁人所深悲至痛也！使公生於藝祖太宗時，必旬日取宰相，入仕五十年；今在朝不過老從官，在外不過江南一連帥。公歿，西北忠義始絕望；大讐必不復，大恥必不雪，國勢遠在東晉下。五十年爲宰相者，皆不明君臣之大義，無責焉耳。」說來非常沈痛，稼軒既不能申展抱負，祇得把畢生精力寄託在長短句裏，所以作品裏都帶有微言大義，知人論世，忠君愛國的思想處處流露，而這種思想的表現；正是常派認爲「見事多，識理透，可爲後人論世之資，詩有史，詞亦有史」的主張。若以周辛二人較優劣，則周詞勝於技巧與創體。辛詞則勝於用世。個人以爲文學的高詣處在有生命、有靈魂，與國運世事痛癢相關，辛詞的佳處，正具有這種優點。

五，至於張氏所輕視的柳吳二家（張惠言詞選一字不錄），周濟則給以較寬容的評價，對柳有褒亦有貶，他說：

耆卿爲世訾警久矣，然其鋪敘委宛，言近意遠，森秀幽淡之趣在骨。（介存齋論詞雜著）

又說：

清眞詞多從耆卿奪胎，思力沈摯處，往往出藍，然耆卿秀淡幽艷實不可及，後人摭其樂章，訾爲

俗筆，眞譽說也。（宋四家詞選）

周氏的意見，正好說出柳永在宋詞的地位是不可抹殺的，趙師岃聖求詞敍評論呂濱老的詞時，亦以柳周竝僻，馮煦六十一家詞選敍例，更說屯田勝處本近淸眞，今試以柳周二人之風格，分數點作一比較：

（甲）柳永工慢詞，演小令爲長調，周邦彥亦然，張炎詞源曾記敍此事道：「迄於崇寧，立大晟府，命周美成諸人討論古音，審定古調，淪落之後，少得存者，由此八十四調之聲稍傳，而美成諸人又復增演慢曲、引、近、或移宮換羽，爲之犯四犯之曲，按月律爲之，其曲遂繁。」按：晏殊、歐陽修諸人集中，詞調無以「犯」名者，柳永的樂章集中也祇有「尾犯」與「小鎭西犯」，淸眞集中獨有「玲瓏四犯」，據此可知張炎的話是可信的。

（乙）柳詞詳於鋪敍，周詞亦然，玆節錄六醜爲例：

正單衣試酒，恨客裏，光陰虛擲，願春暫留，春歸如過翼，一去無迹，爲問花何在，夜來風雨，葬楚宮傾國。釵鈿墜處遺芳澤，亂點桃蹊，輕分柳陌，多情更誰追惜？但蜂媒蝶使，時叩窗槅。（此詞首敍春去花落，終敍惜花人的惆悵，委曲描摹，全闋凡百四十字，此外如蘭陵王、柳陰直，西河等詞皆與此同。）

（丙）柳詞多涉狎媟，周詞亦微有此失。（柳詞如玉女搖仙、滿路花等。周詞如青玉案等略同。）

（丁）柳詞多用俗語，周詞間亦如此。（周詞如少年游、歸去樂、江窗廻等詞的作風與柳詞頗近。)

故周濟在宋四家詞選裏，柳耆卿之作，取其十闋，比例上給以較高的地位不是沒有根據的。至於吳文英，張惠言詞選則一字不錄。董毅續詞選祇錄唐多令、憶舊遊二闋，陳廷焯以爲：「張皐文詞選獨不收夢窗，以夢窗與耆卿、山谷、改之同列，不知夢窗者也。至董毅續詞選祇取夢窗唐多令、憶舊遊兩篇，此兩篇絕非夢窗高詣，唐多令幾於油腔滑調，在夢窗集中最爲下乘，豈故收其下者以實皐文之言耶？謬矣。」而周濟則把吳詞提昇爲四家領袖之一，在常派家法來說，也是個很重要的里程碑，卽如海綃翁謂，「學詞者，由夢窗以窺美成，猶學詩者，由義山以窺少陵，淸眞格調天成，離合順逆，自然中度。夢窗神力獨運，飛沈起伏，實處皆空，夢窗可謂大，淸眞則幾於化矣，故當由吳以希周。」卻是個公論。則再證諸沈伯時於宋理宗初年與夢窗等講論詞法所提出的音律欲其協，下字欲其雅，用字不可太露，發意不可太高的主張，不僅是夢窗的見解，亦正是常派的塡詞家法，所以周濟說夢窗：

奇思壯采，騰天潛淵，返南宋之淸泚，爲北宋之濃摯。立意高，取徑遠，皆非餘子所及。(宋四家詞選序論)

故尹惟曉所說的：「求詞於吾宋，前有淸眞，後有夢窗，此非煥之言，天下之公言」，與萬紅友評其惜黃花慢之「用字精密處，嚴確可愛，其所用正、誠、夜、望、背、漸、翠、念、瘦、舊、繫、風、悵、送、醉、載、素、夢、怨、料諸去聲字皆合於律呂之學來看，也不僅是夢窗塡詞的法度，同樣是常派所宗的家法，張炎謂：「吳詞如七寶樓臺，眩人眼目。」亦非知道之言。周之琦十六家詞選題辭云：「月斧吳剛最上層。天機獨繭自繅冰。世人耳食張春水，七寶樓臺見未曾？」況周儀則以爲「近人學夢窗，輒從密處入手，夢窗密處，能令無數麗字，一一生動飛舞，如萬花爲春，非若璚璠璧繡，毫無生氣也。如何能運動無數麗字？恃聰明，尤恃魄力，夢窗密處易學，厚處難學。」他又說：「重者，沈着之謂，在氣格，不在字句，於夢窗詞庶幾見之，而其芬菲鏗麗之作，中間儁句艷字，莫不有沈摯之思，灝瀚之氣，挾之流以流轉，令人翫索而不能盡；則其中之所存者厚。沈着者，厚之發見乎外者也，欲學夢窗之緻密，先學夢窗之沈着，卽緻密，卽沈着，非出乎緻密之外，超乎緻密之上，別有沈着之一境。」則況周儀所論夢窗之優點，正惟周氏提昇吳詞爲四家領袖的理由的有力注腳。

六，至於張氏所肯定而認爲淵淵乎文有其質的姜夔與張炎二家，周濟則大爲貶降，認爲：

近人頗知北宋之妙，然終不免有姜、張二字橫亘胸中，豈知姜、張在南宋，亦非巨擘。（介存齋論詞雜著）

究竟張、周的意見孰非孰是？據朱彝尊序曹溶詞說道：「倚聲雖小道，當其爲之，必崇爾雅，斥淫哇，極其事能，則亦足以宣照六藝，鼓吹元音。往者明三百祀，詞學失傳，先生搜輯遺集，余曾表而出之，數十年來，浙西塡詞者，家白石而戶玉田，春容大雅，風氣之變，實由於此。」又在他自己題的詞集裏；說道「不師秦七，不師黃九，倚新聲玉田差近。」的主張，正是浙西詞派所竺守的家法。既然常派的崛起乃由於清中葉以後之浙西末流爲堆砌，陽羨流爲粗獷、叫囂，至使一般士人所不滿，於是張惠言乃起而矯其蔽，倡立意爲本，協律爲末，則浙派所奉爲宗主的姜、張二人，在常派來說，自不能把他抬得過高。張惠言弟子金應珪亦說得很清楚：

> 然乃璚樓玉宇，天子識其忠言，斜陽衰柳，壽皇指爲怨曲，造口之壁，比之詩史，太學之詠，傳其主文。近世爲詞厥有三蔽，義非宋玉，而獨賦蓬髮，諫謝淳於，而惟陳履舄，揣摩牀第，汚穢中冓，是謂淫詞，其蔽一也。猛起奮末，分言析字，談嘲則徘優之末流，叫嘯則市儈之盛氣，此猶巴人振喉以和陽春，黽蜮怒噎以調疏越，是謂鄙詞，其蔽二也。規模物類，依托歌舞，哀樂不哀其性，慮歎無與乎情，連章累篇，義不出乎花鳥，感物指事，理不外乎酬應，雖既雅而不艷，斯有句而無章，是謂游詞，其蔽三也。（詞選後序）

金氏這段話，卻好指出陽羨與浙西二派之蔽。而事實上姜、張亦有其好處，姜夔祇是以藝術家的形式製詞，正如他自己說的「道人心性如天馬，欲擺青絲出帝閑。」和他的「自製新詞韻最嬌，小紅低唱我吹簫。」的風流生活寫照，與張炎的「怕見飛花，怕聽啼鵑。」「萬綠西冷，一抹荒煙，當年燕子知何處。」「長年息影空山，愁入庾郎句。」等，都嫌其過於頹喪，而可看到其詞的風格。然而；姜夔畢竟是姜夔，張炎畢竟是張炎，他們既不同於碧山詞的充滿黍離麥秀；憂戚君國之思，也異於辛棄疾陸放翁等的愛國熱忱，大聲鞺鞳地以現實生活寫照入詞，而這些表現，正是常州派所標榜的家法，故周濟說：

> 吾十年來，服膺白石，而以稼軒爲外道，由今思之，可謂瞽人捫籥也。稼軒鬱勃，故情深。白石放曠，故情淺。稼軒縱橫，故才大。白石局促，故才小。（介存齋論語雜著）

他又說：

玉田才本不高，專恃磨礱雕琢，裝頭作腳，處處妥當，後人翕然宗之，然如南浦之賦春水，疏影之賦梅影，逐韻湊成，毫無脈絡，而戶誦不已，眞耳食也。（宋四家詞選序論）

周氏這兩段話，正好開示後學很好的門徑，換句話說，周氏爲詞最初也服膺白石，亦即以姜詞入手。就我個人的經驗，五年前還是服膺於姜、張的，也是從姜、張詞入手，對於他們二人也作過多少研究，寫過不少文章，但是；現在看來，姜詞畢竟祇限度於一個藝術家的詞而已。張詞則囿於格律，而寄託竝不晃高，一個愛喫茶的，起初祇是加點茶葉便覺其味無窮，但久之，便覺乏味，而必以濃茶爲終極。喫茶、賞詞，其理皆一，初學詞取姜、張入手，亦無可厚非，若以姜、張爲止境則尙嫌不够，即如譚復堂說：「浙派爲人詬病的，由其以姜、張爲止境。」是則揚辛、吳而抑姜、張，正合於常州派家法的，故周濟在常州派的地位，借用朱孝臧望江南說：「金針度，詞辨止庵精，截斷衆流窮正變，一燈樂苑此長明。推演四家評。」實在說得很對。

中華語文叢書

宋四家詞選箋注

1912

作　　者／鄺利安 箋注
主　　編／劉郁君
美術編輯／鍾　玟

出 版 者／中華書局
發 行 人／張敏君
副總經理／陳又齊
行銷經理／王新君
地　　址／11494 台北市內湖區舊宗路二段181巷8號5樓
客服專線／02-8797-8396　　　傳　真／02-8797-8909
網　　址／www.chunghwabook.com.tw
匯款帳號／華南商業銀行　西湖分行
　　　　　179-10-002693-1　中華書局股份有限公司

法律顧問／安侯法律事務所
製版印刷／維中科技有限公司　海瑞印刷品有限公司
出版日期／2018年7月再版
版本備註／據1971年1月初版復刻重製
定　　價／NTD 350

國家圖書館出版品預行編目（CIP）資料

宋四家詞選箋注 / 鄺利安箋注.—— 再版. —— 臺北市 : 中華書局, 2018.07

面 ;　公分. —（中華語文叢書）

ISBN 978-957-8595-45-3(平裝)

852.35　　　107008000

NO.H2068
ISBN 978-957-8595-45-3（平裝）